教育部人文社会科学重点研究基地
北京大学东方文学研究中心 主办

东方文学研究

JOURNAL OF EASTERN
LITERATURE STUDIES

林丰民 / 主编
翁家慧 / 执行主编

集刊

第9集

社会科学文献出版社
SOCIAL SCIENCES ACADEMIC PRESS (CHINA)

目　录

综合研究

文学社会学研究

叙事研究

女性文学研究

书　评

综合研究

跨越三个世纪的印度《舞论》编订史*

尹锡南

内容提要 婆罗多的《舞论》是印度古典梵语文艺理论名著，19世纪中后期，欧洲学界开始发掘和整理它。其后至今，印度本土学者在《舞论》的校勘整理和编订工作中，做出了杰出的贡献。本文先对欧洲学者的《舞论》发掘和整理进行简介，再对1894年至今印度本土学者的《舞论》编订整理史进行大致梳理。

关键词 婆罗多 《舞论》 新护 《舞论注》

《舞论》是印度古典梵语文艺理论名著，也是世界古代三大诗学名著之一（另两部为古希腊的《诗学》和中国的《文心雕龙》）。19世纪后半叶以降，印度梵学界对《舞论》的校勘编订，保持着现在进行时的活跃状态。然而，印度学者认为迄今为止没有出现真正意义上的《舞论》精校本，因此随着新的写本（如尼泊尔各种方言写本）不断被发现，相关校勘编订也会继续进行。印度学者的校勘编订，一般是在不断继承前人或同时代学者的成果基础上进行的，这是一种良好的学术生态。与近年来中国学术界整理传统经典大多依靠国家财政资助（主要是各种科研项目资助）相比，印度学界对《舞论》的校勘整理，较少依

* 本文系国家社会科学基金重点项目"《舞论》研究"（17AWW004）阶段性成果。

赖政府的财政拨款。印度学者 K.D. 特里帕蒂（Kamalesh Datta Tripathi）是《舞论》最新版编订主持人，他曾如此言说 19 世纪末至 21 世纪初长达 120 多年亦即跨越三个世纪的《舞论》和《舞论注》校勘编订之难："不过，《舞论》的过硬精校本迄今还未出现。实际上，这方面的努力，要求精确地校勘分散在印度国内外的剩余写本文献，合理利用早期已出版本，利用那些可知的二手文献，如梵语戏剧作品、诗歌、音乐以及相关早期注疏中可见的《舞论》引述，思考过去关于《舞论》各个方面的研究著作……也须思考解释文本和确认文本解读的传统阐释原则。"①

一　前奏：欧洲梵学界的《舞论》发掘和编订

印度学者在《婆罗多〈舞论〉的历史文化研究》一书的"序言"中说，研究印度戏剧史的欧美学者包括法国学者 S. 列维（Sylvain Levi，1863—1935）、挪威学者 S. 科诺（Sten Konow，1867—1948）、英国学者 A.B. 基思（Arthur Berriedale Keith，1879—1944）等，研究印度古典美学（包括梵语诗学）的学者包括意大利学者格罗尼（Raniero Gnoli，1930—）、美国学者 J. L. 马松（J. L. Masson）等。② 这一说法基本正确，因其认可印度前辈学者在梵学领域的许多开创性贡献，也同时承认西方梵学家或东方学家在译介和研究印度古典文艺美学方面做出的历史贡献。

芬兰赫尔辛基大学南亚与印欧语教授 K. 卡图仑（Klaus Karttunen）指出，1978 年，"后殖民理论之父"萨义德（Edward Said，1935—2003）在美国出版《东方学》之后，学界关于近代史上的欧洲东方学争议不休。萨义德对西方学术传统的批评有些夸大其词，但须认真思考这一批判。"萨义德理论如运用于印度学领域，有时会适得其反（turn upside

---

① Bharata, *Natyasastra,* Vol.1（Chapter1-14），"Introduction," ed. Kamalesh Datta Tripathi et al（New Delhi: Indira Gandhi International Centre for the Arts, 2015），pp.11-12.

② Anupa Pande, *A Historical and Cultural Study of the Natyasastra of Bharata*（Jodhpur: Kusumanjali Book World, 1996），Preface.

down）。"① 事实上，如无西方梵学家、东方学家的介入及开创性贡献，以《舞论》为代表的印度古典文艺理论翻译和研究史将会是不同的一番面貌。

在《舞论》的文献发掘上，西方梵学界走在世界最前列。印度学者写道："尽管许多梵语学者提到婆罗多的《舞论》，在各种注疏中引述其片段文字，但很长时间里，现代读者没有掌握这部著作。在印度学研究史上，威廉·琼斯（William Jones，1746—1794）爵士所谓的'发现梵语'是一座里程碑，它开拓了西方智者的新视野。随着威廉·琼斯的《沙恭达罗》英译本于1789年出版，整个西方显示出对印度学研究的兴趣。"② 两年后，一部梵语戏剧的德语译本出版。1890年，法国印度学家 S. 列维以《舞论》的基本内容为基础，写出了广为后世学者赞赏的法语著作《印度戏剧》（Le Theatre Indien）。印度古典梵剧的翻译和介绍吸引了西方戏剧学者的注意，他们开始热心关注印度戏剧研究。在这一背景下，梵学家威尔逊（H.H. Wilson）于1826年至1827年间出版了印度古典戏剧选本。威尔逊也在努力搜求传说中的《舞论》写本，但一无所获。他以为该书已经不传于世。

事实上，那一时期尚未建立手稿写本图书馆，但私人藏书中的写本颇多。威尔逊等人不知的是，当时在南印度的私人藏书中便有多种《舞论》写本，有的写本还附录了新护的《舞论注》。这些写本是以马拉雅兰姆语抄录在棕榈叶上的。

邂逅《舞论》写本的历史机遇落到了另一位美国学者身上。1865年，英国梵文学者 F.E. 霍尔（Fitz Edward Hall，1825—1901）出版附录《十色注》的胜财《十色》编校本，他在写于1862年3月21日的该书"序言"中提到了发现《舞论》的事。

Camp Blelsa, February 20, 1862.

① Klaus Karttunen ed., *History of Indological Studies*（Delhi: Motilal Banarsidass Publishers, 2015），pp.15-16.

② Bharata, *Natyasastra, Text with Introduction, English Translation and Indices in Four Volumes*, ed.&tr. N. P. Unni, Vol.1（New Delhi: NBBC Publishers& Distributors Ltd., 2014），pp.3-4. 此处介绍参考该书相关内容。

The very day after this preface was finished, a singular chance placed in my hands a complete copy of the *Natyasastra* of Bharata; a work which, till then, I knew only from a few of its first chapters, and from detached extracts quoted by commentators. A year ago, if possessed of the "Institute of Mimetics," I should never have thought of editing the *Dasarupa*; rare as it is and precious as it was while Bharata was supposed to be lost beyond hope of recovery. [①]

正是这一喜出望外的巨大收获，使得霍尔决定将《舞论》的部分章节（第 18、19、20、34 章）作为附录收入自己所编订的《十色》。从印度出版的该书 2009 年版看，附录的四章为 34 页。[②] 这四章的内容与印度学者后来于 1894 年、1943 年两次出版的《舞论》孟买本相关章节一致。霍尔此举是《舞论》校勘编订史上具有划时代意义的第一步，它标志着东西方梵学界开始走上真正认识印度古典文艺理论巨著《舞论》的世纪之路。

非常遗憾的是，由于获得的《舞论》写本脱漏较多，霍尔无法对其他章节的内容进行校勘编订，故无法刊出更多的内容。尽管如此，这一发现重新点燃西方梵学界的希望，它将拯救这部被人遗忘已久的古典名著，将其重新拉回人间视野。随后，在 19 世纪最后 20 年时间里，德国和法国学者在《舞论》校勘编订史上分别留下了自己的足迹。

1865 年，德国梵文学者海曼（Heymann）利用唯一一份可以参考的《舞论》写本，对其内容进行描述。这一成果吸引了法国梵文学者保尔·勒尼奥（Paul Regnaud，1838—1910），他发现了另一种《舞论》写本，校勘整理后于 1880 年发表了其中的第 15、16 和 17 章，其中第

---

① Fitz Edward Hall ed., *Dasarupam of Dhananjaya with Avaloka-tika by Dhanika*（Delhi: Parimal Publications, 2009），Revised by K. L. Joshi, "Preface," p.31. 引文的大意是：写完"序言"的第二天，我很幸运地拿到了一部完整的婆罗多《舞论》。在此之前，我只读过该书开头部分章节和一些注疏者零散引用的片段，一年以前，要是我获得了"模仿论"（似指《舞论》），就不会想到编订《十色》。此书如此珍贵，而婆罗多（的这部书）却被视为失传，无望重见天日。

② Fitz Edward Hall ed., *Dasarupam of Dhananjaya with Avaloka-tika by Dhanika*, pp.133-166.

15、16 章分别对应于孟买本第 14、15 章。1884 年，勒尼奥以"梵语修辞"（Rhetorique Sanscrite）为题，以拉丁转写体发表了《舞论》第 6、7 章及其法语译文。这两章均发表于巴黎。第 6、7 章的校勘和发表，可以视为《舞论》文献整理史上的一个里程碑事件，因为这两章是《舞论》的精华所在。1888 年，另一位法国梵文学者——勒尼奥的杰出弟子 J. 格罗塞（Joanny Grosset）发表了《舞论》论述音乐的第 28 章。1898 年，格罗塞再接再厉，在巴黎出版了《舞论》第 1~14 章的精校本，因其篇幅可观，成为迄今为止欧洲梵文学界整理编订《舞论》的代表性成果之一。① 该书扉页上写着如下内容："《里昂大学年刊》第 11 卷，《婆罗多〈舞论〉》（婆罗多论戏剧）梵文本，前言，由 4 个版本的写本整理而成，包含一个分析表及一些注释，里昂大学保尔·勒尼奥先生作序，J. 格罗塞为里昂大学文学院研究生奖学金获得者、巴黎亚洲学会会员、大不列颠和爱尔兰皇家学会会员。第 1 卷第 1 部分：正文和（同一作品的）不同写本、分析表。第 2 部分：注释。"② 该书前边有保尔·勒尼奥于 1897 年 12 月 1 日为弟子的这部精校本写的 12 页"序言"，接下来是格罗塞自己于 1897 年 8 月 31 日写的 28 页"引言"。《舞论》精校本第 1~14 章正文为拉丁转写体，共 228 页，然后依次为 52 页术语索引、3 页缩略语、3 页勘误表。

如果说霍尔之举为欧洲梵文学者校勘整理《舞论》的第一次成功尝试，勒尼奥及其弟子格罗塞之举则为第二、第三次成功尝试。保尔·勒尼奥和格罗塞的《舞论》校勘成果受到后世学者的高度重视，例如，它后来成为印度学者 M. 高斯校勘《舞论》前 14 章的重要参考文献之一，这从高斯在 1967 年写的《舞论》第 1 卷编订本"引言"中可以看出。③ 印度学者 K.D. 特里帕蒂主编的《舞论》最新精校本，参考了保尔·勒

① Joanny Grosset ed., *Bharatiya Natyasastra, Traite de Bharata, Sur le Theatre, Texte Sanskrit*（Paris: Ernest Leroux, Editeur, Lyon: A. Rey Imprimeur, Editeur, 1898）. 笔者于 2018 年 9 月 25 日在伦敦的英国国家图书馆查阅资料时见到了该书原版。

② 感谢肖克兰女士（毕业于中南大学法语系）于 2019 年 5 月 12 日帮助不懂法语的笔者翻译封面和扉页的法语。由此可见，格罗塞本意是想完成《舞论》后续几卷的校勘整理，出版新的编订本，但遗憾的是，他没有实现心愿。

③ Bharatamuni, *Natyasastra*（Varanasi: Chaukhamba Sanskrit Series Office, 2017）, Vol.1, "Introduction," pp.17-24.

尼奥和格罗塞的精校本或相关校勘成果。

在《舞论》的文献发掘和校勘编订上，欧洲梵学界走在了世界最前列。接下来登场亮相的是印度本土学者。

二 《舞论》第一、二种标准版本

印度学者对欧洲梵文学者的《舞论》校勘编订成果高度赞赏。例如，他们写道："外国学者的佳作对印度学者而言，是一声召唤的号角。1894 年，希沃达多和 K.P. 波罗伯在'古典文丛'名目下出版了《舞论》全编本。这不是精校本。1926 年，《舞论》第 1~7 章组成的第 1 卷连同克什米尔作者新护的著名注疏《舞论注》于巴罗达出版，《舞论》编订的新时代到来了。"① 这一段话道出了 19 世纪末、20 世纪初印度《舞论》校勘编订史的开端真相。正如他们所言，欧洲梵文学者卓有成效的《舞论》编订工作，强烈地刺激了印度本土学者的民族自尊。欧洲学术界一声接一声的"号角召唤"（clarion call），唤醒了印度学者珍视经典、整理"国故"的雄心壮志。接下来对先后出现的印度学者心目中的《舞论》"四大标准版本"（four standard editions）② 做一简介。

1894 年可谓印度的《舞论》校勘编订史元年。当时的英属印度，两位颇有眼光的印度本土梵文学者希沃达多（Sivadatta，或称 Shiva Dutta）与 K.P. 波罗伯（Kasinatha Pandurang Parab，或称 Kashi Nath Pandurang Parab），依据当时可见的两种写本编订了《舞论》（总计 37 章），以"古典文丛"（Kavyamala Series，或译"古诗丛刊"）第 42 号的名义，由孟买的尼尔纳雅萨加尔出版社（Nirnayasagar Press）出版。它是世界梵学史上的第一个《舞论》全编本。东西方学人由此可以近距离地观察难得一见的《舞论》全貌。这是影响现代印度古典文化编辑整理史的一件大

---

① R. S. Nagar, K.L.Joshi, eds., *Natyasastra of Bharatamuni with the Commentary Abhinavabharati of Abhinavagupta*（Delhi: Parimal Publications, 2012），Vol.1, Chapters 1-7, "Introduction," p.7.

② Bharatamuni, *Natyasastra*, Vol.1, ed. & tr.by N. P. Unni, "Introduction," p.11; Bharata, *Natyasastra,* Vol.1（Chapter1-14）, "Introduction," edited by Kamalesh Datta Tripathi & Narendra Dutt Tiwari, p.9.

事。虽然后世学者称"其并非精校本"（It was not a critical edition），①
虽然它因参考利用的写本太少而留下理解晦涩、文本脱漏太多等短时间
无法克服的局限或遗憾，但其开近世天竺风气之先的历史功绩不可磨
灭。从时间上讲，这个全编本的出版比法国学者格罗塞的 14 章本早了
四年。保尔·勒尼奥在为弟子格罗塞的 14 章《舞论》编订本写序时，
提到了希沃达多等人的全编本。② 虽然他对此书的某些瑕疵很不以为然，
但该全编本开风气之先的非凡历史意义，却是勒尼奥甚或希沃达多、波
罗伯本人也无法预见的。从此开始，印度学者在《舞论》校勘编订、翻
译和研究方面全面占据了领先地位。

1943 年，另一位被誉为"文饰"（Sahityabhusana）的印度学者盖达
尔纳塔（Pandit Kedarnath），对希沃达多和波罗伯二人的编订本进行修
订，再版于前述的尼尔纳雅萨加尔出版社。盖达尔纳塔不满意希沃达多
等人不太完美的《舞论》编订本，遂利用格罗塞的 1898 年《舞论》14
章编订本、1929 年《舞论》迦尸本、1926 年和 1934 年先后出版的《舞论》
巴罗达本两卷、南印度比卡尼尔图书馆所藏《舞论》写本等，对《舞
论》进行修订。1983 年，盖达尔纳塔的《舞论》修订版在德里的"印度
智慧出版社"（Bharatiya Vidya Prakashan）重印。③ 盖达尔纳塔以梵语
写于 1943 年 8 月 14 日的"著名的婆罗多牟尼《舞论》之绪论"，也被
收入重印本中。他在两页的"绪论"中简略谈到《舞论》1929 年版迦尸
本和格罗塞 1898 年版 14 章编订本。

位于古吉拉特邦的巴罗达"东方研究所"（BOI）不仅是著名大史
诗之一《罗摩衍那》梵文精校本的诞生地，也是《舞论》和《舞论注》
的第一个编订本诞生地。如果说希沃达多等人的 1894 年孟买本开创了
印度《舞论》编订史的新纪元，著名梵语学者 M.R. 格维（Manavalli
Ramakrishna Kavi，？—1957）为首编订的、时间跨度达 38 年之久

---

① R. S. Nagar, K.L.Joshi, eds., *Natyasastra of Bharatamuni with the Commentary Abhinavabharati of Abhinavagupta,* Vol.1, Chapters 1-7, "Introduction," p.7.

② Joanny Grosset, ed. *Bharatiya Natyasastra, Traitede Bharata, Sur le Theatre, Texte Sanskrit*（Paris: Ernest Leroux, Editeur, Lyon: A. Rey Imprimeur, Editeur, 1898），"Preface," p.4.

③ Bharatamuni, *Natyasastra*（Delhi: Bharatiya Vidya Prakashan, Reprint Edition,1983），ed. by Pandit Kedarnath.

（1926—1964 年）的四卷精校本《舞论》（即附录《舞论注》的《舞论》
巴罗达本），则为印度《舞论》校勘史带来了一场影响至今的"革命"，
其主要特征是编订《舞论》正文时尽力收录克什米尔湿婆教哲学家、美
学家、文艺理论家新护（Abhinavagupta）残缺不全、难以辨认的《舞论
注》（Abhinavabharati）。

　　关于巴罗达四卷本（总计 37 章）的重要价值，印度学者温尼（N.P.
Unni,1936—）的评价是："《舞论》最重要的版本由巴罗达'盖克沃德东
方丛书'（Gaekwad Oriental Series）出版，它是 M. 罗摩克里希纳·格维
编订的。编者首次收录了《舞论》的唯一注疏即所谓的《戏剧吠陀注》
（Natyavedavivrti），它就是以注疏者新护命名的《舞论注》。① 从完成
编辑到出版，花了近 40 个年头。从文学理论批评和戏剧表演的角度看，
这也是一种划时代的尝试。"② 具体地说，该书第 1~4 卷的初版分别标为
"盖克沃德东方丛书"第 36、68、124、145 号，出版时间分别为 1926 年、
1934 年、1954 年、1964 年。每一卷在后来均由编者或其他学者修订再
版，就章节内容而言，四卷本分别包括附录新护注疏的《舞论》第 1~7
章、8~18 章、19~27 章、28~37 章。

　　关于巴罗达四卷本的编订，印度当代学者 N.P. 温尼透露了一桩鲜
为人知的往事。他说，格维当初曾向南印度喀拉拉邦"特里凡得琅梵文
丛书"（Trivandrum Sanskrit Series）的著名梵文学者 T.G. 夏斯特利（T.
Ganapati Sastri）求助，后者配合有力，把附有《舞论注》的喀拉拉藏本
慷慨地借给了格维。温尼确信夏斯特利当时已经着手计划以"特里凡得
琅梵文丛书"的形式编订出版附有《舞论注》的《舞论》。夏斯特利校
勘编订了一部分附录新护《舞论注》的《舞论》，并于南印度马拉巴尔
年历的 1098 年 3 月 29 日亦即公元 1923 年 11 月的第二个星期，印出了
开头部分的前 8 页。"这说明，在'盖克沃德东方丛书'第 1 卷于 1926
年问世之前，特里凡得琅的编者（指夏斯特利，下同）至少已经印出了
8 页内容。这一年，夏斯特利仙逝。这是梵学界一大悲哀的损失，特里
凡得琅的编者无法继续努力。那一年，他正在编印附录自己注疏'吉祥

---

① 新护的名字是 Abhinavagupta，而从《舞论注》的梵文是 Abhinavabharati（新护之
语），故有此说。

② Bharatamuni, *Natyasastra*, Vol.1, ed. & tr. by N. P. Unni, "Introduction," pp.5-6.

源'的《利论》。因此，必定是他专注于此，才错过了《舞论》的编校。知晓朋友罗摩克里希纳·格维已经着手进行这项工作后，特里凡得琅的编者借给他自己收集的写本文献。"① 温尼对夏斯特利印出的 8 页编校成果进行仔细核对分析后得出结论："这说明夏斯特利非常认真地从事了这项编校工作，但却不幸终止未完。因此很清楚的是，特里凡得琅的编者是印出《舞论注》开头几行的第一位学者。"②

格维的巴罗达本第 1 卷（为"盖克沃德东方丛书"第 36 种）出版后次年即 1927 年，著名梵语诗学研究专家、《梵语诗学史》的作者 S.K. 代在当年的《印度历史季刊》（*Indian Historical Quarterly*）第 8 卷撰文，质疑格维编校《舞论》时所采用的"虚拟性校订"（postulaing recensions）方法。格维在该刊 1929 年第 5 卷上撰文，尖锐地指责代编校的梵语诗学著作《曲语生命论》（*Vakroktijivita*）。代在该刊同一期发文表示遗憾，称"我从来不是故意专门挑刺"。③ 另一位学者即另一部《梵语诗学史》的作者 P.V. 迦奈指出，从格维在《舞论》前两卷的"引言"和众多脚注可知，他用来编校《舞论注》的写本文献相当不够。没有哪一种写本关于《舞论》的注疏即《舞论注》的文本内容是完整的。从互不相干的各种不完善的写本入手编订《舞论注》，必然是修修补补的折中处理，因此从精校的角度看是不完善的。迦奈以第 5 章为例指出："因为缺乏《舞论》第 5 章最后一句的新护注疏的一部分，格维先生将自己的注疏加在此处（第 1 卷第 253~264 页）。这使一些学者误以为这就是新护的注疏，尽管格维先生在第 253 页页下做了注释。如果真有注疏的话，他也应该在最后的附录中给出。在第 1 卷'引言'第 10 页，格维承认，在第 4 章另外三处，他添加了自己的注疏。这太不合理了。一个粗心的读者，如没有仔细阅读'引言'，很容易被误导。"④

面对批评者对格维编校本的挑剔和质疑，《舞论》巴罗达本第四版的编校者、著名梵语诗学研究者 K. 克里希纳穆尔提为格维进行了必要的辩护。他在 1992 年出版的巴罗达本第四版"附录"中认为，那些"严

① Bharatamuni, *Natyasastra*, Vol.1, ed. & tr. by N. P. Unni, "Introduction," p.6.

② Bharatamuni, *Natyasastra*, Vol.1, ed. & tr. by N. P. Unni, "Introduction," p.8.

③ Bharatamuni, *Natyasastra*, Vol.1, ed. & tr. by N. P. Unni, "Introduction," p.9.

④ P. V. Kane, *History of Sanskrit Poetics*（Delhi: Motilal Banarsidass, 2015）, pp.14-15.

厉的批评家"指责巴罗达本第一版完全没有达到理想的精校本水平，这既对又错。他们期待理想的精校本，抱怨巴罗达本第一版没有采用现代方法进行校勘，存在疏漏，从严格的文本批评立场看，这是对的；但是，从近期研究看，即便是选择《舞论》的一些小段落进行校勘，也是一项艰巨而复杂的重任。"在文本解读的选择上，罗摩克里希纳·格维或许我行我素，相当武断而主观，然而，将其编校本和迄今出版的其他版本进行比较就会发现真相：他的编校本是至今唯一如实记载所有可见异文的版本，从精校（higher criticism）的视角看，关于这些异文的解读相当重要。并且，他的编校本一直是最接近新护注疏的唯一文本。出于追求完美的热忱，第一版的批评者错在低估了这一关键考量的重要性。"① 此前，高斯对格维附录新护注疏的《舞论》编订本前两卷有过正面的评价："格维首先参考手头的《舞论注》，重新编订《舞论》，并为经文补充了异文，这使其两卷本对《舞论》研究来说帮助极大。这些异文连同新护对某些段落的解说，使《舞论》焕发了新的生机。格维编订本的另一个重要特色是，只要可能，随时引用后来的学者的话，这些作者在其相关主题的著作中利用了《舞论》。这些在某些时候对研究《舞论》提供了有益的帮助。"②

事实上，根据温尼的介绍，著名梵语诗学研究者 V. 拉克凡（V. Raghavan）等人也反对格维以假设为前提的"虚拟性校订法"（或曰"伪校订法"）。正是出于这些背景，克里希纳穆尔提才为格维做了某种程度的辩护。③ 自然，作为格维编订本第 1 卷的第二位修订者［第一位修订者是梵文学者 K.S. 夏斯特利（K.S Ramaswami Sastri）］，克里希纳穆尔提对于《舞论》校勘编订之难的体验，恐怕是代、迦奈和拉克凡等人无法真切体会的。关于编校工作的艰辛，格维在"初版序言"中的自述是："然而，准备印刷本特别是第 1 卷和最后一卷的印刷本耗尽了我所

---

① K. Krishnamoorthy ed., *Natyasastra of Bharatamuni with the Commentary Abhinavabharati by Abhinavaguptacarya*（Baroda: Oriental Institute, Fourth Edition, 1992）, Chapters 1-7, Illustrated, Vol.1, "Preface to the Fourth Edition," p.2.

② Bharatamuni, *Natyasastra*（Varanasi: Chaukhamba Sanskrit Series Office, 2017）,Vol.1, "Introduction," p.23.

③ Bharatamuni, *Natyasastra*, Vol.1, ed. & tr. by N. P. Unni, "Introduction," p.9.

有精力。原写本非常不准确，因此我的一个学者朋友的说法显得在理：'即使新护从天国下凡人间，看到写本，也不太容易重新读通原文。'这确是一片神秘莫测的丛林，现在才找到一条通往它的崎岖小路。第 7 和第 8 章的（新护的）注疏至今下落不明，我希望在全书付印前，在印度某地找到一份。如果我无法幸运地在某处找到它，我也将在最后一卷末尾发表我自己对该部分的注疏。"① 依据上下文语境，"最后一卷"似乎是指《舞论》第 1 章和第 7 章。

这两段引文已经非常清楚地说明了格维校订《舞论注》的艰辛无比，也透露了他为何在编订本上偶尔添加自己的注疏的初衷。万事开头难。格维在印度乃至世界梵学界开校勘编订《舞论注》的先河，这一开创之功无论如何评价都不为过，其校勘编订中的一些瑕疵因此似可原谅，后世学者在续订中进行必要的技术处理即可，不必经年累月地纠缠于此。当代荷兰学者称格维等附录《舞论注》的巴罗达本或许是"最令人失望的《舞论》版本"。② 他还认为，格维的编订方法催生了《舞论》的"汇编本（eclectic version），几乎没有任何的权威写本支持它"。③ 这些话自然是激愤之辞，或曰一种"片面的深刻"。当代印度学者的评价较为客观，认为格维等人的巴罗达四卷本"在理解和阐释《舞论》方面开创了一个新的时代"。④

格维对各种写本附录的《舞论注》的情况做了说明："迄今为止，没有发现任何一卷完整的《舞论注》写本。只在某些地方部分地保存着《舞论注》，这就形成了大致完整的两个连续的系列，第 7、8 章的注疏除外。这两个系列读法相异，这些差异源自抄写人的误认，或对虫蛀页码后某个词汇、字母脱落的明智暗示。然而，A 系列与雪月密切相关，

---

① M. Ramakrishna Kavi ed., *Natyasastra of Bharatamuni with the Commentary Abhinavabharati by Abhinavaguptacarya*（Baroda: Oriental Institute, Second Edition, 1956），Chapters 1-7, Illustrated, Vol.1, "Preface to the First Edition," p.63.

② Narinder Mohkamsing, *A Study of Rhythmic Organisation in Ancient Indian Music: The Tala System as Described in Bharat's Natyasastra*（Leiden: Universiteit Leiden, 2003），p.23.

③ Narinder Mohkamsing, *A Study of Rhythmic Organisation in Ancient Indian Music*, p.25.

④ Bharata, *Natyasastra,* Vol.1（Chapter1-14），"Introduction," ed. Kamalesh Datta Tripathiet et al., p.8.

他在《诗教》中一字不漏地引述《舞论》；B 系列有几处不同，大体上不太可靠。"① 由此可见，《舞论注》的校勘和编订，比起《舞论》正文的编订，在难度上加大了许多。这主要是因为，由于年代久远、虫子蛀蚀或抄写错误等，没有哪一种《舞论》写本附录的《舞论注》是完整的，须对各种写本的新护注疏进行核对、校勘后，勉力进行编订。幸运的是，雪月（1088—1172）的梵语诗学著作《诗教》一字不漏地转引了新护的《舞论注》，以现代人的眼光看，雪月难逃袭用前辈的嫌疑，但他却在无意之中为 20 世纪的印度学者校勘《舞论》和《舞论注》留下了一线生机，这似乎可以视为雪月的特殊贡献。

格维开创的《舞论》和《舞论注》巴罗达精校本各卷，先后被重新校勘出版。先看第 1 卷的情况。1956 年 3 月 9 日，在为《舞论》和《舞论注》第 1 卷修订版即第二版写的长达 50 多页的英文"序言"中，绰号"顶饰宝"（Siromaði）的梵文学者夏斯特利指出，格维编订的巴罗达本第 1 卷于 1926 年出版后，1930 年便告售罄，这有些出乎意料。"因此，这第二版的印刷旨在满足不仅来自印度和国外学者，也来自几所大学的大量需求，这些大学已经将这部书指定为其各种课程学习的教材之一。"② 夏斯特利认为，1929 年和 1943 年先后出版的《舞论》迦尸本初版和《舞论》孟买本修订版并不理想，而 1926 年版《舞论》即格维的巴罗达本第 1 卷第一版也因为格维的"粗心大意"或"不严谨"留下了某些瑕疵。夏斯特利除了参考格维校勘婆罗多《舞论》和新护注疏时所利用的 40 种写本外，还参考了 6 种新发现的写本，并参考孟买本和迦尸本各自利用的两种写本，共计参考 50 种写本文献。这进一步保证了他的校勘质量。他还采取了依赖后人之作如神弓天的《乐舞渊海》等重建婆罗多原文和新护注疏的方法，对《舞论》第 4 章等内容进行校勘。夏斯特利修订的《舞论》及《舞论注》第 1 卷除了保留格维的"初版序言"外，还在第 4 章附录了湿婆 108 式刚舞动作图，书后附录了位于巴罗达的 M.S. 大学（Maharaja Sayajirao University）

---

① M. Ramakrishna Kavi ed., *Natyasastra of Bharatamuni with the Commentary Abhinavabharati by Abhinavaguptacarya*, Chapters 1-7, Illustrated, Vol.1, "Preface to the First Edition," p.62.

② M. Ramakrishna Kavi ed., *Natyasastra of Bharatamuni with the Commentary Abhinavabharati by Abhinavaguptacarya*, Chapters 1-7, Illustrated, Vol.1, "Preface," p.3.

工程机械学院院长拉奥教授（D. Subba Rao）此前关于《舞论》第 2 章的英译以及关于这一章的长篇论文。[①] 拉奥的这一章译文和相关论述，为后来学者解读《舞论》第 2 章非常晦涩难懂的剧场建造论提供了文本参考和思想基础，当然也引发了学界的质疑。夏斯特利为第二版所写的长篇序言，对《舞论》和《舞论注》的各种写本情况、第 1 卷每一章的大致内容和校勘情况、第 4 章的 108 式刚舞造像等做了详细的考证或说明。

1980 年，在时任巴罗达东方研究所所长加尼（A.N. Jani）的主持下，夏斯特利修订版《舞论》得以重印。这一次重印保留了第 6 章的新护注疏即《舞论注》和拉奥的相关译文、论述，但却删除了其他几章的新护注疏，正文篇幅仅为 203 页，与夏斯特利修订版的正文 380 页（如加上几个附录和索引等为 487 页）相差甚远。关于这次重印的缘起和经过，加尼在 1980 年 7 月 8 日写下的"前言"中叙述道："在《舞论》第二版也售罄的情况下，人们决定筹划一个最新的《舞论》全编本。这个任务交给了现已故的 V. 拉克凡博士。然而，他的突然辞世使得这项工作无法完成。古吉拉特邦、马哈拉斯特拉邦和其他各邦几所大学的硕士生考试，都参考了《舞论》第 1、2、3、6 章（最后一章附录了《舞论注》），写作古代文论（alankarasastra）的论文。这么长时间无法得到《舞论》，因此造成了师生们的极大不便。为了让师生们拿到规定的部分文献，包含第 1 至第 7 章（第 6 章附录了《舞论注》）的这一卷因此（提前）出版。"[②] 这些话说明，在著名梵语诗学研究者 V. 拉克凡不幸去世的情况下，夏斯特利的《舞论》第 1 卷修订本无法进行再次修订，只能以删节的方式重印，以满足大学师生的急需。

1992 年，著名梵语诗学研究者、南印度卡纳塔克邦卡纳塔克大学梵语教授 K. 克里希纳穆尔提修订再版的巴罗达本《舞论》第 1 卷第四版问世。虽然扉页上标明"Fourth Edition"（第四版）的字样，但实际上是该卷的第二次修订版亦即第三版而已。克里希纳穆尔提接受这一任

[①] M. Ramakrishna Kavi ed., *Natyasastra of Bharatamuni with the Commentary Abhinavabharati by Abhinavaguptacarya*, Chapters 1-7, Illustrated, Vol.1, pp.423-454. D. Subba Rao 的姓名疑为 D. Subha Rao 之误。

[②] M. Ramakrishna Kavi ed., *Natyasastra of Bharatamuni*, Vol.1, Bare Text of Chs.I-VII（with Commentary Abhinavabharati on Adhyaya VI only），"Foreword," Reprint of Bare Text of Chs.I-VII with Commentary on Adhyàya VI , 1980.

务后，对拉克凡声称来自尼泊尔的两个新写本仔细阅读后发现，两个写本都不理想，一份《舞论》写本是格维曾经提及并有所参考的，另一份是《舞论注》的写本，它只是某人的一些零散的归纳，并没有第6至第31章的注疏内容。克里希纳穆尔提遂称此前宣称的新发现是一种失败（flop）。①

巴罗达本第2卷的首次出版是在1934年。格维在1934年1月16日写就的"初版引言"中，对《舞论》的写本情况、喜主（Nandikesvara）与婆罗多的关系、柔舞支（lasyanga）的含义等问题做了探讨。② 2001年，两位著名梵语诗学研究者库尔卡尼（V.M. Kulkarni）和南迪（Tapasvi Nandi）联合修订的附录《舞论注》的《舞论》第2卷出版。时任巴罗达东方研究所所长的纳那沃提博士（R.I. Nanavati）在该卷"前言"中写道，克里希纳穆尔提完成并提交《舞论》巴罗达本第1卷修订稿后，称健康状况不好而推辞继续修订第2卷的任务。东方研究所另外约请库尔卡尼和南迪二人进行余下三卷的修订。③ 两位梵语学者尽职尽责，完成了余下三卷的修订。第3、第4卷的总主编即修订工作主持人为瓦德卡（M.L. Wadekar）。值得注意的是，《舞论》巴罗达本后三卷的修订均为其第二版，距其首版时间分别为67年（1934—2001年）、49年（1954—2003年）、42年（1964—2006年）。

库尔卡尼和南迪二人在该卷2001年修订版"序言"中，重点谈到了《舞论注》校勘和修订的巨大困难，因为所有的《舞论》写本附录的新护注疏均不连贯或毁损脱漏严重，以致难以辨认和校勘。他们通过艰苦的努力发现，利用三本大量转述或直接引述新护注疏的梵语诗学、戏剧学著作，可以在很大程度上复原新护的注疏。这三本著作就是雪月的《诗教》、罗摩月（Ramacandra）和德月（Gunacandra）的《舞

---

① K. Krishnamoorthy ed., *Natyasastra of Bharatamuni with the Commentary Abhinavabharati by Abhinavaguptacarya*, Chapters 1-7, Illustrated, Vol.1, "Preface to the Fourth Edition,"p.3.

② V.M. Kulkarni & Tapasvi Nandi, eds., *Natyasastra of Bharatamuni with the Commentary Abhinavabharati by Abhinavaguptacarya*（Baroda: Oriental Institute, 2001）, Chapters 8-18, Vol.II, "Introduction to the First Edition," pp.15-29.

③ V.M. Kulkarni & Tapasvi Nandi, eds., *Natyasastra of Bharatamuni with the Commentary Abhinavabharati by Abhinavaguptacarya*, Chapters 8-18, Vol.II, "Foreword".

镜》（*Natyadarpana*）、安博普拉萨德（Ambaprasada）的《如意藤辩》
（*Kalpalataviveka*）。一部马拉提语著作《情味论》（*Rasabhavavicara*）
也因转述了《舞论注》而具有重要的参考价值，它也被此前克里希纳穆
尔提修订《舞论》第 1 卷时利用过。① 究其实，二人的方法是对克里希
纳穆尔提的继承和发挥而已，后者校勘《舞论》第 1 卷时已有此举。②

巴罗达本第 3 卷的首次出版是在 1954 年。在该卷 2003 年修订版
长达 23 页的"引言"中，两位修订者对如何复原《舞论注》的老大难
问题进行了解释，并对该卷涉及的第 19 至第 27 章的各章内容做了简
介。③ 他们感叹说，格维没有自己幸运，因为他没有获得雪月、罗摩月
等人大量引述新护注疏的写本，无法较为理想地校勘婆罗多和新护的
文本内容，因此其编订本"大量存在段落缺损现象"（abounds in corrupt
passages）。④

巴罗达本第 4 卷的首次出版是在 1964 年。它的正文为 514 页，加
上两个索引即《舞论》的半颂诗索引和《舞论》《舞论注》引用的作家
及作品索引，总篇幅达 568 页。帕德（J.S. Pade）在初版的"引言"中
追溯了该卷诞生的不易。按照他的叙述，格维在 1957 年 9 月 20 日不幸
去世，而当时刚刚印出第 4 卷校勘本的前 32 页。于是，这一项未竟事
业落到了他的肩上。帕德在"引言"中比较说明了格维编订的《舞论》
巴罗达本和另一些学者编订的《舞论》迦尸本的章节编排差异。⑤ 他在

① V.M. Kulkarni & Tapasvi Nandi, eds., *Natyasastra of Bharatamuni with the Commentary Abhinavabharati by Abhinavaguptacarya,* Chapters 8-18, Vol.II, "Preface to the Second Edition," i-xi.

② K. Krishnamoorthy ed., *Natyasastra of Bharatamuni with the Commentary Abhinavabharati by Abhinavaguptacarya,* Chapters 1-7, Illustrated, Vol.1, "Preface to the Fourth Edition," pp.6-7.

③ V.M. Kulkarni & Tapasvi Nandi, eds., *Natyasastra of Bharatamuni with the Commentary Abhinavabharati by Abhinavaguptacarya* (Baroda: Oriental Institute, 2003), Chapters 19-27, Vol.III, "Introduction to the Second Revised Edition of the *Natyasastra*, Vol.III," pp.1-23.

④ V.M. Kulkarni & Tapasvi Nandi, eds., *Natyasastra of Bharatamuni with the Commentary Abhinavabharati by Abhinavaguptacarya,* Chapters 19-27, Vol.III, "Introduction to the Second Revised Edition of the *Natyasastra*, Vol.III," p.6.

⑤ M. Ramakrishna Kavi and J.S. Pade, eds., *Natyasastra of Bharatamuni with the Commentary Abhinavabharati by Abhinavaguptacarya* (Baroda: Oriental Institute, 1964), Chapters 28-37, Vol.IV, "Introduction," xi-xv.

"引言"中还提到了有关格维所利用的写本文献的重要信息："由于格维的仙逝，我们完全无法了解《舞论》和《舞论注》写本文献的详细信息。不过，从其脚注中标明的异文看，为了编订现在的《舞论》，他似乎参考了以下 19 种写本……格维已经对他在编订《舞论》第 1、第 2 卷内容时参考的写本作了简要说明，学者们只能满足于此。"①

巴罗达本第 4 卷修订版出版于 2006 年。它的正文为 520 页，加上8 个索引，总篇幅达 693 页。8 个索引中，除了保留第一版的两个索引外，新增了关于《舞论》和《舞论注》的各种异文索引 6 个。这说明库尔卡尼和南迪引用前述几种著作进行校勘和修订取得了实效。他们还在书前对该卷第 28 至第 37 章的全部内容做了大致介绍和简要分析。② 从时间上看，自 1926 年出现格维编订的第 1 卷至 2006 年出版第 4 卷修订本，整整跨越了 80 年。

1997 年，印度贝纳勒斯印度大学（BHU）梵语系的一位学者将《舞论》巴罗达本的经文与新护的注疏分离，整理出版了《舞论》。③

三 《舞论》第三、四种标准版本及其他编订本

按照时间排序，B.N. 夏尔玛（Batuka Natha Sarma）和 B. 乌帕迪耶耶（Baladeva Upadhyaya）合作校勘编订并于 1929 年出版的《舞论》迦尸本，是第三个所谓的《舞论》"标准版本"。该本的校勘利用了当时所能见到的两种文献，这就是瓦拉纳西政府梵文学院语言文学系（Sarasvati Bhavan）收藏的两种写本，该学院现更名为"全喜梵文大学"（Sampurnananda Sanskrit University）。编订者在书的每一页下方以"ka"与"kha"指称两个写本。由于校勘所利用的写本极其有限，迦尸本的

---

① M. Ramakrishna Kavi and J.S. Pade, eds., *Natyasastra of Bharatamuni with the Commentary Abhinavabharati by Abhinavaguptacarya*（Baroda: Oriental Institute, 1964）, Chapters 28-37, Vol.IV, "Introduction," xiii.

② V.M. Kulkarni& Tapasvi Nandi, eds., *Natyasastra of Bharatamuni with the Commentary Abhinavabharati by Abhinavaguptacarya*（Baroda: Oriental Institute, 2006）, Chapters 28-37, Vol.IV, "Summary," xvii-xxxv.

③ Sudhakar Malaviya ed., *Natyasastra, of Bharatamuni（Based on Baroda Recension）, Edited with 'Chandrika' Notes, Introduction and Various Indices*（Varanasi: Krishnadas Academy, 1997）.

学术质量并未获得印度梵学界的一致认可。迦尸本只有《舞论》的 36 章内容，没有新护的注疏。该书 1985 年版正文为 476 页，2005 年版正文也为 476 页。①

2005 年版迦尸本保留了两位编订者于 1929 年 3 月 2 日写的"序言"，其中说道，该书是应学者们的急迫要求而编订和出版的。这或许是因为 1894 年版孟买本已经售罄，而 1926 年版巴罗达本第 1 卷无法满足学者们认识《舞论》全貌的要求。编订者在"序言"的开头写道："我们非常高兴地在此向梵学爱好者（lovers of Sanskrit Learning）奉献婆罗多的《舞论》。我们想，这是首次尝试在比较两个版本的基础上，编订知名却又损毁严重的《舞论》的一卷简明本。我们不知道自己的努力能在多大程度上获得真正的成功。"② 从这些话中可以发现，夏尔玛和乌帕迪耶耶似乎不太熟悉《舞论》1894 年版孟买本。他们还透露了一个信息：原定邀请另一位梵文学者格维拉吉（Gopinath Kaviraj）写作"引言"，但由于他突然辞世而留下了永远的遗憾。

M. 高斯校勘编订的梵文《舞论》第 1 卷、第 2 卷分别出版于 1967 年、1956 年。他的两卷本 36 章《舞论》是 20 世纪印度梵学界的最后一个"标准版"。高斯在两卷本的前边，分别写了"序言"和"引言"，对前人和同时代人的各种编订本、南传本和北传本的异同、新护注疏等进行了详细的探讨。温尼对高斯的两卷本评价甚高，称其为"第一个精校本"："出版首个精校本的功劳，归于 M. 高斯博士。他依据科学的原理，在其精校本中认真地记录了异文。"③ 这说明，温尼并不欣赏格维等人编订的巴罗达四卷本，大约是因为格维等人缺乏他所谓的"科学原则"（scientific principles）。笔者认为，温尼的看法值得商榷。通过前边的介绍可知，格维等人历经 38 年（1926—1964 年），殚精竭虑，校勘了数十种写本，编订了附录新护注疏的巴罗达四卷本，尤为重要的是，

---

① Bharatamuni, *Natyasastra*, ed. by Batukanath Sarma and Baladeva Upadhyaya（Varanasi: Chaukhambha Sanskrit Series Office），1985. 笔者未掌握迦尸本 1929 年初版，但依据本人于 2017 年 11 月 5 日在印度国际大学图书馆复印的该书 1985 年版内容看，它应为 1929 年版的重印本。

② Bharata Muni，*Natyasastra*（Varanasi: Chaukhambha Sanskrit Sansthan, Third Edition, 2005），ed. by Batuka NathaSarma and Baladeva Upadhyaya, "Prefatory note," p.8.

③ Bharatamuni, *Natyasastra*, Vol.1, ed. & tr. by N. P. Unni, "Introduction," p.9.

1956 年即高斯本第 2 卷出版的当年，巴罗达本第 1 卷第二版即夏斯特利的修订版也同时出版。巴罗达本第 1 卷修订版采用了多种写本并参考了迦尸本和孟买本，不可谓非精校本，从现存文本看也是如此。因此，将高斯本说成是"首个精校本"，似乎不符合历史事实。

当然，如认为高斯本的精校质量更高或曰校勘质量更优，似乎合理。高斯本人在校勘过程中体现出的严谨审慎也说明了这一点。他在"引言"中说明重建原文的方法和规则时，还举了一些例子。

尽管高斯的某些思考值得商榷，但他的不随大流、独辟蹊径值得赞赏。因此，断言他的校勘态度严谨细致，实不为过。中国学者在论述中国古代文献的校勘方法时指出："在校勘方面，愈靠我们近愈精确，因材料多、借鉴多，自然要后来者居上，不能抱持'尊古卑今'的陋见……死校、活校要相并而行。死校是根据一个善本照录而不改，发现误字，必存留原文。活校是从群书旁证中把原文的错误改过来，择善而从。这两种校书法各有优点，也各有缺点。"① 客观地看，最大限度地参考前人和同辈学者校勘成果的高斯，自然是采取了死校与活校相结合的方法进行校勘的，这在很大程度上保证了他的校勘质量。这或许是其校勘编订的《舞论》两卷本在印度重印本中最为多见的主要因素之一。

从高斯本人于 1967 年 5 月 30 日所写的"序言"看，他承认自己的精校本第 2 卷（1956 年出版）参考了 1954 年出版的格维的巴罗达本第 3 卷。② 他的两卷本参考了孟买本、迦尸本、巴罗达本和法国学者格罗塞的 14 章编订本等重要文献。应该说，高斯是在前人成果基础上进行校勘编订的，他所采取的"科学原则"也是以前人成果为基础的。他本人没有否认这一点。

当然，换一个角度看，高斯本人依据自己编订其他梵语文艺理论著作，特别是编订《表演镜》的经验，对《舞论》的乐舞论部分做了很充分的校勘和编订。高斯拥有此前的编订者所不具备的优势。此外，高斯广泛吸纳了印度与法国学者的校勘成果，采取兼收并蓄、仔细核对的原则，使其两卷本的学术质量更为可靠。因此，似乎可以说，高斯本是整

---

① 万刚主编《中国古代文献学》，北京大学出版社，2007，第 130 页。

② Bharatamuni, *Natyasastra*（Varanasi: Chaukhamba Sanskrit Series Office, 2017），Vol.1, "Preface," iii.

个 20 世纪《舞论》校勘编订史中各版本的精华与代表，它为世界梵学界的翻译和研究提供了十分宝贵的文献资源。即便是非常严苛的荷兰学者，也对高斯的贡献有所肯定："高斯本就其真正的本质而言，可恰当地视为一种折中性的重建。在这一点上，高斯遵循格罗塞所基本采纳的原则……尽管高斯对颂诗的排列和对某些单个主题的理解并非总是令人信服，但其首倡的文本重建值得高度重视。不过，高斯本的某些部分，尤其是关于节奏体系的一章需要加以完善。"①

与《舞论》先出现写本，再出现一般的编订本，最后出现精校本的情况相类似，《摩诃婆罗多》的文本流传与现代整理也走过了这三个阶段。根据黄宝生先生的研究可知，最早整理出版的《摩诃婆罗多》写本的两种编订本为北传本，先后出现于 1839 年（加尔各答版）和 1863 年（孟买版）。最早主张编订《摩诃婆罗多》精校本的学者是奥地利梵文学者温特尼茨（Maurice Winternitz，1863—1937）。他在 1897 年巴黎第 11 届国际东方学会议上提出这个建议，旨在为印度古代史诗研究提供坚实的基础。几经周折，1908 年，德国学者吕德斯（H. Luders）编出了《摩诃婆罗多》（初篇）前 67 颂的精校本样本。由于不久爆发了第一次世界大战，此项由欧洲人开头的精校工作就此中断。接下来，印度本土学者登场亮相。美国梵文学者英格尔斯（Daniel H. H. Ingalls）指出："欧洲缺少这部诗歌（即《摩诃婆罗多》——引者按）的足够写本，也没有足够的学者能汇校不同的写本。显然，如果要进行这项工程，只能在印度进行。"② 1917 年即第一次世界大战结束前一年，远离欧洲战场的印度班达卡尔东方研究所（BORI）成立，并决定编订《摩诃婆罗多》的精校本。1919 年，精校本编订工作正式启动。1925 年至 1966 年，苏克坦卡尔（V.S. Sukthankar）、贝尔沃卡尔（S.K. Belvalkar）和威迪耶（P.L. Vaidya）三人先后担任精校本主编，历时 47 年即近半个世纪（1919—1966 年），出齐了 19 卷精校本。③ 印度学者编订《摩诃婆罗

---

① Narinder Mohkamsing, *A Study of Rhythmic Organisation in Ancient Indian Music*(Leiden: Universiteit Leiden, 2003) , pp.25-26.

② 英格尔斯：《论〈摩诃婆罗多〉》，载黄宝生《〈摩诃婆罗多〉导读》，中国社会科学出版社，2005，第 200~201 页。

③ 黄宝生：《〈摩诃婆罗多〉导读》，中国社会科学出版社，2005，第 11~12 页。

多》的漫长旅程，与格维、高斯等人前赴后继校勘《舞论》的情况非常类似。它说明，印度学者在西方印度学家的外部示范作用下，以强烈的民族文化自尊和自信，倾情而无私地投入到传统经典的整理之中。这给当下整理、翻译和研究传统经典的中国学者以无言、无尽的启示。

在上述四大"标准版"之外，20世纪80年代至今的近40年里，印度出现了几种值得关注的新的《舞论》编订本或《舞论》加《舞论注》的编订本。其中首推1981年出现的由纳格尔（R. S. Nagar）和乔希（K.L.Joshi）两人编订的《舞论》及《舞论注》四卷。至2012年为止，该四卷本已经重印四次，这在一定程度上说明它受到了印度学界的认可。纳格尔和乔希在其编订本的"引言"中坦承参考和利用了前述的四个"标准版"。对于纳格尔等的《舞论》四卷编订本（附有《舞论注》），梵文学者 N.P. 温尼不惜溢美之词。[①] 不过，荷兰学者认为，纳格尔等虽然声称其版本在编辑过程中"参考了现有的各种版本，但它其实只是巴罗达本的一个重编或拙劣的复制，包括对后者许多谬误的复制"。[②]

1998年，温尼出版了《舞论》的梵文与英译对应的全编本，其底本应为《舞论》的马拉雅兰姆语写本。[③] 该书于2014年重印。

2006年，德里大学梵文教授 P. 库马尔（Pushpendra Kumar）将高斯校勘整理并于1956年、1967年先后出版的《舞论》梵文两卷本进行重新编排，加上与梵文对应的高斯英译和新护的《舞论注》，分为三卷出版（第1卷为第1~13章，第2卷为第14~28章，第3卷为第29~36章）。2010年，该书出了第二版。2014年，该书拆分为四卷，出了第三版（第1卷为第1~11章，第2卷为第12~23章，第3卷为第24~31章，第4卷为第32~36章）。[④] 库马尔三卷本与后来的四卷本的特色之一在于，

---

① Bharatamuni, *Natyasastra*, Vol.1, ed. & tr.by N. P. Unni, "Introduction," p.10.

② Narinder Mohkamsing, *A Study of Rhythmic Organisation in Ancient Indian Music*, p.26.

③ Bharata, *Natyasastra, Text with Introduction, English Translation and Indices in Four Volumes*（Delhi: Nag Publishers, 1998）, ed. & tr. by N. P. Unni. 笔者未掌握该译本1998版全书，因此，此处相关介绍主要依据该书2014年修订版。

④ Pushpendra Kumar ed., *Natyasastra of Bharatamuni, Sanskrit Text, Romanised Text, Commentary of Abhinavabharatiby Abhinavaguptacarya and English Translation by M. M. Ghosh*, Vol.1-4（New Delhi: New Bharatiya Book Corporation, Revised & Enlarged 3rd Edition）, 2014.

他对某些婆罗多原文进行了解释，澄清了许多疑点。

2015年，印度学者K.D.特里帕蒂主编的《舞论》精校本第1卷（第1~14章）出版，它以尼泊尔写本为基础，参考了前述四种"标准版"，也参考了保尔·勒尼奥和格罗塞等人的相关校勘成果。[1] 特里帕蒂编订本第1卷没有涉及新护的注疏。该书第2、第3卷有望在不久出齐，这将为印度乃至世界梵学界的《舞论》研究带来新的契机。

印度学者以印地语、孟加拉语等现代印度语言整理和疏解《舞论》及《舞论注》的成果也有很多。这里不再赘述。

关于上述某些成果的不足，温尼说，由于纳格尔等人没有注意格维自己的提示，从而将他的某些说明视为新护的注疏，编入《舞论注》中。温尼写道："摩图苏丹纳·夏斯特利和R.S.纳格尔两人都没有注意到这些评述，将其作为新护的著述部分印了出来。他们的这种做法打开了一道可能复古的闸门……我想说的是，现在我们看见的印出来的《舞论注》相当不可靠……因为目前我们无法区分新护的注疏和罗摩克里希纳·格维的增补。"[2]

温尼此处指责纳格尔等人"打开了一道可能复古的闸门"，的确有些道理，但他认为现存的《舞论注》相当不可靠，并归咎于格维一人，这一说法值得商榷。具体真相如何，似乎有待时间验证，也有赖于未来的学者在发掘更多、更新的写本基础上进行证实或证伪。

荷兰学者摩诃康辛曾对前述的《舞论》四大标准版本有过全面的概括。他认为，整体上看，印度国内外学者对《舞论》的校勘编订很不理想，音乐论部分更是如此，这导致相关的英译不可靠。解决问题的办法是：一方面重新研究《舞论》的现有全部写本、各种已出版本及其语言风格和遣词造句等，另一方面重新考察每一种写本的章节数目和排序、标题、结构安排，每一章颂诗的数量和异文、文字省略、增补和混淆等。[3] 他认为，格维的"精校论"或曰"通校论"（recension theory）造成了文本编订中的某些误解或误读。"recension"（精校本）被视为

---

[1] Bharata, *Natyasastra*, Vol.1（Chapter1-14），edited by Kamalesh Datta Tripathi & Narendra Dutt Tiwari.

[2] Bharatamuni, *Natyasastra*, Vol.1, ed. & tr.by N. P. Unni, "Introduction," p.12.

[3] Narinder Mohkamsing, *A Study of Rhythmic Organisation in Ancient Indian Music*, p.17.

"version"（改编本）是一大误区，因为前者即编订校勘过的所谓"精校本"被视为源自某种单一、固有的原著，而这在事实上并不存在。这位荷兰学者还说："需要强调（精校本和改编本之间的）区别，因为没有必要把《舞论》的各种改编（版）本视为精校本。全书或某一部分的差异有时很大，其改编本容易被误认为精校本。只有抛弃精校本的概念，引入改编本的概念，《舞论》的许多文本问题才会比以前更容易得到有说服力的解决。"[1]《舞论》各种现存写本或许源自某一传统文献，经过不同时期和地区的传抄，原著内容面目全非。目前，为了获得一种系统的、清晰流畅的文本，对各种损毁写本进行汇编、增补，或许是较为理想的方法。[2] 由此可见，这位学者不赞成格维的精校方法，从而将其编订校勘的精校本视为《舞论》原著的一种改编本或曰不同的版本。

最后顺便谈一下非常重要但却往往为印度和西方学者所忽视的一个技术性问题，这就是《舞论注》是否存在单独的梵文编订本或全编本的问题。印度与西方学者习惯将《舞论注》和《韵光注》称为单独的著作，他们在著作中往往将其单列注出。因为，《舞论注》和《韵光注》的梵文版一般是将婆罗多、欢增的著作原文（以诗体经文为主）与新护的散文体注疏同时刊印，印度学者往往并不刻意区分，而在引述新护的注疏时，将这种包含婆罗多或欢增的正文和新护注疏的合印版称为《舞论注》或《韵光注》。当然，印地语和其他印度地方语言如古吉拉特语等的确存在单独注解《舞论注》或《韵光注》的情形，其成果出版时便夹杂了注解文字、其他语言的译文等信息。笔者在印度收集资料期间注意到，已故德里大学著名印地语学者、梵语诗学研究专家纳根德罗和已故古吉拉特语学者 T.S. 南迪便单独注解或翻译过《舞论注》与《韵光注》中的全部或部分内容。综上所述，与其称格维的《舞论注》全编本一至四卷，不如称《舞论》和《舞论注》合一的一至四卷。在表述《舞论注》时，似乎可以考虑这样的称法："与《舞论》并列的《舞论注》编订本"、"附有《舞论》的《舞论注》编订本"或"与婆罗多经文并列的《舞论注》编订本"。从这个角度看，金克木先生关于《舞论》巴罗达

---

① Narinder Mohkamsing, *A Study of Rhythmic Organisation in Ancient Indian Music*, p.19.

② Narinder Mohkamsing, *A Study of Rhythmic Organisation in Ancient Indian Music*, p.37.

本前两卷的相关表述是妥帖的。他在 1980 年出版的《古代印度文艺理论文选》的"译本序"中指出:"一九二六年和一九三四年印度巴罗达刊行了附有新护注本的两卷,但也只到第十八章。"①

作者系四川大学南亚研究所教师

---

① 金克木译《古代印度文艺理论文选》,人民文学出版社,1980,"译本序"第 4 页。

菲律宾诗歌文学的四个历史时期 *

史 阳

内容提要 本文是关于菲律宾诗歌文学史四个历史时期的研究。从诗歌文学在当今菲律宾文坛的影响出发，站在文学发展史的角度，提出了菲律宾诗歌文学的四个历史分期，并逐一总结了各个历史时期菲律宾诗歌文学的主要特点和发展趋势，以及代表作家和知名作品，从而全面梳理和分析了各历史时期菲律宾诗歌和诗人的特点。

关键词 诗歌 文学史 菲律宾

菲律宾的文学发端于诗歌，上古时代菲律宾群岛各民族的民间歌谣、英雄史诗是今天菲律宾文学的滥觞之一。随着菲律宾文学的不断发展，历经近代殖民主义文化的影响和现当代民族主义思潮的反思，最终形成今天的面貌。在这其中，诗歌是菲律宾文学中最为重要的文类（genre）之一。审视菲律宾文学中诗歌的宏观图景，既有文学史中的诗歌名篇和知名诗人，又有菲律宾各少数民族民间文学中的民间歌谣和英雄史诗；既有抒情诗，又有叙事诗；既有作家文学名作，又有民间文学精品；既有主体民族的他加禄语诗歌，又有各个少数民族语言的诗歌。

---

* 本文系国家社科基金项目"菲律宾马拉瑙族英雄史诗《达冉根》翻译与研究"（2018VJX051）阶段性成果。

菲律宾是一个多民族国家，多样性、多元化是其民族文化的最大特征，这种多元民族文化也体现在它的诗歌文学中。菲律宾诗歌的主体是现当代的菲律宾语（Filipino）诗歌，以及古代、近代的他加禄语（Tagalog）诗歌。现代菲律宾语指的是以他加禄语为基础方言，吸收其他地区和民族语言词汇而形成的全国通用语，20世纪上半叶逐步形成并实现标准化，成为当今菲律宾的国语和官方语言。菲律宾语的前身是他加禄语，他加禄人是菲律宾主体民族之一，历史悠久、文化丰富，他加禄族占全国人口虽然不到三分之一，但他加禄语文学相对于菲律宾其他民族语言的文学，内容最多、成就最高、思想最具时代特征、作品最具代表性，是菲律宾古代和近代文学的代表。因此，现当代菲律宾的国语和文学主要是在他加禄语和他加禄语文学基础上发展出来的，可以把他加禄语文学等同于菲律宾语文学。

一 菲律宾诗歌文学的历史地位和历史分期

菲律宾当今的国家级最高文学奖是"卡洛斯·巴兰卡奖"（Carlos Palanca Awards），全称为"唐·卡洛斯·巴兰卡文学纪念奖"（Don Carlos Palanca Memorial Awards for Literature），简称为巴兰卡奖。它是由卡洛斯·巴兰卡基金会资助并建立的全国性、多民族语种的综合性文学奖，被誉为"菲律宾的普利策奖"。该文学奖创立于1950年，基本每年一届，至今已举办了60多届。该文学奖的目的在于培养和促进菲律宾本土文学的发展，包括菲律宾语文学和菲律宾英语文学，并且特别鼓励年轻的文学创作者来参与，越来越多的在当时文艺界还是寂寂无闻的新人成为获奖者。该文学奖的申请资格包括了所有菲律宾国籍居民以及菲律宾裔人，按文学创作语言分作三个部分：菲律宾语文学、英语文学和民族语言文学，具体又分为短篇小说、儿童短篇小说、散文、诗歌、独幕剧、戏剧、电影剧本等18个门类。巴兰卡文学奖中有4个门类都是诗歌，即菲律宾语诗歌和菲律宾语儿童诗歌，英语诗歌和英语儿童诗歌。这种分法除了区分了菲律宾的英语诗歌和菲律宾语诗歌，更是把儿童文学单独区分出来，体现了当代菲律宾诗歌文学的多种价值倾向和社会影响力。此外，分类中的五项戏剧文学的奖项中，有不少内容也是诗歌，这些都说明在当今的菲律宾文学传统中，诗歌的地位非常重要。所以诗歌是菲律宾文学中最重要、最有影响力、最有价值的组成部分，如果想了解、学习和研究菲律宾各民族的文学，必须先从诗歌这一文类开始。

在菲律宾文学发展历程中的各个时期，诗歌都是其中的主角。相对于散文、小说、戏剧等文学体裁，诗歌既贯穿了菲律宾文学史发展的始终，又是菲律宾文学史中最为古老的一类，它在菲律宾文学史中形态多样、内容丰富，无愧为菲律宾文学史中历史地位最高的文类。在 19 世纪末菲律宾本土小说出现之前，诗歌一直都是菲律宾文学的统治性文类。[1] 菲律宾诗歌一方面承载了上古流传而来的口头文学传统，另一方面又发展到今天形成异常多元多样的形态，它既反映了菲律宾各民族民众在各个时代的社会生活和精神风貌，也展现了各族人民对于美、爱、生命、自然、理想等人类精神世界最关注精神要素的追求、理念和价值观。

纵观菲律宾文学发展史，在时间上，诗歌贯穿了菲律宾文学的始终；在数量上，诗歌构成了菲律宾文学的主干；在社会价值上，诗歌构筑了菲律宾文学的灵魂和核心。诗歌是菲律宾文学史上最早出现的文类之一，在菲律宾文学发祥的时代，民间歌谣和史诗这些韵文体诗歌，就与神话、传说这些散文体民间叙事并列，共同组成了菲律宾文学的滥觞；在古典时代的菲律宾文学中，诗歌等音韵体文学体裁长期居于各种文学体裁的首位，其作品数量和文学价值都明显超过散文等文类；在近代菲律宾民族追求民族独立的过程中，诗歌更是成为表达民族解放思想、唤起人民思想启蒙的途径，集中体现了近代菲律宾文学的思想性和时代性；现当代菲律宾文学走上多元化发展的道路之后，诗歌则成为菲律宾文学百花丛中最为艳丽的一朵，既展现了现当代菲律宾诗人对美和自由的追求，又表达了对现实社会的感慨和反思。所以笔者参考上述文学史分期，结合菲律宾诗歌代表诗人和代表诗作的思想内容和文学特点，将菲律宾诗歌文学的历史，相应地分为四个时段，即（1）民间文学时期，（2）西殖古典时期，（3）思想启蒙和美殖时期，（4）现当代时期。

---

[1] Bienvenido Lumbera and Cynthia Nograles Lumbera, *Philippine Literature, a History & Anthology*（Anvil Publishing, 1997）, pp.42-43.

二 民间文学时期的菲律宾诗歌

民间文学时期是第一个时期，它并非一个有精确时间度量的时期，实际上是指菲律宾各民族中的诗歌传统，贯穿了菲律宾文学从远古到现今的发展史，只不过一般可以将它视为各民族文学中发祥最早的部分，所以把它列为菲律宾诗歌四个历史时段之首。

民间文学时期是菲律宾诗歌传统的起始点。实际上，相对于较为晚近的书写传统，口头传统贯穿了菲律宾文学史发展的始终，而口头传统正是菲律宾诗歌发展的根基，所以说，诗歌一直都是菲律宾古代文学中重要的组成部分。前殖民时代的菲律宾古代时期，是菲律宾文学史中时间最为漫长的一段，所产生的文学主要是依赖口头传承的各种民间文学，除了神话、传说、民间故事，还有民间歌谣和英雄史诗。当时，除了极个别少数民族拥有简单的文字，这些民间文学大都并没有被记载下来，而是以口耳相传的活形态形式不断流传，直至近代才由传教士、文人、民俗学家和人类学家记录下来，形成书面文字的形式。1703年加斯伯·圣奥古斯丁（Gasper de San Agustin）的《他加禄语概略》（*Compendio de la Lengua Tagala*）和弗朗西斯科·本苏齐里奥（Francisco Bencuchillo）同时代的手稿《他加禄诗歌艺术》（*Arte Poetico Tagalo*）中都零星提到了一些"来自民间的诗"。之后，1754年马尼拉出版的《他加禄语词汇》（*Vocabulario de la Lengua Tagala*）第一次将菲律宾民间诗歌正式出版。① 该书是一本他加禄语西班牙语字典，作者是两位耶稣会传教士胡安·诺塞达（Juan de Noceda）和彼得罗·圣卢卡（Pedro de Sanlucar），为了更好地解释他加禄语词汇的词义，作者大量引用了民间流传的谜语、谚语、民谣、诗歌等作为例子，于是该书成为西班牙殖民者和传教士于1593年在菲律宾开始进行印刷、出版活动以来，所记载内容和文类最为丰富的他加禄民间诗歌集。

虽然今天流传下来的菲律宾文学出版物都只能追溯到西班牙殖民统治时期，且在早期几乎全都是由传教士和殖民者书写和记录的文学，

---

① Bienvenido Lumbera, *Tagalog Poetry 1570-1898, Tradition and Influences in Its Development*（Ateneo de Manila University Press, 1986）, p.1.

几乎没有关于前殖民时代菲律宾人创作文学的直接历史记录，但实际上，民间文学作为菲律宾文学的滥觞，其产生远远早于后来殖民主义时代的文学，其成就和艺术性也非常高，今天我们完全可以从这些民间文学中管窥菲律宾先民的人生观、自然观、世界观、价值观。在菲律宾古代文学中，诗歌主要以民间歌谣和英雄史诗的形式存在。菲律宾的民间歌谣主要是指民间抒情诗，即通过歌咏人或物，表达自己的情感。同时菲律宾也有很多民间叙事诗，通常是歌颂英雄人物的冒险经历和丰功伟绩，且篇幅较长，于是被划入英雄史诗的范畴。这些诗歌构成了菲律宾古代文学的主体，很好地体现了菲律宾民间文学的口头传统，是菲律宾各民族先民口头艺术的代表。比如，他加禄人有 16 种样式的民间歌谣，每一种都有自己的特点且须在航行、劳作、节庆、悼念等特定场合进行吟唱和表演：diona 是婚礼歌谣，talindao 和 awit 是家庭歌谣，indolanin、dolayanin 是街边歌谣，hila、soliranin 和 manigpason 是摇桨歌谣，dopayanin 和 balicongcong 是船歌，holohorlo、oyayi 是摇篮曲，ombayi 是哀歌，omiguing 是温柔之歌，tagumpay 是凯旋之歌，hiliriao 是祝酒歌。① 当西班牙殖民者来到菲律宾时，曾发现并指出："（当地人的政治生活和宗教信仰）植根于他们的歌谣，他们从孩提时代就已经在传唱，并被深深记忆，当他们在航行、劳作、宴饮、庆祝时，都会吟唱歌谣，歌谣中讲述了他们神灵的生平世系和伟大功绩。"② 这些歌谣通常都会有旋律或者音乐伴奏，只是随着不断流传，相应的音乐旋律没有传承下来，传教士、民俗学家、人类学家等记录下的，只有其中的文本部分，只能作为某一单一曲调的吟唱，而无法将其还原为音乐旋律的唱诵。菲律宾各民族诗歌中最具代表性的，既有较短的民间歌谣，又有较长的叙事诗——英雄史诗。比如《呼德呼德》（Hudhud）是北吕宋山区伊富高人（Ifugao）口头传承的英雄史诗和表演艺术，讲述了伊富高民族历史上伟大英雄阿丽古荣（Aliguyon）及其亲友的光辉业绩。

① Arsenio Manuel, "Tayabas Tagalog Awit Fragments from Quezon Province," *Asian Folklore*（17），1958, pp.56-57.
② Pedro Chirino, *Relacion de las isla Filipinas*（Rome, 1604），p.52; Bienvenido Lumbera and Cynthia Nograles Lumbera, *Philippine Literature, a History & Anthology*（Anvil Publishing, 1997），p.4.

《达冉根》（Darangen）是南部棉兰老岛拉瑙湖畔（Lanao）的马拉瑙民族（Maranao）的英雄史诗和口头传统，讲述了该民族祖先英雄班杜干（Bantugan）及其子孙的历险经历和婚姻传奇。2001年和2005年，联合国教科文组织分别将这两部史诗作为人类口头传统的杰出代表，选入《人类口头与非物质文化遗产杰作名录》。

哈努努沃人的传统民歌"安巴汉"（Ambahan）则是各民族民间歌谣最有特点的代表之一。哈努努沃人全称哈努努沃芒扬人（Hanunóo Mangyan），是世代居住在菲律宾中部民都洛岛（Mindoro）南部山地和丘陵地区的原住民族。菲律宾原住民族绝大多数是无文字民族，但极为罕见的是，哈努努沃人有自己的文字书写系统，其文字被称为芒扬字（Surat Mangyan），安巴汉则是他们民间诗歌的统称。安巴汉民歌全诗是双数行，没有固定的行数限制，可长可短；每行固定为7音节，并按行押韵，全诗不换韵脚。菲律宾原住民族的民间歌谣中有很多都是每行7音节，单音节押韵，安巴汉诗歌中最常见的韵是"-an"，每行诗由少至两三个词多至四五个词组成，但所有词总的音节数保持在7个，第七个音节也就是最后一个音节，采用"san""han""wan""gan""lan""dan""man"等"-an"韵的音节。安巴汉诗歌在诵读时通常没有固定的音阶或曲调，也无须伴奏，但是按一定的节奏感吟唱出来，通过简单而明确的音节排列规则和押韵方式，诵读起来有着很明显的音韵感、朗朗上口。安巴汉民歌的内容兼有叙事，更多的则是抒情，哈努努沃人主要是用它来表达对生活中各种事物的感想、感悟和感慨，内容上直抒胸臆，又有对比、反讽、自嘲等表现手法。安巴汉诗歌通常是从哈努努沃人身边日常的事情讲起，借物咏人、借物抒情，表达自己的情绪、审美、情感、价值观等。有趣的是，哈努努沃人非常擅长在诗歌中使用意向强烈的对比等修辞方法，来加深自己在诗歌中的情感表达。因此，吟诵诗歌是哈努努沃人表达情感的常见方式，同时哈努努沃人还会用自己的芒扬字把安巴汉书写在各种竹制品上。

三　西班牙殖民古典时期的菲律宾诗歌

第二个时期是西班牙殖民的古典时期。16世纪中叶西班牙人在菲律宾建立殖民统治并开始传播天主教，于是相应出现了一系列带有鲜明西班牙文学风格及天主教色彩的诗歌文学。这主要包括宗教文学和骑士文学两个组成部分。

16世纪中叶西班牙在菲律宾建立了殖民统治之后，一直致力于推广天主教，在文学领域，试图用赞美诗、宗教戏剧等天主教宗教文学，来取代当地原住民口头吟唱和讲述的民间文学传统和表演传统。菲律宾当地居民不识字，更不懂西班牙语，这对于殖民者传播宗教、展开统治都很不便。于是西班牙神父们在传教中采取了两种策略：一是神父学习本地语言，包括菲律宾群岛各地的多种当地语言，编写本地语言的教科书和字典，力图融入当地社会，使用本地语言进行传教；二是将天主教的传播与教授西班牙语结合起来，通过天主教会的教育机构，向皈依的当地居民教授西班牙语。这种语言学习和宗教教育对于菲律宾文化和文学的发展产生了深远的影响，直接导致菲律宾出现了本土化的宗教文学。天主教修会出版著作的作者都是西班牙传教士，一些传教士诗人也在其中发表自己的作品，不过这已经影响到菲律宾本土的文学创作。西班牙神父的传教和教育活动，在当地培养出一批既熟悉天主教教义又掌握西班牙语的菲律宾本土知识分子。这些人被称作"拉丁人"（Ladino），即西班牙化的菲律宾人，他们既懂西班牙语又会当地语言，在思想信仰上通常都遵循天主教，成为菲律宾当地社会中新兴的精英阶层。"拉丁人"知识分子首先是优秀的译者。在西班牙神父和这些掌握双语的菲律宾本土精英知识分子的共同努力下，天主教的祈祷词、布道辞、圣经故事、赞美诗等宗教内容被大量翻译成当地语言，甚至还做了适应菲律宾具体情况的适当改编，实现了传教内容的本地化。同时，"拉丁人"知识分子还是诗人和作家，17世纪初，伴随西班牙天主教文学的翻译和改编，相应的菲律宾本地的宗教文学创作蔚然成风，菲律宾本土精英知识分子和西班牙神父一起，用他加禄语等菲律宾本土语言，以天主教为主题，创作具有自己风格的赞美诗、布道辞、祈祷词等。于是，菲律宾文学终于由早期的口头创作和传承的民间文学，开始走向由菲律宾人用自己的民族语言创作书面文学。

早期的菲律宾书面文学主要体裁是诗歌，因为它脱胎于天主教赞美诗等宗教文学，同时也兼有部分抒情散文和议论文，抒发对天主教的情感，评议天主教的教义教理。1605 年，传教士弗朗西斯科·圣何塞（Francisco Blancas de San Jose）出版了《基督生平纪念》(*Memorial de la vida Cristiana*) 一书，其中收录了一首题为《风暴与黑暗之时》的佚名诗歌，是为菲律宾文学史上有记载的、用他加禄语书写的、最早的书面文学作品。加斯伯·阿基诺·德·贝伦作为 17 世纪菲律宾诗人和翻译家，是当时"西班牙式"菲律宾宗教文学的集大成者，他仿照天主教的耶稣受难赞美诗"巴松"(Pasyon) 的样式，创作了《我们的主耶稣基督的赞美诗》(Mahal na Passion ni Jesu Christong Panginoon Natin na Tola)，并于 1704 年在马尼拉出版。这首长诗体现出鲜明的天主教本土化的色彩，成为具有本土特色的菲律宾宗教文学的开端。宗教文学的传统发端于 16 世纪末 17 世纪初，并一直延续到 19 世纪，因为这 200 多年中，出版机构一直是由天主教教会所掌控，所以菲律宾的书面出版物绝大多数都是以歌颂和赞美天主教、讨论和思考教义教理为主题。

18 世纪，宗教文学长期统治菲律宾文坛的情况有了改变。西班牙的骑士文学以中世纪民谣（medieval ballad）的形式影响到菲律宾，激发菲律宾文坛创作出相应的本土文学样式。骑士文学是 12—16 世纪西欧、南欧主要的文学样式，在内容上围绕骑士英雄的历险经历与爱情追求展开，在形式上既有韵文体，又有散文体。西班牙人把它带到菲律宾，菲律宾本土知识分子在学习西班牙语和天主教教义、教理的时候，也接触到这种当时在西班牙人中处于支配地位的文学。于是，菲律宾的"骑士文学"便以浪漫主义韵律诗歌的形式横空出世，并且这些诗歌还和民间表演传统相结合，诗人同时也是剧作家，他们积极地把自己的诗歌搬上戏剧舞台。菲律宾的骑士文学主要是用他加禄语创作，故事背景通常设置在具有欧洲风情、虚拟的远方异域王国，讲述的是勇敢、高尚的贵族或英雄历险的传奇生平和追求爱情的浪漫经历。这种英雄历险、追求美女的故事情节，配合上韵文体诗歌的形式，与菲律宾各民族长期流传的民间文学——英雄史诗传统非常相似和契合，符合菲律宾本土居民的文化价值观和审美观；同时，它讲述的故事中融入了大量西班牙文化和天主教信仰的要素，有利于天主教用生动活泼的形式向广大不懂西班牙语甚至都不识字的普通民众传播其宗教内容和伦理观念。于是这种韵律叙事诗很快就得到了民众的接受并流行起来，很多他加禄语作品还被翻译成其他方言，在菲律宾各地广泛流传。

菲律宾骑士文学韵文诗具体分为两类，一是"克里多"（Korido），形式上是每行 8 音节，内容上则是直接将欧洲的浪漫爱情历险传奇故事改写成菲律宾语故事；二是"阿维特"（Awit），形式上是每行 12 音节，内容上则是作者依据自己的想象进行原创的故事。个别也有 12 音节的韵文诗被冠以"克里多"的名字。总体上，阿维特诗更为常见、数量更多，因为每诗行拥有更多的音节，这赋予诗人更大的创作空间，于是它也拥有更丰富的语言变化和更多样的艺术表现力。更重要的是，阿维特诗代表了西班牙骑士文学在菲律宾本土化的最高成就，是菲律宾文坛在近代民族思想启蒙之前，菲律宾作家文学所达到的最高峰。克里多和阿维特除了采用韵文诗的样式，还被改编成戏剧，于是骑士文学的影响也被注入菲律宾本土戏剧文学中，形成了新的戏剧样式"科麦迪亚"（Komedia），并在当时社会中展现出很强的娱乐功能。这种戏剧又被称作"摩洛摩洛"剧（Moro-moro），因为其常见的故事情节取材于西班牙人 11—15 世纪的光复运动（Reconquista）——在伊比利亚半岛与穆斯林摩洛人之间的复国战争。戏剧讲述基督徒与穆斯林之间的战争，主人公通常是信奉天主教的国王、王子或贵族，他们与穆斯林反复缠斗，最终结果总是天主教徒获胜，主人公战场凯旋之后又成功地迎娶了自己心爱的公主，并让异教徒的爱人改宗皈依了天主教。大多数科麦迪亚的剧目改编自克里多，表演时通常要连续演出三个晚上，在菲律宾群岛各地的地方性节日庆典上，各市镇的人们都会上演本地版本的科麦迪亚剧，成为当地最有名气和代表性的娱乐活动。这些菲律宾本土化的骑士文学和相应的戏剧表演对于菲律宾以后的文学和戏剧艺术产生了深远的长期影响，还形成了近代载歌载舞的菲律宾式的萨苏维拉戏剧（Zarzuela 或 Sarsuwela）。他加禄语诗人弗朗西斯科·巴拉格塔斯（Francisco Balagtas，又名 Francisco Baltazar，1788—1862），是菲律宾最负盛名的桂冠诗人和菲律宾骑士文学最具代表性的文学家。他于 1838 年创作了阿维特体叙事长诗《弗洛伦特和劳拉》（*Florante at Laura*），全名为《弗洛伦特和劳拉在阿巴尼亚王国的过往生活》，该诗语言生动流畅、情节跌宕起伏，成为中古时代他加禄语文学中最为流行和知名的作品，不仅是他个人的代表作，更标志了近代以前菲律宾作家文学的巅峰。

四　思想启蒙和美国殖民时期的菲律宾诗歌

第三个时期是思想启蒙和美国殖民时期，是指 19 世纪后半期，菲律宾的本土精英知识分子开始思想启蒙，在宣传运动的影响下，菲律宾社会很快走上了追求民族解放的道路。这一时期虽不长，但各种思潮涌动，社会的急剧变化体现在文学领域，涌现出大量追求民族解放、反抗殖民统治、渴望独立自由的爱国知识分子的诗歌。

这一时期包括 19 世纪末和 20 世纪上半叶两段时间，这是一个政界和文坛英豪辈出、民族主义思潮风起云涌的时代。菲律宾社会经济繁荣，本土富裕阶层壮大，本土社会中上层开始越来越需要，也更有能力培养本土知识精英。1863 年西班牙殖民当局开始在菲律宾建立小学、中学、大学三阶的完整的教育制度，培养出不少精通西班牙语、他加禄语双语的本土知识精英。这些本土知识精英留学和侨居欧洲，得以开眼看世界、接收进步思想的影响。到 19 世纪 80 年代开始，菲律宾民族开始觉醒，本土知识精英发起了追求民族自治和解放的思想启蒙运动，进而以卡蒂普南组织为核心的菲律宾独立革命爆发，菲律宾社会民族主义高涨。这一时期文人们用文学作品作为思想启蒙、民族觉醒的武器，唤起和激励人民群众投身革命事业。虽然后来菲美战争失利，菲律宾沦为美国殖民地，但早已觉醒的菲律宾人民追求民族解放的脚步并没有停歇，民族主义始终是社会主流，民族独立是人民的诉求，菲律宾的文人、诗人们创作了一大批热爱祖国、向往自由、追求解放的作品。在这个过程中，民族启蒙觉醒的宣传运动中，一些诗歌和散文是用西班牙语创作的，其他则是用他加禄语创作；到了民族革命、菲美战争时代，革命者都是使用以马尼拉为中心的地区流行的他加禄语进行文学创作，革命政府将他加禄语定为国语，从而奠定了民族主义与他加禄语之间的必然联系；到了美国殖民统治时期，菲律宾本土语言的文学创作就一直是以他加禄语为中心进行的。

菲律宾思想启蒙、民族觉醒的载体是宣传运动，它是由侨居欧洲的菲律宾启蒙知识分子于 1880—1895 年发起的，旨在推动菲律宾的社会改革，建立民族自尊。它的领导者是当时一些旅欧的本土知识精英，史称启蒙知识分子（Ilustrado）。宣传运动为菲律宾民族主义的兴起和高涨奠定了基础；宣传运动的启蒙知识分子们创作了大量文学作品，批判西班牙殖民当局的倒行逆施和天主教会的累累罪恶，这唤醒了菲律宾民众，同时也让长期盛行宗教文学和骑士文学的菲律宾文坛焕然一新，从此菲律宾文学开始与民族主义思想紧密结合在一起。马萨罗·德尔皮拉（Marcelo H. Del Pilar）先后创办《他加禄日报》（*Diariong Tagalog*）并主导了《团结报》（*La Solidaridad*），标志着菲律宾近代思想启蒙和民族解放运动的开端。他在报纸上发表诗文《西班牙对菲律宾诉求的回答》《菲律宾的君主统治》，抨击天主教神父在菲律宾的虚伪行径，揭露西班牙殖民统治给菲律宾人民带来的罪恶。何塞·黎萨尔（Jose Rizal）创立了菲律宾第一个全国性民族主义团体"菲律宾联盟"（Liga Filipina），创作了两部西班牙文长篇小说《不许犯我》和《起义者》，以及大量诗歌。他的文学创作深刻揭露了西班牙殖民统治的罪恶，最终有力地推动了菲律宾民族意识的觉醒。他就义前的绝命诗《最后的诀别》展现了这一代知识分子对祖国和民族深沉的爱。

随着宣传运动的失败，菲律宾人民意识到只有武装革命才是争取民族解放的出路，以博尼法西奥为代表的卡蒂普南运动革命者们扛起了民族主义的旗帜。这些革命者也创作了不少文学作品，激励民众奋起反抗殖民者的残暴统治，去追求民族独立自由的伟大理想。他们在诗歌中，用激昂的笔调、细腻的情感表达了对敌人的满腔怒火，以及对同志和人民的无限热爱。虽然后来美国在军事上征服了菲律宾，但随后的美国殖民政府也不得不尊重菲律宾人民的民族主义情感和诉求，采取较为开明的政策，很多启蒙知识分子和民族主义者都被吸纳到政府中。随着公立教育体系的建立和现代社会生活的引入，美国殖民下的菲律宾社会变得繁荣和活跃，文学创作更为丰富多彩，民族主义、爱国主义成为文学创作中的主旋律，创作出一大批热爱生活、人民和祖国的诗歌，浓郁的爱国主义情感、追求民族独立解放的理想被融入诗歌之中。革命家安德烈斯·博尼法西奥（Andres Bonifacio）是菲律宾独立革命的发起者及主要领导人之一，是卡蒂普南组织领袖和革命政府主席，被誉为"菲律宾革命之父"。他的诗歌《对祖国的爱》《菲律宾最后的请求》极具知名度和文学成就，诗中对侵略者恨之入骨，对祖国和人民无限爱恋，流血牺牲在所不惜。女革命家格利高里娅·德·耶稣（Gregoria De Jesus）的诗歌，既抒发情感又激励革命事业，体现了女性在当时的解放和自立，在菲律宾文学史上开创了本土女性进行文学创作的先河。菲律宾民族独立革命也成为菲律宾妇女解放历史过程中的里程碑，在当时，一批革命女性先后登上了文学创作的舞台。当时最有名的女性诗作是《我们的诉求》。该诗于 1899 年 2 月 17 日发表在秘密发行的革命报纸《菲律宾先锋报》（El Heraldo Filipino）上，共署有 9 位作者的名字或化名，诗歌直指菲美战争中美国侵略军肆意蹂躏、奸污菲律宾妇女的兽行，成为那个时代菲律宾女性反抗美国殖民侵略的宣言书。

到了美国殖民统治时期，在残酷的军事镇压和严刑峻法之下，无论是尝试武装斗争，还是宣传民族独立思想都会受到深重的压制。但是，已经觉醒了的菲律宾民族在思想上已不可能再退回到殖民主义时代，民族主义思想和情感一直都是这一时期菲律宾文坛的主旋律，渴望自由、热爱人民、歌颂生活是知识界、文艺界、文学界的心声，更是得到了普罗大众的呼应和认可。于是涌现了一批爱国主义诗人，他们利用传统的菲律宾诗歌格律和样式，创作出大量歌颂人民生活、向往民族自由、追求独立解放的诗歌。诗人和剧作家们还创作出以菲律宾本土内容为中心、带有西班牙戏剧风格的萨苏维拉戏剧（Zarzuela 或 Sarsuwela），在歌舞之中展现菲律宾乡土风情和民众生活，通过歌颂人民的生活来表达对祖国、民族的情感，从而间接地传播爱国主义和民族主义的思想。"菲律宾国语之父"洛佩·桑托斯（Lope K. Santos）创作了菲律宾第一部有社会主义倾向的文学作品《晨曦与日出》（Banaag at Sikat）。他的诗作具有典型的菲律宾传统诗歌风格，遵从传统他加禄语诗歌格律，善于用简单而明了的意象传达思想，反映了现实主义和批判性的特征。洛佩·桑托斯的《我是田野》，伊尔德方索·桑托斯（Ildefonso Santos）的《在海边》，何塞·科拉松·德·耶稣（Jose Corazon De Jesus）的代表作《我的祖国》、《爱》和《无论在何方》，都是运用浪漫主义的笔调，表达了对生活、祖国和人民深厚的爱。

五　现当代时期的菲律宾诗歌

第四个时期是现当代时期，指的是 1946 年至今，美国的殖民统治结束，菲律宾重获独立、走上独立发展道路，所涵盖的正是菲律宾的现当代历史。民族主义和后殖民主义等思潮交织在一起，菲律宾语诗歌由相对千篇一律的传统形态走上了多元化的发展道路，主题和形式都变得更为丰富，歌颂和抒发对祖国和民族的爱、追求社会正义和自由平等的诗歌占据了主要位置，形式和思想上卓有新意的新诗崭露头角，与此同时英语诗歌也在菲律宾兴起。

1946 年菲律宾独立后，社会思想更为丰富和多样，既有热爱祖国和人民的民族主义思想，又有关爱劳苦大众、追求社会公正的社会主义思想，也有抨击特权暴力、批判社会不公、追求社会正义的左翼进步思想，还有追求个性解放、思想自由的人本主义思潮。这些思想和思潮反映到菲律宾文学乃至菲律宾诗歌的发展上，不仅在内容上丰富了诗歌文学的主题，让菲律宾诗歌有了更多的关注点，更是在形式上直接导致了新体诗的出现，很多诗人一改传统菲律宾诗歌重视每行固定的音节格式、规律性地押韵的形式主义特征，转而创作自由体的新诗，或者采用"旧瓶装新酒""古诗新作"的方式，从传统的巴松宗教诗歌、阿维特叙事诗等诗体获得灵感，借用人们耳熟能详的传统诗体创作现代内容的诗歌，来表达带有时代特征的思想和情感。

这个菲律宾文学新时代的开启无疑与此前的"维利亚—洛佩斯论战"有关。该"论战"是菲律宾文学史上承前启后的重要历史事件，直接影响和形塑了菲律宾的现当代文学，是菲律宾文学史上的"为艺术而艺术"和"为人生而艺术"之争。新批评主义（New Criticism）文学思潮随着美国对菲律宾的殖民统治，也影响到了菲律宾文坛。新批评主义于 20 世纪 20 年代在英国发端，30 年代在美国形成，40 年代到 50 年代在英美非常流行，这种形式主义批评理论把文学作品作为完整的艺术客体，强调作品本身就是独立自主的，强调作品本体论，既不在乎作者的意图，又不考量读者的感受。这种文学批评思想在菲律宾影响了以何塞·维利亚（Jose Garcia Villa，1908—1997）为代表的一批文学家和知识分子。何塞·维利亚是菲律宾著名诗人、小说家、文学批评家和画家，曾于1973年荣获菲律宾国家艺术家称号，他受法国唯美主义文学思潮的影响，主张"为艺术而艺术"，在诗歌和文学创作中力图追求文学自身的审美，他在诗作中大量使用逗号来进行个性化的文学表达，当时他的观点在菲律宾文坛颇有影响、广为流行。然而，菲律宾社会既历经了长期的殖民地苦难、又深受新殖民主义困扰，文学与现实社会生活之间的联系是不可能轻易被忽略的，追求唯美的、为艺术而艺术的文学显得曲高和寡，虽然它体现了菲律宾文学的理想主义式的审美追求和思想解放，但菲律宾文学终究还是更需要与复杂而苦难的社会现实相结合。何塞·维利亚的文艺思想在文坛流行的同时，另一位诗人则挑战了他的观点，并引发了菲律宾文坛的论战。萨尔瓦多·洛佩斯（Salvador Ponce Lopez，1911—1993），菲律宾作家、新闻记者、外交官、议员和教育家，曾在民族主义思想圣地——菲律宾大学任校长。1940年，他的文集《文学与社会》获得了菲律宾联邦的"联邦文学奖"，他反对纯艺术的文学，认为单纯的艺术空洞无物，强调文学要反映人生，关心劳苦大众的生活疾苦，反映现实社会中的问题。这篇文章一石激起千层浪，菲律宾文学界因此展开了宏大的论战，探讨文学的社会价值和终极意义，此后的第二次世界大战和菲律宾独立更为创作富有时代特征的现实主义文学提供了土壤，最终催生了菲律宾的无产阶级文学，掀起了菲律宾现当代文学中的现实主义浪潮。在现当代文学的众多作品中，很多都表现出明显的现实主义倾向，反映社会不公、追求正义公平成为主流的思想情感，一批忧国忧民、锐意进取的诗人脱颖而出。

阿马多·维拉·赫南德斯（Amado Vera Hernandez）是菲律宾现代文学中最知名的诗人和作家之一，他代表了菲律宾的现实主义文学和无产阶级文学。赫南德斯是作家、报人和工人运动领袖。他的文学创作根据的是自己参加抗日游击队、领导工人运动以及作为政治犯坐牢的种种经历，深刻地展现出那个时代左翼知识分子爱国进步、追求公平正义和民主自由的思想和情怀。阿莱汉得罗·阿巴迪利亚（Alejandro G. Abadilla）被誉为菲律宾现代诗歌之父，他反对传统诗歌过分强调浪漫主义的倾向，以及对韵律和格律的过度强调，主张创作更为自由奔放、体现人性解放的新诗。《我是世界》不仅是阿巴迪利亚本人的代表

作，也是菲律宾现代诗的开山之作和代表作，是菲律宾最早和最有名的新体诗。维基里奥·阿尔马里奥（Virgilio S. Almario）是菲律宾当代最负盛名的作家、诗人、文学批评家。他一方面重塑了菲律宾传统诗歌，从菲律宾英雄史诗、古典韵律诗中取材，让菲律宾传统诗歌在当代再放异彩。另一方面，又创作了大量新诗，娴熟地使用讽刺、譬喻、象征等修辞手法，针砭时弊、反省社会问题，反映劳工阶层、农民阶层的疾苦，控诉为富不仁，追求社会公正和自由平等。菲律宾现当代诗歌的代表人物还有何塞·玛利亚·弗洛莱斯·拉卡巴（Jose Maria Flores Lacaba）、何塞·玛利亚·西森（Jose Maria Sison）、乔伊·巴里奥斯（Joi Barrios）、麦克·科罗萨（Michael Coroza）等。他们有的深刻展现出那个时代左翼知识分子爱国进步、追求公平正义和民主自由的思想和情怀；有的主张创作更为自由奔放、体现人性解放的新诗，把菲律宾文学的浪漫主义传统推向更高峰；有的用辛辣、反讽的批判现实主义笔调，表达对于强权统治的愤懑不满；有的用优美而深沉的笔调，抒写坚贞不屈的斗争精神和浪漫乐观的思乡情怀；有的站在女性立场，探讨性别平等和社会正义，表达了当代菲律宾女性对于自由、平等、解放的追求。还有以施华谨为代表的菲华诗人，创作的诗作既表达了对中华文化的敬仰和归属感，又展现了融入菲律宾主体社会的热切和认同。

结　语

纵观菲律宾文学发展历程中的四个历史时期，诗歌自始至终都是最为重要、最具代表性的文体。诗歌传统是菲律宾民族文化中绝不可缺少的。菲律宾诗歌的发展史其实构成了菲律宾文学史的核心内容。散文体在菲律宾文学中直到19世纪才出现，此前只有西班牙神父在宗教文学中用散文文体创作宗教祈祷词、布道辞。直到19世纪中叶，才出现了以莫德斯特·卡斯特罗（Modesto de Castro）为代表的菲律宾本土神父，用他加禄语创作布道辞等带有宗教文学背景的训诫文学，比如其代表作《乌巴娜和菲丽萨两位女子的书信集》（*Pagsusulatan ng Dalawang Binibini na si Urbana at Feliza*）。直到1885年，才出现了第一部菲律宾小说，民族主义知识分子佩德罗·帕特尔诺发表了《尼娜伊》，讲述了情侣尼娜伊和卡洛斯的爱情悲剧，展现了西班牙殖民统治下菲律宾的社会生态和文化风情。① 在此之前，菲律宾的诗歌文学史就等同于菲律宾文学史。诗歌是菲律宾文学历史中的参天大树，散文、戏剧、小说都是在这棵巨树下成长起来的花草苗木，直到 19 世纪末 20 世纪以后散文、戏剧、小说等才逐渐形成规模，在菲律宾文坛上成为能够和诗歌等量齐观的文学体裁。

回顾菲律宾文学发展史，诗歌植根于传统的民间文学，展现了菲律宾群岛各民族对于自然界的观察、对于神灵世界的信仰、对于生活的赞美和感慨。当菲律宾诗歌遇到西班牙殖民者带来的外来文学和宗教时，它采取传统的音韵和格式，以天主教为创作主题抒发对神灵和信仰的情感，以骑士文学的浪漫冒险故事为主题表达对勇敢和爱情的歌颂，用菲律宾本土方式来演绎西班牙式的文学故事。当民族觉醒、思想启蒙的浪潮袭来时，菲律宾诗歌又摇身变作批判殖民主义罪恶、唤醒人民大众最好的武器，富有格律和节奏的诗篇表达出被压迫人民的怒火，吹响了奋起反抗、追求解放的号角，在美国新殖民者的干涉下武装斗争虽然失败了，但民族主义、爱国主义的思潮已经不可阻挡，诗歌成为呼唤全民族最终获得自由解放的文学载体。当菲律宾终于获得独立，走上自己发展道路的时候，诗歌又成为新时代针砭时弊、批判社会不公的武器，它既用幽默、讽刺的语言对敌人嬉笑怒骂，又用深邃、同情的语言对劳苦大众关爱和关怀，现实主义始终浓浓地聚集在菲律宾诗歌之上，构成菲律宾诗歌在现当代社会最重要的社会价值，但理想主义仍存于斯，文人墨客借此来表达超越现实世界的情怀和关爱。所以，诗歌是菲律宾文学的灵魂，折射出菲律宾各民族人民在不同历史时期的思想、认识、感受和情怀。

作者系北京大学东方文学研究中心 / 北京大学外国语学院教师

---

① Bienvenido Lumbera and Cynthia Nograles Lumbera, *Philippine Literature, a History & Anthology*（Anvil Publishing, 1997）, pp.42-43.

菲律宾文学作品中现实主义
风格多样化特点研究 [*]

吴杰伟

内容提要 菲律宾文学在发展过程中，浪漫主义的风格是发展的主流，由于殖民统治的大环境和民众对作品风格的偏好，菲律宾文学对现实的关注主要通过在浪漫风格的作品注入现实社会的痕迹来实现。本文通过梳理菲律宾文学各个时期的发展过程，选取代表作家和作品中的现实主义元素，归纳在殖民统治时期文学现实主义风格通过渗透和依附于浪漫主义作品而逐渐萌芽，独立之后文学现实主义作品通过与社会运动相结合从而得到蓬勃发展的特点。笔者认为，虽然菲律宾现实主义风格的文学创作诞生较晚，发展较慢，但通过与菲律宾社会的有机结合，找到了合适的发展模式，并迸发出顽强的生命力。

关键词 菲律宾 文学 现实主义

菲律宾文学建立在多语言、多民族的文化环境中，既有深厚的民族文化，又能充分地吸收殖民文化元素；既有广泛的读者群，又有丰富的语言载体。菲律宾文学在漫长的发展过程中，形成了独特的现实主义风

---

* 本文系国家社会科学基金项目"菲律宾当代文学的现实主义潮流研究"（19BWW 032）阶段性成果。

格，即使是形式浪漫的文学作品，也都带着社会现实的痕迹，不仅体现社会的历史变迁，也为文学的现实观照提供了大量鲜活的实例。通过对菲律宾被殖民时期和独立之后等主要文学发展时期进行长时段的梳理，观察菲律宾文学发展过程中的代表作家和作品的现实主义风格，提供思考文学意义、价值理念、学术话语的普遍性与差异性的思想资源，[①] 也为国内学界关于菲律宾文学的研究提供探索性的支撑。

一 菲律宾文学的多样性渊源

菲律宾具有丰富的口头文学形式，包括民间戏剧、英雄史诗、抒情诗、神话以及反映古代菲律宾人朴素的世界观点的谜语、谚语、歌谣等。也可以从文学的社会功能出发，将口头文学归纳为表演类、叙事类和抒情类，表演类主要用于民间娱乐，叙事类主要用于叙述民族历史，抒情类主要用于表达感受，从而构成菲律宾民族文化立体的呈现系列。[②] 这些口头文学在长期流传和整理成文字作品之后，成为菲律宾文学发展深层次的源头。古代的《祈祷诗》《暖屋歌》、菲律宾山地民族文学的代表作品英雄史诗《阿丽古荣》《拉姆昂》《达冉根》等，古代民间故事《麻雀与小虾》、《猴子和鳄鱼》和《世界的起源》等，对菲律宾文学的发展产生了重大影响，[③] 也成为塑造民族价值观的重要源泉。

菲律宾文学在发展过程中，曾经采用过四种主要的书写体系：[④] 巴伊巴音（baybayin）、西班牙语、英语和以他加禄语为基础的菲律宾语，其中英语的使用范围最为广泛。菲律宾的不同地区和不同民族，都有自己的语言，有的民族还有自己的书写系统。菲律宾人用这些多样化的语

---

① 宋炳辉：《学术史观照与中国比较文学学科的话语建构》，《山东社会科学》2019 年第 1 期。

② Remedios V. Vinuya, *Philippine Literature: A Statement of Ourselves* (Makati: Grandwater Publications, 2005), p. 3.

③ 英奇：《菲律宾文学概貌》，《南洋问题》1986 年第 1 期；凌彰：《菲律宾文学概述》，《外国文学研究》1984 年第 1 期。

④ 菲律宾文学表达形式的多样性，既包括语言的多样性，也包括书写体系的多样性。同一部作品，在不同的时期，会以不同的文字呈现。同一个作家，也会用不同的语言和文字进行创作。

言资源，创作了丰富多彩的文学作品。一部文学作品，无论是口头传承的还是文字记录的，其中都会夹杂各种不同语言的表达方式，体现个性化的文学含义和独特的文化内涵。菲律宾不同的语言和书写体系占据主导地位的时期，正好也暗合了菲律宾文学发展的四个时期。虽然菲律宾的文学创作具有多语种的发展特点，但并不意味着菲律宾的作家和读者都能很好地驾驭和阅读不同书写体系的作品，从整体上看，作家具备创作能力的语言一般不超过两种，而读者主要的阅读语言一般为一种。多种语言和文字体系共存的情况，体现了菲律宾文学创作群体和传播群体对社会现实做出的反应。

文学创作过程和文学阅读始终联系在一起，读者的偏好也在一定程度上影响了文学创作的形式。菲律宾文学的传统中，偏重口语性或韵律性、偏重表演性或娱乐性的作品更容易被接受。因此，在菲律宾文学史的发展过程中，浪漫主义的传统一直是主体，无论是体裁、主题、内容还是风格，都流露着浓浓的浪漫气息，现实主义的文学作品相对较少。菲律宾文学中的现实主义传统，主要通过结合丰富的想象，渗透在浪漫文学及美好的传奇之中，展现社会现实，表达社会关注。西班牙殖民统治时期，在传承菲律宾口头文学的表述传统的基础上，诗歌和戏剧等表演类的作品受欢迎的程度要大于其他需要大量文字阅读的作品，而其他适合表达现实内容的作品，如小说、散文等的创作活动比较滞后。美国殖民统治时期，在继承西班牙文学形式的基础上，扩展和深化多种文学创作形式，通过美国殖民政府的影响力，吸收以美国文学为主的外来文学，基本确立了现当代菲律宾文学的发展模式，现实主义风格得到越来越多的关注。菲律宾独立之后，菲律宾的文学发展紧跟世界文学发展的潮流，并将菲律宾社会变迁和社会运动反映在文学作品当中。

二　西班牙殖民统治时期的文学对宗教和民族主义的关注

西班牙统治时期的菲律宾文学可以大致分为三个阶段。第一阶段为16世纪中叶至17世纪初，主要是西班牙殖民者把宗教教义介绍到菲律宾群岛。第二阶段为17世纪初至19世纪初，以托马斯·彬彬（Tomas Pinpin）1610年出版第一部菲律宾本地人撰写的作品《他加禄人学习西班牙语指南》(*Librong Pagaaralan nang manga Tagalog nang Uicang Castilla*) 为标志,菲律宾人开始了学习西班牙语,并运用西班牙语进行写作。第三阶段为 19 世纪初至世纪末,菲律宾人逐渐将菲律宾群岛作为一个独立的主体,开始寻求政治上的民族觉醒,文学上逐渐寻求摆脱西班牙骑士文学和宗教文学的束缚,确立了独立创作的大潮流。由于天主教在菲律宾群岛的影响力,天主教因素贯穿了菲律宾文学创作的始终,围绕着宗教展开文学史上民族主义和殖民主义的纠葛。[①]

西班牙统治的 300 多年间,用西班牙语和菲律宾当地语言出版的书籍中,大部分是宗教文学(祈祷诗、圣徒生平、耶稣受难诗等)和传奇文学(corridos,也可以通俗地表达为"骑士文学"),并以韵文为基础,创造了辉煌的浪漫主义传统。菲律宾的传奇文学多以中世纪的欧洲为背景,主题是歌颂骑士的勇敢和男女的爱情。菲律宾各民族语言中保存下来的传奇诗歌,其故事梗概可以在欧洲的传奇故事中看到相应的影子。[②] 传教士热衷于传播受难诗(pasyon)、圣徒故事和宗教戏剧,而军队中的士兵和殖民政府工作人员则钟情于传奇诗歌,这些外来的浪漫主义风格与菲律宾本土的文学想象相结合,共同推动了浪漫主义作品的传播。菲律宾的民众对于社会现实,主要采取更好地接受现实,而不是改变现实,他们希望改变现实的愿望,主要存在于精神层面,主要通过各种外在的神秘主义的力量来实现,而文学领域的浪漫主义正好为此提供了广阔的空间。19 世纪之前,菲律宾文学中对现实的观照相对较少,比较缺乏现实主义的表现形式,主要通过对浪漫主义作品的深层次解读体会作品与现实的联系。19 世纪之后现实主义作品开始萌芽,并将关注点聚焦在宗教与社会的关系方面。

弗朗西斯科·巴拉格塔斯(Francisco Balagtas,也被称作 Francisco Baltazar,1788—1862)的《弗洛伦特和劳拉》(*Florante at Laura*,1838)是菲律宾语文学浪漫主义的经典作品。《弗洛伦特和劳拉》因语言生动、流畅,成为流传甚广的叙事诗,在叙述浪漫爱情故事的过程

---

① Caroline Sy Hau, *Necessary Fictions: Philippine Literature and the Nation, 1946-1980* (Quezon: Ateneo University Press, 2000), pp. 8-9.

② Dean S. Fansler, "Metrical Romances in the Philippines," *The Journal of American Folklore*, vol. 29, no. 112, pp. 203-234.

中，也通过高超的文学技巧，呈现了丰富的现实主义内涵。在同时期的文学作品中，唯有《弗洛伦特和劳拉》将故事背景的设定具体化，英雄的外貌和心理特征得到了充分的描绘，体现了作者想要在自己的虚构世界中影射当时菲律宾殖民社会的现实状况的考虑。在语言风格方面，英雄的行动主要以现在时时态进行书写，暗示读者诗中那些场景仿佛发生在现实世界当中。从主题上看，爱情主题只是社会—政治主题的副线，男女主人公之间的爱情体现的是民众对国家的热爱。为了突出现实主义的内涵，诗歌的娱乐功能相对弱化，在其他浪漫文学中常见的神奇灵异元素被隐去了，通过对人性的强化突出诗歌的教育意义。① 在菲律宾文学的语境中，《弗洛伦特和劳拉》开启了"介入文学"（litterature engagee）的传统，并对后续的民族主义运动产生了影响。②

1863 年，佩德罗·亚历山大·帕特尔诺（Pedro Alejandro Paterno）用西班牙语创作了第一部小说《尼娜伊》（Ninay,1885 年由 Imprenta de Fortanet 出版，1907 年出版了英文版，1908 年出版了菲律宾语版）。作者发表这部作品的时候只有 23 岁，住在西班牙。《尼娜伊》主要通过菲律宾对逝者连续九天的祷告（pasiam）习俗来作为叙事的框架，讲述两对恋人——尼娜伊与卡洛斯，洛朗（Loleng）与贝托（Berto）——经历的爱恨情仇。小说一共十章，除了引言之外，其他九章每章讲述一天的祈祷仪式。小说通过菲律宾的自然风光与宗教仪式，展示菲律宾独特的文化形态。《尼娜伊》被菲律宾文学界认为是一部里程碑式的作品，突出了"菲律宾人"的身份，开创了菲律宾现当代文学的先河。关于这部小说的评价，文学界一直有不同的看法，有人认为这部小说只是粗线条地展示了菲律宾人的社会生活，而有人则认为这部小说充分展示了菲律宾人的现实情怀。由于小说情节的背景和菲律宾的历史具有紧密的联系，并且把历史文献和史学作为文学创作的基础，这种叙事风格引领了

---

① Jovita Ventura Castro ed., *Philippine Metrical Romances, Sponsored by ASEAN Committee on Culture and Information* (Quezon : APO Production Unit, 1985), p. 330; Jovita Ventura Castro ed., *Anthology of ASEAN Literatures: Philippine Metrical Romances* (Manila: Nalandangan, 1985), p. 330.

② Jovita Ventura Castro ed., *Philippine Metrical Romances, Sponsored by ASEAN Committee on Culture and Information* (Quezon : APO Production Unit, 1985), pp. 225-333.

其后"历史批评"（historia crítica）的潮流。① 这部小说的出版推动了菲律宾的小说创作，菲律宾很多后来的作家，如何塞·黎萨尔等的创作活动都受到了这部小说的影响。如果说黎萨尔的小说是政治性的，那么佩德罗·帕特尔诺则关注菲律宾的社会文化。

何塞·黎萨尔（Jose Rizal，全名为 Jose Protasio Rizal Mercadoy Alonso Realonda），是菲律宾民族英雄和著名作家。1861 年生于一个中产阶级家庭，1896 年 12 月 30 日被西班牙殖民政府杀害，年仅 35 岁。黎萨尔的文学创作主要使用西班牙语，后人对其作品的成功翻译，使黎萨尔的作品在菲律宾妇孺皆知，传播甚广，在社会上产生了巨大的影响，其中两部具有承接关系的小说《不许犯我》（1887 年在德国柏林出版）和《起义者》（1891 年在比利时根特出版）更是异常真实地表现了菲律宾社会矛盾，② 成为菲律宾现实主义和民族主义相结合的文学创作的代表作。尽管小说有借鉴宗主国文学的痕迹（如《不许犯我》在叙事结构上清晰借鉴了西班牙小说家加尔多斯的代表作《佩菲达夫人》），③ 但小说的核心以主人公伊瓦腊两次从西方回到菲律宾的活动与遭遇为情节线索，主要以菲律宾政治、经济、文化中心的马尼拉及其郊区的圣地亚哥镇为背景，真实地反映了西班牙殖民政府统治下菲律宾人民的苦难，突出表现了天主教会修士作为菲律宾社会的"毒瘤"所造成的恶劣影响。④ 菲律宾文学中现实主义和民族主义的创作风格源源不断地鼓舞着年轻人的心灵，特别是在美国殖民统治时期黎萨尔作品进入中学教材之后，现实主义的风格更是在青少年成长的重要时期发挥了重要的作用。⑤

① Eugenio Matibag, "The Spirit of Ninay: Pedro Paterno and the First Philippine Novel," *Humalities Diliman* 7（2）2010, pp. 34-59.

② Adam Lifshey, "The Literary Alterities of Philippine Nationalism in José Rizal's 'El Filibusterismo'," *PMLA*, vol. 123, no. 5, 2008, pp. 1434–1447.

③ 魏然:《〈他加禄的哈姆雷特〉的抉择：何塞·黎萨尔的去殖民与亚洲问题》,《外国文学评论》2020 年第 1 期。

④ 黎跃进:《黎萨尔的选择与矛盾——东方现代民族主义文学的一个个案研究》,《外国文学研究》2006 年第 4 期。

⑤ Adam Lifshey, "The Literary Alterities of Philippine Nationalism in José Rizal's 'El Filibusterismo'," *PMLA*, vol. 123, no. 5, 2008, pp. 1434–1447.

三　美国殖民统治时期现实主义风格的蓬勃发展

1901 年，菲律宾成为美国的殖民地，英语逐渐代替西班牙语，随后也出现用英文创作的小说和其他文学体裁。1908 年由美国殖民政府主导建立的菲律宾大学（University of the Philippines）的办学宗旨之一，就是通过发展美式高等教育，培养新的精英阶层，消除西班牙的殖民影响，提升菲律宾社会的英语水平。一大批菲律宾英语作家在菲律宾大学追求自由的环境中获得快速的成长，菲律宾大学逐渐转变成菲律宾民族主义的聚集地。1910 年菲律宾大学出版了第一本学生英文刊物《大学通讯》（College Folio），这是菲律宾人运用英语进行文学创作的开端，菲律宾英语也开始成为英语世界的一个分支。美国政府还为菲律宾人提供了大量的奖学金名额，鼓励菲律宾学生到美国的大学中攻读医学、法律和自然科学的学位，通过教育的形式，将英语的使用渗透到菲律宾社会的各个方面。1926 年，菲律宾大学成立作家俱乐部（U.P. Writers Club），其宗旨之一是加强和宣传现代英语。1925 年，帕兹·马奎兹·贝尼特斯（Paz Marquez Benitez）的短篇小说《死星》（Dead Star）出版，成为菲律宾作家英语文学创作走向成熟的里程碑。[1] 1921 年至 1941 年是菲律宾英语教育的黄金年代，这个时期接受教育的菲律宾人在英语文学的创作中占据重要的地位，特别是 20 世纪 70 年代菲律宾文坛上，"黄金一代"的影响力是最大的。相较于早期接受英语教育的菲律宾人，这个时代的英语教育更加系统地阐释了英语的语法结构，英语诗歌、散文和小说的创作开始出现。短短的 45 年时间，美国人在语言推广方面的成就超过西班牙人 333 年的努力。[2] 到 2006 年，菲律宾能够理解和使用英语的人口比例达到 65%，英语远远超过了

---

[1]　Lilia Quindoza-Santiago, Philippine Literature during the American Period[EB/OL], 2020-6-5. https://ncca.gov.ph/about-ncca-3/subcommissions/subcommission-on-the-arts-sca/literary-arts/philippine-literature-during-the-american-period/.

[2]　Maria Lourdes S. Bautista & Kingsley Bolton, ed., *Philippine English: Linguistic and Literary Perspectives* (Hong Kong: Hong Kong University Press, 2008), pp. 4,13-15. 西班牙人在结束殖民统治的时候，菲律宾大约有 2% 的人口使用西班牙语。

菲律宾的任何一种民族语言，^① 并成为当代菲律宾文坛主要的创作语言载体。

很多菲律宾作家用英语进行写作，除了从小学习英语的原因，用英语写作可以获得更多的出版机会，可以在更加广阔的空间中和其他作家进行交流，而且英语拥有更加丰富的外国文学传统、文学批评理论和国内社会关注点，^② 从而吸引更多的作家参与创作。英语文学作品继承了浪漫主义和现实主义文学的传统，虽然对理想的追求仍然占据文学的主要地位，但现实主义的潮流逐渐形成，并具有独特的吸引力。小说的创作在这个时期得到充分发展，也成为现实主义潮流的主要阵地。

美国殖民统治时期，菲律宾文学的发展主要可分为两个阶段。第一个时期，从 1908 年至 1924 年，称为"模仿时期"，作者大多数是大学在校生，创作大多模仿美国的小说。马克西莫·卡劳（Maximo Kalaw）创作的《菲律宾革命：美国征服菲律宾演义》（*The Filipino Rebel: A Romance of American Occupation in the Philippines*, 1930）是一本历史小说，讲述的是美国征服菲律宾群岛和建立新的殖民政权的历史，其中表现出强烈的"黎萨尔式"的现实主义传统，弥漫着明显的反殖民主义的意识。^③ 菲律宾作家佐伊罗·M. 加朗（Zoilo M. Galang）于 1921 年出版的长篇小说《一个孩子的悲哀》（*A Child of Sorrow*）是菲律宾人创作的第一本英文长篇小说。小说以主人公卢西奥和罗莎的爱情故事为主线，在故事情节的发展过程中描述了地方权贵在菲律宾社会的影响力以及个人在国内政治中的作用。^④ 他的另一部小说《娜迪亚》（*Nadia*, 1929），描写菲律宾青年保尔·达兰德与波兰姑娘娜迪亚的恋爱悲剧，

① Maria Lourdes S. Bautista & Kingsley Bolton, ed., *Philippine English: Linguistic and Literary Perspectives*（Hong Kong: Hong Kong University Press, 2008）, p. 5.

② Cristina Pantoja Hidalgo, "The Philippine Short Story in English: An Overview," Maria Lourdes S. Bautista & Kingsley Bolton, ed., *Philippine English: Linguistic and Literary Perspectives*（Hong Kong : Hong Kong University Press, 2008）, p. 300.

③ Cristina Pantoja Hidalgo, "The Philippine Novel in English into the Twenty-First Century," *World Literature Today*, vol. 74, no. 2（2000）, pp. 333-336.

④ Maria Lourdes S. Bautista & kingsley Bolton, "The Filipino Novel in English," In *Philippine English: Linguistic and Literary,* edited by Bautsta Ma. Lourdes and Boltion Kingsley（Hong Kong University Press, 2008）, p. 321.

反映了自由恋爱和反对种族歧视等社会思潮。另一位小说家裔涅斯·洛佩斯（Ernest Lopez）于 1929 年刊印了小说《觉醒》（*Awakening*）。①

第二个时期，从 1924 年到 1946 年，称为"实验和独创的时期"，作品带有浓厚的乡土色彩，其中代表人物有卡洛斯·布罗桑（Carlos Bulosan）、曼纽尔·E. 阿吉拉（Manuel Arguilla）和何塞·加西亚·维利亚（Jose Garcia Villa）等人。曼纽尔·E. 阿吉拉的成名作是短篇小说集《兄弟里昂携妻而归》（*How My Brother Leon Brought Home a Wife*，1940），收录的 30 篇小说，都是以菲律宾的北部地区为背景，着重描写农民、渔夫、佃户和无产者的生活与斗争。② 阿吉拉的短篇小说主要表现菲律宾的乡村生活，作品中对于菲律宾农村生活和乡村景色的描写，表达的菲律宾人的经历和感觉，就像用菲律宾的方言来表现小说的文学效果。随着冈萨雷斯的《四月的风》（*Winds of April*，1940）出版，"菲律宾小说发生了确定的质变，体现出被视为菲律宾小说的英语分支所特有的风格和主题特征"。③ 萨拉瓦多·P. 洛佩斯（Salvador P. Lopez）在散文集《文学与社会》（*Literature and Society*，1940）中提出了文学服务社会的文艺批评观点，引发"文学为艺术"与"文学为社会"的争论。卡洛斯·布罗桑（1911—1956）出生在菲律宾班嘉诗兰省的一个农民家庭，年幼时候的见闻和家庭受到权贵阶层的压迫对布罗桑的思想产生了深远的影响，从而为其小说中阶级压迫的主题埋下了种子。在美国殖民统治期间，布罗桑在 1930 年跟随父母移民到美国加州，从此就再也没有回到家乡。布罗桑在移民到美国以后，长期从事低收入的工作，体验了社会底层的艰辛。他的代表作《美国在我心》（*America Is in the Heart*，1946）主要描述了 20 世纪 30 年代菲律宾移民美国的劳工的生活经历和工作情况，④ 并集中讨论了菲律宾海外劳工群体的身份认同。

① 英奇:《菲律宾文学概貌》,《南洋问题》1986 年第 1 期。
② 凌彰:《菲律宾文学概述》,《外国文学研究》1984 年第 1 期。
③ Mojares Resil, *Origins and Rise of the Filipino Novel*（University of the Philippines Press, 1983）, p. 345.
④ Juan Jr, E. San, "Internationalizing the US Ethnic Canon: Revisiting Carlos Bulosan," *Comparative American Studies*, vol. 6, no. 2（2008）, pp. 123-143.

四 菲律宾当代文学对社会运动的观照

1946 年菲律宾独立之后，英语仍然作为官方语言和教学语言。在菲律宾语经历了从"Wikang Pambansa"到"Pilipino"再到"Filipino"的一系列转变之后，菲律宾的民族语言作为民族象征符号的作用开始受到重视，在兼顾菲律宾读者对轻松、娱乐、幽默风格作品偏好的前提下，各种关于国家和民族的严肃主题得到了充分的关注。[①] 大多数当代菲律宾文学作品都带有浓重的历史设置，甚至在角色动机、情节推动、人物背景等方面，都和菲律宾社会所发生的重大事件有关联，也和社会所关注的议题具有紧密的联系。

1946 年出版的马卡里奥·皮内达（Macario Pineda）的小说《马基林山的金子》（*Ginto Sa Makiling*）是第二次世界大战后出现的第一部影响力较大的小说。在情节上，小说接近于浪漫传奇的模式，同时又包含了有关社会、道德和政治的象征性叙述。菲律宾现实主义文学的发展，是从对战争经历的描述开始的。斯特万·贾维拉纳（Stevan Javellana）的《看不见黎明》（*Without Seeing the Dawn*，1947）和埃迪尔贝托·蒂姆波（Edilberto Tiempo）的《守夜》（*Watch in the Night*，1953），这两部小说都与现实主义风格密切相关，主要描述二战期间以菲律宾游击队为代表的抵抗力量与日本侵略者进行斗争的历史。拉扎罗·弗朗西斯科（Lazaro Francisco）是战前著名的菲律宾语小说家，他修改了《自杀的英雄》（*Bayaning Nagpatiwakal*，1932）的情节，以《北方之光》（*Ilaw Sa Hilaga*，1948）为书名重新出版，此后，他又出版了《阿拉阿拉的伤痛》（*Sugat Sa Alaala*，1950）和《潮汐》（*Daluyong*，1962）两部小说，深刻地反映了战争的残酷和社会制度的不公。[②]

二战后涌现的菲律宾文学代表人物有尼克·华谨（Nick Joaquin）、

[①] Hau Caroline, *Necessary Fictions: Philippine Literature and the Nation, 1946-1980* (Philippines, Manila, Ateneo de Manila University Press, 2000), p. 203.

[②] Francis C. Macansantos, Priscilla S. Macansantos, Philippine Literature in the Post-War and Contemporary Period[EB/OL], 2020-06-05, https://ncca.gov.ph/about-ncca-3/subcommissions/subcommission-on-the-arts-sca/literary-arts/philippine-literature-in-the-post-war-and-contemporary-period/.

内斯多尔·V. M. 冈萨雷斯、斯特万·贾维拉纳、克利玛·坡罗丹·杜维拉等。这个时期的文学运动的主流是民族主义爱国文学，作品多以热爱家乡，热爱民主与自由，歌颂纯洁的爱情，反对异族侵略为主题。1959 年成立的国际笔会菲律宾分会分别于 1960 年和 1961 年主办"斯通希尔小说奖"，选出尼克·华谨的《有两个肚脐的女人》（*The Woman Who Had Two Navels*）和克利玛·坡罗丹·杜维拉的《敌人的手》（*The Hand of the Enemy*）两部小说为获奖作品。在 20 世纪 70 年代，埃尔温·卡斯蒂罗（Erwin E. Castillo）所写的英文短篇小说《拉狄安娜的手表》（*The Watch of La Diane*）被评为 1975—1977 年东盟文学的优秀作品。在马科斯军事管制时期（20 世纪 70—80 年代），人们实际上都渴望文学上的"现实主义"能够带来更多反映社会抗争的作品，[①] 并在各种作家讲习班和文学奖项的推动下，探索现实主义文学的发展之路，[②] 采用各种创造性的方法并突破了政治主张的界限，在避免"激进主义"的前提下书写"军管"时代的菲律宾现实，并在推翻马科斯政权的人民运动中扮演重要角色，这段斗争的过程，成为继反对西班牙殖民统治的民族独立运动之后第二波"民族民主运动"。[③]

1986 年，马科斯统治被推翻，菲律宾的文学创作也迎来了新的创作时期。菲律宾作家采取不同的写作策略，创作不同风格的现实主义作品，其中传统现实主义风格的作品有何塞·Y. 达利赛（Jose Y. Dalisay）的《在温暖的地方消磨时光》（*Killing Time in a Warm Place*，1992）、雷纳托·马德里（Renato Madrid）的《魔鬼之翼》（*Devil Wings*，1996）、卡洛斯·科尔特斯（Carlos Cortes）的《纬度》（*Longitude*，1998）等，后现代现实主义风格的作品有埃里克·加马林·达的《火山的忏悔与帝国的记忆》（*Confessions of a Volcano and Empire of Memory*，1990）和阿

---

① Luis V. Teodoro, Epifanio San Juan, ed., *Two Perspectives on Philippine Literature and Society,* Philippine Studies Program, Center for Asian and Pacific Studies, University of Hawai, 1981, p. 8.

② Christine F. Godinez-Ortega, The Literary Forms in Philippine Literature[EB/OL]. 2020-05-25. https://ncca.gov.ph/about-ncca-3/subcommissions/subcommission-on-the-arts-sca/literary-arts/the-literary-forms-in-philippine-literature/.

③ Myra Mendible, "Literature as Activism: Ninotchka Rosca's Political Aesthetic," *Journal of Postcolonial Writing* ,vol. 50, no. 3（2014）, pp. 354-367.

尔弗雷德·尤森的《菲律宾丛林能源咖啡馆》(*Great Philippine Jungle Energy Café*, 1998)。这些作品尝试着将社会现实与传统文化——市井的、田园的甚至是宗教神秘主义的——有机地结合起来，展现菲律宾社会涌现的"回归传统"的潮流。[1]

尼克·华谨被认为是"20世纪菲律宾最伟大的作家"[2]和"最重要的菲律宾英文小说家"[3]，其作品主题围绕着菲律宾人的身份认同，以及老一辈和新时代菲律宾人之间的冲突而展开。[4]20世纪50年代，尼克·华谨曾经在西班牙和美洲进行了长时间的游历，可能受到了拉丁美洲各种现实主义文学创作思潮的影响，他的代表作《洞穴与阴影》的叙事结构就和巴尔加斯·略萨的《胡利娅姨妈与作家》非常相似。《洞穴与阴影》整部小说都是围绕着洞穴而展开，一共分为九章。其中奇数章主要讲述男主人公杰克调查前妻女儿尸体出现在洞穴中的离奇故事，而偶数章则重点讲述这个洞穴成为菲律宾民间天主教（Folk Catholic）圣地的发展过程。奇数章和偶数章的故事脉络没有交集，偶数章更多的是作为整个故事脉络的背景衬托。通过这样的叙事结构安排，也为小说所呈现的现实主义题材提供了一个虚幻的解决方案，强化了作者对现实社会的不满，对殖民主义影响的警觉，对菲律宾社会发展的困惑等一系列复杂的因素反复叠加的效果。尼克·华谨对于街头生活是很熟悉的。他习惯于一个人在马尼拉的街道上四处走动，观察都市生活的点点滴滴，[5]在他看来，西班牙语已经作为殖民主义的标志，融入了菲律宾的日常生活用语，成为菲律宾国语的一个组成部分。例如，在《洞穴与阴影》中，就在日常生活和对话中夹杂着大量的西班牙语。尼克通过记者生涯所观察到的菲律宾社会运动方式，也在《洞穴与阴影》的小说情

[1] Cristina Pantoja Hidalgo, "The Philippine Novel in English into the Twenty-First Century," *World Literature Today*, vol. 74, no. 2 (2000), p. 334.

[2] Nick Joaquin, *The Summer Solstice and Other Stories* (Mqneqluyont City: Anvil, 2011), ix.

[3] Mina Roces, "Filipino Identity in Fiction, 1945-1972," *Modern Asian Studies*, vol. 28, no. 2 (1994), p. 301.

[4] Miguel A. Bernad, "Philippine Literature: A twofold renaissance," *Bbudhi*, 2001 (3) & 2002 (1), pp. 35-56.

[5] Vicente L. Rafael, "Mis-education, Trnslation and the Barkada of Languages:Reading Renato Constantino with Nick Joaquin," *Kritika Kultura*, 21/22 (2013/2014), p. 15.

节中得到了体现。尼克·华谨的文学创作，不仅要展现菲律宾社会道德的退化，而且希望读者在阅读文学作品的过程中，通过了解过去菲律宾社会中积极而充满活力的因素，去寻找解决当今菲律宾社会问题的途径。①

结　论

菲律宾文学中的现实主义风格具有多样性的特点，在不同的历史时期和不同的文学领域形成了不同的流派，出现了不同的代表人物和代表作品。通过对菲律宾文学发展过程的梳理可以看出，菲律宾现实主义在发展过程中，始终和浪漫主义的风格结合在一起。浪漫主义主要关注理想和精神层面的影响，而现实主义主要关注普通人的成长。菲律宾文学中浪漫主义的发端较早，持续的时间较长，在菲律宾社会中的影响力较大。现实主义发展较晚较慢，并在发展过程中结合了浪漫主义的某些特质，从而在菲律宾文学领域形成了离不开浪漫因素的现实主义风格。

菲律宾现实主义文学拥有多样化的表现形式和社会语境。多样化的创作语言帮助读者了解菲律宾社会形成的过程，也帮助菲律宾民众建立身份意识。不同时期的作家选择不同的语言风格，一部分作家从生活和社会的细节出发，通过写实性的语言风格，表现菲律宾社会的现实主题，奉献出许多具有世界意义与世界声誉的卓越作品；一部分现实主义作家将菲律宾的文化传统、宗教意识、神秘主义与现实主义文学相结合（或浪漫、或象征、或幻想的故事内容），紧紧贴合菲律宾读者的需求，以服务现实作为创作的目的。不同的作家在运用现实主义方法创作小说时又有各自的写作特征，有的作家注重外部环境的描述，有的作家注重人物内心世界的表现，有的作家注重情节与现实的结合，有的作家注重对人物的心理感受与情绪投射。

菲律宾现实主义风格受到深刻的外来因素的影响。口头传统是菲律宾文学发展的源头和深层次的影响因素，但这些因素在殖民时期以及之

---

① Lourdes Busuego Pablo, "The Spanish Tradition in Nick Joaquin," *Philippine Studies*, vol. 3, no. 2（1955）, p. 190.

后的文学创作中，更多地成为作品的底层因素，而各种外来文学风格成为直接的表现形式，并将浪漫传奇的风格与菲律宾口头文学传统进行深度融合。菲律宾现实主义风格的萌芽，主要零星出现或隐藏在浪漫主义的作品里。而现实主义的发展，如黎萨尔小说，则主要发生在国外，然后逐渐传播到菲律宾国内。之后随着文学交流与传播的快速发展，民族主义的启蒙者、作家和读者并不介意外来文学的影响，也积极引进和模仿外国现实主义创作风格。

菲律宾文学中的现实主义风格研究是一个复杂而深刻的研究领域。菲律宾文学创作中的浪漫与现实是作家普遍面临的一个问题。菲律宾作家擅长书写浪漫主义，其中一部分浪漫主义文学作品是作家对自己想象世界的描述，并加上对现实世界的感觉，在文学外化的基础上，运用浪漫与现实相结合的表现手法，由联想和想象引发对现实世界的思考。菲律宾作家一直在寻找不同的创作方式，在传承现实主义传统的同时也在思考与各种新的文学流派进行融合的途径，并不断挖掘菲律宾文学的文化主题、历史主题、生态主题等多个方面，为读者提供了多种的主题与价值期待。

作者系北京大学东方文学研究中心／北京大学外国语学院教师

口头传统的现代力量

——《微物之神》对民间文学的再解读和改写

姜　蕾

内容提要　印度女作家阿兰达蒂·洛伊的小说《微物之神》的关注内容和创作手法极具现代性，但其中不乏对民间文学的再解读和改写。小说借用印度神话中"大神"与"小神"的形象构建故事中不同侧面上不同力量之间的矛盾和博弈，并以卡塔卡利舞及其演绎的史诗故事暗喻主线情节中的"越界"主题和三代人的"禁忌之爱"。同时，洛伊借助民间文学和口头传统的特质创新写作技巧。民间文学不仅为洛伊提供了创作技巧和人物生长的土壤，也为洛伊的文字提供了独特的内核力量。本文试图探讨小说《微物之神》对印度民间文学的再解读和改写。

关键词　阿兰达蒂·洛伊　《微物之神》　卡塔卡利舞　民间文学

印度女作家阿兰达蒂·洛伊（Arundhati Roy）的英语小说《微物之神》（*The God of Small Things*），① 以对"爱的律法"的"越界"所造成的"禁忌之爱"为线索，以"大神"和"小神"这组对立关系所譬喻的不同层面上权力悬殊者的矛盾对立，串联了主人公原生家庭中三代人的悲剧。故事发生在20世纪60年代到90年代印度喀拉拉邦小镇阿耶门连，

---

① Arundhati Roy, *The God of Small Things* (New York: Random House, 1997).

借助一对有着"暹罗双胞胎"一般心灵感应的双生兄妹艾斯沙（Estha）与瑞海尔（Rahel）的视角，对在全球化和后殖民浪潮之下处于传统与现代痛苦撕裂中的南印度社会进行观察。

这部关注内容和创作手法颇具现代性的小说中，不乏对民间文学的借用、改写和再解读。口头传统的现代力量渗透在洛伊小说中的多方面，同时，洛伊独特的创作特色和技巧也受到了民间文学的影响。

一 "再解读"——以卡塔卡利舞为例

在《微物之神》第十二章中，二十三年后重逢的双胞胎兄妹看了一场卡塔卡利舞。洛伊对其所表演的史诗《摩诃婆罗多》中的故事进行了再解读，重新审视了史诗所传达的正义与道德，暗示小说情节的发展，并以此为传统社会中借助神话和史诗所阐述的秩序进行消解。

（一） 再解读的必要与可能——传统社会中的卡塔卡利舞

卡塔卡利舞是印度古典舞蹈的四大派系之中最古老的一种，沿袭印度古代梵语戏剧形式和表演风格，其题材多选自两大史诗。根据婆罗多牟尼《舞论》（Natyaśāstra）[1] 对戏剧起源的介绍，以因陀罗为首的众天神向梵天请求创造一种适合所有种姓的娱乐，故而戏剧又称第五吠陀。卡塔卡利舞作为印度古典舞蹈和戏剧，本身就与种姓制度和社会规范的"教化"紧密结合在一起，是传统的象征；其在传统社会中最主要的作用在于以舞蹈和戏剧的形式来表演"伟大的故事"[2]，借此传达神话和史诗所阐释的社会制度和道德规则以规范社会秩序。同时，卡塔卡利舞的丰富性与多样性为社会中的弱势一方"张目"提供了可能——即使在史诗和神话中非正义的、触犯规则的和弱势的一方，在故事的表演中也有详细的表现。要挑战和反思传统的权威，离不开对其载体的改写和再解读。

---

① 婆罗多牟尼:《舞论》，载黄宝生译《梵语诗学论著汇编（上册）》，昆仑出版社，2008，第31~110页。

② 虽然张志忠、胡及平译本《卑微的神灵》（南海出版公司，1998）在章节后注释中将"the Great Stories"理解为《故事广记》，但从文意和下文的内容来看，直接理解为非专有名词的"伟大的故事"比较好。

相比于美国女诗人安妮·塞克斯顿《变形》(Transformations，1971)①对格林童话的改写和再创作——借助情节变化与叙事角度转换、对传统形象的重新定义、中心人物与边缘人物的位置调整等方法，从而实现对经典的解构与祛魅，洛伊走出的改写道路偏重基于史诗所呈现的丰富面貌而进行的再解读——并非直接介入史诗中的人物或叙事角度来进行重写或改写，而是借助小说主人公的视角对观舞所见的故事情节进行重新解读和质疑。洛伊对"传统"的态度既爱又恨。一方面，传统禁锢和束缚民众；另一方面，传统又为作家提供了思想的多样视角和反思的可能性。

（二） 洛伊对史诗的"再解读"和质疑

《微物之神》的悲剧主要源于人物的爱情和欲望冲破了"爱的律法"，表现为主人公所在的伊普家族三代人的"禁忌之爱"：双胞胎的姑婆宝宝克加玛年轻时爱上了天主教神父，为此背离家族的叙利亚基督教信仰；出身高贵的女主人公阿慕与"不可接触者"维鲁沙冲破种姓制度相爱并结合，最终受尽迫害双双惨死；双胞胎兄妹艾斯沙与瑞海尔以不受"爱的律法"禁锢的孩子的眼光去"爱"维鲁沙、阿慕和表姐索菲·摩尔，却因此引发了悲剧；被分别寄养放逐二十三年后他们在重逢时发生了乱伦，又一次冲破了"爱的律法"。

小说的第一章，就暗示了故事的走向与结局："这件事的确开始于爱的律法被制定之时——那种规定谁应该被爱，和如何被爱的律法。那种规定人可以获得多少爱的律法。"②并指出这种"爱的律法"产生于英国的殖民统治之前，即源自传统的印度社会中阶级、种姓、性别等层面的禁锢。这片土地上触犯"爱的律法"的人还包括"历史之屋"（the History House，维鲁沙被警察围殴之处）的原主人——一位因同性恋人被强行带走而自杀身亡的英国绅士。宗教、阶级、种姓、性别和伦理，都是传统社会中不容触犯的铁律。洛伊则通过对卡塔卡利舞所传达的"传统"的反思，赋予这些"越界"行为被正视的可能。

---

① Anne Sexton, *The Complete Poems*（Boston·New York: Mariner Books, Houghton Mifflin Company, 1999）, pp.221-295.

② Arundhati Roy, *The God of Small Things*（New York: Random House,1997）, pp.31-32.

　　第二场卡塔卡利舞"难敌（Duryodhana）与其弟难降（Dushasana）之死"取材于《摩诃婆罗多》大会篇：难敌诱导坚战掷骰子，将般度五子之妻德罗波蒂（Draupadi）作为赌注输给自己。怖军（Bhima）发誓为德罗波蒂报仇，在俱卢大战中撕开难降的胸膛。洛伊对这段英雄复仇故事进行了再解读："奇怪的是，德罗波蒂仅仅是对那些赢得她的男人们愤怒不已，却不追究那些拿她当筹码的人。"[①] 为德罗波蒂复仇的行为的正义性就此被消解，史诗中不可调和的正邪对立以及道德审判不再无可挑剔而是漏洞百出。隐喻玛玛奇（Mamachi）在得知阿慕与维鲁沙的情事时由于种姓制度和阶级对立带来的偏见，在宝宝克加玛的煽动下以强奸罪为名向警方诬告维鲁沙，最终导致后者惨死。其后怖军虐杀难降的狂暴一幕也让观舞的双胞胎"认出了这一场景"，喻指二十三年前"可接触的"、代表"正义"一方的警察对维鲁沙的虐杀。洛伊通过对卡塔卡利舞及其讲述的史诗的再解读使得这个故事庄严伟大的神圣性被消解和嘲讽，对传统的"正义"、"道德"和"秩序"进行了重新定义与隐晦质疑。

　　第一场卡塔卡利舞中，迦尔纳（Karna）与其生母贡蒂（Kunti）在恒河岸边相认。史诗中迦尔纳固然是英雄，但行为品性多有不端；洛伊的再解读则赋予了他不同的形象——维鲁沙与艾斯沙二人的结合体："他是被世界抛弃的迦尔纳。孤独的迦尔纳。没有用处的货色。……在贫困中成长起来的王子，在不公正的、失去武装的情况下孤独地死在他的兄弟之手。"[②] 迦尔纳被车夫收养，身份卑微且受尽歧视，最终死于兄弟之手。小说中维鲁沙身为"不可接触者"、不公正地受到皮莱"同志"背叛、因种姓歧视而惨死，正暗合了这一孤独的、贫困的、遭逢不公的弃儿形象；经历了剧变、怀着愧悔，富家小少爷艾斯沙逐渐变得沉默寡言，也越来越像被他不慎害死的维鲁沙。因而"贡蒂"形象的解读也耐人寻味：她与迦尔纳相认，只是为了迫使他保证不伤害她爱的五个儿子。从史诗的角度看，是正义一方在用母爱的力量请求敌对的儿子迷途

①　Arundhati Roy, *The God of Small Things*（New York: Random House, 1997）, p.223.

②　Arundhati Roy, *The God of Small Things*（New York: Random House, 1997）, pp.220-221.

知返；而在洛伊看来，是贡蒂"求助于爱的律法"① 对迦尔纳做出不公正的胁迫，所谓的亲情不过是杀人工具。洛伊将之解读为带有欺骗意味的举动，隐喻第十九章中宝宝克加玛以阿慕的命运为要挟编造谎言，诱骗童年的艾斯沙在警察面前作伪证害死维鲁沙。"爱的律法"在史诗中是光明正义，洛伊却再一次从"小神"的立场对之进行了嘲讽。

　　然而，卡塔卡利舞所讲述的故事内核的丰富与多样，也反过来为打破传统的禁锢提供了可能。另一重含义上，迦尔纳与贡蒂母子相认隐喻了艾斯沙与瑞海尔的乱伦：艾斯沙的形象逐渐向维鲁沙靠拢，瑞海尔则越来越像双胞胎的母亲阿慕。卡塔卡利舞中，贡蒂对迦尔纳的一吻唤起了被长久抛弃的迦尔纳记忆中幼时在母亲身边的狂喜："他亲爱的母亲的吻。'你知道我有多想念你吗？'"② 二十三年后重逢时，双胞胎打破"爱的律法"的乱伦行为，也始于瑞海尔的一个吻，在艾斯沙的眼中那是"他们美丽的母亲的嘴唇"（Their beautiful mother's mouth）。③ 双胞胎冲破禁忌的结合因此具备了合理解读的可能：艾斯沙从瑞海尔嘴唇上得到的安慰，是已逝的阿慕对长久孤独中的小儿子的爱抚，也是阿慕和维鲁沙这对情人之间爱意的另一种形式的传递。所以在第一场舞的结尾，艾斯沙也来到神庙观舞时，洛伊才会隐晦地提及："他们被这个故事——以及关于另一个母亲的记忆——紧密连接在一起。"④ 卡塔卡利舞作为对秩序与规则的强力维持者，反过来给予了这样一种"禁忌之爱"打破"爱的律法"并得以喘息的可能。

（三）　基于表演艺人角度的再解读

　　卡塔卡利舞表演中有独特的"男扮女装"现象。第十二章中，贡蒂便由一个长相举止女性化，甚至因长年扮女相而"长出了乳房"⑤ 的男演员扮演。这一特征隐喻了小说中的性别错乱和模糊问题，传统的社会主流和秩序规范下极难被接受的"异类"。这种模糊错乱主要见诸双胞

---

① Arundhati Roy, *The God of Small Things*（New York: Random House,1997）, p.222.

② Arundhati Roy, *The God of Small Things*（New York: Random House,1997）, p.221.

③ Arundhati Roy, *The God of Small Things*（New York: Random House,1997）, p.310.

④ Arundhati Roy, *The God of Small Things*（New York: Random House,1997）, p.222.

⑤ Arundhati Roy, *The God of Small Things*（New York: Random House,1997）, p.221.

胎兄妹艾斯沙和瑞海尔。

童年时的双胞胎兄妹"有悖于社会规则"的行动不仅表现在性别问题上，小说第一章就提及，遭遇剧变之前，孩子们几乎一直存在"倒读"和"略读"行为。但性别问题贯穿了双胞胎的人生：第九章中，孩子们装扮成"印度教的淑女"去拜访维鲁沙，自称"皮莱太太，伊本太太，拉贾戈帕兰太太"；相对于"男孩"这一身份，不久前才完成"成人仪式"（第一次独立使用男厕）的艾斯沙"性别模糊"现象仍然十分明显：他是"披纱丽的能手"，并自己涂抹朱砂痣和黑眼膏。维鲁沙像接待三位女士一样用传统社会中成人世界难得的态度招待孩子们，允许他们用红蔻丹涂抹他的脚指甲。"一个木匠涂着华丽的脚指甲"，在警察眼里成为维鲁沙的"罪证"之一：这种不可接触者不该有的装扮不仅是对种姓制度的"叛逆"，且带有跨性别或者同性恋的可能。当警察们在"历史之屋"的角落里见到维鲁沙的脚趾时，便以"是 AC–DC 吗？"[①]开始了对维鲁沙的殴打。遭遇突变的双胞胎兄妹被分开之后，"性别模糊"行为一直持续到他们重逢：瑞海尔被所在修道院的院长和修女评价为"似乎根本不知道如何做一个女孩子"；[②] 而艾斯沙则从剧变之后便过度地沉默安静，充满了主流社会中被认为是女性特质的行为，例如格外喜欢做家务。

双胞胎兄妹性别意识所谓的模糊和错乱，一方面是对主流社会的性别秩序和刻板印象无意识的反叛；另一方面也与成年后双胞胎兄妹对"爱的律法"的触犯相关。无论"性别意识模糊"还是乱伦，二人的行动都与他们本身所具有的"暹罗双胞胎"的特质紧密关联：他们身体彼此分离而精神意识相连，在分离时意识到"我们"，相聚时则认为只有一个"我"。这使得性别问题的模糊变得正常可解。乱伦一方面象征阿慕对孩子和维鲁沙双重意义上的爱抚，另一方面则源于双胞胎在彼此区分上的模糊概念；就后者而言，双胞胎打破"爱的律法"发生乱伦，也可视作二者的重新结合。这正与卡塔卡利舞中所讲述的神奇的故事和舞者本身女扮男装的演艺行为一样，在通过舞蹈规范传统秩序的同时也微

---

① Arundhati Roy, *The God of Small Things*（New York: Random House,1997）, p.181. AC-DC，交流电—直流电符号，此处用于比喻跨性别者或同性恋／双性恋。

② Arundhati Roy, *The God of Small Things*（New York: Random House,1997）, p.18.

妙地触碰秩序的界限。

演出结束，回到"现实"的舞者仍然顺应传统社会中的性别规则，回归"男性"所"应有"的行为：回去打老婆，"连那个温柔的长着乳房的贡蒂也不例外"。[①] 传统社会的现实中性别歧视和种姓压迫仍然存在，但在卡塔卡利舞的叙述和演绎中却可以找到主流秩序之外的各类生命不同的存在方式。在这个意义上，卡塔卡利舞对于由它所阐释和传达的社会规范呈现出一种隐匿的反叛力量。

二　《微物之神》对民间文学的直接引用

洛伊本人深受喀拉拉邦本土民间文学的滋养，正如她在描述卡塔卡利舞表演者生长环境时所言，"这些故事就是他的孩子们和他的童年"。[②] 民间文学为洛伊的创作提供了丰富的材料，也成就了她创作中独特的气质与技巧。

（一）　大神与小神的形象和"搅乳海"

小说内容对民间文学的直接引用，主要表现在借助神话和传说来构建故事框架或暗喻故事情节。

结构上，小说借用喀拉拉邦本土民间文学中"大神拉尔坦"与"小神蒙巴蒂"的形象：在本土社会内部，掌控权力和秩序解释权的一方是"狂暴的、席卷一切"的"大神"；受到压迫和奴役的、习惯于"不幸的产生"的底层人民以及微弱的反叛者则是"小神"。这两组矛盾支撑小说在结构上横向展开构建不同侧面不同力量之间的矛盾和博弈，并暗示人物性格。大神狂暴地咆哮着要求人们服从，小神则是"精巧的、抑制的、民间的、有限的"，[③] 带着因无法反抗的绝望而生发的空洞的声音轻率地发出麻木的讥笑。当他们试图触及或冲破秩序的时候，无论出身阶级地位高低，都自动被席卷一切的秩序砸入社会底层。触及了"爱

---

① Arundhati Roy, *The God of Small Things*（New York: Random House,1997）, p.224.

② Arundhati Roy, *The God of Small Things*（New York: Random House,1997）, p.219.

③ Arundhati Roy, *The God of Small Things*（New York: Random House,1997）, p.20.

的律法"而惨死的阿慕和维鲁沙、被"放逐"的双胞胎都是绝望的"小神","大神"则是操控这一"爱的律法"的传统。

情节上,小说通过直接引用民间文学来暗示故事发展和褒贬态度。第十章,艾斯沙搅拌果酱时,随着不断搅拌,"即将消逝的泡沫制造出了即将消逝的形状",[①] 种种怪诞意象暗喻了孩子们即将亲历的悲剧。除此之外,艾斯沙还在搅拌中想到了一些事:第一,"任何人都可能碰到任何事情",第二,"最好准备妥当";最后出现在脑海中的是一艘可以渡河的船,因而艾斯沙对自己的"智慧"感到"非常满意"。[②] 这些念头和形象的来源并非抽象的思考而是具体可感的搅拌,化用了印度神话中"搅乳海"的故事:天神和阿修罗共同搅乳海诞生了各种宝物,最后出现的是甘露;甘露的争夺结果决定了天神与阿修罗双方的永生或放逐,即定义了秩序。而搅果酱产生的意象和念头也代表了艾斯沙对他所处的世界能做出的解释和关于秩序的想象,以及他所认为的宝物(船)。这种化用和譬喻是对民间文学的双重意义上的回应。一方面,神话中"搅乳海"这一宏大叙事和小孩搅果酱的行为放在一起,本身就是对民间文学阐释的传统权威进行的微妙嘲讽,与上文的"再解读"有一定的相似之处;另一方面,也是洛伊对民间文学及其代表的传统文化自觉的接受和运用:借用搅乳海这一神话情节,来讲述、反馈自己的故事。搅乳海在神话中的重要性,恰也暗喻了"搅果酱"时艾斯沙的所思所想在小说情节发展中重要的推动与暗示:孩子们由此做出自认为万全的准备,驾着小船去河对岸,却不幸在急流与旋涡中翻船,遭遇了"任何人都可能碰到的任何事情",故事自此急转直下,拉开了惨剧的序幕。

(二) 创作手法的探索

《微物之神》对创作手法和艺术形式的探索也与民间文学关系颇深。行文中运用了许多大写字母、斜体、变体字和加大字号来进行区别;甚至在情绪激动或者遭遇过于悲惨时,行文中会留有大面积的余白。这一点可以视作洛伊的创造性的发明,而非印刷和排版纰漏。国内译本中,

① Arundhati Roy, *The God of Small Things* (New York: Random House,1997) , p.185.

② Arundhati Roy, *The God of Small Things* (New York: Random House,1997) , pp.186-187.

南海出版公司出版的张志忠、胡及平译本《卑微的神灵》[1] 保留了这一点，而人民文学出版社所使用的台版吴美真译本[2] 中却没有保留，且缺漏了书中部分"空白"之后的语句，例如第一章结尾处"无论如何，为了一个切实的追求，在一个毫不切实的世界上……"[3] 一句。此外，对于同样一句话的处理原作是全部变体字还是大小写夹杂，兰登书屋和哈帕柯林斯出版社的两版英文本存在分歧，这显然是出版中的误差而非洛伊本人的手稿所能产生的混淆，故而仍无法知道洛伊在创作中所呈现的最初状态。洛伊的这一创作技巧，在一些批评家眼中被认为是将书面文学的表现形式创新发展的精妙设计。但严格来说，相比于必须依赖书面和文字、只有借助视觉上的直观展示才能表达其特定的美感的书面文学技巧（例如汉语文学中的"回文诗"），《微物之神》中这些加大字体、变体、停顿、着重等"书写技巧"，更像是在尽可能地在书面文本中呈现口头传播过程中所能展示的故事讲述技艺。洛伊在书面创作中运用民间文学与口头传播的特点，在文本中展示"讲故事的人"的情感波动，模拟口头传统中面对面的直接讲述。

语言特色上，小说中一些固定的名号和套语被反复提及。例如，艾斯沙绰号"猫王的跟屁虫大使"，瑞海尔是"流浪的鼻涕虫大使"，阿慕梦中的维鲁沙是"伤残了的神"或"卑微的神灵"；同时，一些固定的语句如"爱的律法"、阿慕梦中伤残神灵的样貌以及双胞胎意识中反复回放的维鲁沙惨死一幕的描述也成套地反复出现。这种不断地重复加深了读者的记忆，保证了阅读中的思维连贯和阅读流畅。

此外，《微物之神》虽然讲述了复杂波折的故事，却在第一章就交代了当年的悲剧结局，暗示了故事情节的走向，在穿插描写中不断透露悲剧的缘由和细节。这就避免在行文中突如其来的情节变化带给读者"惊悚感"，使读者能将更多的精力放在对故事内在情感和主题的感悟上而非流于表面的情节。这种创作意图正是洛伊在第十二章中表达的她对

---

① 阿伦德哈蒂·罗易：《卑微的神灵》，张志忠、胡及平译，南海出版公司，1998。

② 阿兰达蒂·洛伊：《微物之神》，吴美真译，人民文学出版社，2006。

③ 阿伦德哈蒂·罗易：《卑微的神灵》，张志忠、胡及平译，南海出版公司，1998，第38页。Arundhati Roy, *The God of Small Things* (New York: Random House,1997), p.34. 吴美真译本缺此句。

"伟大的故事"即史诗的认识:"你知道故事的结局,但是当你聆听时,你仿佛并不知道。就像人终有一死,但是在人们活着的时候,就仿佛不知死亡。聆听伟大的故事,你知道谁活着,谁死去,谁找到爱,谁没有找到,但是你仍然想再度聆听。——这就是它们的奥秘与神奇。"[①] 这种对民间文学的体悟,也是洛伊在这种跳荡的、穿插交错的创作风格中做出的尝试和力求达到的效果。

结 语

《微物之神》中,洛伊通过对民间文学的借用、改写和再解读,完成了精妙的情节展示和独特创作技巧的呈现。借助对史诗的再解读,洛伊对卡塔卡利舞所传达的传统社会秩序解释权以及制度权威进行反思和消解,针对20世纪下半叶的喀拉拉邦社会问题进行重新思索,并以此构筑小说叙事的主线情节。同时,洛伊借助神话和传说中的形象构建"大神"与"小神"的矛盾对立,并借用卡塔卡利舞设下精妙的譬喻,将现代印度社会内部的裂变与矛盾交织呈现在情节和结构中。

《微物之神》对民间文学的再解读和改写,为思考民间文学和口头传统在现代社会的发展及其如何参与作家文学创作提供了一个全新案例。民间文学由于自身的多样性,在掌握传统社会秩序解释权威的同时也为现代人的反思和打破权威提供了可能;而洛伊借助"搅乳海"等民间文学元素推进情节,并借助口头传统创新写作技巧,使得这样一部立足当下社会问题、语言和内容看似极为现代化的小说中包蕴了丰富的民间文学特质,并以此深入挖掘剖析社会和人性中的种种问题,这也充分展示了口头传统的现代力量。

作者系北京大学外国语学院硕士研究生

---

① Arundhati Roy, *The God of Small Things* (New York: Random House,1997), pp.218-219.

"模"而不"仿"：谈贾米《春园》的创作策略[*]

沈一鸣

内容提要　本文以贾米的《春园》为例，将文本置于波斯古典文学文化史的框架下，通过其与萨迪《蔷薇园》的比较研究深入探讨贾米的创作策略。笔者认为贾米在创作《春园》时主要参考了《蔷薇园》的章节结构、文体和文字风格，在具体的内容、修辞、体裁上则结合了自身背景和读者需求，体现出"模"而不"仿"的创作策略。该策略一方面继承了"神授论"影响下产生的波斯古典文学的模仿传统，另一方面也为作者提供了一个可创新和拓展的空间。此外，本文还进一步考察了贾米诸多模仿作品之所以获得广泛接受的背景，并对波斯古典文学模仿传统下佳作频出的现象进行了分析。

关键词　贾米　《春园》　模仿　萨迪　《蔷薇园》

努尔·丁·阿卜杜·拉赫曼·贾米（Nūr al-Dīn 'Abd al-Raḥmān Jāmī，1414—1492）是波斯15世纪苏非哲学家和文学家。贾米一生作品超过40部，是一位多产的作家。这些作品体裁丰富多样，包括苏非哲学散文、传记、诗歌等。其中，贾米的很多作品流传甚广，除波斯语世

---

*　本文系国家社会科学基金青年项目"明末清初回儒舍起灵（蕴善）汉译作品研究"（16CZJ017）阶段性成果。

界外，还远播世界各地，如印度、奥斯曼土耳其、阿拉伯世界、东南亚，乃至中国。通过作品的广泛传播，贾米也因此在生前身后获得了各种美名：在波斯语世界，贾米的诗歌为其赢得了"封印诗人"和"末代诗圣"的称号；而在中国，贾米凭借其苏非哲学散文著作的传播和翻译被尊为"咋密尊者"①和"天方大贤查密氏"②。现当代学者和文学评论家对贾米诗作的文学性评价不高，但多肯定贾米作品中所展示出的博学、苏非神秘主义哲理，以及译介自阿拉伯语文献的知识和思想。伊朗文学评论家扎林·库伯（Zarrīnkūb）认为："贾米在诗歌创作上获得的赞誉，很显然来自他在学识和为人处事上的美名。"③ 英国学者爱德华·布朗（Edward G. Browne）则指出，贾米作为"波斯最后一位伟大的古典诗人，无疑是最有才华，多才多艺和多产的诗人之一"。④

本文所讨论的《春园》（Bahāristān）是贾米的一部波斯语散文和诗歌混合体作品。《春园》完成于1486年，此时贾米已年逾古稀。贾米称该文是为教育10岁的儿子优素福所作。⑤ 在"序诗"中，贾米即告诉读者"读完［《蔷薇园》］这几行，让我产生了效仿这样高尚的诗歌和散文，自己创作几页的想法"。⑥ 因此，《春园》的创作受到了波斯著名诗人萨迪（1210—1291或1292）的《蔷薇园》（Gulistān）影响。

萨迪生活在13世纪，除《蔷薇园》，其代表作叙事诗《果园》（Būstān）以及抒情诗等皆享誉波斯语世界内外，甚至14世纪就已在中国中原地区广为流传。⑦ 可以说，在贾米生活的15世纪，萨迪的《蔷薇园》已成为波斯文学经典。在《春园》的"序诗"中，贾米将萨迪称为"著名谢赫和伟大学者"，称赞《蔷薇园》是"高尚的诗歌和散文"，

---

① （清）舍起灵：《咧母嗯惕：昭元秘诀》上册，哈佛大学燕京图书馆藏抄本，1890，第4页。

② （清）刘智：《真境昭微》，牛街清真书报社，1925，"前言"第1页。

③ Abd al-Husayn Zarrīnkūb, *Bā Kāravān-i Khala-Majmū'a-yi Naqd-i Adabī* (Tehran: Intishārāt-i 'Ilmī, 1378), p. 292.

④ Edward Granville Browne, *A Literary History of Persia*, vol. 3 (Cambridge: University Press, 1920), p. 548.

⑤ 贾米：《春园》，沈一鸣译，商务印书馆，2019，第16页。

⑥ 贾米：《春园》，沈一鸣译，商务印书馆，2019，第16页。

⑦ 张鸿年：《波斯文学史》，昆仑出版社，2004，第222~224页。

可以"缓解他［贾米之子优素福］忧愁的心理，激励他的思想"。①

　　贾米这部受《蔷薇园》影响而作的《春园》，在问世近 200 年间也获得了与前者近乎同样的高度。《春园》自发表以来，不仅被世界各地的人们广泛阅读、传抄、研习，还先后被翻译为多种语言，并有大量的附有细密画的抄本存世。在奥斯曼土耳其地区，与贾米同时代的学者多将《春园》与《蔷薇园》并列而谈。② 此后，该书与《蔷薇园》并列，长期作为波斯语初学者的必读之作。③ 在印度地区，《春园》也是唯一可以在教育作用的流行度上媲美萨迪的《果园》和《蔷薇园》的作品。④ 由于《春园》广泛深入的影响力，后人还据此创作了多部注释本，且至少有五部作品声称要模仿或试图超越《春园》。⑤ 不同于 18 世纪之前的读者，现当代评论家则一般认为《春园》的文学性和原创性远不及《蔷薇园》，但都承认"《春园》无疑是一部伟大的作品"，其在"教育性"和"流传性"上与《蔷薇园》不相上下。⑥

　　贾米《春园》对《蔷薇园》的模仿并非个例。无论贾米的诗歌还是散文作品，都或多或少带有其前辈作品的印记。例如，贾米的《七卷诗》（*Haft Awrang*）模仿了内扎米·甘泽维（Nizāmī Ganjavī，1141—1209）和阿密尔·霍斯鲁（Amīr Khusraw，1253—1325）两位诗人的同名作品《五卷诗》（*Khamsa*）的创作方法和风格。具体来说，贾米直接沿用了《五卷诗》的部分标题，如《霍斯鲁和西琳》（*Khusraw va Shīrīn*）与《亚历山大王纪》（*Iskandarnāma*），并在《蕾莉与马杰农》（*Laylā va Majnūn*）中采用了与内扎米诗作相同的题名和格律。此外，

① 贾米:《春园》，沈一鸣译，商务印书馆，2019，第16页。

② Hamid Algar, "Jami and the Ottomans," pp. 110-112.

③ Hamid Algar, "Jami and the Ottomans," in *Jāmī in Regional Contexts: The Reception of ʿAbd al-Raḥmān Jāmī's Works in the Islamicate World, ca. 9th/15th-14th/20th Century*（Leiden: Brill, 2018），ed. Thibaut D'Hubert, and Alexandre Papas, pp. 109-110.

④ Muzaffar Alam, "Scholar, Saint, and Poet: Jāmī in the Indo-Muslim World," in *Jāmī in Regional Contexts: The Reception of ʿAbd al-Raḥmān Jāmī's Works in the Islamicate World, ca. 9th/15th- 14th/20th Century*, p. 168,

⑤ Hamid Algar, "Jami and the Ottomans," p. 113.

⑥ G. M. Wickens, "BAHĀRESTĀN", Encyclopaedia Iranica, Vol. III, Fasc. 5, pp. 479-480, accessed May 14, 2020, http://www.iranicaonline.org/articles/baharestan-spring-garden#article-tags-overlay.

在贾米抒情诗的内容和技法中还可以找到哈菲兹（Hāfiz，约1315—1390）、纳赛尔·霍斯鲁（Nāsir Khusraw，1004—1088）等诸多诗人的影响。贾米的苏非散文作品也不例外。他的多数苏非哲学作品是对前人著述的注释本，不仅结构内容相近，而且多引用并糅合各类名著的篇章片段。例如阐释伊本·阿拉比（Ibn 'Arabī，1165—1240）教义的《勒瓦一合》（Lavā'ih）受到了阿哈马德·加扎里（Ahmad Ḡazālī，1061—1126）的《萨瓦尼》（Savānih）和法赫勒丁·埃拉基（Fakhr al-Dīn 'Irāqī，1213—1289）的《拉玛阿特》（Lama'āt）等著作的影响。可以说，贾米的各类作品与其之前和同时期的文学作品一直保持着明确且多方位的"关联"。

与《春园》相同，贾米这些模仿经典的作品在其生前已广为流传，不仅传播地域广泛，而且贯通社会的各个阶层。如抒情诗、颂诗等受到各地宫廷统治者的赞誉，被抄录并配以精美的细密画后收藏于宫廷图书馆中；而哲学散文作品的读者则涵盖从苏非教团到广大中下层平民，尤其受到商人和手工业者的欢迎，在民间被大量传抄。若用今天的标准来评价，贾米在帖木儿时期是一位不折不扣的"畅销书作家"。读者对贾米各类作品的欢迎程度表现出他们对贾米对前人作品的模仿行为并不在意，且接受程度不仅不亚于，甚至远超这些作品的被模仿者。例如，贾米的《勒瓦一合》和《阿施阿特·拉玛阿特》（Ashi'at al-Lamaāt）两部苏非哲学注释本在17—18世纪流传至中国后，中国穆斯林学者将其列为经堂教育的必读经文材料。不但精心研读、注释，而且还将两者译为中文。虽然这两部作品皆为对伊本·阿拉比经典作品《智慧的珍宝》（Fusūs al-Hikam）的注释本，但中国读者已俨然将贾米视为伊本·阿拉比思想的代言人，在奉贾米的注释本为经典的同时反而忽略了伊本·阿拉比原典。

反观中国古典诗歌创作，中国诗人多"用典""借古讽今""怀古"等表现与经典的联系，却鲜有人借"拟""仿""效"等词坦陈其诗歌创作对前人作品形式、内容和修辞的借用和模仿。中国古典诗人对模仿的避讳与贾米对前辈作品模仿的坦诚形成了强烈对比。而就作品接受度而言，似乎贾米的《春园》并没有因公开与《蔷薇园》的联系而降低其作品的原创性和可读性。相反，《春园》成为波斯语世界内外唯一一部能够与《蔷薇园》匹敌的作品。公开的模仿和评价不高的文学性，与获得《蔷薇园》同等流传度，两者之间看似矛盾。下文即以《春园》为例，从波斯古典文学传统的角度进行文本分析，尝试解读贾米的《春园》是采用何种创作策略成为继《蔷薇园》之后的又一个经典。

一　波斯古典文学的模仿传统

今天我们所谓的波斯文学是随着 9 世纪前后新波斯语的诞生而逐渐发展的。与其他语言文学的动态发展过程相似，越到后期的作者需要面对越来越庞大的语料库。即使在文学发展初期，如中国早期古典诗歌中即已存在以《古诗十九首》为中心的同主题、互文等现象。[①] 此外，由于在各语言文学传统中，诗歌的传习通常以背诵经典诗歌为基础，因此任何人在创作中都不可避免借鉴和采用前人和同时代人的语料库。从这个角度来说，模仿在文学创作中在所难免。

然而，不似一些语言文学传统和评论体系对模仿的回避，在波斯古典文学发展史中，模仿是公开、坦诚、有迹可循的，且模仿的领域涉及作品的主题、体裁、韵律、修辞等各方面。早在新波斯语兴起之初，伊朗大地上流传的口头传说故事便开始逐渐被新文字记录下来，当时仅以《王书》（Shāhnāma）命名的史诗就有多部。[②] 自菲尔多西的《列王纪》（Shāhnāma）[③] 于 11 世纪初成书后，大部分讲述伊朗古代传说的民族史诗多基于《列王纪》创作。最初的作品或全篇模仿，或着重讲述其中的一个主题故事，又或针对某个民族英雄和帝王，如伊本·阿比尤黑尔（Ibn Abi'al-Khayr，活跃于 12 世纪）的《库什王纪》（Kūshnāma），卡塞姆（Qāsim，活跃于 13—14 世纪）的《世界征服者传》（Jahāngīrnāma）等。此后，作者们开始根据《列王纪》的叙事形

[①] 详见宇文所安《中国早期古典诗歌的生成》，胡秋蕾、王宇根、田晓菲译，生活·读书·新知三联书店，2014。

[②] 刘英军：《文学对民族记忆的重构——伊朗史诗〈库什王纪〉研究》，博士学位论文，北京大学外国语学院，2015，第 22~23 页。

[③] 菲尔多西的《列王纪》波斯文名称与本文其他"王书"译名的原文相同。本文为了区分菲尔多西与其他作品的不同而采用《列王纪》之名特指菲尔多西的作品。

式，借古颂今。有的记录当时的重大历史事件，有的赞颂在位君王的功业，并将这一传统一直延续至 18 世纪，其代表作包括帕伊齐（*Pāyīzī*，生卒年不详）的《王中王纪》（*Shāhanshāhnāma*）、大不里齐（*Tabrīzī*，活跃于 14 世纪）的《王中王纪》（*Shāhanshāhnāma*）等。①

这其中，内扎米的代表作《五卷诗》中有多部作品即基于《列王纪》所作，内扎米也被认为继承和发扬了《列王纪》所开创的叙事诗创作传统。② 在第四卷《亚历山大王纪》中，内扎米指出"图斯城博学多闻的诗人"（即菲尔多西）的诗作"把颗颗珍珠琢磨"，有些"未曾钻透"，不感兴趣的就"未曾提及"或未"一一详述"。作者声称自己"重新把这些珍珠连缀"，且"没有旧调重弹拾人牙慧"。③ 除了题材，内扎米在这卷作品中还模仿了《列王纪》的韵律。④ 由内扎米的《亚历山大王纪》始，后世诗人又照此作品模仿创作了多部《亚历山大王纪》。

除了以伊朗古代传说为蓝本，波斯古典文学的发展还借鉴了其他语言文学的主题、修辞和体裁。同样出自内扎米的《五卷诗》，第三卷《蕾莉与马杰农》以阿拉伯的爱情故事为蓝本。据统计，该作品问世后，以同一故事为题材从事创作的波斯语诗人多达 35 人，突厥语诗人有 13 人，此外还有其他民族语言诗人对此加以模仿。⑤

由此可见，波斯古典文学发展史上的模仿现象一直存在。诗人们在坦然模仿的同时也发挥自身特色，很多作品达到了新高度，并进一步成为后世的模仿对象。在模仿传统的沿袭中，波斯古典文学的模仿行为经过五个多世纪的变化和发展，俨然在贾米所活跃的 15 世纪达到了前所未有的高峰。⑥ 在 15 世纪，诗人们不仅在作品中明确指出其模仿对象，

---

① 刘英军：《文学对民族记忆的重构——伊朗史诗〈库什王纪〉研究》，博士学位论文，北京大学外国语学院，2015，第 23~25 页。

② 张鸿年：《波斯文学史》，昆仑出版社，2004，第 191 页。

③ 张鸿年：《波斯文学史》，昆仑出版社，2004，第 192 页。

④ Edward Granville Browne, *A Literary History of Persia*, vol. 3. p. 541.

⑤ 张鸿年：《波斯文学史》，昆仑出版社，2004，第 190 页。

⑥ Maria Eva Subtelny, "A Taste for the Intricate: The Persian Poetry of the Late Timurid Period," *Zeitschrift der Deutschen Morgenländischen Gesellschaft*, 136（1996）, p. 62.

而且针对同一模仿对象还组织模仿诗赛。^① 对于模仿者来说，最大的成就即被同好们认定其成功模仿了某一位诗人被认为"不可被模仿"的作品。^② 在传统与潮流的裹挟下，贾米在包括《春园》在内的各类作品中反映的形式多样的模仿行为便不再显得特立独行。

关于波斯古典文学中流行的模仿行为的形成原因，可以用波斯古典诗学中的"神授"思想解释，且这一形而上的诗学观念事实上与伊斯兰哲学观念一脉相通。^③ 早在《列王纪》中，作者菲尔多西即已提及人的这种神赋语言能力。^④ 此后的苏非学者，特别是内扎米、贾米等人更从哲学角度深入探讨和强调语言的优越性和神圣性。甚至在擅长抒情诗的哈菲兹的作品中也可以找到一些零星的史学思想，表达出自己的诗歌天赋完全来自神赐。^⑤

在其几乎每一部作品的前言和结语中，贾米通常会指出其心中只有真主而无他，^⑥ 甚至自己只是"译者"，将真主隐秘的知识传送给世人。^⑦ 在《春园》的"序诗"中，贾米首先说明萨迪的《蔷薇园》启发了自己，接着用诗歌写道：《蔷薇园》尽管此前由萨迪完成，/以萨迪·本·赞齐之名。/我这《春园》之名取自于他，/萨迪·本·赞齐，即他的仆人。"^⑧ 这首诗里的"他"即指真主。如果众生皆为真主的仆人，一切成果皆为真主所赐，那么文本皆平等，即模仿的作品与被模仿者之间并无先后和优劣之分。由此，贾米借"神授"思想将读者的注意力引导至文本本身，从而使读者不必再纠结于两者间的比较和评判。

---

① Maria Eva Subtelny, "A Taste for the Intricate: The Persian Poetry of the Late Timurid Period," *Zeitschrift der Deutschen Morgenländischen Gesellschaft*, 136（1996）, pp. 63-72.

② Maria Eva Subtelny, "A Taste for the Intricate: The Persian Poetry of the Late Timurid Period," *Zeitschrift der Deutschen Morgenländischen Gesellschaft*, 136（1996）, p.68.

③ 穆宏燕：《波斯古典诗学研究》，昆仑出版社，2011，第142~143页。

④ 穆宏燕：《波斯古典诗学研究》，昆仑出版社，2011，第158页。

⑤ 穆宏燕：《波斯古典诗学研究》，昆仑出版社，2011，第179页。

⑥ 贾米：《春园》，沈一鸣译，商务印书馆，2019，第19页。

⑦ Jāmī, *Lavāyiḥ*, ed. Yann Richard（Tehran: Intishārāt-i Asātīr, 1994）, p. 49.

⑧ 贾米：《春园》，沈一鸣译，商务印书馆，2019，第17页。

二　贾米《春园》的创作策略

　　根据上文所述，波斯古典文学的模仿传统使其发展依赖于惯例所规定的主题和修辞等，波斯文学史中的"文坛四柱"（菲尔多西、莫拉维、萨迪、哈菲兹）由此建立的权威甚至是专制已深深嵌入波斯古典文学的后期创作中。倘若用今天对"模仿"与"创新"概念的界定来评价波斯古典文学，则很可能对被经典限制了主题和形式的其他文学作品得出"保守""文学性低"的结论。然而，若从波斯古典诗学"神授论"的观点再看波斯古典文学，便不难理解其模仿传统以及对模仿的宽容态度，从而对上述"保守"等观点产生怀疑。以下即以《春园》为例，从与其模仿对象萨迪的《蔷薇园》的比较入手，结合波斯古典文学的模仿传统，更深入探析贾米的创作策略。

　　从创作背景看，萨迪活跃于蒙古铁骑入侵的13世纪乱世，其前半生以"托钵僧"（达尔维什）的身份云游四海，在民间传经布道。《蔷薇园》完成于1258年，也即萨迪近"知天命"的年龄。按萨迪在"写作《蔷薇园》的缘起"中所述，作者受朋友启发，希望通过文字讲述其云游的经历，建立一座"永不凋谢"的花园。[①] 200多年后的贾米，其一生受到各地方宫廷和宗教上层人士的追捧，生活优渥。遗憾的是，贾米的家庭生活却不尽如人意。他在创作《春园》时已是73岁的老人。此时已有两个儿子先后夭折，因此贾米对唯一的10岁幼子优素福显然寄予了极大的期望。相比于中年萨迪创作《蔷薇园》时对其前半生经历的回顾与感悟，《春园》表现出暮年贾米对倾其一生所学所用的自信以及将这些知识传承给下一代的殷切期盼。

　　从作品的体裁和结构看，两部作品皆为散文和诗歌混合体。《蔷薇园》诗文相间、骈散并用的文体为当时波斯文坛首创，也成为后世骈散并用文体的楷模。至15世纪，该文体发展已十分成熟，除了文学类作品，还被广泛用于传记写作、哲学阐释等其他各类作品中。贾米早期作品，如《勒瓦一合》，即采用该文体，表现出作者对该文体的熟悉程度。

---

　　① 萨迪:《蔷薇园》，张鸿年译，商务印书馆，2019，第32页。

不仅如此，《蔷薇园》和《春园》在文本的篇幅上也甚为相似。据统计，《蔷薇园》共有 595 首诗歌，而《春园》有 469 首。只是前者鲜有阿拉伯语诗歌，而后者阿拉伯语诗歌略多，或有些诗歌具有阿拉伯语诗歌渊源。

在章节布局上，《春园》也完全呼应了《蔷薇园》的八章结构。然而，从表 1 所列的章节排序和标题可见，《春园》与《蔷薇园》具体到每一章节的内容则存在一定差异。

表 1 《蔷薇园》与《春园》章节内容

章节	《蔷薇园》	《春园》
1	帝王的品性	苏非圣人和长老的故事和格言
2	达尔维什的品德	哲学家语录和哲理故事
3	知足常乐	对帝王英雄公正和公平的劝诫
4	寡言之益	对慷慨美德的赞誉
5	爱与青春	对爱情的赞颂
6	老朽与虚弱	趣闻逸事
7	教育的功效	历代诗人简介
8	论交往之礼	动物寓言

通过对比章节主题，可以发现《蔷薇园》和《春园》中完全相同的仅有两章，分别讲述了帝王的品德和对爱情的赞美，而其他章节主题有明显差别。这说明贾米的模仿仅限于章节数量和少量主题。

从章节顺序来看，萨迪以帝王品性开篇，接下来根据社会阶层由上而下讨论达尔维什的品性，以及知足、寡言、爱情、教育和交往等普世价值。可见，《蔷薇园》以人道主义为主线，希望通过对帝王的劝诫，自上而下地向普罗大众传播普世价值，从而促进社会的美好。因此，虽然萨迪被称为云游僧人，具有苏非达尔维什的品质，但实际上其并不赞成圣人苦修独善其身，而是倡导入世济人的积极态度。正如萨迪所说，"这念珠与破袍不足为据，/ 重要的是为人不能伤天害理。"①

在《春园》首章，贾米介绍了苏非圣人和长老的故事，第二章的主

————————————

① 萨迪:《蔷薇园》，张鸿年译，商务印书馆，2019，第 96 页。

题是哲学家，而作者将帝王之德安排在第三章。这一顺序安排表现出作者重视认主修行胜过道德和知识，与作者纳格什班迪耶教团苏非长老和哲学家的身份相符。自第四章开始，每一章的主题跨度颇大，涉及诗人传记、幽默、笑话等内容。由于《春园》是贾米教育其子的教科书式作品，因此可以认为贾米希望借《春园》扩大读者的知识面，并同时增加教学的趣味性。但即使在第四章"对慷慨美德的赞誉"主题下，贾米也不忘借对道德的赞美劝诫世人一心向主。例如，贾米告诉慷慨之人，慷慨的施舍实际上来自真主："尽管斋饭来自老爷的手掌，给予斋饭的是真主。/如果指望吃斋饭的人们感激，这不是正途。/他只是食物的碗和勺，/碗和勺最好不收谢意。"① 对比萨迪在《蔷薇园》中对各种品德的赞美，贾米的《春园》尽管内容跨度颇大，但始终以对苏非哲学和实践的宣传为中心。

从行文语言看，两部作品的语言皆简单生动。萨迪的文辞优美、朴实却极富张力和表现力，展现出作者丰富灵活的修辞技巧和宽广的心胸格局。自《蔷薇园》问世至今，其文本在世界各地广为传播，世人对萨迪的文字也倍加推崇。哈菲兹曾赞美萨迪"文辞优美，是一代宗师"。② 中国最早的《蔷薇园》汉译本（又名《真境花园》）译者王静斋也评论萨迪"文笔清新，命意纯正"，③ 甚至有人称波斯语是"萨迪的语言"。④ 《蔷薇园》里的"阿丹子孙皆兄弟，/兄弟犹如手足亲。/造物之初本一体，/一肢罹病染全身。"⑤ 的诗句直至今日都闪烁着仁爱的光辉，被人们时常提及。

再看贾米的《春园》。虽后者出现了少量阿拉伯语诗歌，但全文的波斯语文字浅显精练，文辞优美，寓意深刻。除第七章大量引用他人诗文作为范例，贾米在其他章节皆采用诗文相间的叙述方式，诗歌既是对散文内容的补充，又是作者发表感慨、抒情，或者劝诫的载体。虽然《春园》内容相较于《蔷薇园》更偏知识性，但是前者的行文并非一

① 贾米：《春园》，沈一鸣译，商务印书馆，2019，第66页。

② 张鸿年：《波斯文学史》，昆仑出版社，2004，第224页。

③ 萨迪：《真境花园》，王静斋译，华文出版社，2017，第9页。

④ 张鸿年：《波斯文学史》，昆仑出版社，2004，第224页。

⑤ 萨迪：《蔷薇园》，张鸿年译，商务印书馆，2019，第53~54页。

味教导，所以给人的感觉并不枯燥乏味。即使在以诗人传记为主的第七章，贾米在开篇也是用优美的诗歌和生动的比喻呈现了各种修辞方法，可谓以诗说诗的典范。贾米的诗歌如下。

> 没有什么情人好似诗歌，
> 美好的秘密不超越文字。
> 对她的忍耐不易，对她的慰藉艰辛，
> 尤更当你要追寻真心。
> 把韵律当荣誉袍来爱抚，
> 用尾韵来装扮她的衣裙。
> 成排韵脚装饰双足圆镯，
> 在前额印上幻想的痣点。
> 那面庞因比喻美如明月，
> 带走理智，百人误入歧途。
> 秀发因双关语一分为二，
> 分隔的空间扎起两束发辫。
> 同韵词如玉珠洒落唇畔，
> 麝香味的卷发悬吊宝石。
> 眼睛因隐喻而朦胧迷离，
> 向惊恐的人群投以诱惑。
> 面庞上垂下暗喻的卷发，
> 真理飞起而帐幕则留下。[①]

在第六章和第八章，贾米还用幽默睿智的语言讲述故事，深入浅出地将其中的哲理呈献给读者。在贾米看来，"心是镜子，厚重的严肃是镜子的铁锈，/没有笑话，那铁锈如何能被磨光擦亮"。[②] 除了强调幽默的重要性，贾米还结合虚构与现实，在第八章用动物寓言的形式借由动物的视角和语言来讲述人类社会的生存法则。例如贾米写道，有一只小

---

① 贾米：《春园》，沈一鸣译，商务印书馆，2019，第122~123页。
② 贾米：《春园》，沈一鸣译，商务印书馆，2019，第98页。

狐狸请求妈妈教会自己打败鬣狗的本领。狐狸妈妈告诉他，诡计很多，但对付鬣狗最好的方法就是在家中好好待着，互不相见。接下来，贾米用诗歌总结道："当卑劣的人与你敌对，/ 准备诡计和狡诈并不理智。/ 上千诡计固能备好，但你最好 / 小心避免与他讲和，抑或交战。"① 通过这个故事，贾米教育读者对于敌人，与其施用诡计，不如避而远之。

通过对上述结构、内容和文字的比较可见，尽管萨迪的《蔷薇园》和贾米的《春园》存在差异，但后者也包含了前者被读者称颂的主要元素，例如对美德的劝诫，朴实生动的文字，充满哲理和幽默的故事等。只是在以文体为主题，以作家为中心的文学史书写传统影响下，读者容易在阅读时先入为主地带入《春园》是模仿《蔷薇园》的观念，从而在"波斯语就是萨迪的语言"这一前提下产生对两个文本的文学性高低的评价。

如果从文学文化史（history of literary culture）的视角，结合文本的产生、传播、接受和重建等在历史场景中的动态变化来看待文本，那么，模仿就不再只是模仿与被模仿的两个文本间的单线且刻板的联系，而是在更大的语境中呈现出的与更多文体和文本的关联以及形式表现上的多样性。由此，围绕《春园》所展开的研究，我们更应尝试将其与《蔷薇园》松绑，转而从波斯文学文化史的角度去考察和评价。

在波斯文学文化史的框架中，贾米的模仿不再仅局限于文本，其模仿行为本身也体现了对波斯古典文学模仿传统的承袭。据上文所述，波斯古典文学的模仿传统自菲尔多西《列王纪》的民族史诗创作即已开始。在其后的发展中，一部作品被模仿的次数越多，则说明该作品的接受度和文学地位越高。也就是说，波斯文学经典正是通过不断被模仿的过程在文学史中被构建。对于模仿者来说，自身的模仿行为一方面推动了经典的构建，另一方面也通过坦承模仿行为从而与经典建立直接联系，使其文本在发表时已收获较高的关注度，即所谓"站在巨人的肩膀上"。然而，在此基础上，面对众多的模仿文本的竞争，如何能脱颖而出，像内扎米的《五卷诗》一样成为新一轮被模仿的对象，则展现出作者间不同的创作策略。

———————

① 贾米:《春园》，沈一鸣译，商务印书馆，2019，第167页。

除《春园》外，贾米在其大量的散文和诗歌创作中都有明确的模仿行为，且这些作品多获好评，这说明其深谙模仿之道。在《春园》最受关注的第七章中，贾米按时间顺序对历代诗人及其诗作进行介绍，不仅具有史料价值，而且对诗人及其代表作的选取和评价也反映出其对波斯古典诗歌的审美观。值得注意的是，对于同时代诗人，贾米用极长的篇幅介绍了亦友亦徒的纳瓦依（Nava'i，1441—1501），称其为"时运的主人，我们的时代因为他的存在而获得荣光"，① 且"他的诗歌如珠宝般光洁无瑕"。② 而其他诗人的事迹仅用只言片语带过。③

然而，根据亚沙特尔（Yar-Shater）的研究，在 15 世纪波斯诗歌领域，特别是抒情诗的创作上曾并存两个流派。一派保持早期波斯文学语言简单直白的风格，代表人物即贾米、纳瓦依；另一派则注重对原文韵脚、修辞和格律等的完全复制，并在此基础上进一步融入自身语言特色。④ 后者作品注重技巧，模仿手段类似文字游戏，常有新奇而精妙的词句，成为 16 世纪开始的波斯文学新流派"印度体"的先驱。

在《春园》第六章中，贾米就讥笑了一个诗人。在这个诗人的作品中，每一句诗皆有出处。于是贾米借文中"虔诚之人"之口说道："对我们来说，很奇怪你带来了一个驼队。如果有人把骆驼的缰绳卷起，每一头都将跑向另一群。"诗云：

> 如你昨日争执中所言：
> 在我那甜美的诗歌面前，蜂蜜又算几何。
> 从各处摘抄几行诗词，
> 诗集中除此别无他物。
> 如果每行都回归原位，

① 贾米:《春园》，沈一鸣译，商务印书馆，2019，第 156 页。
② 贾米:《春园》，沈一鸣译，商务印书馆，2019，第 157 页。
③ 贾米:《春园》，沈一鸣译，商务印书馆，2019，第 124 页。
④ Maria Eva Subtelny, "A Taste for the Intricate: The Persian Poetry of the Late Timurid Period," *Zeitschrift der Deutschen Morgenländischen Gesellschaft*, 136（1996）, pp. 57-58.

除了白纸，空空如也。 ①

可见贾米对另一派完全复制经典作品的做法嗤之以鼻。虽然两派皆以模仿为名，但从当时及后世的文本接受度来看，以贾米、纳瓦依为代表的简约风格派显然获得了更多的认可。

上述两个派别说明，同样基于模仿，不同的模仿策略使各自作品呈现出不同风格，导致接受度大相径庭。诚然，贾米和纳瓦依凭借他们在当时波斯语和突厥语世界的政治、宗教和文学上的地位获得了先发优势，由此增强了其作品的权威性和话语权。但是，这些作品在实际传播过程中受到各阶层读者的欢迎，真实地反映出帖木儿时期读者对简洁直白的语言风格的偏好。反而言之，贾米正是凭借对其所属时代读者的审美偏好的洞察才选择了与之相符的模仿形式，并借此帮助自己获得更多的文学资本，由此促进了自身话语权的提升。正如《春园》第七章所示，贾米对诗人和诗歌的选取迎合了当时的读者偏好，而随着贾米和《春园》影响力的增强，第七章俨然成为波斯经典诗歌史大纲，其中所列举的诗人及其作品逐渐成为当时和后世诗人竞相模仿的范本。

结　语

作为一名多产作家，贾米的各类作品大多带有前人作品的痕迹，而贾米本人也不避讳，常坦言其模仿行为。有趣的是，这些作品不仅没有遭到读者对原创性的质疑，反而还和贾米一同获得了广泛的接受度，并产生了巨大而持久的影响力。贾米的《春园》便是这些作品中的一个经典案例。在《春园》开篇，贾米即坦承模仿了萨迪的《蔷薇园》。尽管后世评论家大多认为《春园》的文学性不及《蔷薇园》，但都无法否认《春园》在问世后的一两百年间的流传和接受度完全可以媲美《蔷薇园》。由此，贾米模仿的成功似乎与今天学界所强调的"原创性"相矛盾，并进一步造成了古今读者对贾米作品解读和评论的分歧。

如果拨开贾米在《春园》开篇预设的迷障，将视野放宽到波斯文学

---

① 贾米：《春园》，沈一鸣译，商务印书馆，2019，第118页。

文化史中看待其模仿行为，则会发现这并非贾米的特立独行，相反恰恰是延续了"神授"哲学影响下产生的波斯古典文学的模仿传统。在《春园》的创作中，贾米对《蔷薇园》的模仿表现在框架结构和文体方面，以及沿用了《蔷薇园》简洁直白的语言风格。贾米对模仿传统的沿袭一方面体现了波斯古典文学传统中经典诗歌的权威和专制，另一方面模仿者也通过模仿行为加强了经典的权威性，并同时凭借与经典建立的直接联系获得了更高的起点。

然而，对于大量"站在巨人肩膀上"的文学作品，只有少数作品得以达到甚至超越原作水平，从而成为新的文学经典。在同样的八章结构下，《春园》无论内容和章节排序都与《蔷薇园》差异甚大，体现了作者贾米依托自身苏非背景，从写作目的以及目标读者出发做出的独特安排。而在浅显易懂的语言风格下，贾米的语言或幽默，或理性，用传记、笑话、动物寓言、哲学故事等多种形式传播知识，宣扬美德，阐释哲理。相比于同时代以精细模仿古典诗歌韵律、修辞为特色的另一个模仿派别，贾米的模仿具有更大的灵活性，同时也贴近当时读者的审美。因此，贾米在沿袭模仿传统的前提下，根据时代的节奏和需求选择相应的模仿策略，使《春园》获得了广泛的传播和认可。

在汉语中，"模仿"一词实由"模"与"仿"两字组成。"模"在《说文》中解为"法"，原指制造器物的模子，后引申为"范式，榜样"；"仿"为"相似""效仿"。也就是说，"模"指的是外形相同，而对模中所灌注的内容并没有特殊要求。"仿"则更强调两者的相似性，针对的是细节和内容。从贾米的《春园》和萨迪的《蔷薇园》比较看，贾米的创作策略实则"模"而不"仿"。形式上的相似意在不断提醒世人波斯诗歌的本源，同时也为作者在保持传统的前提下留足发挥空间，发展个人风格。这一创作策略不仅在《春园》，在贾米的其他作品上也均有体现。而纵观整个波斯古典文学史，可以发现诸如内扎米等作者在模仿的传统下能够有所突破，也多采用了"模"而不"仿"的写作策略。

作者系北京大学外国语学院教师

汉译佛经中的"起尸鬼"译名
及形象小考

乐　恒

内容提要　"起尸鬼"是印度民间文学中家喻户晓的著名形象之一，在汉译佛经中屡有出现。本文首先对汉译佛经中"起尸鬼"译名进行梳理和辨析，然后结合各种制戒故事、譬喻故事，对汉译佛经中出现的起尸鬼形象特点进行了归纳，整理出汉译佛经中起尸鬼四种能力与形象特点，并试图探析起尸鬼的渊源及其历史演进。

关键词　起尸鬼　汉译佛经　佛经故事

起尸鬼是印度民间文学中很著名的形象之一。在文学作品中，一般被翻译成"僵尸鬼"。最著名的相关文学作品当属流传甚广的《僵尸鬼故事二十五则》（*Vetālapañcaviṃśatikā*），[①]被收入 11 世纪宫廷诗人安主（Kṣemendra）和月天（Somadeva）先后根据《伟大的故事》所改写的梵语文本《大故事花簇》（*Bṛhatkathā-mañjarī*）和《故事海》（*Kathāsaritsāgara*）中。《伟大的故事》（*Bṛhatkathā*，或译《故事广记》）是由德富（Guṇāḍhya）创作的一部印度古代规模最大的故事总

---

①　中译本见月天《故事海选》，黄宝生、郭良鋆、蒋忠新译，人民文学出版社，2001，第 373~496 页。《鹦鹉故事、僵尸鬼故事》（乌尔都语民间故事集），孔菊兰、袁宇航、田妍译，中西书局，2016，第 177~325 页。

集，成书年代难以确定。[①] 《僵尸鬼故事》作为一部相对独立的故事集，流传很广，不仅在印度广为传播，还被翻译改编成藏语、蒙语、满语、哈萨克斯坦语等民间故事，成为亚洲地区民间故事的重要原始素材。对于《僵尸鬼故事》在亚洲地区的流传与比较，国内学界已多有研究。[②]

"起尸鬼"除了在民间故事中被广为流传之外，在印度教、佛教等宗教经典以及各种文学作品中也占有一席之地，尤其在汉译佛经中被屡次提及。国外的相关研究多集中于印度教、耆那教等经典文献与文学作品中的"起尸"仪轨起源考察，[③] 文学作品在地区间的流传，[④] 以及宗教仪轨背后的文化内涵上，[⑤] 涉及汉译佛经中的"起尸鬼"译名与形象

---

① 由于《伟大的故事》的另一重要梵文改写本《大故事诗摄》(*Bṛhatkathāślokasaṅgraha*)——由觉主(Buddhasvamin)创作于8-9世纪——中并未收入《僵尸鬼故事》，因此学界对于现已失传的《伟大的故事》中是否收录有《僵尸鬼故事》仍然存疑。参考季羡林《印度古代文学史》，北京大学出版社，1991，第316~324页。

② 参考陈岗龙《〈尸语故事〉：东亚民间故事的一大原型》，《西北民族研究》1995年第1期；陈岗龙、色音：《蒙藏〈尸语故事〉比较研究》，《民族文学研究》1994年第1期；刘守华：《藏传佛教与〈尸语故事〉》，《西藏民俗》1998年第3期；季永海：《〈尸语故事〉在满族中的流传》，《民族文学研究》1993年第4期；毕桮：《哈萨克斯坦族民间的口头〈尸语故事〉》，《伊犁师范学院学报》(社会科学汉文版) 2016年第1期；陈岗龙：《〈尸语故事〉研究概况》，《西北民族研究》1993年第1期；昂却本：《藏族〈尸语故事〉类型研究》，《西藏研究》2018年第6期；金花：《蒙藏〈尸语故事〉比较研究》，博士学位论文，内蒙古大学蒙古学学院，2015。

③ 参见 Csaba Dezső, "Encounters with 'Vetālas': Studies on Fabulous Creatures I," *Acta Orientalia Academiae Scientiarum Hungaricae*, vol. 63, no. 4 (2010), pp.391–426; Csaba Dezső, "The Story of the Irascible Yakṣa and the King Who Nearly Beheaded Himself in Dhanapāla's Tilakamañjarī," *Journal of the Royal Asiatic Society*, vol. 22, no. (2012), pp. 73–91; 山口敦史「善珠『本願薬師経鈔』の「起屍鬼」」(「日本文學」日本文学協会、六十一卷一號、二〇一二年、六十八至七十一頁); J. C. Wright, "The Jain Prakrit Origin of the Vetāla," *CoJS Newsletter*, Issue 12 (2017), pp. 34-35。

④ Michael Walter, "Of Corpses and Gold: Materials for the Study of the Vetāla and the Ro Langs," *The Tibet Journal*, vol. 29, no. 2 (2004), pp. 13–46; Adheesh Sathaye, "The Scribal Life of Folktales in Medieval India," *South Asian History and Culture*, vol. 8, no. 4 (2017), pp.430–447.

⑤ 参见上村胜彦《〈僵死鬼故事25则〉与古代印度的尸体崇拜》，陈岗龙译，《世界民族》1994年第2期; Huang Po-chi, "The Cult of Vetāla and Tantric Fantasy," *Rethinking Ghosts in World Religions: Behind the Ghastly Smoke* (Leiden: The Brill, 2009), ed. by Mu-Chou Poo, pp. 211–235。

的不多。^① 有鉴于此，本文拟尽可能通过梵汉经本的对照，对汉译佛经中"起尸鬼"的各种音译与意译译名进行辨析和梳理；在此基础上，对律部经典中有关起尸鬼的制戒故事，以及其他汉译佛经文献中的"起尸鬼"譬喻故事等进行归纳整理，总结出汉译佛经中出现的"起尸鬼"所具有的四种能力与形象特点；最后，就起尸鬼的渊源和衍变进行简单探讨。

一 汉译佛经中"起尸鬼"的译名辨析

起尸鬼作为鬼神的一种，常常附在死尸身上，使尸体立起。在汉译佛经中，往往被意译为"起尸鬼""起死鬼""起死尸鬼"等。除了这些意译名称之外，起尸鬼在不同的汉译佛经中还存在各种不同的音译名称。现将笔者目前所整理出来的有关起尸鬼的音译名称列表 1 如下。

表 1 汉译佛经中"起尸鬼"的音译、意译名称

序号	音译	意译	梵文	主要汉译佛经出处	备注
1	毗陀罗	起尸	vetāda^② vetāla^③	鸠摩罗什译《妙法莲华经》卷七《十诵律》《摩诃僧祇律》	《十诵律》中的毗陀罗在《根本说一切有部毗奈耶》中意译为"起尸"

---

① 笔者目前所见有关汉译佛经中"起尸鬼"研究的，只有韩国学者 Sim Jun Bo 一篇文章。该文集中梳理了《十诵律》《不空罥索神变真言经》《一字佛顶轮王经》《妙臂菩萨所问经》中有关起尸鬼咒术、戒律及仪式的内容，他根据《十诵律》的成书时间（公元至 100 年之间），认为起尸鬼咒术的仪式形成于公元前后，并指出汉译佛典中有关起尸鬼仪式的记载避免了印度教文献中的血腥和杀戮的描写，追求的也不再是个人的超能力而是普救众生的意义价值。不过，Sim Jun Bo 在"起尸鬼"汉译名梳理的过程中未能与相应的梵文文本进行比对，因此难免有所遗漏。参见 Sim Jun Bo, "The study on the vetāla in Chinese Tripitaka," 佛教研究, 37（2012）: 43-66。
② vetāda：鬼、鬼魅；起尸、起尸魍魉、韦陀罗、毗陀罗。荻原云来:《汉译对照梵和大辞典》，（台湾）新文丰出版公司，1988，第 1275a 页。
③ vetāla：占有尸体的一种恶鬼，鬼，起尸鬼。荻原云来:《汉译对照梵和大辞典》，（台湾）新文丰出版公司，1988，第 1275a 页。毗陀罗，梵文 vetāla（一种鬼神；佛教混合梵语 vetāda）的音译，参见韦陀罗，引自辛岛静志（Seshi Karashima）《妙法莲华经词典》（*A Glossary of Kumarajiva's Translation of the Lotus Sutra*, Tokyo: The International Research Institute for Advanced Buddhology, Soka University, 2001, PDF Version）, p. 193。

续表

序号	音译	意译	梵文	主要汉译佛经出处	备注
2	韦陀罗	蛊道符咒	vetādās①	鸠摩罗什译《妙法莲华经》卷七	在《正法华经》卷十中被竺法护译为"蛊道符咒"②
3	毗多荼			鸠摩罗什译《孔雀王咒经》卷一	梵文参考新疆库车地区出土的《鲍威尔写本》（The Bower Manuscript）第六卷残片③
4	俾多罗			僧迦婆罗译《孔雀王咒经》卷一	
5	鞞多荼		vetāda	义净译《佛说大孔雀咒王经》卷一	
6	吠多拏 / 吠哆拏 / 吠跢拏			不空译《佛母大孔雀明王经》卷二	
7	毗多拏			阿质达霰译《大威力乌枢瑟摩明王经》④	
8	迷怛罗 / 迷怛啰	起尸鬼	vetāda？*	不空译《菩提场所说一字顶轮王经》卷三、卷四	慧琳《一切经音义》卷三十五

---

① 蒋忠新:《民族文化宫图书馆藏梵文〈妙法莲华经〉写本（拉丁字母转写本）》，中国社会科学出版社，1988，第388页。辛岛静志（Seshi Karashima）:《妙法莲华经词典》（*A Glossary of Kumarajiva's Translation of the Lotus Sutra*, Tokyo: The International Research Institute for Advanced Buddhology, Soka University, 2001, PDF Version），p.279。

② 《大正藏》，第九册，第133页上。亦参考辛岛静志（Seshi Karashima）《妙法莲华经词典》（*A Glossary of Kumarajiva's Translation of the Lotus Sutra*, Tokyo: The International Research Institute for Advanced Buddhology, Soka University, 2001, PDF Version），p.279。

③ 新疆库车地区出土的《鲍威尔写本》（*The Bower Manuscript*）第六卷残片中的第二页正面的第一句："kritya-karmmaṇa kaḥkhôrd-ôkirana, Vêtâḍa-chichcha-prêshaka-durbhukta-duch-chhardd［i］ta, duchchh（â）y［â］,（ôpra）［××××××××］。" 参见 A.F. Rudolf Hoernle, *The Bower Manuscript*. Facsimile Leaves, Nāgarī Transcript, Romanized Transliteration and English Translation with Notes, Vol.2（Calcutta: superintendent of Government Printing, India, 1893-1912; Reprinted, New Delhi: Aditya Prakashan, 1987），p. 223。

④ "夜叉、罗刹、毗多拏、布单那所怖畏者。"《大正藏》，第二十一册，第142页中。

续表

序号	音译	意译	梵文	主要汉译佛经出处	备注
9	米弹罗 / 米𭴺罗 ①		vetāda? ② *	菩提流志译《一字佛顶轮王经》卷四、卷五 《不空胃索神变真言经》卷十九、卷二十八、卷二十九	慧琳《一切经音义》卷三十五、卷三十九 ③
10	尾怛那			法护译《佛说大悲空智金刚大教王仪轨》卷五 ④	
11	吉遮 / 吉蔗		kṛtyā ⑤ kṛtya ⑥	鸠摩罗什译《妙法莲华经》卷七	《妙法莲华经文句》卷十 ⑦ 《法华义疏》卷十二 ⑧

---

① "米𭴺罗"仅出现于不空译《不空胃索毗卢遮那佛大灌顶光真言(经)》,参见《大正藏》,第十九册,第606页下。在希麟著《续一切经音义》卷七中却被记作"米弹罗(弹音,多可反,梵语也,此云死人尸也)"。参见《大正藏》,第五十四册,第966页上。

② 唐菩提流志译《不空胃索神变真言经》[Amogha-pāśa-(vikurvaṇa)-kalparāja]亦有藏、梵本存世。藏译本为《不空胃索详细仪轨王》,其梵文写本是近代印度僧人罗眽罗在西藏发现的梵文写本,今存于中国民族图书馆,其内容、结构与藏译本基本相同,参见密教圣典学会《不空胃索神变真言经梵文写本影印版》,大正大学综合佛教研究所,1997。转引自周广荣《不空胃索密法探源》,《世界宗教研究》2016年第2期。可惜笔者未能借阅到《不空胃索神变真言经梵文写本影印版》一书,暂记于此,留待后考。

③ 慧琳在《一切经音义》卷三十五中,对《一字佛顶轮王经》卷四中的"米弹罗"解为"弹音,多可反,梵语,新死人尸也",见《大正藏》,第五十四册,第541页上。而对《不空胃索神变真言经》卷二十九中的"米弹罗"则解为"多我反,梵语,唐云死尸也",见《大正藏》,第五十四册,第565页下。

④ "又诸明妃足履八魔谓梵、释、那罗延、大自在、吠湿嚩多、尾怛那、乃哩底、毗摩质多罗天等。"《大正藏》,第十八册,第599页下。

⑤ 蒋忠新:《民族文化宫图书馆藏梵文〈妙法莲华经〉写本(拉丁字母转写本)》,中国社会科学出版社,1988,第388页。

⑥ 参见荻原云来《汉译对照梵和大辞典》,(台湾)新文丰出版公司,1988,第372a页。"吉遮,梵文kṛtya或该词的中世纪印度语kicca的音译",参见辛岛静志(Seshi Karashima)《妙法莲华经词典》(A Glossary of Kumarajiva's Translation of the Lotus Sutra, Tokyo: The International Research Institute for Advanced Buddhology, Soka University, 2001, PDF Version),p.125。

⑦ "'富单那',热病鬼;'吉遮',起尸鬼,若人若夜叉俱有此鬼。……'毗陀罗'赤色鬼……"《大正藏》,第三十四册,第147页上。

⑧ "吉遮(此云起尸鬼)……毗陀罗(此云青色鬼)。"《大正藏》,第三十四册,第630页上至中。

续表

序号	音译	意译	梵文	主要汉译佛经出处	备注
12	讫栗著 / 讫栗者	所作	kṛtya	玄应《一切经音义》卷六① 慧琳《一切经音义》卷二十七② 法云《翻译名义集》卷二③	用来解释"吉遮"，是为正音
13	以稚		kṛtya	僧伽婆罗译《孔雀王咒经》卷一	梵文参考新疆库车地区出土的《鲍威尔写本》（*The Bower Manuscript*）第六卷残片
14	讫栗底		kṛtya	义净译《佛说大孔雀咒王经》	
15	讫㗚底迦		kṛtyaka	不空译《佛母大孔雀明王经》卷中	
16	蔼吉支	起尸鬼	akṛtya？	沮渠京声译《治禅病秘要法》卷下	玄应《一切经音义》卷五十四④ 慧琳《一切经音义》卷五十四⑤
17	腊吉支			沮渠京声译《治禅病秘要法》卷下	《起信论疏笔削记》卷十九⑥
18	鞞陀路婆		vetālotthā-pana？	竺佛念译《鼻奈耶》卷一	竺佛念注：鬼著尸也，使起杀人
19	尸婆罗（咒）	起尸		竺佛念译《四分律》卷五十三	明弘赞《四分律名义标释》
20		尸、半尸		玄奘译《瑜伽师地论》卷五十九⑦	玄应《一切经音义》卷二十二⑧

*注：表中列出的音译名称中，词尾带有"？"标识的，系笔者依据读音和意义推测而出，尚未查证相应梵本，或该经书尚未发现有梵本可供对勘。

---

① "吉遮，止奢反，正言讫栗著，译云所作。"《中华大藏经》，第五十六册，第917页上。
② "吉遮（止奢反，讫栗者，云所作）。"《大正藏》，第五十四册，第492页中。
③ "吉蔗，或名吉遮，正言讫栗著，此云所作。"《大正藏》，第五十四册，第1087页中。
④ "蔼吉（乌盖反，梵言蔼吉支，此云起尸鬼也）。"《大正藏》，第五十四册，第668页中。
⑤ "蔼吉支（上埃盖反，梵语起尸鬼名也）。"《大正藏》，第五十四册，第669页中。
⑥ "腊吉支者，禅经云此起尸鬼也。言偷者，或是此鬼爱偷死尸故，或是连下梵语，且两存之。非谓因偷夏腊也。故经云：诸腊吉支手捉铁棒等。"《大正藏》，第四十四册，第401页中。
⑦ 《大正藏》，第三十册，第631页上。
⑧ "尸、半尸，此是咒法。西国有此，谓咒于死尸，令起煞人。半尸者，咒令起坐，令起尸鬼煞人，故半尸。"《中华大藏经》，第五十七册，第89页上。

从上表中，我们不难发现在汉译佛经中，往往被理解为起尸鬼的梵文主要有两个：vetāda 和 kṛtya。

vetāda 是梵文起尸鬼 vetāla 的佛教混合梵文表达，在《妙法莲华经》与《大孔雀明王经》的梵文本中使用的都是 vetāda 这个词。vetāda 的诸多汉文音译表达中，"毗陀罗"使用的频率最高，在《大正藏》中出现了69次，① 在律部、阿含部、本缘部、法华部、密教部等译经中均有出现。其次是"米弹罗 / 米㗚罗"（29次）和"吠多拏"（25次），全部出现于密教部的译经之中，但"米弹罗"仅出现于菩提流志所译的《一字佛顶轮王经》和《不空罥索神变真言经》中，并未得到多数译经僧人的认可与沿用；而"吠多拏"则为不空、天息灾（法贤）、法天、施护等多位译经大师在多部经书中使用，应用范围更广。② 而"韦陀罗""毗多荼""俾多罗""鞞多荼""毗多拏""迷怛罗""尾怛那"等音译则没有得到广泛流传，基本只在一部经文中出现，甚至在同一部经文中也往往会和其他音译名同时使用。③ 由此可见，在汉译佛经中，vetāda 一词的音译，主要以"毗陀罗"和"吠多拏"为主，而"吠多拏"主要使用在密教经文的翻译中，译名出现时间也晚于"毗陀罗"。

另外一个梵文 kṛtya 的汉文音译词汇中，以"吉遮"这一译法使用频率最高。"吉遮"主要出现于《大正藏》法华部的《妙法莲华经》和《添品妙法莲华经》，以及密教部的《佛说六字咒王经》和《孔雀王咒经》等经文，一共出现23次，④ 且主要集中在唐以前。自从玄应在《一切经音义》中将"吉遮"正音为"讫栗著"⑤ 之后，在义净和不空翻译

---

① 依据 Cbeta 电子佛典 2016 数据库，关键词"毗陀罗 – 毗陀罗树 – 俱毗陀罗 – 拘毗陀罗 – 毗陀罗婆 – 毗陀罗私 – 陀毗陀罗"，搜索范围为《大正藏》。2020 年 5 月 1 日检索，下文中其他关键词的检索时间和范围与此相同，不再赘述。

② 天息灾（法贤）、法天、施护等三人关系密切，一同组建译场译经，显然"吠多拏"的译法也是他们译场风格的一大体现。

③ 比如僧伽婆罗在其所译的《孔雀咒王经》中，卷一音译为"俾多罗"，卷二意译为"起尸鬼"。

④ 依据 Cbeta 电子佛典 2016 数据库，关键词"吉遮"，检索范围《大正藏》，检索日期 2020 年 5 月 1 日。

⑤ 《一切经音义》卷六，《大正藏》，第五十六卷，第 917 页上。黄仁瑄更认可玄应的解释，认为"著"跟梵音 tya 相合，参见黄仁瑄《慧琳添修之〈妙法莲华经〉音义的讹、倒、衍问题》，《语言研究》2012 年第 32 卷第 4 期。

的《孔雀明王经》中，都将译法改为"讫栗底"。

关于 kṛtya 的词义，玄应和慧琳的《一切经音义》中的释义均为"所作"，《梵藏汉和四译对校翻译名义大集》中的释义为"作害"；[①]在《汉译对照梵和大辞典》中释义为一种恶鬼，并非专指起尸鬼；只有在辛岛静志的《妙法莲华经大词典》中，才有"起尸鬼"的释义。这也许与隋末唐初的智顗和吉藏都将《妙法莲华经》中的"吉遮"解释为"起尸鬼"有关。[②] 智顗和吉藏都是以讲解《法华经》闻名于世的大师，智顗更是法华宗的开山鼻祖。

kṛtya 到底有没有起尸的意思呢？kṛtya 其实是一个很古老的梵文词，词根 kṛ- 有"做、作"的意思，在印度古代吠陀文献之一的《阿达婆吠陀》中常常用作"施法、施咒"的意思。[③] Teun Goundriaan 教授以 *Kauśika Sūtra* 39[④] 里的一段有关如何解除偶人厌胜的描述为例，认为 kṛtya 在这里指的是咒术仪式中所用的"泥塑人偶"，用于象征咒术所针对的对象。[⑤] 4—6 世纪时期，kṛtya 和 vetāla 曾经作为典型的厌胜仪式并列出现在印度重要的天文学和占星学著作《广集》（*Brhatsamhitā*）第 68 章第 37—38 颂中，[⑥] 11 世纪的学者 Kṣemarāja 在对印度教经典 *Netratantra* 的第 18 章第 4 颂进行注释时将 kṛtyā 解释为"女起尸鬼，使附身于女尸，以消灭敌人（śatrunāśāya strīkalevarapraveśitā vetālī

---

① 榊亮三郎编：《梵藏汉和四译对校翻译名义大集（下）》，世界佛学名著译丛编译委员会译，华宇出版社，1985，第 294 页。

② 智顗在《妙法莲华经文句》卷十，吉藏在《法华义疏》卷十二中都将"吉遮"解释为起尸鬼。

③ Parpola Asko, *The Roots of Hinduism: The Early Aryans and the Indus Civilization* (Oxford: Oxford University Press, 2015), p.132.

④ 有学者认为 *Kauśika Sūtra* 的成书年代早于公元前 4 世纪的《波你尼语法》，参见 Bloomfield M., *The Kausika Sutra of Atharva Veda* (Dehli: Motilal Banarasidass, 1972), p. 37。

⑤ Teun Goundriaan, "Vedic *kṛtyā* and the Terminology of Magic," in *Sanskrit and World Culture: Proceedings of the Forth World Sanskrit Conference of the International Association of Sanskrit Studies,* ed. Wolfgang Morgenworth (Berlin: Akademie-Verlag, 1986), pp.450-456.

⑥ 参见 Csaba Dezső, "Encounters with 'Vetālas': Studies on Fabulous Creatures I," *Acta Orientalia Academiae Scientiarum Hungaricae,* vol. 63, no. 4 (2010), pp. 398-399.

kṛtyā)"。① 如此看来，kṛtya 的词义不仅包含了泛指和特指的两个层面，既可以代指广义"巫术"，在某些情况下，也可以具象为"巫术"之中的"媒介物（比如泥塑人偶）"，而且随着时间的演进渐渐开始在某些地区与 vetāla 形成词义的交叉与混用。

智顗和吉藏也许是出于这一理解，而将"吉遮"理解为与"巫术"相关的鬼神中具有代表性的"起尸鬼"。但与"吉遮"并列出现的"毗陀罗"——这一真正意义上的起尸鬼——却被智顗解释为"赤色鬼"，被吉藏解释为"青色鬼"。《故事海》第 12 卷中有一段关于"起尸鬼"形象的描述——"黑颜色、大高个、脖子像骆驼、脸似大象、脚像牡牛，猫头鹰的眼睛，驴耳朵"。② 如果参考《故事海》中的这一描述，吉藏对"毗陀罗"的理解也许更贴近当地风俗的认知。

"蔼吉支"和"腊吉支"的译法都仅出现于北凉贵族沮渠京声所译的《治禅病秘要法》中。沮渠京声在学习梵文后，专门赴于阗的衢摩帝大寺，得印度高僧佛陀斯那口授该经"胡本"，③ 记诵通利后，回河西译出汉文。此外，玄应和慧琳的《一切经音义》中也认可沮渠京声对"蔼吉支"是起尸鬼的解释。不过，"蔼吉支"应该不会是梵文起尸鬼"vetāda"或于阗语起尸鬼"vittūla"④ 或"vaittādvī"⑤ 的对译，而也许是梵文"akṛtya"（名词，不可为，罪犯）。⑥ 北宋法师长水子璿所撰《起信论疏笔削记》卷十九中认为"腊吉支"有可能是"蔼吉支"的误写。

---

① 梵文参见 M. K. Shāstri, *The Netra Tantram*, with Commentary by Kshemarâja. vol.2（Bombay: Printed at the "Tatva-Vivechaka" Press, 1939, as Kashmir Sériés of Texts and Studies 61），p.73.本句翻译感谢审稿专家的指点以及北京大学外国语学院南亚学系段南同学的帮助。
② 上村胜彦：《〈僵死鬼故事 25 则〉与古代印度的尸体崇拜》，陈岗龙译，《世界民族》1994 年第 2 期。
③ 参考《出三藏记集》卷十四："……安阳从受《禅要秘密治病经》。因其胡本，口诵通利，既而东归，于高昌郡求得《观世音》《弥勒》二观经各一卷。及还河西，即译出《禅要》，转为汉文。"《大正藏》，第五十五册，第 106 页中至下。
④ H.W. Bailey, *Dictionary of Khotan Saka*（Cambridge: Cambridge University Press, 1979），p. 62.
⑤ R.E. Emmerick, *The Book of Zambasta: A Khotanese Poem on Buddhism*（Lodon: Oxford University Press, 1968），pp. 16-17.
⑥ akṛtya：名词，不可为，罪犯。参见威廉斯《梵英词典》，中西书局，2013，第 2 页。Sim Jun Bo 认为"蔼吉支"的梵文对译为"vetāla-kṛtya"，但并未说明缘由和出处。Sim Jun Bo, "The study on the vetāla in Chinese Tripitaka," 佛教研究, 37（2012）: 52.

而"腊吉支"在《治禅病秘要法》宋代以后的版本中均被改写为"蔼吉支"。

"鞞陀路婆"和"尸婆罗"这两种和起尸有关的译法，都只出现过一次，分别出现于《鼻奈耶》卷一和《四分律》卷五十三中。这两个译法均为姚秦凉州沙门竺佛念所译。不同的是《鼻奈耶》为公元383年罽宾鼻奈（罽宾律师）耶舍（Yaśa）诵出，鸠摩罗佛提写成梵本，竺佛念译为汉文，昙景笔受；① 而《四分律》则译于410—413年间，为佛陀耶舍（Buddhayaśas）所诵出，竺佛念所译，道含笔受。②

可见，"鞞陀路婆"这一音译在起尸有关的音译词中其实出现最早，词后附有注释——鬼著尸也，使起杀人。根据这一注释，笔者推测"鞞陀路婆"对应的梵文可能是"vetālotthāpana"，③ 发音"鞞陀路陀婆那"，有"起尸行为"之义，被译者简略为"鞞陀路婆"。与下文"若作咒、若作药，持用杀人，波罗移不受"衔接起来，语义也比较连贯。

而竺佛念在《四分律》中所译的"尸婆罗"则比较令人费解。"尸婆罗"作为一种咒法的名字，与"支节咒、刹利咒"等咒法并列，乃六群比丘所为，为佛陀所禁止。然而在《四分律》第三十卷中，六群比丘尼为"自活命"所为的各种外道咒法中，与"支节咒、刹利咒"并列出现的却成了"起尸咒"。④ 这样看来，"尸婆罗咒"是否就是"起尸咒"呢？明代弘赞在《四分律名义标释》中引用《分别功德论》对"尸婆罗"的解释——"迦叶佛时，名鬼为尸婆罗。尸婆罗者，开通鬼神言语音声"，⑤ 认为尸婆罗咒即是起尸咒。他在自己编纂的另一部《四分戒

---

① 释印顺：《印顺全集014：原始佛教圣典之集成》，中华书局，2009，第71页。
② 释印顺：《印顺全集014：原始佛教圣典之集成》，中华书局，2009，第59页。
③ vetālotthāpana：名词，起尸的行为，参见威廉斯《梵英词典》，中西书局，2013，第1015页。Sim Jun Bo认为"鞞陀路婆"的梵文对译就是"vetāla"，笔者对此不太认同。参见Sim Jun Bo,"The study on the vetāla in Chinese Tripitaka",佛教研究，37（2012）：52。
④ "时六群比丘尼，学习咒术以自活命。咒术者，或支节咒、刹利咒、或起尸鬼咒、或学知死相知转禽兽论、卜知众鸟音声。"《大正藏》，第二十二册，第774页下。
⑤ 《大藏新纂卍续藏经》，第四十四册，第674页下。

本如释》中直接将"尸婆罗咒"转述为"起尸鬼咒"。① 不过，唐朝的道世在撰写《诸经要集》和《法苑珠林》时，引用《四分律》中的这段有关比丘诵咒的戒律时，都故意省略了意味不明的"尸婆罗咒"这个词。②

除了上述音译名之外，意译名称中显然"起尸"或"起尸鬼"运用最广，《大正藏》中出现了108次。而竺法护在《正法华经》卷十和《生经》卷二中意译的"蛊道符咒"以及玄奘在《瑜伽师地论》中意译的"尸"和"半尸"等译法，则似乎并没有被广泛采用。

二 汉译佛经中的起尸鬼形象分析

在对汉译佛经中有关"起尸鬼"译名的梳理和辨析的基础上，我们再来看看汉译佛经中起尸鬼是一个怎样的形象，起尸鬼有哪些能力，起尸鬼的这些能力与特点又是如何在佛教文学中得以体现的。下面将就这些问题进行讨论。

（一）杀人咒与咒术反噬：强大而危险

对于用起尸鬼咒的法术来杀人，《十诵律》《四分律》《摩诃僧祇律》《根本说一切有部毗奈耶》《鼻奈耶》等主要律部文献都有明文禁止。不过，《十诵律》和《根本说一切有部毗奈耶》中，对如何实施起尸鬼咒以及如何防范解除，都有较为详尽的描述。其他几部律经对于起尸鬼咒的内容则一笔带过。

《十诵律》卷二是这样描述起尸咒仪轨的：

> 毗陀罗者，有比丘以二十九日，求全身死人，召鬼咒尸令起，水洗著衣，著刀手中。若心念、若口说："我为某"，故作毗陀罗。

---

① 《四分戒本如释》卷三："比丘不应……不应诵外道安置宅舍吉凶符书咒、解支节咒、刹利咒、起尸鬼咒、知人生死吉凶咒、解禽兽音声咒。"《大藏新纂卍续藏经》，第四十册，第218页下。
② 《诸经要集》卷二十，《大正藏》，第五十四册，第193页下；《法苑珠林》卷九十九，《大正藏》，第五十三册，第1018页下。

即读咒术，是名毗陀罗成。……是作咒，比丘先办一羊，若得芭蕉树，若不得杀前人者，当杀是羊。若杀是树，如是作者，善。若不尔者，还杀是比丘。是名毗陀罗。①

《根本说一切有部毗奈耶》卷七中对于咒术仪轨的描述更加详细：

> 云何起尸杀？若比丘故心欲杀女、男、半择迦等，便于黑月十四日，诣尸林所，觅新死尸乃至蚁子未伤损者，便以黄土揩拭、香水洗尸，以新叠一双，遍覆身体，以酥涂足，诵咒咒之，于时，死尸频申欲起，安在两轮车上，以二铜铃系于颈下，以两刃刀置于手中。其尸即起……或不善解起尸之法，起尸却来杀其咒师，此比丘得窣吐罗底也；若咒师比丘杀彼起尸，亦得窣吐罗底也。②

综合来看，起尸法术在时间、地点、媒介以及仪式上都有严格要求：时间要求选在黑月十四日的晚上，场所要在尸林，媒介要选择新死尸，外表尚未腐烂伤损。咒令起尸和装点尸体的先后顺序在《十诵律》和《根本说一切有部毗奈耶》中虽有所不同，但装点尸体所需仪式步骤则基本类似，即水洗、以白布覆之、土拭、以酥油涂足等。起尸之后，需使之持刀、颈系铃并安置于两轮车上。

两部经文都提到了这种咒法对施咒人本身的危险性，一旦在施展咒术的过程中出差错或者施咒对象防御成功，咒术的力量将反噬到本人身上。《十诵律》中还提到在这种情况下，可以用羊或树作为咒师的替代品来承受咒术反噬。而这一点也是起尸鬼咒危险与强大的有力证明。

在佛经故事中，最能体现起尸鬼咒力量之强大与反噬危险的当属"舍利弗与外道斗法"的故事、"梵志起尸"的故事，以及"不惜代价复仇"的故事。

"舍利弗与外道斗法"的故事出自《根本说一切有部毗奈耶破僧事》卷八。当时外道找到一名"名曰赤眼，善能幻化"的梵志，相约七日之

---

① 《大正藏》，第二十三册，第9页中至下。
② 《大正藏》，第二十三册，第662页上至中。

后一起与舍利弗"共为论议"。^① 斗法当日，由外道立宗作法，舍利弗破解。在这一故事中，舍利弗与外道斗法四大回合。前三回合中，舍利弗分别以风摧大树、大象踏池、金翅鸟降龙破解了外道的攻势。最后回合的对决中，外道使出了威力强大的"起尸咒"，仍然被舍利弗轻松化解。

> 为起尸鬼，令前害舍利弗。舍利弗以咒咒之，令鬼却回损害外道。外道怖急下座，五体投地礼舍利弗，作如是言："愿救我命！愿救我命！"时舍利弗摄咒力已，其鬼即灭，为赤眼外道说法。^②

在这里，起尸鬼的咒术不仅和化树、化池、化鸟等各种变化之术并列，而且作为外道最厉害的一招安排压轴出场，其威力不言而喻。而当外道法力不济时，起尸鬼咒的反噬令外道恐惧不已，不得不向舍利弗低头求援。这一故事也被收录于《敦煌变文集》卷四中，名为"祇园因由记"。其中有关舍利弗与外道劳度差斗法过程中起尸鬼这一回合的描述更为详细。

> 又现一起尸，咒法之中，说有死人无瘢痕者，取之作法，一手中置轮，一手中置刀，法成能害人；其时有此起尸，被外道咒持刀往身子；舍利〔弗〕之力，令却趂（趁）劳度〔差〕。又彼被趂急，遂失脚走，被舍利弗化火遮之，不能去。既见诸处并有火，望舍利弗边并无火，即自行走。旋思彼是大力之人，我须投归。^③

这篇小说在描述中，增加了对《咒法》一书的引用，而《咒法》一书中有关起尸咒法的描述，更接近《根本说一切有部毗奈耶》中的描述，只不过将起尸乘坐的车轮改为了起尸手中的轮子。关于舍利弗如何破除外道劳度差的起尸咒法，小说描述也更为生动，增加了火攻以及外

---

① 《大正藏》，第二十四册，第140页中。

② 《大正藏》，第二十四册，第140页下。

③ 王重民：《敦煌变文集》（上），人民文学出版社，1984，第408页。

道内心活动的描写，令人仿佛身临其境。

这一故事虽然在后来的流传过程中，斗法的具体内容多少有改动，不过从早期的版本来看，起尸鬼咒的威力与危险性都可以得到充分体现。

另一个"梵志起尸"的故事，目前最早见于梁释宝唱等撰《经律异相》卷三十七的第六个故事。

> 山中有梵志道士，渴欲求饮。田家事遑，无与之者。梵志有怨遂尔恨去。梵志能起死人并使鬼神，即召杀鬼敕之曰：彼人辱我，尔往杀之。山中有罗汉知之，往至田家。田家见沙门，欣然稽颡，为设一食。沙门曰：汝今日，夕早燃灯，勤三自归，诵守口摄意偈，慈念众生，可长安隐。沙门去后，主人如教。通晓念佛，诵戒不废。杀鬼至晓伺其微，便欲以杀之，睹彼慈心，无缘杀焉。鬼神之法，人令己杀，己使欲杀。但彼有不可杀之德，法当还杀便已。杀者鬼乃恚，欲害梵志。罗汉以威神蔽之，令鬼不见。①

这个故事，后来也常常被用来说明《妙法莲华经》卷七中有关"咒诅诸毒药，所欲害身者，念彼观音力，还著于本人。"② 以及《千手千眼观世音菩萨广大圆满无碍大悲心陀罗尼经》中"众生浊恶起不善，厌魅咒诅结怨仇，至心称诵大悲咒，厌魅还著于本人"③ 这一段经文。

但即便起尸鬼咒的反噬之力很可能会让人付出生命代价，依然有人为了复仇而不惜代价。《百喻经》卷四第六十八个故事"共相怨害喻"讲的就是这样的故事。有个人因受了他人侮辱，怨念不已，他的朋友就帮忙出主意，提到了起尸咒。

> "唯有毗陀罗咒可以害彼。但有一患，未及害彼，返自害己。"其人闻已，便大欢喜："愿但教我，虽当自害，要望伤彼。"④

当然，故事讽刺的是"未及害彼，返自害己"的盲目嗔怒之人，不

① 《大正藏》，第五十三册，第 200 页中至下。
② 《大正藏》，第九册，第 58 页上。
③ 《大正藏》，第二十册，第 108 页下。
④ 《大正藏》，第四册，第 553 页下至第 554 页上。

过也从另一个角度反映了起尸鬼咒的威力与危险性。

（二）给人超能力、宝剑与黄金：满意则慷慨

除了杀人之外，从密教相关经文来看，起尸鬼还能为人带来飞行等超能力以及宝剑、黄金，甚至还有治病良药。密教文献中对于召唤"起尸鬼"的方法以及所能获得的成就有更为详细的描述。

在唐不空所译《菩提场所说一字顶轮王经》卷四和宋法天译《妙臂菩萨所问经》卷二中都有关于达成"迷怛罗"成就和"吠多拏"成就相关仪轨的描述。对比《十诵律》和《根本说一切有部毗奈耶》中的仪轨，不难发现《菩提场所说一字顶轮王经》和《妙臂菩萨所问经》在仪式中都强调要有能发勇猛心的"助伴"护身相随。这是一点很重要的不同。在《僵尸鬼故事二十五则》等印度古代其他文学作品中出现的有关召唤起尸鬼的仪轨，其实都与《菩提场所说一字顶轮王经》和《妙臂菩萨所问经》中所描述的仪轨更为类似，咒师大多需要勇士或英雄的护持。

此外，咒术成功以后，施咒者的需求也不再是敌人的性命，而可以是宝剑、真经、飞行能力、长生不老药、以起尸鬼为坐骑；[1] 隐形、圣药、乘剑飞行、眼药、降鬼神、求爱重等。[2] 这些召唤起尸鬼后所能获得的成就，在佛经故事中也有部分体现。

在鸠摩罗什所译的《灯指因缘经》中，便有一段尸体变黄金的描述。故事的主人公灯指由富转贫后，不得不以背尸体为业，糊口度日。正当他背着尸体打算丢弃于坟场的时候，附有起尸鬼的尸体突然紧紧抱住他不放。灯指虽然害怕，但怎么都无法摆脱，只能将这个起尸背回自己的住处。没想到，一回家，起尸就自动松手，掉到地上。灯指这才发

---

① 《菩提场所说一字顶轮王经》卷四："又取不坏摄嚩，先与澡浴严饰……黑月吉日并有助伴善作护身，坐彼胸上……不间断念诵……自身得成就。……吐出剑。……吐出严具。……吐出本真言教经夹。皆得持明成就飞腾虚空。……授与长年药。若起即成使者。其持明者欲所去处乘彼肩上随意而往得持明仙。"《大正藏》，第十九册，第 219 页下至第 220 页上。

② 《妙臂菩萨所问经》卷二："复次行人求吠多拏成就者，于尸陀林中求不坏者……便须令助伴人执棒守护，尽日直至夜分……令彼助伴发勇猛心不得怖畏，先与尸净发，复用贤瓶水沐浴令净，然后用油涂body，涂讫又用上好白衣装裹，如是毕已。……依于仪轨专注持诵以求成就……或求示于伏藏，或求入修罗窟取圣药，或欲乘剑或求眼药，及降鬼神乃至求啰惹爱重，如是诸事并可成就。"《大正藏》，第十八册，第 753 页下至第 754 页中。

现"死尸手指纯是黄金……以刀试割，实是真金"。而且这黄金切下来还可以再生！ [1] 后来，佛祖解释说，因灯指前世行善，今生才会有此奇遇。当然，这里其实是用佛教所强调的"因果报应"化用了起尸鬼所具有的许人黄金钱财的能力。

以起尸之术化尸体为黄金的佛经故事，[2] 最典型的要数五世达赖喇嘛所著《西藏王臣记》中记载的一段有关阿敦达布尔日寺 [3] 建寺起源的故事。传说有一位正在修炼"起尸法"的外道持密修士找了一位沙弥做伴修助手——

> 他将怎样割断尸舌的方法，全部教给了沙弥。然后他对沙弥说："那尸舌将会变成一把金剑，手捧此剑就可以随意飞行，这剑你应当给我。那尸身将会变成黄金，全部给你，以作为对你的报酬。"后来……当舌断下来的时候，果然变成了利剑。……沙弥取得了整个尸体所变成的黄金作为资具……修建出有名的阿敦达布尔日寺。[4]

在这个故事中，外道持密修士所求取的是可以令人随意飞行的宝剑，而被起尸鬼附身的尸体最后则变成黄金，成为沙弥充当"助伴"所得到的报酬。

（三）致病与治病：危险但不至于致命

佛经里的鬼大多似乎都与疾病有千丝万缕的联系，起尸鬼也不能例

[1] 《大正藏》，第十六册，第810页下。

[2] 卓鸿泽先生认为《汉书·楚元王列传》中所记载的"淮南有枕中鸿宝苑秘书，书言神仙使鬼物为金之术及邹衍重道延命方"，其中的"神仙使鬼物为金之术"有可能与印度密教中的黄金尸鬼（suvarna-vetāla）有所联系。如果属实，则早在我国战国时期齐地就已有来自印度的起尸之术的流传。参考卓鸿泽《汉初方士所录古印度语》，《历史语文学论丛初编》，上海古籍出版社，2012，第3页。感谢北京大学外国语学院南亚学系陈明教授的指点并提醒此条资料。

[3] 阿敦达布尔日寺，也称欧丹达布梨寺或欧丹达普梨寺，otantapuri（藏名），udandapura（梵名），意为"能飞城"，古印度寺名，寺址在今印度比哈尔附近，为古代印度波罗王朝高波罗（gopala，约7世纪后期在位）在摩揭陀所建。参见黄明信《黄明信藏学文集：藏传佛教、因明、文献研究》，中国藏学出版社，2007，第72页；五世达赖喇嘛：《西藏王臣记》，刘立千译注，民族出版社，2000，第194页。

[4] 《大藏经补编》，第十一册，第641页上至第642页上。

外。《治禅病秘要法》卷二在"治风大法"一节讲到大风会带来蔼吉支（即起尸鬼）。

> 诸蔼吉支手捉铁棒，以千髑髅为身璎珞，与诸龙鬼九十八种，至行者所。行者见已，心惊毛竖，因是发狂或白癞病，当疾治之。[1]

所以，如果有人在大风天突然被吓得发狂或得了白癞病，那么很有可能是因为起尸鬼所引起的。

（四）唯衣是命：单纯执着与睚眦必报

无论是收割生命，还是给人超能力、宝剑与黄金，抑或是致病与治病，上述三种起尸鬼的能力都令人感到强大与危险，在渴望得到起尸鬼垂青的同时恐惧其巨大的威力。然而，在这种威猛怖畏的形象之外，佛经故事中还有一种起尸鬼，追逐在比丘的身后，高喊"大德，莫取我衣！"对于衣服的执念是他们出现的唯一理由，一旦将衣服还给尸体，起尸鬼立刻就会顺从地消失。这种单纯的执着，令起尸鬼显得不再那么高高在上，而是更接地气，仿佛邻家让人又气又怜的小气鬼。

关于这种起尸鬼，最富传奇色彩的故事，出自梁宝唱撰《名僧传抄》第二十五，"齐高昌仙窟寺法惠传"。

> 法惠，本姓李氏，高昌人……避往龟兹，乃愿出家，贫无法服。外国人死，衣以好衣，送尸陀林，辞诀而反。惠随他葬家人去彼，剥死人衣，遇起尸鬼。起相蒨史，更为上下，凡经七反，惠卒获胜。剥取衣裳，货得三千，以为法服，仍得出家。[2]

法惠出逃龟兹避祸，打算出家，因没钱买法衣，只得去尸陀林剥死人衣。结果就遇到了起尸鬼起尸，与其争抢七大回合。最后还是法惠取胜，剥掉了死尸的衣裳，换了钱才置办好法服，从而顺利出家。

---

[1] 《大正藏》，第十五册，第340页中。

[2] 《大藏新纂卍续藏经》，第七十七册，第358页上至中。

关于剥死人衣会遭遇起尸鬼一事，在《弥沙塞部和醯五分律》中，佛祖对此早有告诫——

> 有一比丘往冢间见一新死人，欲取其衣。起尸鬼入身中起，语言："大德！莫取我衣。"答言："汝已死，非是汝衣！"便强夺取。死人大唤，逐到僧坊……佛言："若新死，身未有坏处，起尸鬼犹著，不应取其衣，可以还之。若取未伤坏死人衣，突吉罗。"彼比丘即以衣还之，死尸得衣便倒地。彼比丘以是白佛，佛言："可持著冢间。"比丘即持衣行，死尸复起逐后，既到冢间以衣著地，尸复还倒。①

在这个故事中，附有起尸鬼的尸体对自己的衣服异常执着，一直追着夺衣比丘到了僧坊，只要一得到衣服就立刻心满意足地倒地。以至于比丘得拿着衣服，让尸体追着自己回到坟地才行。而佛陀也借此故事，告诫比丘们"取未伤坏死人衣，突吉罗"。这个故事在《根本说一切有部毗奈耶杂事》卷十七中有一个更为丰满生动的版本，讲的是一个卖香人生前爱緤如命，嘱咐家人在其死后不要火化而要用緤裹着土葬。结果有一位叫黑喜的尸林比丘得知后，立刻前去取为粪扫衣。

> 时彼非人即便起尸，坚捉其緤作如是语："圣者黑喜！勿取我緤。"凡尸林人多有胸胆，便报鬼曰："痴人！汝由爱緤生饿鬼中，今更欲往捺洛迦耶？汝今宜放。"黑喜爱著，共鬼相争，以脚踏之强牵而去，往逝多林。时彼尸鬼更增瞋恚随逐不放，报言："圣者！还我緤来。"……于寺门前啼泣而住。佛……告阿难陀曰："汝即宜去报彼黑喜还非人緤，若不与者呕血而死。"……（黑喜）报鬼曰："爱毛緤者可在前行。"至林遣卧，随言即卧，以緤盖上。时彼非人便以脚踏黑喜比丘，黑喜有大力，仅得免死。②

---

① 《大正藏》，第二十二册，第136页下至第137页上。
② 《大正藏》，第二十四册，第282页中至下。

两个故事讲的都是比丘取新死人衣，被起尸追逐到僧坊，后听佛陀教诲还衣的故事，但《根本说一切有部毗奈耶杂事》的这个版本显然人物形象更加丰满。不仅夺衣比丘有了"黑喜"这个名字，而且起尸鬼被夺走衣服的愤怒、不敢进入僧坊的无奈和委屈，以及还衣之后，起尸鬼还要对黑喜比丘踩上几脚报仇泄愤的这种睚眦必报的性格，都被刻画得跃然纸上。

前文中有关起尸鬼各种神异能力的故事，着力于起尸鬼本身的笔墨却不多，重点基本都放在了施咒人与被害人身上，放在了召唤起尸鬼的烦琐仪式过程中，而起尸鬼本身则被弱化成一个空虚的符号，贴着恐怖与强大的标签却面目模糊。而《根本说一切有部毗奈耶杂事》里的这则故事，则赋予了起尸鬼本身更多的个性，令这个形象丰满生动起来。

三　余论

既然汉译佛经中有这些关于"起尸鬼"的佛经故事与咒术仪轨，那么"起尸鬼"是起源于佛教的吗？答案显然是否定的。

据《佛本行集经》卷十一记载，净饭王在太子 8 岁时请名师传授学问，必学教材——六十四书之一便是"毗多荼书"（《起尸书》）。[1] 此外，《四分律》卷三十[2] 和卷五十三[3] 中，分别提到六群比丘尼和六群比丘学"起尸鬼咒"等咒术，用以谋生，佛陀知晓后才制定戒律"若比丘尼，学世俗技术以自活命，波逸提"，比丘也不应学以活命或传授他人。上述两个例子说明，在佛陀时期，关于"起尸鬼"不仅有专门论著存在，而且相关咒术也早已在民间流传，不论男女都可以学。而且值得注意的是，佛陀虽然将起尸鬼咒划为外道之法，禁止比丘和比丘尼以此牟利谋生，但若是为了制服外道、知己知彼而学习，则并不违反戒律。[4] 这大概也是有关起尸鬼咒的详细描述出现于早期佛教经典中的缘

[1] 《大正藏》，第三册，第 703 页下。
[2] 《大正藏》，第二十二册，第 774 页下至第 775 页上。
[3] 《大正藏》，第二十二册，第 960 页下。
[4] 《四分律》卷三十："若学世论为伏外道故，若学咒毒为自护，不以为活命，无犯。"《大正藏》，第二十二册，第 774 页下至第 775 页上。

由之一。

如此一来，有关起尸鬼的相关信仰和咒术仪轨便可以追溯至公元前的佛陀时代。考虑到起尸鬼（vetāla）一词的词源研究目前尚不明朗，[①]大史诗《摩诃婆罗多》中也没有出现过起尸鬼的说法，[②] 因此笔者认为起尸鬼的源头也许可以从古印度的土俗信仰中去寻找。

在 7 世纪印度剧作家拔那（Bāṇabhaṭṭa）所创作的《戒日王传》（*Harṣacarita*）中，曾经提到僵尸鬼是印度次大陆原始土著之一达罗彼荼人的信仰。

> 当戒日王的父亲去世之前，听说国王生病的消息，城里各处聚集了许多吟诵吠陀的婆罗门，湿婆神庙里传出信徒们的阵阵咒语声，他们用牛奶罐洗湿婆神像，达罗彼荼人向僵尸鬼（湿婆手下的小鬼）献上死人的头颅，安达罗仁举起手臂向湿婆神的妻子祈祷平安。[③]

此外，汉译佛经里起尸鬼相关仪轨的侧重也存在一个发展变化的过程。

在汉译佛经早期律部文献中，强调的主要是起尸杀人咒术的威力以及反噬自伤的危险性，也就是"起尸鬼"在"厌胜"方面的能力。早期佛经翻译中，有巫蛊厌胜之意的"kṛtya"被翻译成起尸或起尸鬼，也正是在原始佛教时期"起尸鬼"咒术重在"厌胜"的侧面反映。这一阶段咒术的参与者只有施咒人和用来厌胜的新死尸。而在唐宋时期所翻译的汉传密教文献《菩提场所说一字顶轮王经》和《妙臂菩萨所问经》中，起尸咒的仪轨不仅更加烦琐化了，而且参与者中都引入以勇敢著称的第三者——"助伴"这一角色。此外，咒术的目的也从厌胜转变为取悦起尸鬼，从而获得超能力或珍宝的恩赐。更为值得注意的是，这两部汉传密教文献中的起尸仪轨，与 7 世纪拔那所创作的《戒日王传》中讲述的

① 参考 Michael Walter, "Of Corpses and Gold: Materials for the Study of the Vetāla and the Ro Langs," *The Tibet Journal*, vol. 29, no. 2（2004）, pp. 13–46.

② 上村胜彦：《〈僵死鬼故事 25 则〉与古代印度的尸体崇拜》，陈岗龙译，《世界民族》1994 年第 2 期。

③ 参见段晴《戒日王的宗教信仰》，《南亚研究》1992 年第 1 期；D. N. Lorenzen, *The Kapalikas and Kalamukhas: Two Lost Saivite Sects*（Berkeley: University of California Press, 1972）, p.17.

来自印度南方笃信湿婆的苦行者，请求戒日王的祖先花有王协助进行的祭祀仪式，[①] 还有相传产生于 6 世纪以前的《伟大的故事》中的《僵尸鬼故事二十五则》中修道人请国王协助举行的祭祀仪式十分相似，无论是仪式的时间、场所的选择，还是清洁、装裹、装饰尸体并且请"助伴"护卫仪式的过程，还有修道人求取的目的，都具有高度相似性。由此我们可以看出两个问题：其一，起尸鬼仪式到了 7 世纪以后，逐渐被固定下来，并且在佛教、耆那教、印度教等各种宗教文献以及文学作品中均实现了相似的呈现；其二，佛教的密宗部分，确实显现出对民间信仰以及印度教元素的更多包容性、认可度和体现度。

作者系北京大学外国语学院博士研究生

---

① 参见 David Gordon White, *The Alchemical Body: Siddha Traditions in Medieval India* (Chicago: University of Chicago Press, 1996), p. 307.

抵达世界各地的海流

——2020 年全国研究生东方文学暑期学校有感

罗映琪

  在参加这次暑期学校之前，我对东方文学一无所知。即使身处相对的"东方"，且萨义德的东方学早已闻名东西，但我却从未留意到东方文学这个概念何时又因何种缘由被建构起来。与之相反，长期以来我只在自己较为熟悉的小领域内打转，这属实不妥。暑期学校开学前，特意翻看了一本介绍东方文学史的书，才了解到"东方"这个集合了地理、政治、经济、文化等与"西方"相异的概念，随着西方对其想象和界定，以及东方对自身的不断认识和重塑，一直都在发展变化；而"东方文学"亦如此。

  在这十天里密集地接收有关东方文学的前沿研究，其中让我印象最深刻的是，几乎每一位老师都是通过文化之间的交流沟通来展现东方文学文化的生命力。王邦维教授把玄奘《大唐西域记》记载的黄河源于徙多河作为研究起点，通过中印古籍文献、实地考察不断求证，最终把青藏高原的地理地貌与中印的神话传说大致对应起来，构成他的中印文化研究的基础。陈明教授通过追溯文本和图像两个层面的"二鼠侵藤"佛教故事的印度之源、中国本土化的改写、西方去印度化的变形，大致勾勒出欧亚宗教和文化的其中一条交流脉络。张洪仪教授在介绍阿尔及利亚小说《斯巴达克堡》时提到，小说是以阿尔及利亚先被土耳其奥斯曼帝国吞并后于 19 世纪又被法国殖民的悲惨历史为背景，显示出近代东西方的"交流"史。林丰民教授介绍了自改革开放以来中国与阿拉伯国家之间的文学翻译活动，还原了两国文学文化交流的历史语境。刘建军教授通过三本不同时期的民间小说，从拜占庭与阿拉伯的风俗、习惯等细节切入，重新审视二者的历史关系，并提出并不只是拜占庭，而是拜占庭—阿拉伯地区都是东西方文明的交汇点，打破了之前具有西方中心论倾向的历史定论。陈众议教授则通过反思国内的外国文学学科的处境，提出外国文学研究者应更多地参与和关心中国文学的建设，秉持一个中国学者应有的学术立场，并逐渐走出对研究对象简单认同和对西方理论方法简单运用这两个研究困境。河野贵美子教授通过分析空海在《遍照发挥性灵集》里所体现的"文"学观，隐约勾连出一条佛教思想在印度、中国、日本三地的影响脉络。魏丽明教授明确指出巴乌尔文化对泰戈尔的影响，为深入了解泰戈尔精神留下了一个清晰的切入点，也为泰戈尔精神对西方文化的批判找到了一个具体的落脚点。赵京华教授分享了柄谷行人于美国讲学时所著的《日本现代文学的起源》的主要内容，着重分析柄谷行人追溯日本现代文学起源的问题意识和研究方法，体现了当代日本学者以日本现代文学为起点，反思西方文学理论的思考路径。Sylvia Tiwon 教授通过展示东南亚文学从殖民时期粉饰太平的现实主义文学，到后殖民时期的魔幻现实主义文学的转变，指出正是后者真实地展现自殖民时期以来就一直困扰着东南亚人们的一系列现代性问题，从而肯定了其对本土独特的存在价值。董晓萍教授通过追踪中外的工匠故事的内容和类型，并从多种角度、使用多种方法对其进行比较研究，从而凸显出中国工匠故事及其社会模式的独特性。钟志清教授通过分析希伯来圣经的东方起源、西方的翻译和接受，以及亚洲、非洲、拉丁美洲的希伯来圣经研究现状，特别强调亚非拉区域对圣经研究的贡献，从而突出了东方对圣经研究的重要性和意义。

　　每位前辈都毫不保留地分享自己最前沿的研究成果，基本上都是用一本专著的体量来填满两小时的课堂；而每一部分的分享、每个回答都是那么真挚，对研究充满热情和责任感。正是在这样自由开放又从容大方的研究氛围下，我所感受到的国内东方文学研究已经走过了论证何谓东方文学并寻求认同的阶段，坦然又深入地走进了"你中有我、我中有你"的文化交错研究之中，在发现、接纳、理解他者文化的时候，绽放出更强大的生命力。感触最深的是，当听到刘建军教授提到中世纪的拜占庭文化与阿拉伯文化的冲突与交流时，我发现了自己眼光的狭隘——以往提到"中世纪"这个时期，总是会首先想到西欧历史中的"中世纪"基督教的思想控制；然而，正是在这个看似"自然"的反应，其实遮蔽了阿拉伯文化通过拜占庭文化这一中介，间接地对当时经济相对落后的西欧产生了一定的影响。而当刘建军教授把现代欧洲文化划分为拉丁文化、希腊文化、维京海盗北欧文化和阿拉伯文化四个板块时，我才意识到，自己所认知的"西方文化"，其实是以希腊文化为底色、以拉丁文化为主导的文化，而这个认知却不知不觉地无视了其他两个板块。正是在这些庞大的概念之下，忽略了同种同源之间的文化差异，更何况被有意建构出来的东西方差异。

想起一位专业为跨文化交际的同学曾提到，目前跨文化交际的关注点逐渐从文化差异过渡到文化共性上。从前对文化差异的强调，可能是以民族认同、身份认同为落脚点，反而因迫于对单方面的认同而把差异夸大或简化，他者文化被弱化或沦为衬托，最终使得文化差异研究莫名地成为主体性研究的一部分。而现在对文化共性的关注，其实恰恰是必须以承认差异存在的合理性为逻辑前提的。至于文化共性，可能是由于人类普遍共存的某些本质而形成的；也可能在此基础上，某些文化特性通过迁徙、战争、贸易等方式传播而形成二重甚至多重的文化共性。而东方文学研究的前辈们通过选取特定时期的民间文学文本，结合文本背后涉及的两地甚至多地的历史语境、风俗习惯等元素，从而对复杂的文化交流情景进行解码，并把文化研究还原为一种主体间性研究，既消解了西方中心论，又警惕了东方文学文化研究对前者的重蹈覆辙。

因此，东方文学研究对我而言，并不是一个被定义的学科和术语，而是一个保持清醒又开放包容的研究场域。东方文学、中国文学、西方文学三者的关系，就好像是"你、我、他"并列又互相涵摄的关系，特别是近现代文学，三者更是密切交流甚至是纠缠在一起的。但也要注意，东西方文学这个看似庞大的概念，其实仍忽略了拉美、非洲等板块的文学，不能用其代表整体的全球文学或世界文学。而在习主席提出了"人类命运共同体"这个触动人心又意义深远的概念之后，我想中国学者的担当其实已不仅仅是聚焦于国内文学文化的建设，还应有我的导师栾栋教授在阐发人文学时提及的大格局、大场合、大气象。无边界谓大；心无边界，而着眼研究现实中流动的边界，方可达到通和致化的境界。这不仅是学者个人，还是各个学科、研究板块的理想。当看到钟志清教授集合多名小语种老师，花费多年去整合多个地区的希伯来圣经研究时；当看到这么多前辈在课堂上都表达出回归大人文以重新思考文学走向的时候；以及在分小组论坛交流讨论，和结业当天听到各位老师诚挚的分享之后，我开始明白了，即使像文科的学术研究很多时候都需要个人去独立完成课题的调研、论文的撰写，事实上背后仍自觉或不自觉地依托着相关的研究群。小到师门、研究小组、研究团队，大到研究中心、学科学院，都间接或直接地弥补了每个人的学术盲点，从而构成了有形或无形的合作关系。而正因为各个研究场域并不是一座座孤岛，而是广袤大陆上的一部分，东西方交流、南北半球对话不断推动的学术全球化，才成为当代学术研究的最大依托。

在参与这次暑期学校之前，我从来没有想过"东方文学研究"给我的触动有这么深刻和深远。刚刚结业的那几天，我以为最大的收获就是提交的论文得到了几位老师的提点，从而有了更加清晰的修改思路。但等到静下来回味这十几场讲座，以及坐在电脑前开始敲打这次的课程感想之后，才发现跟修改论文这种明显又快速的收获相比，更让我感到惊喜和震撼的是，长期以来埋藏于内心深处的困惑在这之后竟然得到了解答。

一直以来，我觉得自己并没有找到能真切地说服自己的研究意义，所以我会犹豫，我会懈怠，偶尔甚至还会惶恐。但在这十几天里，我走进了大家一起营造的东方文学研究氛围又从中走出来之后，我发现尽管这次的主题是"新丝路与新思路"，但其实并不是所有的研究都能直接对社会与现实产生影响，它们的研究意义其实更多是对研究所在的板块而言的。换句话说，研究的现实意义首先要思考的是研究对所在板块及其研究群体的影响和启示，其次才考虑研究对与之保持弱关系的板块及其群体的作用。以前由于我一方面很反感别人说"文学无用论"，另一方面又很担心自己的文学研究体现了"文学无用论"，因此总是把二者颠倒来思考，先斟酌题目对整个社会有何现实意义，然后才考虑其他问题。但其实这恰恰落入了功利主义本身逻辑无法自洽的思维怪圈当中，并把研究的焦点从研究对象转移到研究对象的价值上。再者，抛开学术研究对外界影响的考虑，事实上，研究对自己的影响才是最大的，完成一个研究的同时也补充完善甚至重新塑造了自己的思想观念。因此，研究意义作为学术研究的其中一个起点，应更多地回归自身、研究对象以及相关板块，这样，问题意识才会得到加强。在暑期学校中，各位前辈都不约而同地强调学术研究的问题意识，当时还觉得有些抽象，但当我试着把焦点从研究意义转移到具体的研究对象和研究语境中之后，发现思考的方向确实比以往更实在明朗。

奇妙的是，在想通了研究意义之后，我也开始不再纠结自己的中文系背景了。因为无论是中文还是外语专业出身，只要研究能推动相关板块往更好更理想的方向发展，那就具有真正的研究意义和价值。以前不理解学习小语种的同学的坚守，现在发现其实正是他们通过语言慢慢把两个地区的理解建立起来，而且还默默地把这种理解传递开来。小语种的翻译也好，研究也好，当它们被更多的人看见，这种理解就是抵达两个地区的捷径。以前我为自己只懂中文和英文而感到心虚，认为看不懂其他外语的原著会在根基上影响整个研究的质量。但当小组讨论的几位青年教师指出我的论文理论视野比较广阔的时候，我逐渐释怀了：其实我在研究中并不需要跟其他人比拼外语，我的研究视野也不会因不懂其他外语而受到十分大的限制。恰恰相反，如果我"信任"翻译，广泛阅读并思考与梳理各种理论之间的关联，那么我就能借助中文系背景，建立起我自己的学术优势。当然，学术积累并不是一个一蹴而就的过程，而且当代学术界对学者的要求只会越来越高。随着研究对象涉及越来越多的板块，学者的知识储备、胸怀眼界也必须升级，才能达到通过一个研究辐射多个板块的效果。

像林丰民教授、陈众议教授等前辈，他们着重从民族的角度强调学者应逐渐建立起一种学术自信。而通过了解各位老师和同学的研究，我更多地感受到这种学术自信是以跨学科、跨代的学术互信为基础的。无论是多冷门多小众的研究对象，无论是多细小多陌生的研究题目，他们都总能笃定而又充满热情地去研究和演讲，从而传递出对研究对象和自己的研究能力的信心；同时，他们又总保持着一份谦逊，并用这份谦虚与其他学者建立起和谐的学术互信关系，使得大家既相信前辈们的研究成果，前辈们亦相信后浪们的研究能力。

虽然由于疫情的缘故，各行各业都曾有过一段或长或短的时间被迫停摆，但重新启动的时候，好像又有意想不到的收获。就像这次暑期学校，原计划只招 100 名学员线上开课，但看到有超过 200 位同学和老师报名之后，就扩大了招生规模，使得这次讲学成为东方文学暑期学校创办以来最大规模的一次，从而形成了一个巨大而复杂的研究场域。每次讲座结束的时候，对话框都会连续涌出许多同学和老师的提问，我为他们反应迅速而感到惊讶的同时，也对他们心生感激，因为随着他们的思路，我常常能看得更多更远。通过各位教授的演讲以及学伴们的提问反馈，我大致了解到目前东方文学研究总体来说主要有以下几个发展大方向：有的学者仍坚持对小语种文学、被边缘化的文化进行研究；有的学者反复申明文学研究需要回归历史语境才更具针对性；有的学者认为民间文学文化研究需要借助地方性知识才能更贴合本土；还有的学者主张回归大人文，以更广阔的视野进行文学文化研究。

然而，学术研究其实并不只是着眼于某位大师前辈所做的贡献，每个发展方向都是集合了一拨又一拨学者们的努力，才得以开创了各个研究场域；反过来，他们又合力共创出相对以往更包容开放的学术大环境。如果说每个研究场域都是广袤大陆的一部分，那么，每个人似乎都是通往未知潮流的一滴水，随之四处涌动，为之心生向往，汇合于永不停歇的海流之中，从而连接世界各大板块，使地球真正成为能够互相理解的一体。无论是虚拟的线上冲浪还是现实中的乘风破浪，每位学者透过阅读而形成的理解，以及基于理解而完成的研究，终汇聚成知识的海洋，穷通化迁，日新月异。

作者系广东外语外贸大学外国文学文化研究中心博士研究生

文学社会学研究

黎萨尔与殖民末期
菲律宾人民的思想启蒙[*]

黄 轶

内容提要 黎萨尔出生于西班牙殖民统治末期，是菲律宾民族资产阶级的代表人物。他创作的两部小说《社会毒瘤》和《贪婪的统治》集中体现了他对菲律宾现状的认识，以及用何种方式推动民族进步的思考。透过其作品，不仅可以看到菲律宾民族资产阶级对于改革国家途径的探索，还能感受到由于殖民方式的不同，菲律宾与宗主国西班牙之间特殊的情感联系。这两者都决定了菲律宾推翻殖民统治、建立独立的民族国家过程的独特性。黎萨尔用自己的思想和行动激励着菲律宾人民，通过揭露和鼓励相结合的方法，促使菲律宾人重新认识殖民统治，并殷切期望他们能团结起来，提高自身素质，为即将到来的国家独立做好准备。

关键词 黎萨尔 菲律宾 西班牙 宗教 教育

19世纪中后期，西班牙已落入社会发展衰退的轨道，国内政治动荡不安。经历近三百年的殖民统治，菲律宾社会发展缓慢，人民对于改

---

* 本文系教育部人文社会科学重点研究基地重大项目"中国与东南亚的文学和文化交流研究"（18JJD75005）阶段性成果。

革的需求正在逐渐增加，正是在这样的历史背景下黎萨尔 ① 出生了。

与其说黎萨尔是一位革命家，不如说他是一位作家。其写作体裁包括小说、书信和报刊文章等。虽然他没有明确、系统的理论思想，但从他的两部小说《社会毒瘤》（*Noli Me Tangere*）和《贪婪的统治》（*El Filibusterismo*）中，② 可以归纳出他对社会文化、经济、华侨、殖民政府、教会、民族改良之路和暴力革命的看法。这两部伟大的作品，给人们提供了多视角的阅读空间。1956 年，菲律宾政府颁布法令，要求大中院校将黎萨尔的生平、作品等列为必修科目。黎萨尔将自己的生活经历和成长过程中的所见所闻融入小说中，借主人公之口说出了自己想说的话，让作品中的人物替自己完成了一些想做的事。我们并不能将小说的虚拟世界完全等同于现实世界，但小说所提供的故事背景等对于我们了解西班牙统治末期菲律宾的状况具有借鉴意义。

黎萨尔在留学欧洲期间，西方启蒙思想对他产生了深刻影响。当时不仅在菲律宾，整个亚洲地区都涌动着启蒙主义和民族主义的文化思潮。"东方启蒙运动的先驱大都是接受了西方教育，他们以西方文化反观自己的本土传统，深感其僵化与落后，缺乏参与世界竞争的活力与能力"，③ "东方启蒙的深层动力是'救亡'，与西方人文主义式启蒙相比，东方启蒙毋宁说是一种落后民族寻求富强之道的'救亡型启蒙'"。④

从黎萨尔的日记和与家人的通信中可以看出，他认同西方文明，并期望将先进的文化及思想传递给家人，进而传播到菲律宾。对于西班牙文化，黎萨尔最初十分向往，但生活经历的增长更让他认识到西班牙给菲律宾人带来的欧洲文化和天主教信仰也有一些负面影响。他看到西班牙将一整套政治制度移植到菲律宾，而这种以专制王权为基础建立的统

---

① 菲律宾民族英雄何塞·黎萨尔（Jose Rizal，1861—1896）在当地人心中是一个包含了历史、民族、文化等多重意义的符号性人物，他更是被誉为"第一个菲律宾人"（The First Filipino）。

② 黎萨尔的两部小说《社会毒瘤》和《贪婪的统治》亦被译作《不许犯我》和《起义者》，原书名均为拉丁语，本意为"不要触碰我"和"叛乱的人"（或"颠覆者"）。

③ 黎跃进：《东方现代民族主义文学思潮发展论》，中国社会科学出版社，2011，第127页。

④ 黎跃进：《东方现代民族主义文学思潮发展论》，中国社会科学出版社，2011，第129页。

治制度造成了广大群众对民主生活的极端无知和对权威者的习惯性服从。西班牙以和平方式征服了菲律宾，教会在其中扮演了十分重要的角色，这使得菲律宾人民对教会有着特殊情感。精神征服的危害远比军事征服强大，关键是前者更加隐蔽。对这种"和平征服"的性质缺乏全面和深刻的认识，是"精神征服"或"文化征服"与殖民统治带来的严重后果。

本文将从四个方面论述黎萨尔是如何以他的笔作为武器，逐步揭露殖民政府和天主教会的真实面目，帮助同胞们摆脱习惯性服从，并建立文化自信和民族自豪感。

一 揭露民众对西班牙人及宗教的曲解

小说《社会毒瘤》中维多利那夫人（Doña Victorina）是一个令人啼笑皆非的菲律宾女人。她自视清高，一心只想着嫁给西班牙人，年过四十才找到一个愿与其生活在一起的伴侣。尽管此人相貌丑陋，没有正当职业，却只因他是西班牙人，维多利那夫人便视其为珍宝，帮他打造外形，更不忘将自己的装扮完全西班牙化。言谈中，她看不起自己的故土，认为这里是野蛮之地，期盼着自己哪天能到西班牙生活。她还瞧不起本地人，自我感觉良好，甚至将自己归为贵族。这样的菲律宾人，在小说中不止一个，现实社会中类似的情况也很常见。正因不少菲律宾人对西班牙人的这种崇拜和对他们身份的仰慕，衍生出很多可笑的情况。例如在《社会毒瘤》第四十二章中，西班牙籍的大夫收费昂贵，医术却没那么高明，但仍受到菲律宾各界追捧。作者讲述在卡兰巴，一位锯木工为了医治自己的妻儿，请来西班牙的大夫。可结果不仅使妻儿失去了性命，还被省长勒令支付高昂的诊疗费，最后倾家荡产，家破人亡。西班牙人来到菲律宾，通常都会感到极大的优越感，认为自己在这个社会中有着举足轻重的作用。小说里，一位西班牙跛脚文员失去了工作，在其他西班牙人的怂恿之下，竟堂而皇之地当起了大夫。当局在发现其行骗的劣行之后，竟还有人出面帮其求情，"就算是他欺骗了那些草率的本地人又有什么关系呢？"① 在菲律宾的西班牙人实为一丘之貉，互相包庇。就这样，一位外表丑陋，内心本来还在挣扎的西班牙最卑微之人，最后竟也厚颜无耻地成为收费昂贵的大夫。无知的菲律宾人竟也不问究竟，只要是来自西班牙的，就都是他们膜拜和追崇的对象。大家一起促成了跛脚大夫的沉沦；西班牙人的包庇，菲律宾人的盲目，最终使得这些丑陋的事情在光天化日之下大行其道。

一些菲律宾人将西班牙人奉为神明，这种风气让作者痛心不已。正是在菲律宾社会中有这样一些人的存在——对西班牙人趋炎附势，自己心态扭曲——给社会风气造成了恶劣影响。

在殖民统治末期，菲律宾人对宗教的曲解亦具有普遍性。殖民政府宣称自己将神圣的宗教带到菲律宾，拯救了人民堕落的思想。可宗教在菲律宾的传播究其根本是维持殖民统治的工具，所以其中很多重要的内容被滥用和误读。黎萨尔在小说《社会毒瘤》中塑造了帕特西尼奥妇人（Patrocinio）这一形象，她花大价钱请马尼拉著名演讲者到村里宣讲神学奥秘，但自己并不认真聆听，而是呼呼大睡。可见她对宗教的理解过于片面，只关心一些虚有其表的东西。在《社会毒瘤》第十八章中，女信徒们聚集在一起，讨论如何能获得更多的免罪符和免罪令，大家互相攀比，不做什么实际修行，而是探讨这里面有什么捷径可走，比如罚自己的仆人为自己诵读祈祷文等；但是对于真正有实际意义，或和信仰直接相关的一些问题却缺乏研究。由此可见，菲律宾人声称自己是虔诚的信徒，可实际的情况是大多数人都停留在对宗教肤浅的理解层面，而在锻炼个人修养层面却无人关心。教会对公众缺乏正确引导，为给自己谋求更大的利益，片面夸大对自己有利的方面，比如牺牲、贡献、忍耐、服从等。黎萨尔在小说里将这些社会风气一一展现出来，就是为了唤醒人们不再对宗教沉迷，看清自己的行为，学会分辨是非，而不是屈服于"命运"。在《贪婪的统治》中作者更是指出，在菲律宾人仍将神父看作神明时，欧洲人早已将神父作为茶余饭后取笑的对象。可以看出，在欧洲（西班牙），人们早已破除对教会以及神父的极端信仰及崇拜，可

---

① Jose Rizal, *The Social Cancer*, translated by Charles E.（Derbyshire, Giraffe Books, 1996）, p. 297.

在菲律宾，由于缺乏与外界的交流，人们仍给予他们极高的尊重。随着时代的发展及信息的传播，菲律宾人终将抛弃现有的误解，同欧洲人一样，认识到教会的实质，看清神父们的真实嘴脸，这也是作者所希望看到的。

二 批判教育制度对年轻人的毒害

黎萨尔希望年轻人能接受现代化教育，学习先进科学知识，可彼时的教育制度令人担忧。《贪婪的统治》中的伊沙甘尼（Isagani）曾说，"自由对于人就如同教育对于智慧的意义，而神父们不愿给予我们（真正的教育），这正是我们不满的根源"。[1] 在当时的菲律宾，教育资源被牢牢掌握在教会手里，在学校任教的多为神父。巴西里奥（Basilio）是一个勤奋上进的学生，可由于他出身贫寒，不受教授们的待见。后者只关注那些富人家的孩子，绝大多数的学生们都被漠视，而他们也乐得在学校里混日子。小说中提到，学校教育学生的动机并不是为了让他们获得更多先进知识，在当权者看来，知识本身就是魔鬼，会唤醒人们反抗的意识，科学等近代知识并不是他们教授的主要内容；建校的目的仅是为了吸引那些有钱有势的家庭，而不是开启年轻人的心智。学校关注于灌输宗教知识，培养人们对教会的崇敬之情。让学生们学习难懂的拉丁语，以此来阻止他们学习真正有用的科学知识，或在他们学习的道路上设置障碍，削弱其学习的兴趣和积极性。通过对学生们进行拉丁语和宗教哲学的教导，将他们转变为毫无自觉意识的机械，而不是将他们培养成为实际目标奋斗的人。这样的教育制度下培养的学生很难负担起拯救国家的重担。作者在《贪婪的统治》第十二章中写道，学生们按时上学并不是为了获得知识，而是害怕被教授点名未到因此留级。学习时也不付出努力，因为学不到什么实际知识。所以学生们都想着如何贿赂老师，这样就算不努力学习也能获得好成绩。上课时学生们都期盼着放学，离开学校时和初来学校时一样无知，没有学到什么知识。他们在学

---

[1] Jose Rizal, *The Reign of Greed*, translated by Charles E. Derbyshire（Philippine Education Company, 1963）, p. 266.

校里浪费了大好青春，不仅如此，因为学习内容的无趣以及教师们的无良，学生们变得更加厌恶学习和害怕上学。如果这种状况一直延续下去，那么这个国家将变得没有希望。作者对现实痛心疾首，以小说中尝试建立现代化教育制度学校的失败案例来表达自己的担忧和失望。教育对于一个国家的未来——青年人来说十分重要，可政府制造的恐怖气氛使得大家纷纷放弃学业，这样的一代人不能担负起建设国家，将菲律宾带上发展道路的重任。作者忧心忡忡地表达了自己的观点，并尖锐地指出殖民政府采用卑鄙、恐怖的统治手段，浪费整整几代人的生命，以维持其残暴统治。在第一部小说中，母亲们不愿意让自己的孩子接受更多的教育，是为了防止孩子与教会或神父们发生冲突。而在第二部小说中，作者更增添了恐怖气氛，母亲们甚至认为学习更多的知识只会将自己的孩子送上断头台。黎萨尔不再委婉地表达自己的意思，而是选择了更为直接的表达方式。

三　敦促菲律宾人重新认识自己

在西班牙殖民统治后期，由于教育落后和宗教对人们思想上的束缚，大多数菲律宾人思想狭隘、保守，无法看到造成他们生活困苦的根源，又害怕社会变革改变了他们固有的生活习惯。西班牙殖民政府正是利用了当地人的这种弱点，将他们分而治之，严格禁止任何可能威胁其统治的政治团体存在。西班牙传教士们被认为是殖民统治的真正力量，他们非常惧怕人民有任何反抗的声音；利用宗教力量实施对大众的监督和管制，在思想上约束他们，在行动上压制他们。在此时，菲律宾已经出现了一些具有民族意识的进步人士，但让他们气馁的是，菲律宾人民对自己所处的环境缺乏反抗精神。后者在经受了几百年的殖民统治之后，完全被各种宗教戒条和制度所毒害，对政治缺乏关心。

除了通过写作帮助菲律宾人认清菲律宾的现状之外，黎萨尔也做了很多工作帮助同胞们建立自信，重新认识自己的国家和民族，告诉菲律宾人，他们不仅拥有灿烂的历史，还有着优秀的民族性。西班牙殖民者试图抹去菲律宾的历史，抹黑菲律宾人的特性，就是为了妨碍菲律宾民族融合，让菲律宾人产生自卑感，便于其统治政策的实施。在黎萨尔看来，要消除几百年殖民统治给同胞们心理上造成的影响，首先便是要让菲律宾人重新认识自己的历史，重拾那些在西班牙人到来之前就已经延续了很久的社会生活习惯以及民俗。从历史中发掘民族的伟大，并重建自信。

黎萨尔告诉人们，菲律宾人有着自己的本土信仰，并不是只有西班牙人带来的天主教，在殖民者到来之前，万物有灵信仰在菲律宾群岛上的居民中已经有了广泛传播。对天主教的接受，并不是将过去菲律宾人心中所崇拜的偶像全部取而代之，而是将本土信仰很好地与天主教信仰结合起来。在每个菲律宾的家庭里都有一个小的礼拜堂或者祈祷堂，神龛上所供奉的除了天主教圣灵、圣母、圣子或圣徒的造像外，有的还会供奉一些菲律宾人自己的偶像，比如安蒂波罗女神（Antipolo）[①]。宗教节日也不仅仅被天主教的一些重要节日所占据，在菲律宾，每个村镇都有自己守护神的节日，在节日里要进行（宗教）游行、表演戏剧、放焰火等项目。虽然生活困苦，人们还是拿出家里珍藏的食物、器皿、装饰物，穿上最美丽的衣服迎接节日的到来。女人们的传统服饰由上衣、披肩、长裙组成，及地的长裙是从西班牙引进而来，但上衣和披肩是菲律宾的传统服饰。不仅家里，连街道也被装饰起来。镇里还请人来表演传统剧目，更少不了焰火和乐队的助兴。亲朋好友不仅分享食物，还兴致勃勃地参加赌博游戏。

除了宗教信仰之外，菲律宾还存在一些民间迷信，比如看到黑狗预示不祥；捕鱼的时候不要将池里的鱼全部捞完，一定要留些小鱼，否则会带来厄运；等等，这些在小说中都有所提及。当然，除了斗鸡这项延续了多少代的民俗之外，还有很多好的风俗，比如，菲律宾人有好客的风俗，他们将家中最好的东西拿出来与到访的客人分享。[②]

经过重新加注，1890 年黎萨尔再版了莫尔加的专著《菲律宾群岛历史事件》。在 1890 年版的开头，黎萨尔写了这样几段话：

致菲律宾人民：

在《社会毒瘤》中，我开始描述我们祖国的现实情况。它的影

---

① 安蒂波罗女神信仰与妈祖信仰类似。

② Jose Rizal, *The Reign of Greed*, translated by Charles E. (Derbyshire, Philippine Education Company, 1963), p. 355.

响让我看到，在继续向你们展开更多的社会现实画面之前，我必须先使你们认清我们的历史，这样才能更好地审视现在，并衡量我们在过去三个世纪所走过的路。

　　……

　　如果本书能成功地唤醒你们对于我们过去的感知——而那些过去曾从你们的记忆中被抹去，并纠正那些被篡改和诋毁的历史，那我的努力就没有白费。将此作为基础，尽管它很渺小，我们便能（更好地）研究我们的未来。①

在黎萨尔看来，树立民族自尊心和自豪感十分重要，方法就是通过研究菲律宾历史，发扬菲律宾传统文化，使同胞们认识到，菲律宾民族不需要西班牙的帮助，也能创造出如此灿烂的文明。而并非如殖民者所说，菲律宾是野蛮、未开化的民族，是他们给菲律宾带来先进的文明之光——以此打消菲律宾人的自卑心理以及对西班牙的盲目崇拜。

在《社会毒瘤》和《贪婪的统治》中，黎萨尔还塑造了很多令人称道的人物形象，这些角色带来正能量，使人们不至于对现实完全失去希望。

黎萨尔的第一部小说充满着压抑的氛围，但每当美丽善良的玛利亚（Maria）出场，就带来一股清新之风。她心无城府，看事单纯，愿意自我牺牲。黎萨尔对她的描写极尽美丽的辞藻，用大段文字对她的容貌、衣着、举止进行赞美，来体现其与众不同。在这样一个腐败、落后的社会中，玛利亚还能保持着一颗纯洁的心灵，实属难得。作者对玛利亚的称赞，实际上就是对菲律宾少女们的称赞，她们秉性善良，行为举止得体。

在《贪婪的统治》中，巴西里奥和伊沙甘尼是两个进步青年。伊沙甘尼认为，人民和政府的关系如同水和舟，水能载舟亦能覆舟，两者最好能够和平相处，尽量避免出现水火不容的情况。伊沙甘尼指出了学生们不团结的实质，告诫说政府玩弄小伎俩就足以分化他们的力量。在政府开始胡乱抓人的时候，大家都恨不得彼此撇清关系，只有他站出来反

---

① Antonio de Morga, *Historical Events of the Philippine Islands*, annotated by Jose Rizal（Jose Rizal national centennial commission, 1962）, p.7.

驳政府的妄为，"人们做事总是想到它不好的结果，而很少去想它带来的好处。由于恐惧、缺乏自信，大家都只想着自己，而很少顾及他人，这也造成了我们的弱势。"① "传教士们富有并团结一致，可我们却贫穷且一盘散沙。"② 伊沙甘尼是学生中少数几个勇于承担自己行为的后果，并为正义坚持到底的人。

这些青年人对于改革社会有自己的看法，他们认为，宗教不应该强加于人或作为一种惩罚，神职人员也不应该凌驾于公众之上。"教士们总被认为是对的，那是因为我们对他们的纵容所致。如果有一次我们能做对，那么以后我们就都能为自己伸张正义了。"③ 在黎萨尔看来，现实社会中还是有一些年轻人有自己的思想，不管行动上怎样，至少在思想上他们已经认识到了自己的不足，也看到了改进的方向。他们正是黎萨尔认为可以动员起来并赋予希望的阶层。黎萨尔认为，现在的社会已经和几十年前不一样了，至少已经有一部分人开始关心真正的科学和世界的变化。从前，人们只专注于研究那些玄的哲学、神学，现在则更加实际，历史、地理、数学、文学、物理、语言等现代科学逐渐被人们认识，有些人甚至走出国门，到国外接受教育。自由的思想，无限的创造力正在民众中蔓延，那些从前不敢想的和不相信的科学知识为大家所接受。这样的社会氛围才是一个进步的，或期盼进步的社会所应拥有的。虽然希望的种子还很小，但只要有合适的土壤，则一定会发芽、生长。

虽然黎萨尔发表的文章大多数是给西班牙人看的，但也有一些文章是为了激励菲律宾同胞而作。其中最有名的一篇便是1889年写的《致马洛洛斯的年轻女性》，④ 以此来鼓励菲律宾女性为国家进步贡献自己的力量。文章的缘起是1888年12月12日，马洛洛斯（Malolos）的二十位年轻女性联名向总督致信，要求为妇女们开办夜校以学习西班牙

---

① Jose Rizal, *The Social Cancer*, translated by Charles E.（Derbyshire, Giraffe Books, 1996）, p. 250.

② Jose Rizal, *The Social Cancer*, translated by Charles E.（Derbyshire, Giraffe Books, 1996）, p. 249.

③ Jose Rizal, *The Social Cancer*, translated by Charles E.（Derbyshire, Giraffe Books, 1996）, p. 249.

④ Jose Rizal, "Message to the young women of Malolos," in *Political and Historical Writings*, Volume VII（National Historical Institute, 2007）, p. 56.

语。虽然最开始她们的申请被驳回了，但后来经过不断努力，政府最终妥协并有条件地答应了她们的请求。菲律宾历史上从未有妇女敢于联合起来向政府提出自己的要求，这一事件几乎具有划时代的意义，不仅在菲律宾引起极大反响，在西班牙也引起不小的轰动。于是在《团结报》主编德皮拉尔（Del Pilar）的邀请下，黎萨尔撰写了这篇文章献给马洛洛斯的妇女们，同时也献给全体菲律宾的女性同胞。黎萨尔认为教育妇女意义重大，影响深远。在文中他对妇女们提出几点要求。一，要帮助穷人，倾听民众的声音，不要将钱花在和宗教相关的许多不必要的事物上。二，将孩子带到真正的上帝面前，教导他们有荣誉感，纯净自己的心灵，做高尚的事，并爱护同胞们。在前途布满荆棘之时，要有一颗坚强的心和面对困难的勇气，不要退缩。既然现实的教育制度不完善，那么需要母亲们来改善，而如果她们能认真去做，就能给国家前途带来一线曙光。三，菲律宾的妇女们还应具有更多美德，过于天真、善良、温顺、服从只能铸成大错。她们应该做到不胆小，不轻视自己，不让无知束缚自己，助人助己，坚持人生来就平等，学会明辨是非，只有这样才不枉为人母。黎萨尔没有轻视妇女，相反，他看到妇女对社会进步的关键性作用，他通过写作鼓励、帮助她们，希望她们为国家利益贡献自己的一份力量。

四　反驳西班牙人对菲律宾的污蔑，帮助同胞建立自信

黎萨尔除了在报刊上发表自己的思想言论外，还经常针对菲律宾报纸上某些失实报道发表评论。那些报道不仅没有展示事情的全貌，还加上了一些荒谬的内容，并站在维护殖民统治的立场上附以评论。在黎萨尔的第二部小说中，他也将这一现象融入进去，使得故事情节更富有戏剧性，用讽刺手法揭露了殖民时期菲律宾报业及新闻行业与殖民政府的浅薄。

黎萨尔驳斥西班牙人谬误观点最为精彩的一篇文章是《菲律宾人的懒惰》。[①] 此文章刊载于《团结报》，1890 年 7 月 15 日至 9 月 15 日连

---

① Jose Rizal, "The indolence of the Filipino," in *Political and Historical Writings*, Volume VII（National Historical Institute, 2007）, p. 227.

载五期，作者就大家普遍认为菲律宾人很懒惰这一观点发表看法，有力地驳斥了这一论断。以前就有学者就此观点发表过文章，称其为无稽之谈，但仍然有人乐此不疲地谈论它，作者认为有两点原因：一是殖民地官员们以菲律宾人懒惰为借口替自己的愚蠢开脱；二是神父们将此作为借口，夸大宗教在启发民智、促进社会发展中的重要性。接着作者就世人观念中菲律宾人懒惰这一现象下了定义：不热爱劳动，缺乏活力。社会舆论不止于此，很多人甚至将任何不好的现象都归咎于懒惰性上，仿佛它成了菲律宾人的劣根性。黎萨尔并没有从一开头就否定这个说法，而是讲到大家从来没有研究过这个问题产生的原因，只是急着讨论如何治疗它。于是，他先假意承认菲律宾人的确存在这一倾向，那么就应该探寻问题的根源在哪里。

在第二部分中，作者通过分析历史资料，证明菲律宾人并不是生来就很懒惰。在欧洲人到来之前，东南亚诸岛之间早已建立贸易关系，13世纪的中国古籍中已出现与菲律宾贸易往来的记录，彼时中国货物已分散到菲律宾各岛。西班牙人刚到萨马岛（Samar）时，对当地人民的礼貌、善良以及贸易发展情况印象深刻；经过进一步观察，发现那里矿产和物产都很丰富，并且当地已与周围岛屿和国家建立了往来。那时的菲律宾人不仅建造庞大的船只以满足贸易需要，大家还开垦土地，使得物资供应充足。令西班牙人感到惊讶的是，在吕宋岛甚至有人能说西班牙语，足以见得人口流动性已超出他们的想象。各地船只往来频繁，货物品种繁多，制造业、农业发达。几个世纪以前的菲律宾人对生活物资需求并不多，但他们也没有像现在形容的这般懒惰。从前勤劳的菲律宾人又是如何变成今日这么"懒惰"的呢？

在第三部分中，黎萨尔分析了菲律宾人变得"懒惰"的原因。自从菲律宾成为西班牙殖民地后，为了宗主国的荣誉，菲律宾义无反顾地参加到西班牙对外扩张的战争中，与宗主国并肩作战。在连年战争中，菲律宾人口迅速减少，给士兵的亲人和家园都造成损害。由于留守的青壮年男性减少，海盗骚扰变得频繁。除了外出征战，还有很多劳动力被征用采伐树木建造船只，使得本地工业、农业和贸易被荒废，人民生活困苦，死亡率上升，加剧了人口数量下降。与此同时，天主教被引入菲律宾并迅速发展。当社会正处于凋敝衰落之时，教会没有教导人们更加努力工作，而是夸大信仰的力量，甚至凌驾于劳动之上，人民的劳动积极性受到打击。在土地因各种原因荒废了一年之后，想重新在上面耕作要花费比以前更大的精力，于是人们选择了放弃，并逐渐遗忘一些劳作的技能。就这样，菲律宾人开始变得"懒惰"。

在第四部分，对于菲律宾现在的状况，黎萨尔打了一个比方，就好像家庭内部的秩序坏了，那么一家之主应该负起责任。除了在第三部分中讲到的因素外，殖民政府的一些政策和某些官员的徇私行为进一步加剧了菲律宾衰败的态势。因害怕菲律宾人接触到独立的知识，政府排斥一些来自独立国家的外国人，使得菲律宾与周边国家交往被阻断，以往许多畅销产品失去销路，贸易仅限于和墨西哥以及中国之间。加之各种限制，菲律宾的进出口贸易几乎停滞。面对海盗活动，政府没有采取积极的措施予以遏制，相反，由于害怕人民具备任何保护自己的能力，又禁止菲律宾人持有武器。这使得海盗活动日益猖獗，他们不是来掠物，而是来掠人，然后索要赎金。在这种情况下，很多人放弃原有的土地或从事的行业，远走他乡，或干脆沉溺于赌博，再无心劳作。与此同时，神父们给大家灌输着错误的观念，说富人要比普通人经历更多磨难，忍受更多痛苦，所以不要做富人。在这样的社会氛围下，很多人沉溺于赌博，而博彩业在殖民政府的鼓励下更是助长了不良势头。黎萨尔还从很多历史书中找根据。在西班牙人刚到达菲律宾群岛时，并没有哪部专著提到赌博之风已经盛行，现如今和赌博相关的词汇也大都是外来词，且多来自西班牙语。所以菲律宾社会并不是一开始便是这样，而是多少年来社会不断退步，不正之风日益横行给其堕落提供了温床。

除了指出对菲律宾人的错误看法外，黎萨尔希望通过分析让同胞们看到，造成国人愚昧、落后以及懒惰的主要原因正是教育的滞后和缺乏作为菲律宾人的身份认同。经过几个世纪宗教对社会各层次的渗入，大家不再相信自我努力，而是什么都指望教会。面对不公平的待遇缺乏反抗意识，一味忍耐，没有将周围的人当作同一个民族或同一个群体来看待。在这样一个需要改革的国家，没有教育几乎一切都无从谈起。所以他不仅期待人民的觉醒和积极努力，他更希望殖民政府能改变对菲律宾的态度，调整殖民政策，为双方的互惠互利做出让步。

结 语

在揭露社会黑暗、帮助人们认清现状的同时，黎萨尔鼓励同胞们建立自信，重新认识自己的国家和民族；从历史中发掘民族的伟大，帮助菲律宾人建立民族自尊心和自豪感；研究菲律宾语言、神话、物种等，用菲律宾民族的概念将菲律宾人团结起来。黎萨尔还塑造了很多令人称道的人物形象，这些角色带来正能量，使人们不至于对现实失去希望。他撰文激励菲律宾同胞，希望他们为国家利益贡献自己的一份力量。教导年轻人、妇女，将改变国家命运的观念灌输给他们。他还经常针对菲律宾报纸上某些失实报道发表评论，认为将菲律宾社会的落后归咎于菲律宾人民的观点十分荒谬和令人无法接受。他是一位理想主义的改革家，深入各个领域，通过各种方式试图挽救国家命运；亲自劳作，介绍新技术，帮助地方提高生产力，带动身边的人重燃生活的热情；建立学校、诊所，尽己所能推动教育和卫生事业的发展。

尽管黎萨尔没有直接帮助菲律宾摆脱殖民统治，建立独立的国家，但其影响依旧深远。他通过写作激发了菲律宾人民的民族意识，他直面危险的勇气鼓舞了一些改革激进派和社会进步人士。他直接或间接影响着菲律宾革命中的重要人物以及革命进程，而他最重要的作用则体现在对于人民的思想启蒙。黎萨尔为祖国带来的发展教育的思想，以及他个人取得的突出成绩，都在一定程度上增强了菲律宾人的民族自豪感，使"菲律宾人"作为一个民族的意识得到强调，这无疑有利于革命的进行，也使他无愧于"民族英雄"的称号。

作者系北京大学外国语学院教师

政治的翻译与翻译的政治[*]

——政治小说《佳人奇遇》在中国的译介

邹　波

内容提要　柴四朗著《佳人之奇遇》是对近代中国产生重要影响的一部文学作品。1898 年，梁启超的中译《佳人奇遇》于《清议报》连载，后收入商务印书馆"说部丛书"。本文在梳理柴四朗创作中的政治理想、梁启超翻译的政治意图基础上，集中对 20 世纪 30 年代出现的三个译本进行分析，挖掘政治语境的变化对于译介行为产生的影响。

关键词　《佳人奇遇》　柴四朗　梁启超　政治小说　翻译

一　绪论

2019 年正值梁启超（1873—1929）逝世九十周年，出版界推出了一系列有关梁启超的著作，如夏晓虹教授三本著作的结集新版——"阅读梁启超"系列:《觉世与传世》《文章与性情》《政治与学术》（东方出版社 2019 年 8 月版），以及许知远著《青年变革者:梁启超（1873—

＊　本文系上海市哲学社会科学规划课题"商务印书馆《说部丛书》之转译现象研究"（2018BWY008）阶段性成果。

1898)》（上海人民出版社 2019 年 5 月版）。

　　于 21 世纪重新回顾梁启超的精神史，无疑对于厘清近代中国的文化传播与接受脉络具有重要意义。正如夏晓虹教授在《阅读梁启超：觉世与传世》中指出的，百日维新变法失败后，梁启超东渡日本，真正接受明治文化，对于其思想的进化起到至关重要的推动作用。离开中国时梁启超的思想已基本成型，身为流亡政治活动家，他带有强烈的求知欲与现实感。"这使得他对东西洋文化的介绍带有很大的直接的功利目的。缺点是难得穷根究底，未免浅尝辄止，不见得十分准确、全面；优点是学以致用，很快能融进自己的思想体系中，并作用于中国现实。"① 这一特点也深刻地体现在梁启超对于日本政治小说的翻译上。

　　1898 年，戊戌政变失败后，梁启超逃亡日本，在军舰"大岛号"上接触到柴四朗②所著《佳人之奇遇》，并于当年年底创刊的《清议报》上开始连载中译《佳人奇遇》。这部翻译小说宣扬自由、民权，通过奋发强国摆脱亡国的危机，在中国知识阶层产生了广泛的影响。20 世纪初，商务印书馆以"说部丛书"第一集第一编出版了梁启超译《佳人奇遇》。然而，20 世纪 30 年代，《佳人之奇遇》又重获新生，包括梁启超译本的重印在内，一共出现了四个译本。相比清末的政治小说翻译译介研究，20 世纪 30 年代《佳人之奇遇》的重译、再版现象几乎没有得到应有的关注。

　　笔者将结合近期发现的新资料，梳理柴四朗《佳人之奇遇》在近代中国的译介、接受史。首先从"政治的翻译"视角出发，围绕政治术语、政治理想等关键词对日文原作、梁启超的译本进行分析；然后针对 20 世纪 30 年代《佳人之奇遇》的不同版本展开分析，围绕翻译中的政治这一问题，揭示翻译现象中隐蔽的政治语境及译者的政治立场、翻译策略。

---

① 夏晓虹：《阅读梁启超：觉世与传世》，东方出版社，2019，第 234 页。
② 提及《佳人之奇遇》原作者时，存在"东海散士"、"柴四朗"（梁启超的译本印为柴四郎）混用的现象。由于作品主人公名为"东海散士"，为区别作者与主人公，本论文提到原作者时，统一记为"柴四朗"。

二 政治的翻译：梁启超译《佳人奇遇》

（一） 柴四朗著《佳人之奇遇》

柴四朗（1852—1922），原名柴茂四郎，号东海散士，日本近代政治家、小说家。他出生于会津藩 [①] 武士家庭，为家中第四子，后作为幕府军参加了鸟羽伏见战役。明治元年（1868）10月，会津藩被明治政府军攻占，柴四朗的多名家人在战役中身亡或自尽，柴四朗遭受了亡国（藩国）的惨痛打击。自 1869 年开始，柴四朗于东京、横滨等地学习英语，掌握后开始向《东京日日新闻》等报刊投稿。1879 年，得到三菱公司的资助赴美留学，先后于太平洋商学院（Pacific Business College）、哈佛大学、宾夕法尼亚大学等校学习，于 1884 年 6 月回国。《佳人之奇遇》构思于柴四朗留学美国期间，1885 年 10 月开始由东京博文堂出版，1897 年终编出版。全书共 8 编 16 卷，和纸木刻线装本，汉文眉批，开本宽 14.6 厘米，高 23.5 厘米，插图 40 幅。各卷出版信息和各编内容概要见表 1 和表 2。

表 1 柴四朗著《佳人之奇遇》出版情况

初编（卷一、卷二）	1885 年 10 月	第五编（卷九、卷十）	1891 年 11 月
第二编（卷三、卷四）	1886 年 1 月	第六编（卷十一、卷十二）	1897 年 7 月
第三编（卷五、卷六）	1886 年 8 月	第七编（卷十三、卷十四）	1897 年 9 月
第四编（卷七）	1887 年 12 月	第八编（卷十五、卷十六）	1897 年 10 月
第四编（卷八）	1888 年 3 月		

资料来源：根据柳田泉的「解题」整理而成。『明治文学全集 6 明治政治小说集（二）』，东京：筑摩书房，1967，第 480~481 页。

柴四朗之所以创作《佳人之奇遇》，是因为他在美国深切体会到西方列强对亚洲的侵略野心，归国后目睹日本欧化风气盛行，歌舞升平的现状，因而希望以小说的形式警示国人勿忘西方列强的威胁。小说以才子佳人的相逢、离别、重逢为主线，以柴四朗亲身经历为主要内容。作

---

① 位于日本东北地区南部，现福岛县西部。幕府末年支持幕府政权。

品中纪实、政论占据较大比重，书中出场的日本政治家谷干城、朝鲜爱国志士金玉均、埃及将军阿拉比以及清末志士钮叔平^①等，都确有其人其事。

表2　柴四朗著《佳人之奇遇》各编内容概要

初编	1882年，留学美国的日本青年东海散士参观费城独立宫，偶遇两位欧洲女郎。次日，散士泛舟特拉华河上，又与两位女郎相遇并登门拜访。红莲为爱尔兰人，幽兰为西班牙人。 女郎的仆人范卿为明末名臣后裔，他痛陈明朝亡国的惨痛历史。东海散士也讲述了亡国的经历。四位爱国志士惺惺相惜，东海散士和幽兰有爱慕之意。
第二编	七天后东海散士去见幽兰，佳人却不知所终。原来幽兰为救父亲，返回了西班牙。散士探访爱尔兰独立运动领袖范妮·帕内尔，听她讲述爱尔兰遭受压迫的历史与现状。 范妮·帕内尔突然病逝。散士与红莲重逢，得知三人在西班牙救出了幽兰的父亲，从意大利去往法国的途中遭遇海难，红莲获救。听闻幽兰等人遇难，散士十分悲痛。
第三编	红莲详细讲述如何利用美人计，骗过监狱看守长王罗，以及到达意大利后发现独立运动领袖加里波第已经去世，不得不前往法国的经过。 红莲获救后拜访了法国总理甘比大。甘比大认为日本应该学习爱尔兰的战斗精神，详细介绍了圣多明各（海地）独立运动以及独立英雄图森·路维杜尔的事迹。
第四编	匈牙利女郎前来拜访红莲，带来幽兰父女幸免于难的消息。幽兰的父亲幽将军加入埃及军队，支持独立运动将领阿拉比将军反抗英军，维护主权的斗争。来访的女郎是匈牙利爱国者科苏特的女儿玛丽。散士与红莲了解了她的身份，便请她介绍匈牙利的情况。玛丽首先介绍了匈牙利遭受奥地利压迫的历史。
第五编	玛丽继续讲述父亲科苏特反抗梅特涅政权的斗争，1849年匈牙利宣布独立，但军队被奥俄联军打败，科苏特流亡美国。散士得知父亲去世，踏上归国的旅程。 散士回到日本，正值中日两国围绕朝鲜问题关系紧张之时。日本国内因为"征韩论"的分歧导致政府分裂，爆发西南战争。朝鲜甲申政变失败后，开化党领袖金玉均逃亡日本。
第六编	1886年，散士跟随南海古狂将军（谷干城）考察欧美，在香港遇见范卿。范卿在越南被"黑旗军"俘获后遇见旧友，建议挑拨清军与法军交战取得成功；计划返回福建等待时机。 散士经过锡兰时拜访了被流放的爱国志士阿拉比将军，与之讨论欧洲、日本的形势。之后在埃及与幽兰重逢。

---

①　日文资料未考证出其生平。《宗方小太郎日记（未刊稿）》（上海人民出版社，2017）1889年7月21日的日记中记载有"是日作书致福州哥老会钮叔平"。可以推知，钮叔平为福州哥老会成员，与日本政界人士曾有交游。

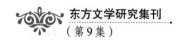
续表

第七编	散士在匈牙利、奥地利、波兰游历，感受到俄罗斯的威胁。然后从希腊至罗马，在意大利都灵拜见了科苏特，听他讲述国际形势。 科苏特对散士关心的俄罗斯问题提出建议：警惕俄罗斯，借助俄罗斯的力量压制英国。辞别科苏特后，散士赴英国，在议会聆听自由党领袖史密斯抨击政府占领缅甸。
第八编	在去美国的轮船上，散士意外与红莲重逢。数月之后，散士与南海古狂将军回国。将军针对与各国修订不平等条约提出五条意见书，未被政府采纳后辞官。散士也辞职归隐。 某日，福建人朱铁来访，带来散士的友人钮叔平将起义反清的消息。后起义失败。1895 年，金玉均、朴永孝等人被暗杀，朝鲜爆发闵妃事件，散士被连坐入狱，梦见朝鲜志士。

　　《佳人之奇遇》前五编结构较为严密，内容相对独立。而后三编主要内容是主人公随农商务大臣谷干城出访欧美，以及东学党事件、朝鲜闵妃被害事件等纪实性内容，脱离了前五编围绕东海散士、幽兰、红莲展开的奇遇故事结构。小说既虚构了大时代下个人的感情波折，又记录了柴四朗亲历的重大事件，插入对于爱尔兰、匈牙利、埃及、圣多明各等弱小国家的历史、国情的详细介绍。作品介于虚构与写实之间，兼有历史普及读物的性质，意在强调"一是 19 世纪的世界是弱肉强食的世界，二是弱小民族必须站起来为独立而斗争"。[①] 需要注意的是，《佳人之奇遇》中的政治主张并非一成不变。有学者认为柴四朗的"政治思想从整体而言，始于自由民权，然后逐渐转向国家主义、拓展国家权利"。[②]

　　另外，这篇小说借用才子佳人小说的范式，但是设定为日本才子、西洋佳人，在明治初年欧化风潮日盛的日本，一定程度上是对西方文明感到自卑的心理补偿。"全文采用汉文训读的文体，字句基本直接使用汉文，而且时常插入汉诗。"[③] 汉文训读法是日本人阅读中国典籍的方

---

① 郑国和：《〈佳人奇遇〉研究》，武汉大学出版社，2000，第 99 页。

② 柳田泉：「解題」，『明治文学全集 6 明治政治小説集（二）』，東京：筑摩書房，1967，第 481 頁。

③ 柳田泉：「解題」，『明治文学全集 6 明治政治小説集（二）』，東京：筑摩書房，1967，第 484 頁。

法，按照日文语法调整中文原文的语序，并添加助词等进行阅读。并派生出大量使用汉语词汇、典故的"汉文调"这一特殊的文体。"汉文调"需要深厚的汉文功底，与柔和的"和文体"相比，汉文调铿锵有力，具有男性气质，很好地对应了"日本才子"为主人公的设定，也为梁启超的翻译提供了极大的便利。

（二） 梁启超译《佳人奇遇》

梁启超译《佳人奇遇》于 1898 年 12 月 23 日至 1900 年 2 月 10 日刊载于《清议报》，连载至原书第十二卷开头部分。《清议报全编·第三集 新书译丛·佳人奇遇》为完整的译本，共 16 回，内容对应原书的 16 编。

> 光绪二十四年（公历一八九八年）梁任公创《清议报》，[①] 附刊《经国美谈》及《佳人奇遇》两小说，历三年始完。以无版权，群起翻印，有六七家之多。当时商务印书馆曾以此书入《说部丛书》第一集第一第二种，后以版权非属诸己，易以《天际落花》《剧场奇案》二种。[②]

根据上文的信息，1900 年以后出现过多个未经授权的版本。例如商务印书馆曾于 1901 年以《佳人之奇遇》为题印刷发行。[③] 1904 年收入商务印书馆"说部丛书"，[④] 为第一集第一编。笔者所见者为 1905 年第六版。1936 年，此版本又收入《饮冰室合集》专集第十九册。

柴四朗的原作采用了"汉文调"文体，对于清末文人而言，如果粗通日文句式、语法，翻译难度不大。下面引用一段柴四朗的原文，与梁启超的译文进行对比。详见表 3。

---

① 《清议报》，1898 年（光绪二十四年）12 月 23 日创办于日本横滨。

② 燕：《经国美谈与佳人奇遇》，《珊瑚》1932 年第一卷第八期，第 1 页。

③ 樽本照雄：《新编增补清末民初小说目录》，贺伟译，齐鲁书社，2002。

④ 正文共 256 页。版权页注明作者为柴四郎，译述者为"中国商务印书馆编译所"，比对可知，此书即为梁启超译本。

表3　柴四朗原作与梁启超译文的比较

柴四朗原作	梁启超译文
一日一異人アリ散士ガ磊磊軒ノ幽居ヲ叩ク容貌魁偉怒目長髯曾テ一面識ナシ　散士迎接シテ曰ク　子ガ尋訪ヲ労謝シ　願クハ緒言ヲ聞テ以テ茅塞ヲ開カント　其人左右ヲ憚ルガ如ク敢テ言ハズ手ヲ以テ空ニ書シ紙筆ヲ求ムノ状ヲ為ス　乃チ取テ之ヲ給ス（後略）①	一日有异人访散士于磊磊轩之幽居。容貌魁伟，目长髯无，无一识面。散士迎之曰，劳谢寻访，愿闻绪言，以开茅塞。其人如惮左右之有人，以手索纸笔，乃取与之。（后略）②

注：　① 東海散士：「佳人之奇遇」，『新日本古典大系明治編17　政治小説集（二）』，
　　　　 東京：岩波書店，2006，第602頁。
　　　 ② 東海散士：《佳人奇遇》，梁启超译，商务印书馆，1905，第250頁。

如果调整柴四朗原作的文字语序，将"ガ""ノ""ナシ"对应为"之""之""无"，日文可梳理成为这样一段文字："一日有异人叩散士之磊磊轩之幽居。容貌魁伟，目长髯无，无曾一识面。散士迎接曰，劳谢寻访，愿闻绪言，以开茅塞。其人如惮左右，为以手空书求纸笔状，乃取给之。"对照梁启超的译文，除了漏译"不敢言（敢テ言ハズ）"，几乎是将原文的汉字部分略加调整润色而成。

梁启超的译序主体部分为《译印政治小说序》，他明确指出："往往一书出而全国之议论为之一变。彼美英德法奥意日本各国政略之日进，则政治小说为功最高焉。"①梁启超翻译的政治意图由此可见一斑。作品中"自由""独立""亡国""革命""同胞"等关键词中，"自由"出现了约120次，鲜明地体现了梁启超普及近代西方政治概念的出发点。

梁启超原为维新派核心人物，逃亡日本之后思想发生重大转变，鼓吹自由，主张革命，遭到康有为等师友的指责。译文对于原文的增删体现他基于保皇、维护清政权的考虑而做的妥协，最为典型的是删除了柴四朗原作第二卷中长达12页（博文堂版）的范卿的自述。

　　　此清人遽云，仆姓鼎，名泰琏，范卿其字，为明末名臣瞿式耜部将鼎琏后裔，明之末造，清兵大举西下，所向瓦解，所遇风靡，自名将史可法于扬州战没后，江淮复无勤王之师，瞿式耜何蛟腾仅

———————
① 梁启超：《佳人奇遇序》，東海散士《佳人奇遇》，商务印书馆，1905，第2頁。

拥孤军以保粤西，^① 琏在桂将兵甚久大得桂人之心，会清兵攻桂，琏与式耜奋战，遂退清兵（中略）因怀往事，慨叹时局，万感攒心，悲喜交集，泪坠而不能禁，遂至污令娘之衣。言未终，三人齐叹曰，郎君之言，果信乎，果然，真可谓为奇中之奇遇。^②

据许常安的考证，^③《清议报》第五册的内容与第四册内容重复，但是删除了 2407 字，为范卿"反清复明"的陈述部分，并改动了约 7 处，以达到弥补删减后文意不通的弊端。关于此处的删减缘由，冯自由做了如下说明。"……及译述日本柴四郎著佳人奇遇记，内有排斥满清论调，为康有为所见，遂命撕毁重印，且诫梁勿忘今上圣明，后宜谨慎从事……"^④

柴四朗原作第十六卷主要内容是关于朝鲜局势的介绍和评述。甲午战争之后中日签订了《马关条约》，朝鲜从清朝的藩属国变为独立国家，清政府间接承认了日本对朝鲜的控制。柴四朗立于本国立场，强调日本干涉朝鲜内政的合理性。梁启超的译本删除了约三分之二的内容，并以本国的政治立场进行增改。具体见表 4。

表 4　柴四朗原作与梁启超译文之比较

柴四朗原作（第十六卷）	梁启超译文（第十六回）
已ニ朝廷日本ノ要求ニ依リ大院君ヲ挙ゲテ執政トナシ （朝廷依日本要求，推举大院君为执政。）	已而韩朝廷顺民情，果举大院君以为执政。
時ニ二人ノ乞丐慶尚道洛東ノ日本兵站部ニ来リテ食ヲ乞フ　我兵以テ間諜トナシ捕ヘテ殺ス　土民其故ヲ詳ニセズ謂ラク日兵無辜ノ民ヲ虐殺スト　憤起シテ兵站ヲ襲フ （时适二乞丐来庆尚道洛东之日本兵站部乞食，我兵以为是间谍，捕而杀之。土民不知原委，谓日本兵屠杀无辜，愤起袭击兵站。）	时适日本兵诡杀朝鲜二人，土人大愤，遂起袭之。

通过两处例文的对比，可以发现梁启超没有忠实翻译原文，而是站

---

① 根据《明史》记载，"鼎琏"应为"焦琏"，"何蛟腾"应为"何腾蛟"。柴四朗《佳人之奇遇》原作有误。

② 东海散士：《佳人之奇遇》，刘孔璋译，满洲报社，1934，第 35～44 页。

③ 許常安：「清議報第四冊訳載の「佳人之奇遇」について」，『日本中国学会報』第24集，1972，第 193～208 页。（许常安写有多篇研究梁启超译《佳人奇遇》的论文，加入日本国籍后以许势常安的名字发表了一系列论文。）

④ 冯自由：《横滨〈清议报〉》，载《革命逸史（上）》，东方出版社，2011，第 52 页。

在本国的立场进行了细致的改写。第十六回的最后一段文气流畅高昂，是典型的梁启超式政论文体。

> 朝鲜者，原为中国之属地也。大邦之义，于属地祸乱，原有靖难之责。当时朝鲜内忧外患，交侵迭至，乞援书至中国。大义所在，故派兵赴援。而日本方当维新，气焰正旺。欲于东洋寻衅，小试其端。彼见清廷之可欺，朝鲜之可诱也。遂借端扶植朝鲜，以与清廷构衅。清廷不察，以为今日之日本，尤是昔日之日本。亦欲惩创之，俾免在东洋狂横跳梁多事也。不谓物先自腐，蠹因而生。国先自毁，人因而侮。歌舞太平三百载，将不知兵，士不用命。以腐败废朽之老大病夫国，与彼凶性蛮力而且有文明思想之新出世日本，斗力角智，势固悬绝。故一举而败于朝鲜，再举而陷辽岛。割台湾，偿巨款。我日人志趣远大，尤以为不足也。不意俄德法三大国干涉其间，不无所慑，见机而退，理有固然。而在野少年志士，多有以此咎政府者，是未知政府苦心耳。①

柴四朗的原作中没有这段文字。柴四朗作品中将日本吞并朝鲜粉饰为帮助朝鲜，并刺激清国觉醒，与日本联手对抗俄国。梁启超删除了相关部分，并添加了以上的段落。增译的立意与前面列举的两则修改原文的例子相仿，也是从本国的政治立场进行评述。同时又添加了"国先自毁，人因而侮"的警示之语。最后，梁启超以"我日人"的口吻进行叙述，制造出这番话出自原作者的假象。

三　翻译的政治：《佳人之奇遇》与《佳人的奇遇》

（一）　满洲报社版《佳人之奇遇》（前篇）（1934）

1934年，满洲报社② 出版了《佳人之奇遇》（前篇），布面精装，纸质函套，宽12.5厘米，高18.5厘米，正文共278页。内容为柴四朗

---

① 东海散士：《佳人奇遇》，梁启超译，商务印书馆，1905，第256页。
② 《满洲报》为中文报纸，创办于1922年7月24日，1937年7月31日停刊。

著《佳人之奇遇》卷一至卷八，不分章节，但每章之后有明显空白以示终结；保留了原作的部分汉文眉批，① 文字有细微调整；② 刘孔璋 ③ 译，香月尚绘图，插图共 74 幅；书内附有《正误表》；正文之前加入铅字排版的柴四朗《自叙》及影印版的有待楼主人隈山《佳人奇遇引》④、泉南铚砚《赠东海散士柴君》⑤、旸谷居士后日华《佳人之奇遇序》⑥，之后是西片朝三撰写的《绪言》。

　　余当少时，读书嗜欲旺盛之际，得见东海散士所著佳人之奇遇一书，不禁一读再读以至于三读，昔人所谓好书不厌百回读，余于此作，亦作如是观，故每一把卷即为之感奋不已，迄乎数十年后之今日，犹觉不能去怀，其意义之醇厚，与动人之伟力可想见矣。

　　昨天特托友人，于东京购求之，遍涉各书肆，始幸获一部，兹乃译为汉文，付之剞劂，阅者诸君，于区区意旨之所在，倘亦克荷感悉，则余之幸甚，实无逾于此也。

　　本社同人刘镜寰君负翻译之责，及金念曾 ⑦ 君之担任校阅，香月尚君之绘画图像，使本书得以汉文与阅者详见，有及于社会之效果，应并志之，亦聊示感意焉耳。

西片朝三是本书的监修者、发行人，又是《满洲报》创刊人，曾任《满洲日日新闻》副社长。《满洲报》脱胎于创刊于 1907 年的日语报纸《满洲日日新闻》，其创刊词中宣称将继承《满洲日日新闻》的衣钵，

---

① 删除"伏案""巧妙""好谐谑"等文章技巧的评点，以及评点者个人经历等部分。
② 例如，将原文中"米人""米国"改为"美人""美国"，删除"彼伏案用意周匝运笔致密"中的"彼"，改重复符号"々"为相应的汉字。
③ 刘孔璋，字镜寰，1904 年生，上海复旦大学毕业。在大连满洲报社充任记者。后被派任满洲报长春驻在员、社长兼记者，擅长英文、日文。参见高丕琨《伪满人物长春市志资料选编第三辑》，《长春史志》编辑部，1988，第 227~228 页。
④ 卷一的第一篇序言，在柴四朗的《自叙》之前。谷干城（1837—1911），号隈山，原土佐藩士，军人、政治家。
⑤ 卷七序言之一。铚砚（铁砚）为榊原浩逸的号。
⑥ 卷二的序言。后藤象二郎（1838—1897），号旸谷，政治家。
⑦ 金念曾，《满洲报》主笔，并担任《满洲报》文艺副刊《星期》主编。

"为生活在东三省的民众谋取福利，以中日亲善、共存共荣为宗旨"。①
从《绪言》来看，该书的出版契机出于出版人西片朝三个人的阅读兴趣。
然而，从《满洲报》的出版宗旨来看，《佳人之奇遇》（前篇）的翻译、
出版包含了浓重的政治意味。满洲报社版《佳人之奇遇》出版于伪满洲
国（1932.3.1—1945.8.18）成立之初，当时的日本不仅摆脱了柴四朗创
作《佳人之奇遇》时面临西方列强压迫的危机，而且经历甲午战争、日
俄战争，走上富国强兵、对外扩张的道路。

从小说的翻译来看，其意旨包含了宣扬日本成功经验、日本文化，
以及日中亲善等几方面。首先，《佳人之奇遇》中柴四朗的"亡国"之
痛与被西方列强奴役的危机已经消弭，日本没有沦为《佳人之奇遇》中
所描写的爱尔兰、匈牙利、埃及等弱国，而是跻身于强国之列。今昔对
比，不难发现满洲报社的重译中没有了柴四朗原作中对于亡国的警惕，
而是透露出成功者的自得。其次，满洲报社版删除了与主题关系不大的
部分，并以文中注的形式如"（檄文甚长故略之）"② 加以说明，却在两
首和歌的译文之外保留了日文原作。

有一妇人闻其良人与父兄皆战没，乃手刃老母与一子，作辞世
之歌曰。

「識るや人まもるにたえて家も身も。やくやほのほの赤きこ
ころを」

谁识之乎失守失家而丧身亦如火焰赤心。

（中略）

又有一妇人，乘月明之夜以笄刻国歌于城中之白壁曰。

「明日よりはいつくの人かなかむらんなれし大城のこる月影」

明日后和人来此展眺惜哉大城，唯遗月影。③

笔者收藏的满洲报社版《佳人之奇遇》扉页以俄文写有"哈尔滨寄

---

① 大久保明男：《史料卷·伪满洲国主要汉语报纸文艺副刊目录》，《伪满洲国的汉语
作家和汉语文学》，北方文艺出版社，2017，第2~3页。
② 东海散士：《佳人之奇遇》，刘孔璋译，满洲报社，1934，第275页。
③ 东海散士：《佳人之奇遇》，刘孔璋译，满洲报社，1934，第49页。

宿学院　瓦夏"。可以推测书籍为俄罗斯人所购买。伪满洲国内居民成分复杂，日本、俄罗斯、朝鲜等各国居民为数不少。《满洲报》脱胎于《满洲日日新闻》，虽为汉文报纸，读者中应该有少量通汉文的日本人。满洲报社版《佳人之奇遇》保留日文和歌，应该出于潜在的日本读者的考虑，同时达到宣传、介绍日本文化的目的。

尤其值得注意的是，梁启超译《佳人奇遇》中删除的关于明朝遗民范卿的内容在满洲报社版中得以恢复。梁启超译《佳人奇遇》尚处于清末，删除抱有"反清复明"思想的范卿的言论，有助于规避政治风险。满洲报社版忠实地保留了这一部分，不仅出于对原著的忠实，而且通过小说中主人公东海散士与范卿的交好，回应了所谓"中日亲善、共存共荣"的出版宗旨。翻译中的保留比删除更为隐蔽，通过分析不难发现，满洲报社版《佳人之奇遇》的翻译出版并非单纯出自社长西片朝三的个人喜好，而是迎合了日本殖民统治的政治意图和策略。

（二）　上海中国书局版《佳人之奇遇》（1935）

1935 年 10 月 25 日，上海中国书局发行了中译本《佳人之奇遇》。中国书局成立于1935年11月4日，《佳人之奇遇》为书局的首本出版物。

> 寓言小说《佳人之奇遇》出版
>
> 本埠爱文义路口 193 号中国书局，经数月之筹备，定于今日开幕，闻该书局专印有益于社会国家之书籍，首次出版，系寓言小说救国奇书《佳人之奇遇》。查该书为日本贫弱之秋、内忧外患之时，幸有此书之出，上下争观，多受感动，方促成维新之局。梁任公先生于《饮冰室文集》中，曾言日本富强原因，在《佳人之奇遇》，则此书潜势力与感动力之大，可想而知。此书之内容，虽以才子佳人为主，但所有叙述，尽系世界国家兴旺强弱利弊得失原因，能使弱国民族惊醒觉悟，知强弱之分，明天演之理，可希取消麻木恶劣心理，改为良心负责，该局认为此书确可有益于国计民生，经长时间译为华文，现已出书。①

---

① 《申报》1935 年 11 月 4 日，第 11 版。

　　根据以上刊载于《申报》的广告可以看出，这一译本有别于梁启超的译本。然而在《佳人之奇遇》的翻译研究中，被普遍接受的是邹振环在《影响中国近代社会的一百种译作》中提出的，梁启超的译本"在三十年代仍有影响。1935 年上海中国书局印行的《佳人之奇遇》，实际上就是以梁译本为底本改写的"。① 许多研究者均接受了这一观点。② 然而，近年有研究重新钩沉，澄清了这一谬误。

　　　　实际上，中国书局在 1935 年出版的《佳人之奇遇》在内容上几乎完全照搬了 1934 年满洲报社出版的《佳人之奇遇》（前篇），后者书中的作者自叙、引言、译本正文、眉批及满洲报社所加之插图均被依样植入。在中国书局版《佳人之奇遇》成书时过滤掉的极少数内容之中，就有满洲报社《佳人之奇遇》的"绪言"。（后略）③

　　正如上文所指出的，上海中国书局版《佳人之奇遇》是满洲报社版的一个复制品。该书开本比满洲报社版略大，宽 13 厘米，高 18.7 厘米，正文共 276 页，去除了满洲报社版的两张空白页。删除西片朝三的《绪言》，正文前有三篇序言，第一篇是添加的《佳人之奇遇叙言》，第二篇是铅字排版《佳人之奇遇引》（满洲报社版为手写影印），最后是东海散士的《自叙》。

　　《佳人之奇遇叙言》署名为田兴复临室主人，《申报》广告中写有"东海散士杰作 田兴复临室主人译"，即该篇叙言在形式上属于译者序。可是，有研究指出，"这里的译者身份，显然是伪托的，满洲报社的译

---

① 邹振环：《影响中国近代社会的一百种译作》，中国对外翻译出版公司，1996，第 129 页。

② 如杨丽华《中国近代翻译家研究》，天津大学出版社，2011，第 53 页；许俊雅：《日治台湾〈小人国记〉〈大人国记〉译本来源辨析——兼论其文学史意义》，载陈思和、王德威编《史料与阐释》（总第 4 辑），复旦大学出版社，2016，第 256 页；付建舟：《清末民初小说版本经眼录·日语小说卷》，中国致公出版社，2015，第 1 页。

③ 徐婷：《现实政治中的文学翻译——以 1935 年中国书局〈佳人之奇遇〉的译本来源考证为中心》，《广播电视大学学报》（哲学社会科学版），2018 年第 2 期。

者刘镜寰，不会在时隔一年后，就转为中国书局写下以中华民国为中心的'叙言'，而《佳人之奇遇》的中译被满洲报社所组织和控制，亦不会是某人基于爱国之情，'不计个人厉害，牺牲巨款与时间'而为之的翻译行为。"[1] 这一判断基本可信。《佳人之奇遇叙言》之中包含了诸多信息。

> 欲救今日之国难，以谋转弱为强之方法，固在生产建设，与国防预备，然必须有一大动力，将一盘散沙变为团结一致，将自私之念改为良心负责，否则虽有强大设备，难达理想之效果。所谓不在炮而在人是也。以户口未清、家庭关系、募兵制度、游民充斥中国，深恐总有劝告指导与国法效力，难救自私麻木之心理。虽有少数诚意，不敌多数之虚假，顾此改造人心之最大动力，异常难觅。吾为是忧，更为是惧。乃经十余年来，日夜不息考求之所得，与博览群书之余，竟不得其门而入。即有粗浅之理，不敌真理驳推。正苦无办法间，忽阅到《佳人之奇遇》一书，反复推求其内容宗旨，不觉拍案惊奇，欢跃至极而言曰："是诚改造今日中国人心之良药也。"（后略）[2]

首先，用词与正文风格相去甚远，代词"是"、动词"阅到"在正文中几乎没有出现；《叙言》中文白夹杂，出现"空前绝后之一大稀奇"这样的表述，由此也可判断《叙言》的作者并非满洲报社版的译者刘孔璋（镜寰）。其次，《叙言》以"欲救今日之国难，以谋转弱为强之方法"开篇，标注的日期为"民国廿四年国庆日"。结合《申报》广告，可以看出中国书局将该书作为借鉴日本经验，希望达到救国图强的警世效果。同时，《叙言》中又提到"文章之佳，可称绝步，较之古文殆有过之而无不及，确可百读不厌，更有助于学生国文考试，及一般著作叙

---

[1] 徐婷：《现实政治中的文学翻译——以 1935 年中国书局〈佳人之奇遇〉的译本来源考证为中心》，《广播电视大学学报》（哲学社会科学版）2018 年第 2 期。

[2] 田兴复临室主人：《佳人之奇遇叙言》，东海散士《佳人之奇遇》，中国书局，1935，第 1~2 页。

事"。① 透露出该书的出版也基于商业利益的考虑。

中国书局版《佳人之奇遇》几乎完全按照满洲报社版的译本进行排版印刷，估计是铅板尺寸的关系，实际排版与满洲报社版略有出入，如第十六页，满洲报社版第一行首二字为"暴乱"，而中国书局版中"暴"为第十五页最后一字，"乱"为第十六页首字。满洲报社版的排版印刷错误也被中国书局版保留，如正文第一页中"彼处即为一九七四年，十三州名士始聚会为国家前途计划国是之处也"。② "一九七四年"显然是"一八七四年"的错版，中国书局版没有发现这一明显的错误。两书的图片数量一致，但中国书局版图片略小，长边比满洲报社版短一毫米左右，且细节处较为模糊，可以判断没有使用满洲报社版的图版，而是进行了影印。上文提及，满洲报社版《佳人之奇遇》保留了两首日文和歌，而中国书局版做了空行处理，即删除日文，仅保留诗歌的中文翻译。此外，正文首页删除了"刘孔璋译，香月尚绘图"，正文末页删除了"前篇终"。综合以上信息，大致可以推断该书是满洲报社版的盗版。

中国书局是民国时期众多书局中寂寂无闻的一家，《申报》上该书局的图书广告寥寥无几。1935 年 11 月 20 日《申报》上，刊载了《佳人之奇遇》的另一则广告。

佳人之奇遇将编成新剧演为电影

本书自出版以来，蒙一般知识阶级光顾，及处批购，业经销达万余部，可谓打破近来出版记录。兹有某著名编剧家来函，将编成新剧，演为电影。幸希阅者注意，以明此书之价值。③

一年不到的时间之内，中国书局版《佳人之奇遇》销售量达万余部，从常识来看，销量存在夸大的成分。之后也未出现新剧和电影版，可见其影响有限。

综上所述，上海中国书局版《佳人之奇遇》为满洲报社版的盗版，

---

① 田兴复临室主人:《佳人之奇遇叙言》，东海散士《佳人之奇遇》，中国书局，1935，第 2 页。

② 东海散士:《佳人之奇遇》，刘孔璋译，满洲报社，1934，第 1 页。

③ 《申报》1935 年 11 月 20 日，第 13 版。

伪托田兴复临室主人翻译;《叙言》强调了救国图强的目的，并显露了考虑商业利益的出版动机;正文除了排版略有调整，极少删减，内容与满洲报社版几乎完全一致;由于删除了"前篇终"，造成该译本为全译本的假象。

（三） 中国自强书局版《佳人的奇遇》（1935）

笔者近年购得《佳人的奇遇》一册，上海自强书局 1935 年 10 月发行，几乎与中国书局版同时印刷、发行。该书宽 13 厘米，高 18.4 厘米，正文共 159 页，版权页署名"译述者 海上何震"。此书罕见，未见于各类清末民初小说目录，[①] 专著《柴四朗〈佳人奇遇〉研究》中也未提及。

首先需要指出的是，自强书局版《佳人的奇遇》脱胎于满洲报社版《佳人之奇遇》。虽然文体迥异，铺陈和描写与柴四朗的原作相去甚远，但是有若干证据可以证明该译本是满洲报社版的白话改写本。《佳人的奇遇》的内容与满洲报社版相当，包括柴四朗原作的前 8 篇，既没有标明"前篇"，也未说明是全译本;前文提及，满洲报社版的开篇有一处明显的排版错误，将"一八七四年"印成"一九七四年"，而在自强书局版中，虽然文体改变，却沿袭了这一明显的错误。"这儿，就是一九七四年，十三州有名的革命志士，第一次在这儿聚会着，为全民族谋解放，替国家前途计划国是的地方啊！"[②] 另外，文中引用的王紫诠译《马赛曲》与和歌的翻译、几处汉诗均与满洲报社版完全一致。

与中国书局版《佳人之奇遇》相比较，两书的封面设计非常相似，原作者、书名、出版社的排版如出一辙，自强书局版的书名更具美术字体的设计感（见下图）。自强书局版《佳人的奇遇》包括《卷头语》、"本书目录"、正文。正文首页在书名前加了"爱国小说"，标注"原著者东海散士　译述者何震"。

---

① 如樽本照雄《新编增补 清末民初小说目录》，贺伟译，齐鲁书社，2002。
② 东海散士:《佳人的奇遇》，何震译述，自强书局，1935，第 2 页。

中国书局版封面 自强书局版封面

《佳人的奇遇》为章回体，共8章，各章节列有标题。正文之前的《卷头语》分三段，分别介绍了原作者生平与作品的影响、译述的动机与目的、译述的标准与原则。

首先应该向阅者报告，《佳人的奇遇》是日本文学士东海散士所著述，他原文的体裁，完全叙述事实的口吻。他是日本贵族的后裔，在明治维新新政制改革的时期，全家的生命，为着忠君爱国而牺牲，只有他"硕果仅存"，保全了覆巢之下的完卵！（中略）现在世界的名著很多很多，为什么不择尤翻述，独独地郑重其事的译述这本《佳人的奇遇》呢？无非抱着"他山之石，可以攻错"的志愿，围着目前我国的国势，一般的内忧外患，交相逼迫，贫弱困苦，比较了日本明治维新的时期，更是严重，试看，九一八以来，全国上下所受到的痛苦，何等的深切？在此国难严重当头，欲图奋发为雄，挽救颓势的人士，固然也有；但是大多数的民众，依然醉生梦死，麻木不仁，只知自私自利，不惜出卖人格，利禄薰［熏］心，甘作卖国奴者有之，苟且图活。但求偷安者有之，良心丧尽。愿为傀儡者有之，乘机作乱。包藏祸心者有之，徒唱高调。不愿实际者有之，不知有国。惟知保家者，更不知多少，得过且过。不问安危者，更不知有多少。（中略）种种弱点，都是亡国而有余。译者蒿目时艰，期望万众同心，全国团结，为生存而奋斗，挽救垂危的国势，达到富强的地位，这便是译述本书的原意。（中略）他的原意，对于冗语废词，为节省篇幅计，为读者光阴经济计，一概削除。（后略）①

与中国书局版的《叙言》相比，《佳人的奇遇》的《卷头语》语言流畅，文气充沛，态度鲜明地揭示"九·一八事变"之后国人麻木不仁的现状，高呼长此以往"亡国而有余"，期望以译述达到"他山之石，可以攻错"的目的。另外，该书内容与满洲报社版相比大幅减少，而且译述者明确提出"原书体例，从开始到结尾，大半属于问答体例，似乎觉得平直枯燥，难于引起阅者的兴趣，所以译者不得不用意译法，略和原文不同……但对于它的精彩部分，却完全保留"。② 因此在严格意义上来说，《佳人的奇遇》属于对于满洲报社版的全面改写，体现出译者强烈的主体性。

自强书局版《佳人的奇遇》文体为白话文，分段落，采用新式标点，对话均为口语，并加引号；柴四朗原作中的汉诗多改为新体诗。例如：

柴四朗原作	自强书局版译文
孤客登临晚霞丘，	（一）
芳碑久传几春秋。	悄然地独临晚霞丘，
爰举义旗除虐政，	瞻仰芳碑，
誓戮鲸鲵报国仇。	相传几度春秋？
解兵放马华山阳，	想当时义旗高举，
凯歌更盟十三州。	气吞鲸鲵
政重公议风俗淳，	誓死报国仇！
策务保护国用优。	解放成功，马放华山阳，
东海不竞自由风，	凯歌高唱，

---

① 何震:《卷头语》，东海散士《佳人的奇遇》，自强书局，1935，第1~3页。

② 何震:《卷头语》，东海散士《佳人的奇遇》，自强书局，1935，第3页。

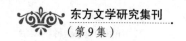

壮士徒报千载忧。 盟定十三洲。

（后略）① 从今始政从公议，

万民高呼，

还我自由！还我自由！

《佳人的奇遇》文体自由，不拘泥于满洲报社版较为忠实的译文与典雅的汉文文体，保留主干情节，大幅删减纪实、政论的部分，以白话文改写了文中的叙事、对话，甚至汉诗。虽然该书几乎没有引起任何社会反响，② 但是《卷头语》中透露出的拳拳爱国之心值得肯定，而且新文化运动之后逐渐普及的白话文新文体，不再仅针对精英阶层读者，而是面向更广泛的普通读者群，体现出语言的政治性策略。

结 论

综上所述，19 世纪末梁启超译介《佳人奇遇》，在中国知识阶层引起了强烈的反响；20 世纪 30 年代中叶，除了满洲报社版、中国书局版、自强书局版，梁启超的译本也于 1936 年再版。与梁启超于 19 世纪末翻译柴四朗的《佳人之奇遇》的时代不同的是，日本明治维新成功之后，经历了甲午战争、日俄战争，逐步走上对外扩张的道路，并于 1931 年发动"九·一八事变"，扶植建立了伪满洲国，这一历史进程导致 20 世纪 30 年代中期的东亚政治语境发生了巨大的变化。柴四朗在作品中以弱国的身份渴望强国，其政治理想在某种意义上得以实现；而中国虽然取得辛亥革命的成功，却饱受日本、欧美列强的欺凌压迫，依旧面临亡国的危机。

1934 年至 1936 年，《佳人之奇遇》的满洲报社版、中国书局版、自强书局版、上海中华书局的梁启超译本的再版，深刻地反映了时局、政治语境对于译介的影响。满洲报社版隐蔽地宣扬"中日亲善"的政治意图；而中国书局版、自强书局版均突出吸取日本成功经验，发奋强国的

---

① 東海散士：『佳人之奇遇』（卷一），東京：博文堂，1886。

② 《申报》中未见与自强书局版《佳人的奇遇》相关的信息。

出版动机；重版的梁启超译本内容与《说部丛书》版完全一致，强调译介政治小说意义的序言似乎已经脱离了当时的现实语境，没有引起太大的反响。

此外，1918年前后，日本人小野西洲曾在台湾的《台南时报》上连载过译作《佳人奇遇》。许俊雅指出这一译本中的"独立""自由"等词均以方框处理，并提出"作为台湾的殖民统治者，是在何种情境考虑下译介了《佳人奇遇》"[①]的问题。如何将其纳入《佳人之奇遇》的译介课题，结合殖民地的政治语境进行研究，是有待解决的课题之一。

作者系复旦大学外文学院教师

[①]　许俊雅:《日治台湾〈小人国记〉〈大人国记〉译本来源辨析——兼论其文学史意义》，载陈思和、王德威编《史料与阐释》（总第4辑），复旦大学出版社，2016，第256页。

日本城市化进程中经典歌曲的
"乡愁"书写探究

张文颖

内容提要 城市化给城乡以及生活在那里面的人们带来的变化是巨大的。本文以乡愁歌曲作为切入点来探究其在城市化进程中是如何被书写的。乡愁自古就有，在近代城市化进程中更是展现出特有的叙事和内容特点，本文聚焦日本明治维新后到21世纪初不同历史时期日本经典歌曲，深入挖掘其内部蕴含的丰富情感世界。

关键词 日本城市化进程 歌曲 乡愁 书写

自古以来乡愁是文学作品中的永恒主题，现代意义上的乡愁（nostalgia）一词源于两个希腊文词根 nostos（返乡）和 algia（痛苦、怀想），指一种带来痛苦的强烈的思乡病，[①] 之后，不局限于一种病理学概念，逐渐扩展到一种精神现象和美学情怀，概括为乡愁。乡愁首先在空间维度上表现为一种对故土家园的深深眷恋之情。西方的乡愁经历了一个从生理病症到心理情感再到文化情怀的转变过程。乡愁体验主要有怀念故园、想念亲人、客居心境、节日感怀等。

---

① 1688年瑞士医生约翰内斯霍法对离开故乡突发原因不明的高烧，且意志消沉，甚至有自杀倾向的瑞士雇佣兵等诊疗，将这种因思乡而得的病起名为思乡病。

文学研究者 Susan Stewart 指出陷入乡愁的人与其说是对于某个对象不如说是对于距离的痴恋。[①] 没有丧失就无法维持乡愁。

夏目漱石在《三四郎》（1908 年）中写道："回故乡不是件难事，想回马上就可以回去。但关键是不到万不得已之时是不想回去的。"[②]

室生犀星的诗歌《小景异情》（1913 年）中这样写道：

ふるさとは　遠きにありて　思ふもの	（流落天涯才思乡）
そして悲しく　うたふもの	（辛酸揉断肠，拼搏他乡终无成）
よしやうらぶれて　異土の乞食と　なるとても	（似乞，似讨；落魄，迷茫）
帰るところに　あるまじや	（衣锦梦断，何以还乡？）
ひとり都の　ゆふぐれに　ふるさとおもひ　涙ぐむ	（东京残阳，孤自神伤，潸然泪两行）
そのこころもて	（此情！此景！）
遠きみやこに　かへらばや	（心已神往，天际故乡）
遠きみやこに　かへらばや	（心已神往，天际故乡）

可见乡愁是与物理空间和距离有着密切的关系，同时身份、角色的变化直接影响到人的心境的变化。乡愁自古就有，但随着时代的变化，乡愁体现在具体文本的内容有了变化。尤其是在近代城市化进程中，关于乡愁的书写体现出前所未有的丰富内涵。以下，以歌曲为研究文本，主要聚焦明治维新后到 21 世纪初一个多世纪日本乡愁主题的经典歌曲，探究城市化进程中的乡愁书写特点。

一　日本城市化初期乡愁歌曲

19 世纪中期的明治初期，日本仍然是一个典型的农业国家，明治新政府开始引进欧美先进政治经济制度，确立了"殖产兴业"的现代化

---

① Susan Stewart, *On Longing: Narratives of the Miniature, the Gigantic, the Souvenir, the Collection*（Durham, NC: Duke U. P. 1993），pp.138-45.

② 夏目漱石：《夏目漱石小说选（上）》，陈德文译，湖南人民出版社，1984，第 68 页。

大政方针，但是这一时期由于非农产业发展不足，对劳动力没有产生更大的需求，城市人口增长缓慢，城市化水平低。1871 年明治政府开始实行"废藩置县"制，这才出现现代意义上的城市的雏形。总之，这一时期是日本城市化的准备阶段，日本的城市化刚起步。

明治维新时期，政府实行了一系列的政治经济改革措施，极大地促进了日本生产力的发展，当时日本只用了近 30 年的时间就完成了欧美各国用半个世纪才完成的产业革命。人口开始向城市集中，城市化稳步推进。

1889 年（明治 22 年）日本实行了"町村合并"的制度，后来又进行了土地改革，废除了封建土地所有制，允许土地的买卖，确立了土地私有制，极大地促进了城市的建设。大正时期日本开始出现主要从事事务性工作的工薪阶层。另外女性电话接线员大量出现，这样的妇女被称为"职业妇女"。随之而来报纸、杂志、广播、电影等新媒体开始出现了。职业女性和工薪阶层开始享受这些新媒体文化，预示着大众文化时代的到来。

城市化初期乡愁歌曲主要是通过演歌的形式传播开来。日本演歌的起源与自由民权运动有着密切的关系。当时自由民权运动的倡导者们在投入运动的过程中经常遭遇到印刷品被没收，演说会场被捣毁，其日常活动不能按正常的方式展开等情况。于是，他们采取了新的运动模式，即纷纷走上街头，把演说的内容用演唱的形式向观众宣传。演歌原本就是"演说之歌"之意，也可以说是一种激发革命斗争热情的歌曲。到了明治中后期，随着自由民权运动的退潮，以政治讽刺为主体的演歌转变为与爱情、悲剧、社会讽刺相关的歌曲，逐渐确定演歌在日本歌唱界的地位。后来，作为大众歌谣的一种，演歌的定义也在不断发生变化。从配器和演奏来看，虽然采用了海外一些流行乐的形式，但它的旋律还是日本传统的歌谣。现在通常所说的"歌谣曲"，就是以演歌为代表的。因此，演歌可以说既融合了流行元素又吸纳了传统的日本元素，朗朗上口，更容易勾起人们的思乡情怀。

日本演歌题材非常广泛，虽然其种类划分并没有严格的标准，但从形式上一般可分为以下几种："民谣系演歌"（在曲中通过民谣的大量运用，来酝酿日本情调的演歌）、歌谣曲系演歌（以"恋·酒·男·女·分别"为主题的演歌）、流行系演歌（这种演歌由于和一些当代流行音乐元素紧密结合在一起，具有和通常意义上的演歌不同的特点，以抒情为主，带有一点轻摇滚的音乐元素）。

从内容上可以分为以下三种：节庆演歌（可在结婚仪式和各种祝贺仪式上演唱的演歌）、乡愁演歌（表达在异乡的辛酸和对故乡亲人思念的演歌）、恋爱演歌等。当然乡愁演歌中也存在着大量的恋爱内容。

"乡愁演歌"作为一个独立的种类深受日本民众的喜爱。这一时期，背井离乡的人们以故乡的风景为中心形成了乡愁文化。思乡曲是乡愁文化的推动力。在乡愁文化的氛围中，日本流行歌也迎来了高潮期。

乡愁情感的生成，与城市化进程中乡村与城市间的生存空间冲突关系密切。城乡发展的不平等所导致的人们物质生活水平的差异，引起人们的"投城"心理，成为乡下人离乡进城的合理性选择。

日本学者藤井淑祯在分析城市化进程与乡愁歌曲关系时指出：回顾历史，最初将乡愁与山川风景结合在一起的是在明治末期产业革命时期离乡潮中感伤农村衰退而创作的歌曲《故乡》（1914 年）。[1]

故郷（故乡）

作词：高野辰之 / 作曲：冈野贞一

兎追いしかの山	（追兔子玩的那座山）
小鮒釣りしかの川	（钓鱼玩的那条溪）
夢は今もめぐりて	（现在还是频频梦见）
忘れがたき故郷	（难忘的故乡）
如何にいます 父母	（父亲母亲日子过得如何）
恙なしや 友がき	（竹马之友是否还是老样子？）
雨に風につけても 思いいずる故郷	（狂风暴雨每每令我回想起故乡的记忆）
こころざしをはたして いつの日にか帰らん	（希望有日衣锦还乡，何时才能回到）
山はあおき 水は清き故郷[2]	（我那青山绿水的故乡）

---

① 藤井淑祯：《乡愁风景的现代史——以日本流行歌曲为中心》，贾天琪译，《日语学习与研究》2016 年第 3 期。

② 本文中日文诗歌的中文翻译均出自笔者。

虽然乍一看歌词没有明确的时代感，放到任何一个时代都可以，但细细品味可以体会到作品中充满个体化的景物和感伤。"追兔子玩的那座山""钓鱼玩的那条溪"都是特指的场所，摆脱了过去落入俗套的表现方式。产业革命的需求带来了人员的移动，空间的移动带来了心理空间的距离和情感的波动与变化。"狂风暴雨每每令我回想起故乡的记忆"这一句表明在城市经历了内心的冲突和挫折，正是在空间移动带来的心理冲突中才催生了以乡愁为主题的歌曲。

此时的故乡在与都市的对比中劣势不是很明显，"衣锦还乡"的梦想代表着城市的优越和魅力，但因为那时城市化发展还处于起步阶段，故乡依然具有一定的吸引力。

可见乡愁歌曲与城市化进程有着密切的联系，正是伴随着城市化的发展，人的移动变得越发自由和频繁，由此产生了失落、悲伤、痛苦等复杂情绪。这些复杂情绪投射到歌曲中，让歌曲中的乡愁有了时代感和明确的主题。下面分时间段来探究乡愁歌曲的内核变化。

活跃在明治、大正、昭和三个时期的日本著名诗人、童谣作家北原白秋的童谣在当时深受大众的欢迎，成了当时乡愁歌曲的主角。纯真浪漫的情感引发了读者内心的共鸣。这首《这条路》（1926年）堪称经典。

この道（这条路）

作词：北原白秋 / 作曲：山田耕作

この道はいつか来た道、 （这条路，这条曾经走过的路）
ああ、さうだよ、 （啊，是啊！就是这条路！）
あかしやの花が咲いてる。 （粉色的花开满路旁！）

あの丘はいつか見た丘、 （那山丘，那座曾经见过的山丘）
ああ、さうだよ。 （啊，是啊！就是那座山丘！）
ほら、白い時計臺だよ。 （瞧，那个白色的计时台！）

この道はいつか来た道、 （这条路，这条曾经走过的路）
ああ、さうだよ。 （啊，是啊！就是这条路！）

お母さまと馬車で行つたよ。　　（我和妈妈坐着马车）

あの雲もいつか見た雲、　　　　（奔向远方那片云，那片似曾相识的云）

ああ、さうだよ。　　　　　　　（啊，是啊！就是那片云！）

山査子の枝も垂れてる。　　　　（挂满山楂的枝条低垂摇曳！）

　　路、山丘、计时台、白云构成了完美的想象空间。特殊的景物、特别的情感将浓浓的思乡之情表达得淋漓尽致。日本广播电台成立后第一次播音时曾播放了藤井淑祯的另一首歌曲《枸橘花》（1925 年）。那也是一首思乡的歌曲，通俗易懂且感伤的歌词令人仿佛又回到了生我养我的故乡。

枸橘花

いつもいつもとほる道だよ　　（这是我经常走过的路噢）

からたちも秋はみのるよ　　　（枸橘花在秋天收获果实喽）

まろいまろい金のたまだよ　　（圆圆的金色的球喔）

からたちのそばで泣いたよ　　（我在他乡的枸橘花旁哭泣啊）

みんなみんなやさしかつたよ　（怀念家乡的人们对我的好！）

からたちの花が咲いたよ　　　（枸橘花开啦）

白い白い花が咲いたよ　　　　（绽放着白色的花！）

　　虽说是童谣，但细细品味歌词会发现浓浓的思乡之情，尤其是"我在他乡的枸橘花旁哭泣啊""怀念家乡的人们对我的好"这两句让人自然而然地联想到家乡的温暖和外面世界的冷漠。乡愁缘于亲情的缺失和内心的温度差，为了弥补情感的缺失，在外漂泊的游子自然会寄情于乡愁类歌曲，希望在歌曲中让自己的内心得到慰藉。

　　二战期间日本城市化进程的步伐放缓，基本处于停滞状态。日本演歌也进入一个新的时期。当时的演歌被称作战时歌谣，基本被宣扬军国主义的歌曲所占据，但其中也有少量的思乡歌曲存在。例如，其中有一首「異国の丘」（《异国的山岗》）。增田幸治作词（佐伯孝夫补词）、吉田正作曲。1943 年吉田正作为陆军上等兵驻扎在伪满洲，为了鼓舞士气谱写了《大兴安岭突破演习之歌》，该曲战后被滞留在西伯利亚的日本兵哼唱，当时作为滞留兵的增田幸治为这首歌填了词。

今日も暮れゆく　異国の丘に	（今天又将迎来夜幕，在异国的山岗上）
友よ辛かろ　切なかろ	（朋友！你一定很辛苦吧！一定很难过吧！）
我慢だ待ってろ　嵐が過ぎりゃ	（忍耐吧，总会迎来暴风过去的那一刻！）
帰る日も来る　春が来る	（我们会迎来春天，春天一定会到来！）

　　从歌词中传递出来的是在异国他乡独特环境下生活的艰辛和浓浓的对故土的思念之情。

　　总之，二战期间的乡愁歌曲虽然受政治和意识形态因素的影响比较大，并且以牺牲个体效忠天皇为终极目标，但在少数作品中依然表现出朴素的思乡之情，令人动情和难忘。

二　二战后乡愁歌曲

　　日本二战期间城市化步伐趋于停滞，1945 年日本的城镇化率仅为 28%。二战之后，日本城市化进入高速发展阶段，1955 年城市化率上升至 56%，截至 2011 年，城市化率已超过 90%，在亚洲地区乃至全世界都属于领先水平。[①]

　　随着城市化的发展，都市具有了前所未有的吸引力。城市对劳动力的需求大增。在城市化发展相对落后的过去，日本人乡愁的核心类似于陶渊明的归乡诗和其中所讴歌的山水画般的风景。城市化进程改变了人的内心，作为新乡愁的核心则是开始关注身边的风景，寄托乡愁的风景渐渐由过去的山水画般的风景变成个体化的风景。日常化的生活成为乡愁的描写及抒情对象。

　　20 世纪 50 年代中期到 60 年代的日本出现了"集团就职"热潮，即工业化时代分布于城市的工厂和店铺需要大量的外来劳动力，引发了地方初中及高中毕业生大量涌入城市找工作，成为当时地方低学历年轻人实现都市梦的主要就业形式之一。许多年轻人第一次体验到背井离乡

---

① 冯武勇、郭朝飞：《日本城镇化的得失》，《决策与信息》2013 年第 5 期，第 37 页。

的滋味。

据记载 1955 年开始了第一批由地方发往东京的临时就职专列,起点是青森,终点是东京上野站。因此上野火车站作为外地年轻人来东京的第一站而深深扎根在年轻人的心里。「あゝ上野駅」(《啊!上野站》,1964 年)这首歌曲曾家喻户晓。歌中唱道:"看着月台的钟表,渐渐变成了母亲的笑脸。啊,上野站是我们灵魂之站,虽然店里的工作很辛苦,但我们心中怀揣着更大的梦想。"上野俨然成了连接魂牵梦绕的故乡的象征。车站这一空间承载了满满的乡愁。随着大量的地方人口流入城市,以都市里的外来人为主人公的思乡、望乡歌曲开始出现。初期的思乡歌曲中的代表作有「別れの一本杉」(《孤零零的一株杉树》,1955 年)、「りんご村から」(《来自苹果村》,1956 年)、「哀愁列車」(《哀愁列车》,1956 年)、「逢いたいなァあの人に」(《好想见到她》,1957 年)等。之所以思乡和望乡歌曲在这一时间段集中出现,是由于 1955 年前后日本逐渐走出了战后过渡期,正如 1956 年经济白皮书所述:"已经不是战后百废待兴状态了。"国民的生活趋于稳定,人们有了更高的生活需求,同时大都市对于劳动力的需求成为许多年轻人背井离乡的重要原因。他们在都市里成为重要的劳动力,为日本经济的发展贡献了巨大的能量。因此在当时这些打工者被称作"金蛋"。

別れの一本杉

(孤零零的一株杉树,1955 年)

作词:高野公男 / 作曲:船村徹

泣けた　泣けた	(哭了!哭了!)
こらえきれずに　泣けたっけ	(忍不住哭了!)
あの娘と別れた悲しさに山のか	(见证了这对恋人离别的松鸦也忍不住
けすも　鳴いていた一本杉の	伤心鸣叫　在村头儿 孤零零的一株杉
石の地蔵さんのよ　村はずれ	树下的石头地藏神旁,两人刚刚分别)
遠い　遠い	(太远了!太远了!)
想い出しても　遠い空	(即便想起也离得太远的天空)
必ず東京へ　ついたなら　便り	(到了东京,千万要记得给我寄信
おくれと　云った娘	过来)

りんごのような　赤いほっぺた	（我看到了女孩满脸通红地一边说着一
のよ　あの（ひと）涙	边流泪）
呼んで　呼んで	（呼唤着！呼唤着！）
そっと月夜にゃ　呼んでみた	（在静静的月夜悄声呼唤着）
嫁にもゆかずに　この俺の　帰	（我心爱的女孩不嫁人一直等待着我的
りひたすら　待っている	归来）
あの娘はいくつ　とうに（こ）	（她今年多大了？应该早过了二十岁了
二十はよ　過ぎたろに（はたち）	吧！）

　　1955年日本从战后废墟中复苏，开始走向繁荣。丢下贫穷落后的故乡而来到都市打拼的人的内心里有着难以抹去的对于故乡的内疚之情。这首歌里面的那个留在乡下的女孩就是内疚心理的象征。女孩一直在等待着自己的归来，可自己却迟迟不归。显然城市相比乡村有了更大的优势，这种优势开始阻隔了在外乡打拼的人们的归乡路。但从另一个侧面也可以看出故乡依然有着一定的吸引力，那就是在故乡有自己心爱的人在等着自己。

リンゴ村から

（来自苹果村，1956年）

作词：矢野亮／作曲：林伊佐绪

おぼえているかい　故郷の村を	（你还记得吗，故乡的小村庄）
たよりもとだえて　幾年（いくと	（已经好几年音讯全无）
せ）過ぎた	
都へ積み出す　まっかなリンゴ	（每当看到从故乡运来的红彤彤的苹
見るたびつらいよ	果，感到无比感伤！）
俺（おい）らのナ　俺らの胸が	（还记得吗，我们分别的那个晚上）
おぼえているかい　別れたあの夜	
泣き泣き走った　小雨のホーム	（哭着，朝着被小雨打湿的站台奔跑）
上りの夜汽車の　にじんだ汽笛	（发往东京的上行列车，汽笛声带着
せつなく揺するよ	潮湿的味道）

俺らのナ　俺らの胸を　　　　（车厢哀婉地摇晃着）

おぼえているかい　子供の頃に　（还记得我们孩提时吗）

二人で遊んだ　　　　　　　　（我们两个人）

あの山・小川　昔とちっとも　変（那山、那河与以前一点没有改变）
っちゃいない

帰っておくれよ　　　　　　　（快回来吧）

俺らのナ　俺らの胸に　　　　（回到故乡的怀抱）

　　这两首歌曲中有一个明确的副主题——恋爱中的男女的分别。与战前和战争期间分离歌曲不同的是，此时开始关注和描写留在乡村的女孩的孤独。战争期间的离别歌曲不能有太多的儿女情长和感伤色彩，因为为天皇尽忠是再神圣不过的事情。另外，思乡却无法返乡的情感纠结也是思乡歌曲的一个共同点。都市和乡村在作者心中形成了心理拉锯战，天平开始向都市倾斜了。

　　当时除了这些战后思乡歌曲以外，还出现了一些对都市充满憧憬的歌曲。来到城市的人虽然心中有着对被自己撇下的家人和恋人的愧疚以及思乡的痛苦，但俨然已经失去了归乡的强烈动机，内心充满着闯荡都市的自豪感。

　　60 年代中期一首「帰ろかな」(《还是回趟故乡吧》) 曾风靡一时，在这首歌中都市的优势地位已经被确立，而乡村被描写成了理想化的静止的牧歌世界，且将乡村生活的落后、痛苦等负面的东西完全屏蔽掉了。

帰ろかな

（还是回趟故乡吧，1965 年）

作词 / 作曲：宫沢和史

淋しくて　言うんじゃないが　　（并不是因为孤独才这样说的）

帰ろかな　帰ろかな　　　　　（还是回趟故乡吧）

故郷（くに）のおふくろ　便りじ（读了故乡妈妈的来信感觉精神头不
ゃ元気だけど気になる　　　　　错）

やっぱり親子　　　　　　　　（但还是挂记，因为是母子嘛）

帰ろうかな　帰るのよそうかな（是回去呢，还是不回去呢）

帰ろかな、帰るのよそうかな	（是回去呢，还是不回去呢）
恋しくて　言うんじゃないが	（并不是思念才这样说的）
帰ろかな　帰ろかな	（还是回趟家吧，还是回趟家吧）
村のあの娘（こ）は　数えて十九	（村里的女孩今年十九岁）
そぞろ気になる　やっぱりほの字	（让我挂念不已以至于做什么事都心不在焉，我依然暗恋着她）
帰ろうかな　帰るのよそうかな	（是回去呢，还是不回去呢）
帰ろかな、帰るのよそうかな	（是回去呢，还是不回去呢）
嬉しくて　言うんじゃないが	（并不是高兴才这样说的）
帰ろかな　帰ろかな	（还是回趟家吧）
やればやれそな　東京暮らし	（在东京过得还算不错）
嫁を貰って　おふくろ孝行	（回去娶媳妇，对母亲尽尽孝道）
帰ろかな　迎えに行こうかな	（回去吧，接她们来东京）

　　母亲、恋人依然是在外打拼的游子最挂念和难以割舍的。颇具新意的是这首歌一扫过去乡愁歌曲的消极阴沉的氛围，有了积极明亮的色调。尤其是最后几句："在东京过得还算不错，回去娶媳妇，对母亲尽尽孝道。回去吧，接她们来东京。"表明了都市的优势地位。

　　70年代中期，日本经济高速增长期已经结束，思乡歌曲又迎来了一个小高峰。究其原因，高速经济增长期在给人们带来物质的富庶的同时，精神的匮乏凸显。人越发被异化，自由主义精神被阉割，作为心理补偿，故乡成为人们精神的避风港。代表作品有「望郷」（《望乡》，1975年）、「北国の春」（《北国之春》，1977年）、「ホームにて」（《站台》，1977年）等。不同于以往思乡歌曲所吟唱的故乡或是在现实中已经不复存在，永远定格在记忆中；或是仅作为歌曲里的主人公们的心灵支撑已不能轻易返回。而且过去大多数以男性为主人公的歌曲渐渐加入女性角色，这也可以被视作日本女性地位提升的表现。对故乡多元化的书写成为这一时期乡愁歌曲最主要的特征。

望郷（望乡）

作词 / 作曲：山崎ハコ

青い空 白い雲	（头顶蓝天和白云，）
菜の花の小道を かけまわり	（绕着菜花小道奔跑着！）
ちょうちょとり遊んだふるさと ま	（玩着捉蝴蝶的游戏）
っ白な 霧の中	
神社の石段を かけ上がり 手を合わ	（在白色的雾霭中登上台阶向着故乡
せ泣いてた小さな子	的神社双手合十哭泣的那个小孩子）
淋しくて 悲しくて 出て来た横浜	（悲伤地背井离乡来到了横滨）
やさしいと 思ってもみんな他人さ	（虽然城里的人们都很温和热情，但
	毕竟不是自己的亲人）
いつの間に こうなった 鏡の中には	（不知何时开始，镜中的我）
知らん人 疲れた顔で悲しげに笑っ	（变成一个陌生人，面带疲惫悲伤地
てた	笑着）
帰ろうか 帰ろうか 田舎のあの家へ	（我还是回去吧，还是回去吧，回到
	我的故乡）
青い空 白い雲の田舎へ帰ろうか	（回到蓝天白云下的故乡）
あの家へ帰ろうか あの家へ帰ろ	（回到那个我日思夜想的家吧）
うか	
あの家はもうないのに	（可那个家已经不在了！）

　　"虽然城里的人们都很温和热情，但毕竟不是自己的亲人"让人感受到歌曲主人公难以排解的孤独。"不知何时开始，镜中的我变成一个陌生人，面带疲惫悲伤地笑着"，在城市里打拼的外乡人渐渐被城市所异化，异化得自己都不认得自己了；而且是身心疲惫，却强颜欢笑。

　　随着城市化进程的不断推进，传统意义上的故乡已经不复存在。因此身体的还乡已经无法实现，只能尝试从精神层面实现还乡。近代与古代都有乡愁，最大的不同是近代人的故乡有时是真的回不去了，而古代人还是有故乡可以回的。

北国の春（北国之春，1977年）

作词：井出博正 / 作曲：遠藤実

白樺（しらかば）青空　南風	（亭亭白桦，悠悠碧空，微微南来风）
こぶし咲くあの丘　北国の木兰	（花开山岗上北国的春天）
ああ　北国の春	（北国之春已来临）
季節が都会ではわからないだろうと	（城里不知季节已变换）
届いたおふくろの小さな包み	（妈妈犹在寄来包裹，送来寒衣御严冬）
あの故郷（ふるさと）へ帰ろかな	（故乡啊故乡，我的故乡，何时能回
帰ろかな	你怀中）

雪どけ　せせらぎ　丸木橋	（残雪消融，溪流淙淙，独木桥自横）
落葉松（からまつ）の芽がふく	（嫩芽初上落叶松，北国的春天）
北国の	
ああ　北国の春	（啊，北国的春天已来临）
好きだとおたがいに言いだせない	（虽然我们已内心相爱，但一直尚未
まま	吐真情）
別れてもう五年あの娘（こ）はど	（分别已经五年整，我的姑娘可安宁）
うしてる	
あの故郷へ帰ろかな　帰ろかな	（故乡啊故乡，我的故乡，何时能回
	你怀中）
……	……

　　《北国之春》是一首日本民间歌曲，创作于1977年（昭和52年），并在一年后流行日本全国。这是一首典型的思念家乡的歌曲。当时日本有很多为了求学或谋生而离开北方农村的年轻人，这首歌唱出了这些人的心声，因此它在当时很是流行。日文原唱是著名的演歌歌手千昌夫。后来该歌曲也成为华人社会流传最广的日本民谣之一。歌词方面共分三段，季节描写都围绕着春天而展开，第一段明确了主人公的处境，即身处都市却惦念着故乡的一景一物。故乡母亲寄来的包裹象征着故乡对自己的召唤和体贴。虽然漂泊在外，但在故乡还有自己的归处。第二段以思念在故乡结识的曾经的恋人的形式，表达了对故乡深深的眷恋。第三

段表达了对于浓浓亲情的怀念。地缘血缘世界深深地包围着他，但他依然不能马上回到故乡。因为城市里有他无法割舍的东西，都市生活已经占据了他生活的全部。这也反映出乡愁的虚无与空洞。

当然，思乡、望乡歌曲不仅仅包含描写男女恋情的内容，思念母亲的歌曲也不少。前面提到的《啊！上野站》就是一首描写对母亲思念的歌曲。来都市里打拼的地方年轻人将对自己而言最宝贵的东西（母亲和恋人）留在了故乡，愧疚和思念自然而然地使他在内心里将故乡美化和幻化。但城市化会不断将这些美好东西的光环一层层剥去，直至归于平淡。

ホームにて

（站台，1977 年）

作词 / 作曲：中島みゆき

ふるさとへ　向かう最終に	（最后还是站在了开往故乡的火车的月台上）
乗れる人は　急ぎなさいと	（"请乘客们抓紧进站上车"）
やさしい　やさしい声の　駅長が　街なかに　叫ぶ	（站长柔和的声音正在街边回响）
振り向けば　空色の汽車はいま　ドアが閉まりかけて	（回首一瞥，天蓝色的火车开始徐徐关门）
灯りともる　窓の中では　帰りびとが笑う	（透过玻璃，已经亮灯的车厢中，还乡人沉浸于微笑）
走りだせば　間に合うだろう	（再快一步就能赶上吧）
かざり荷物を　ふり捨てて	（扔掉那些无关紧要的行李）
街に　街に挨拶を	（刚向着城市挥别，喘息的瞬间车门已经关上）
振り向けば　ドアは閉まる	
……	……
ふるさとは　走り続けた　ホームの果て	（故乡就在这一个接一个站台的尽头）

叩き続けた　窓ガラスの果て　　　　（也是不断敲打的车窗玻璃的尽头）
そして　手のひらに残るのは　白い　　（然而留在手里的只有车票和淡淡
煙と乗車券　　　　　　　　　　　　　　白烟）
涙の数　ため息の数　溜ってゆく　　（多少眼泪，多少轻叹，慢慢累积变
空色のキップ　　　　　　　　　　　　成了天蓝色的车票）
ネオンライトでは　燃やせない　　　（霓虹灯也无法烧掉的）
ふるさと行きの乗車券　　　　　　　（开往故乡的车票）
……　　　　　　　　　　　　　　　　……

　　该歌曲描写了在城市里打拼的异乡人的艰辛和无奈，原本一直抱有
衣锦还乡的梦想，但现实的残酷让他（她）不得不一次次放弃归乡的念
头。但他（她）的心已经无数次到过开往故乡的火车的月台。故乡不到
万不得已是不能回去的，这种复杂纠结的心理被非常好地表现出来。天
空、街道、站台、车厢之间进行着巧妙的空间转换，夜晚和离去的火车
象征着时间的循环，就在这周而复始的时空转换中，主人公经历着返乡
焦虑。而且超性别的叙事，给这首歌增添了时代感，并赋予了全新的审
美价值。

三　20 世纪 80 年代后乡愁歌曲探析

　　随着 60 年代"安保运动"以及 70 年代"全共斗"等学生运动的
退潮，即政治季节的结束，以享受个体人生为终极目标的个体化时代到
来，后现代主义的盛行，给乡愁歌曲创作赋予了浓郁的个体化风格。现
代主义和后现代主义与城市密不可分，对城市及城市化进程的诅咒与无
奈成了歌曲的核心内容。近藤真彦演唱的《夕阳之歌》（1989 年）就是
在这样的大背景下创作出来的。

夕阳之歌
作词：大津あきら/作曲・编曲：馬飼野康二
"あばよ"とこの手も振らずに　　　　（没有挥手，心中道声"再见"）

飛び出した ガラクタの町　　　　　（离开这座肮脏不堪的城市）
あんなに憎んだすべてが　　　　　（曾那样恨过的一切）
やりきれずしみるのは何故か　　　（不知为何让自己那么难受和伤心）
憧れた夢さえまだ報われずに　　　（曾经的梦想，还没有实现）
人恋しさに 泣けば…　　　　　　（好想有个人可以哭着述说心中的痛
　　　　　　　　　　　　　　　　苦）

ゆらゆらとビルの都会に広がる あ　（和那时一样的充满晚霞的天空慢慢
の頃と同じ 夕焼け空　　　　　　　笼罩着这座城市）
クソ食らえとただ アスファルト　（嘴里一边咒骂这座城市，一边狠狠
蹴りつけ ああ春夏秋…と　　　　　踢着沥青路，啦啦啦，春夏秋）

この都会誰れを迎い入れ また誰れ　（这座都市，谁在被迎接着，谁又被
を追い出すのだろう　　　　　　　驱赶着）
はじめて恋したお前は 俺の目が好　（第一次恋爱的你，不是说过喜欢我
きと言ったのに　　　　　　　　　那明澈的双眼吗？）
……　　　　　　　　　　　　　　……

　　这首歌曲看似一首恋爱歌曲，实际上也是描写了在城市打拼的艰辛和无奈，但真要跟生活过的城市说再见可不那么容易。歌词中唱道："即使跪地祈求，也想得到爱情，仅此而已"，可以读出这里描写的恋爱的对象不是具体的人而是都市本身，"这座都市，谁在被迎接着，谁又被驱赶着"这句歌词透露出都市既充满魔力又具有强烈的排他性。高楼、沥青马路、泪水、夕阳奏响了都市交响曲，让生活在这里的人或喜或忧、如痴如醉、欲罢不能。歌词中故乡这一意象已经不复存在，暗含故乡早已不存在，自己已无归处。
　　以上这些乡愁歌曲可以理解为过去的离乡者开始变成弃乡者，或者无乡者。因为随着日本进入消费社会，城乡均一化不断推进，故乡在以消费社会为核心的城市化浪潮面前变得不堪一击。以地缘和血缘为依托的故乡土崩瓦解了，故乡渐渐向城镇转化。
　　1995年阪神大震灾和2011年"3·11"东日本大地震成为两个重要的分水岭，让人们又开始关注生命、关注自己的故乡和亲人。其间有

许多声援灾区及灾民的歌曲出现，例如《花开》《手掌的故事》《威风堂堂》等。福山雅治于2009年创作的《道标》就是这样一首歌曲。以"生命"为主题的叙事曲调融入了对他影响至深的一直生活在故乡的祖外婆的感谢和尊敬。

道標（道标）

わたしは　その手が好きです　　（我很喜欢那双手）

ただ毎日をまっすぐ生きて　　　（每天都坦率真诚地活着）

わたしたちを育て旅立たせてくれた（把我们养育大，让我们出去闯荡）

あなたの　その手が好きです　　（我很喜欢那双手）

雨に打たれても土に触って　　　（碰触着被雨水打湿的土地）

ひとつひとつ種を蒔く背中は　諦め（一次又一次播种插秧的背影，我猜

た夢もきっとあるでしょう　　　　想肯定有过不得已放弃了的梦想吧）

だけど　わたしには笑顔で…　（但是对我却一直报以笑容……）

愛に出逢い　愛を信じ　愛にやぶれ（遇见爱，相信爱，被爱击败）
て

愛を憎み　愛で赦し　また愛を知る（憎恶爱，宽恕爱，之后理解爱）

風に吹かれ　迷いゆれて　生きるこ（每当被风吹着，对于人生之路产生
の道　　　　　　　　　　　　　困惑，摇摆不定时）

あなたの笑顔　それは道標　　（你的笑容成了我人生的路标）

……　　　　　　　　　　　　　　……

　　一双普通的手成了乡愁和传承的象征，同时也是确认自我原点的象征。通过这双手能够找到真正的自我，并重新鼓足勇气再出发。另一首十分经典的乡愁歌曲是岚于2010年NHK红百歌会上演唱的《故乡》。

ふるさと

（故乡，2010年）

作词：小山薰堂 / 作曲：youth case

夕暮れ迫る空に　雲の汽車見つけた　（在临近傍晚的天空，我发现了火车
　　　　　　　　　　　　　　　　　形状的云）

なつかしい匂いの町に　帰りたくなる	（不禁让我有了回到我那熟悉的地方的冲动）
ひたむきに時を重ね　想いをつむぐ人たち	（时光荏苒，在城市编织着梦想的人们）
ひとりひとりの笑顔が　いま　僕のそばに	（每个人的脸上都挂着笑容，这时就坐在我的身边）
巡りあいたい人がそこにいる　やさしさ広げて待っている	（那里有我想见到的人，正张开温柔的双臂等着我）
山も風も海の色も　いちばん素直になれる場所	（无论是山风，还是海的颜色，那里是可以让我做回我自己的地方）
忘れられない歌がそこにある　手と手をつないで口ずさむ	（难忘的歌就在那里，手牵着手一起唱歌）
山も風も海の色も　ここは　ふるさと	（无论是山风，还是海的颜色，这就是故乡）

过去那个想回而不能轻易回的故乡，在这首歌曲里变成了能让自己回到原点、坦诚面对自我的地方。在城市里很容易迷失自我，而回到故乡可以让自己获得重生，这也是只有经历了城市的洗礼才能感悟和体验到的。

结　语

通过以上分析可以看出这些歌曲中的故乡一般被当作"自然的"、"无时间"性的、"静止的"、"过去的"存在来书写。与其相对立的都市，则被描写成了"进步的""动态的""现在的"存在。在近代日本，故乡一边被当作回避的对象，一边又激发着人们归乡和思乡的欲望。之所以"回避"是因为衣锦还乡这种传统观念束缚着人们不能轻易谈论故乡，那是一种懦弱和失败的象征；之所以激发人们归乡的欲望，是城市的排他性和挫败感所导致。在城市里打拼意味着丧失了地缘世界和血缘世界，代价十分巨大。三岛由纪夫在《记忆的远近术》中曾说："我们无休止地丧失着什么，在毫无察觉的过程中，不断丧失着。"[1] 乡愁正是在城市化所带来的丧失感中不断被唤醒和表述。

乡愁歌曲好似经历了一个轮回，在经历了城市化初期朴素的思乡、恋乡后进入较为复杂的无法归乡和丧失故乡的怪圈，最后又回到了原点，回到了朴素的原点。羁绊和温情又成了人们珍视的东西。在歌曲中对故乡的憧憬和怀念又回到了人们的视野里。人类对于自己的原点是十分重视的，因为那是自己的来处。因此故乡自然而然成为人们心中不可抹去的重要的精神空间。即便真实的故乡已被城市化浪潮毁灭殆尽，但心中的故乡和乡愁是不会褪色的，反而因丧失显得更加如梦如幻、绚丽多彩。

作者系北京第二外国语学院教师

---

[1] 三島由紀夫：「ポップコーンの心霊術——横尾忠則論」、『三島由紀夫随笔集4』、筑摩書房、1995年8月、第59页。

乌兹别克斯坦近代作家费特拉提
革新思想的转变

—— 以 1911—1924 年间创作作品为例

施 越

内容提要 本文主要研究乌兹别克斯坦近代作家费特拉提文学创作生涯中的革新思想转变。笔者认为，费特拉提作品中反映的革新思想经过三个阶段的发展：1911 年到 1917 年间，费特拉提秉持社会改良观点，认为乌兹别克社会应以伊斯兰教传统为本、欧洲现代文明为表。十月革命之后，费特拉提在革命的历史背景下被吸收进入俄罗斯共产党，在文学创作上转而以伊斯兰教为纽带，呼吁东方革命。1923 年前后，内战告一段落，社会主义改造开始之后，随着费特拉提淡出政坛，其文学创作的重心也转向对本族宗教传统的质疑和批判。在文学史上，费特拉提是现代乌兹别克语言文学的奠基人；而在思想史上，费特拉提思想的历程则是同一时期中亚本土知识分子的缩影。

关键词 阿卜杜拉乌夫·费特拉提 乌兹别克斯坦 革新思想

1996 年 10 月，尚处于独立后经济困难之中的乌兹别克斯坦以一系列文化活动纪念近代作家费特拉提 110 周年诞辰：首都塔什干机场附近的一条街道以费特拉提的名字命名；位于布哈拉的费特拉提故居被改造为纪念博物馆，于 1996 年 10 月 7 日起正式接待访客。同日，国家邮政部门发行印有费特拉提肖像的纪念邮票。而五卷本费特拉提文选也在此后陆续编纂出版。费特拉提何许人也？他在中亚近代文学史上有着怎样的影响？为何独立后的乌兹别克斯坦以此等规格纪念他？

阿卜杜拉乌夫·费特拉提（乌兹别克文：Abdurauf Fitrat，1886—1938）原名为阿卜杜拉乌夫·阿卜杜拉希姆－奥勒（Abdurauf Abduraxim o'g'li），[①] 是公认的现代乌兹别克语言文学奠基人之一，也是中亚近代民族启蒙运动"贾迪德"的文化旗手。[②] 费特拉提是他出版第一部作品时使用的笔名。[③] 他出生于布哈拉富商之家，父亲阿卜杜拉希姆曾在沙俄、奥斯曼和伊朗各地经商。费特拉提的少年时期所接受的是传统的伊斯兰经堂教育，曾就读于布哈拉著名的米尔阿拉伯经学院（Mir-i Arab Medrese）。1904 年，18 岁的费特拉提随父赴麦加朝觐，并游历奥斯曼、印度和沙俄各地。受到 20 世纪初沙俄穆斯林社会中流行的革新思潮影响，他在布哈拉贾迪德人士的资助下，于 1909 年赴奥斯曼帝国首都伊斯坦布尔游学，在伊斯坦布尔大学学习文学和历史。

在奥斯曼留学期间，他创作了许多以社会革新为主题的小说和杂文。1913 年，因欧洲时局紧张，第一次世界大战爆发在即，他结束留学，返回故乡布哈拉，被聘为布哈拉埃米尔皇家图书馆的管理员。在任

---

① 本文内容涉及的中亚近代历史人物、地域和机构译名大多数情况下优先参考《中亚通史·近代卷》和《中亚通史·现代卷》所开先例。译名后所注的术语外文原文，属乌兹别克语则采用拉丁乌兹别克文规范，属俄语则采用美国国会图书馆的俄文拉丁化规范，以便不通晓西里尔字母的读者查阅相关术语。

② "贾迪德"运动狭义上指的是 19 世纪 80 年代由克里米亚鞑靼知识分子加斯普林斯基（Ismailbey Gasprinskii）发起的学校教学制度和教育方法改革，广义上指的是由此改革引发的俄国穆斯林各地区的社会文化教育的革新运动。"贾迪德"一词源自"新方法"（usul-i jadid），指代以语音教学法为核心的新学堂教学法。关于"贾迪德"一词的汉译，《中亚通史·近代卷》2004 年版取"贾迪德"、张来仪、潘志平等学者取"扎吉德"，其更接近俄语发音。本文采用出版时间较早的《中亚通史·近代卷》译法。参见王治来《中亚通史·近代卷》，新疆人民出版社，2004，第 425 页；潘志平：《俄国鞑靼斯坦"扎吉德"运动与近代维吾尔启蒙运动》，《西北民族研究》2014 年第 3 期；张来仪：《试论近代俄国穆斯林的扎吉德运动》，《世界历史》2012 年第 2 期。

③ "费特拉提"（fitrat）一词源自阿拉伯语，亦见于 19 世纪末的奥斯曼土耳其语，有"创造"之意。也有学者称该词与阿拉伯语"开斋节（Eid al-fitr）"一词有关，表达施舍之意。参见 Edward Allworth, *Evading Reality: The Devices of 'Abdalrauf Fitrat, Modern Central Asian Reformist* (Leiden: Brill, 2002), p. 359. 联合国教科文组织编《中亚文明史》的译者将人名译为"阿卜杜若弗·菲特拉特"，参见 C. 阿德尔等《中亚文明史》（第六卷），吴强等译，中国对外翻译出版公司，2013，第 155 页。

期间，他积极参与革新人士创刊办学活动，宣传贾迪德主义者关于教育和社会改革的主张；同时，他也结识其他著名贾迪德知识分子，包括后来苏联初期中亚政坛上颇有影响力的费祖拉·霍贾耶夫（Fayzulla Xo'jayev, 1896—1938）。1917 年 4 月，受到沙俄二月革命影响，布哈拉末代埃米尔阿利姆汗（Said Olim Xon）一度有意实行自由主义改革，但因保守势力的游说，埃米尔于 1917 年 4 月中旬决定镇压贾迪德主义者，费特拉提因此逃亡到撒马尔罕，继续办刊和写作活动。[①] 十月革命爆发之后，费特拉提与费·霍贾耶夫等人以奥斯曼帝国的"青年土耳其党人"为模板，创立政治组织"青年布哈拉党人"（Yosh Buxoroliklar）。费特拉提执笔起草《布哈拉改革纲要》，作为组织活动纲领。此后，费特拉提于 1919 年加入由俄国共产党支持组建的布哈拉共产党，并当选为中央委员会成员。

1920 年，布哈拉埃米尔政权最终被伏龙芝率领的红军推翻。费特拉提在新成立的布哈拉人民苏维埃共和国担任若干部长级别职务，包括宗教地产管理委员会主席、外交部长、教育部长和财政部长等。[②] 1923 年 6 月，受到苏丹—加里耶夫事件影响，费特拉提被解除公职，派赴莫斯科东方语言学院任教。1924 年下半年再调至撒马尔罕中学任教，后参加乌兹别克文字母和正字法改革讨论。30 年代初期，作为编外研究人员调至莫斯科的苏联科学院东方学研究所，协助研究乌兹别克文学。1937 年，费特拉提受到大清洗运动扩大化的冲击，被逮捕入狱。1938 年 10 月被认定为资产阶级民族主义分子遭到枪决。在赫鲁晓夫执政下的"解冻"时期，乌兹别克苏维埃社会主义共和国当局于 1962 年恢复费特拉提名誉。乌兹别克斯坦文学界逐渐重新承认以费特拉提为代表的贾迪德知识分子在乌兹别克语言和文学发展历程中的作用。而在乌兹别克斯坦共和国独立之后，因重塑国族认同的需要，乌国学界对贾迪德知识分子的讨论进一步升温。费特拉提的作品和思想也因此受到推崇。

---

① 关于 1917 年布哈拉埃米尔国的四月事件，参见 Adeeb Khalid, *Making Uzbekistan: Nation, Empire, and Revolution in the Early USSR*（Ithaca: Cornell University Press, 2016），pp. 62-65。

② Edward Allworth, *The Preoccupations of 'Abdalrauf Fitrat, Bukharan Nonconformist: an Analysis and List of His Writings*（Berlin: Das, 2000），S. 14; Adeeb Khalid, *Making Uzbekistan*（Ithaca: Cornell University Press, 2016），pp. 127-139.

　　关于费特拉提创作的历史分期，研究者依据各自的标准有一些不同的划分方式。费特拉提的创作，开始于他在伊斯坦布尔留学时期。学者一般以费特拉提开始留学的年份（1909 年），或出版第一部小说《争论》的年份（1911 年）作为其文学创作生涯的开端。其次，因 1920 年末至 1923 年 6 月期间，费特拉提在布哈拉人民苏维埃共和国担任要职，创作的文学作品相对较少，故研究者一般将这一时段作为划分的基础，将费特拉提的创作生涯划分为 1920 年或 1923 年之前和 1923 年之后两段。也有学者将 1917 年十月革命作为分期界线，认为十月革命之前的作品着眼于沙俄中亚穆斯林社会的教育和文化改良，而之后则倾向于更为激进的暴力革命。[①] 从创作的内容来看，1925 年之后投身到乌兹别克语言和文学研究工作中，大部分作品为乌兹别克文学史的编纂、研究著作或乌兹别克语文课程的教辅材料。

　　因此，以 20 世纪 20 年代中期为下限，本文主要通过细读其小说和戏剧作品，探讨费特拉提革新思想的转变。笔者认为，从 20 世纪初到 20 年代中期，在经历留学、改革、流亡、革命和政治失意之后，费特拉提对伊斯兰教的态度经历三阶段的变化：从初期的伊斯兰现代主义的社会改良立场，至 1917 年之后在革命的热情鼓动下转为支持以穆斯林身份为基础的反殖民主义东方革命，最后逐渐转变为对伊斯兰教的质疑和批判。其中，费特拉提一以贯之的世俗主义的思想倾向与苏联解体后乌兹别克斯坦当局在宗教问题上的立场基本吻合。这也是费特拉提在 90 年代以来重新成为乌国语言文学界研究焦点的原因之一。

一　从学堂教育改革出发：
早期作品中的伊斯兰现代主义思想

　　费特拉提的文学创作生涯与 19 世纪末 20 世纪初欧亚地区风起云涌的政治变革息息相关。费特拉提的家乡布哈拉当时仍处于埃米尔的统治之下。布哈拉埃米尔国在 19 世纪 60 年代屡次为俄军击败之后，于 1873

---

① Saidulla Mirzaev, *Uzbekskaia literatura XX veka*（Moskva: Vostochnaia literatura RAN, 2010）, p. 120.

年正式成为沙俄的保护国。尽管在名义上，布哈拉埃米尔国独立于沙俄在中亚边疆设立行政单位突厥斯坦总督区，但该国的政治经济事务受到突厥斯坦总督派驻布哈拉的使节监督。

随着19世纪中叶以来第二次工业革命的发展，以蒸汽机船、铁路、电报和汽车为代表的新时代交通通信方式改变了人类对时空的认知。而原本行政上处于沙俄边疆，地理上远离伊斯兰文明核心区的中亚地区，在这一时期也不可避免地被卷入西方国家主导的世界体系中。伴随着沙俄的征服和统治机构的建立，欧洲先进的交通和通信技术也传播到布哈拉。在19世纪80年代，为支持沙俄军队对土库曼部落的征伐，沙俄当局投入巨资修筑从里海东岸延伸到沙漠腹地的铁路，名为外里海铁路。这条铁路于1888年随着沙俄军队完成对外里海地区的征服而延伸到中亚腹地，将里海的红水湾港（Krasnovodsk）与马雷（Mary）、布哈拉和撒马尔罕相连接，1898年则进一步延伸到塔什干。1905年，沙俄在中亚北部另筑奥伦堡塔什干铁路贯穿哈萨克草原，将塔什干与俄欧地区连通。在同一时期，电报线和邮政网络逐渐覆盖沙俄在中亚的各级行政单位。俄文和察合台文的印刷刊物也随之在各地传播。

物质条件的革新引发欧亚地区思想潮流的激荡。在苏联历史学界，活跃于19世纪末20世纪初俄境内各地穆斯林社群的贾迪德知识分子被认为是倡导教育和社会世俗化的启蒙者。该运动肇始于19世纪80年代沙俄克里米亚鞑靼人加斯普林斯基的教学法改革——首先是引入欧洲的字母表语音教学方法教授阿拉伯语，其次是在教学科目中加入世俗知识，实现由以宗教经文为主要内容的伊斯兰传统教育向以世俗自然科学为主导的现代教育的转变。[①] 1905年俄国革命之后，沙俄当局为了安抚国民而暂时放松报刊言论管制，新实行的国家杜马选举更是激发了帝国边疆地区穆斯林群体的参政热情。因此在1905年之后，克里米亚和伏尔加河流域鞑靼族社会中的革新思潮在中亚迅速传播，塔什干、布哈拉、撒马尔罕和浩罕成为中亚各区域新学堂的中心。除了办学以外，贾迪德知识分子也利用有限的印刷机器资源刊印报纸杂志，并传播刊印于

---

① 张来仪：《试论近代俄国穆斯林的扎吉德运动》，《世界历史》2012年第2期。

克里米亚和伊斯坦布尔的出版物。[①] 这些出版物主要刊登新闻、评论文章和诗歌作品，其主题往往关于教育和社会道德。在西方报刊形式的影响下，一些报纸会专门开辟连载专栏，发表贾迪德知识分子们写作的中短篇小说或杂文。因此，在 20 世纪初，交通和通信条件的改善使得中亚的穆斯林知识分子与欧亚其他地区的交流变得更加活跃。除了与俄欧地区交流以外，奥斯曼帝国的现代化改革和朝觐的宗教义务使得赴奥斯曼的留学与朝觐旅行一度成为布哈拉上层社会的潮流。

在这样的历史背景下，费特拉提也成为布哈拉留学青年人群中的一员。但在 1909 年正式赴伊斯坦布尔大学留学之前，其父于 1902 年即以朝觐为契机带他游历中东各地，走访阿拉伯半岛、安纳托利亚、外高加索、波斯、阿富汗和印度等地。1906 年至 1908 年，他又遍历俄欧地区，到访喀山、下诺夫哥罗德、雅罗斯拉夫、莫斯科和圣彼得堡。因此，他在青年时期便对沙俄、奥斯曼和印度有了相对深入的了解。

据费特拉提 1929 年出版的自传记载，少年时期费特拉提曾一度持保守立场，并不支持贾迪德运动。但在亦师亦友的著名贾迪德人士贝合布迪（Mahmudxo'ja Behbudiy）影响下，他接受了贾迪德知识分子的革新主张，并写作文章宣传革新思想。[②] 而 1909 年费特拉提赴伊斯坦布尔留学的费用也是由他的同侪协助筹措。

费特拉提的出道作品，一般被认为是他在奥斯曼帝国留学期间，于 1911 年和 1912 年出版的两部小说《争论》[③] 和《印度旅者行记》[④]。因费特拉提 1917 年之前的大部分作品均围绕批判布哈拉旧制度这一主

---

① Adeeb Khalid, *Making Uzbekistan* (Ithaca: Cornell University Press, 2016), pp. 124-125.

② Edward Allworth, *The Preoccupations of 'Abdalrauf Fitrat, Bukharan Nonconformis* (Berlin: Das, 2000), p. 7.

③ 《争论》(*Munazara*) 为该作品标题的简称，全名为《一位布哈拉教师与一位欧洲人在印度关于新学堂的争论》(*Munazara-yi Mudarris-i Bukharayi ba yak Nafar Farangi dar Hindustan dar barah-yi Makatib-i Jadida*)，原稿出版于奥斯曼帝国伊斯坦布尔，以波斯文写成。出版之后，由中亚的贾迪德知识分子译为乌兹别克文和俄文。参见 Abdurauf Fitrat, *Tanlangan asarlar* (Toshkent: Ma'naviyat, 2000), jild. 1, pp. 46-94。

④ 《印度旅者行记》(*Bayanat-i Sayyah-i-Hindi*) 原稿以波斯文创作出版。笔者同时参考了 2007 年刊出的俄文译本，参见 Abdurauf Fitrat, *Rasskazy indiiskogo puteshestvennika* (Tashkent: Patent-Press, 2007)；乌兹别克文译本参见 Abdurauf Fitrat, *Tanlangan asarlar, jild. 1* (Toshkent: Ma'naviyat, 2000), jild. 1, pp. 98-169。

题，这两部小说也被诸多文学评论者认为是费特拉提前期作品中的代表作。① 两部作品写作风格类似，均以人物间的对话展开对一系列社会议题的讨论。《争论》记述的是一位来自布哈拉埃米尔国的保守派教师与一位熟悉伊斯兰文化的欧洲人之间的对话。而《印度旅者行记》则以第一人称视角记述一位印度旅行家游历布哈拉及其周边若干城市期间的观察和与各类人群的谈话。与其他许多贾迪德知识分子的文学作品类似，该作品并不注重人物塑造和故事情节编排。作品的重点是描述布哈拉埃米尔国的政治和社会问题，阐述作者的改革主张。

《争论》的序言直截了当地点明了故事的主旨：目前布哈拉社会中有关于"新方法"和"旧方法"的争论，恰好一位欧洲人和一位布哈拉教师也在争辩这一议题，希望同胞能够从他们的讨论中明辨是非。② 尽管作者并没有对双方的背景做任何介绍，仅以"欧洲人"（Farangi）和"教师"（mudarris）标注，但两人思考和表达特征极为鲜明：欧洲人博古通今，熟稔伊斯兰教典籍，在论述中强调逻辑和证据，且往往能举一反三，旁征博引；"教师"则不善言辞而固执己见，争论中往往陷入自相矛盾，却依然坚持否定欧洲人的观点。费特拉提的人物刻画方法显然受到了 19 世纪末至 20 世纪初欧洲现代主义思潮的影响，潜意识中接受了欧洲近代东方学叙事中常见的东西方之间信仰与理性、权威与逻辑、文明与野蛮等二分法。这种叙事手法是近代非西方世界革新派知识分子常用的宣传手段，以强调社会变革的紧迫性。

《争论》的核心关切是"新学堂"和"新方法"在布哈拉社会中的正当性。欧洲人的立论从描述布哈拉社会的恶劣现状开始：自 19 世纪 60 年代以来，布哈拉埃米尔国疆域逐步为沙俄所蚕食，以致最终沦为沙俄的保护国；乌里玛（伊斯兰教学者）腐败无知；社会经济裹足不前，难以适应世界的变化。欧洲人提出，推广新学堂是解决当下困难的最好办法。具体而言，摒弃旧学堂枯燥无用的阿拉伯语法教学，招募伊斯坦布尔的教师学者来开设有关科学和技术各门类的课程，即可"获得

---

① Saidulla Mirzaev, *Uzbekskaia literatura XX veka*（Moskva: Vostochnaia literatura RAN, 2010）, p. 120.

② Fitrat, *Tanlangan asarlar*（Toshkent: Ma'naviyat, 2000）, jild. 1, p. 46.

基督徒们占有的知识而战胜他们"。① 布哈拉教师并不以为然，他反复强调布哈拉的乌里玛已经否定新学堂的意义，而且关闭城内曾经开设的新学堂，理由是新学堂会将学生培养成不信道者（kafir）。欧洲人从几方面反驳之。首先，印度、阿富汗、奥斯曼帝国、阿拉伯地区、伏尔加河中下游和伊朗等地区的穆斯林社会都已经接纳了新学堂。他们的子弟并没有因为在新学堂就学而成为不信道者。其次，在合理化安排的学制、以现代标准建立的校舍和整合了现代科学的课程的帮助下，新学堂可以在更短时间内培养学识卓越且熟谙仪式习俗的新一代宗教学者。布哈拉教师的另一部分理由是，新学堂的设施和办学模式均模仿俄罗斯人的习惯，会将学童变为不信道者。欧洲人反驳的核心在于，对非穆斯林技术和行为的模仿不但为伊斯兰教经典所允许，而且在伊斯兰教历史上也有无数先例。比如，教师认为新学堂让学生坐在椅子上而非席地而坐是异端行为。欧洲人则举例：伍麦叶王朝第一任哈里发穆阿维叶也有使用座椅的记载，因此是否席地而坐并非断定信仰真伪的标准。②

与《争论》类似，《印度旅者行记》同样不注重角色塑造，而是使用对话推动情节发展。该作品以第一人称视角，记述一位印度旅行家游历布哈拉埃米尔国和周边若干城市期间与各类人群的谈话。相较《争论》，《印度旅者行记》涉及的议题更为宽泛。除了其他作品中常见的对伊斯兰保守学者的讽刺之外，这部小说将批判的对象延伸到埃米尔的宫廷仆从和普通群众，描绘了宗教学者腐败守旧、宫廷仆从怠惰无能、普通群众愚昧无知的众生相。开篇，作者并没有交代印度旅行家为何来到布哈拉，而是直接从他到达布哈拉城门口准备入城的片段开始写起。从文中的对话来看，印度旅行家与《争论》中的"欧洲人"相似，是一位博闻强识的学者，能以阿拉伯语流利背诵《古兰经》和圣训的章节，伊斯兰教和基督教的历史片段信手拈来，且对欧洲国家的政治经济状况了如指掌。

小说中提到的宗教知识分子一共有五位，旅行家与他们的对话占到全书篇幅的一半以上。例如，布哈拉某宗教学校的一位教师（mudarris）

① Fitrat, *Tanlangan asarlar*（Toshkent: Ma'naviyat, 2000），jild. 1, p. 69.
② Fitrat, *Tanlangan asarlar*（Toshkent: Ma'naviyat, 2000），jild. 1, p. 79.

傲慢而无知，得知印度旅行家懂些阿拉伯语，便试图跟他比试阿拉伯语能力，结果旅行家背诵的经文宗教教师竟听不懂，需要对方逐字解释。[1] 旅行家听闻宗教学校的校董和教师们瓜分捐赠地产（waqf）、私售学校居室空间，便逼问这位教师是否真有其事。教师委婉地承认"合法的诡计至少也是合法的"。[2] 在布哈拉市中心湖边，旅行家碰到一位毛拉，谈起公共卫生问题：湖边的理发店、茶馆都把垃圾倒入湖中，人们在此做小净甚至洗脚，同时却有居民从湖中舀水入桶，带回家饮用。毛拉引经据典反诘旅行家，称《古兰经》上写明，水都是洁净的，因此没有问题。旅行家则强调《古兰经》的启示和重视卫生健康并不冲突，湖水可以洗手洗脚但不要饮用。[3] 小说结尾的对话也是在旅行者和一位毛拉之间展开。火车上，旅行者与毛拉和两位商人邻座。毛拉不屑于与商人交谈，引用先知穆罕默德的话说："世界是腐肉，只有狗去追逐它。"旅行家不满，反问毛拉："如果所有的人都只做礼拜而不工作，那吃穿住用从哪里来？"毛拉回答："真主会送来！"[4] 尽管费特拉提自幼在传统宗教学校接受教育，但在行文中，他不留情面地批判自己谙熟的传统教育模式和保守宗教学者。文中的宗教学者们几乎无一例外都对欧洲的发展一无所知，他们的差别只在于有些喜好空谈道德理想，有些则贪污腐化。

在上述两部早期作品中，费特拉提笔下的宗教知识分子均带有保守、腐败而愚昧落后的特征。以"欧洲人"和"印度旅行家"为传声筒，尽管费特拉提在作品中辛辣地讽刺宗教学者，但他在这一阶段并没有从内心否定以伊斯兰教为核心的传统价值体系。欧洲人和印度旅行家的谈话引经据典，甚至熟悉同时代欧洲的阿拉伯—伊斯兰研究成果，并以欧洲人的东方学研究来向穆斯林介绍伊斯兰教历史典故。值得一提的是，作品中暗示，印度旅行家并非以西方的日历来了解时间，而是以每日五次礼拜为参照计算钟点，记述一日的行程。这些细节显然是费特拉提刻意为之，以展现印度旅行家尽管熟稔西学，但并未否定传统的生活习

---

① Fitrat, *Rasskazy indiiskogo puteshestvennika*（Tashkent: Patent-Press, 2007），pp. 37-40.

② Fitrat, *Rasskazy indiiskogo puteshestvennika*（Tashkent: Patent-Press, 2007），p. 41.

③ Fitrat, *Rasskazy indiiskogo puteshestvennika*（Tashkent: Patent-Press, 2007），pp. 14-16.

④ Fitrat, *Rasskazy indiiskogo puteshestvennika*（Tashkent: Patent-Press, 2007），pp. 78-80.

惯。由此可见，此阶段的费特拉提秉持伊斯兰现代主义立场，即坚持以伊斯兰教为精神基础而吸纳先进的技术手段改进政治、经济和社会制度。

二 东方革命呼声：反殖民主义与伊斯兰世界的团结

1914 年，因一战爆发，费特拉提中止留学返回布哈拉，继续在进步刊物上发表文章，呼吁变革。三年之后俄国革命的浪潮给了贾迪德知识分子登上政治舞台的机遇。1917 年十月革命在彼得格勒取得胜利后不久，塔什干的苏维埃组织迅速在城内剥夺临时政府机构权力，组建苏维埃政权。一时间，中亚的革新派知识分子欢欣鼓舞，布哈拉的贾迪德人士组织了"青年布哈拉党人"，伺机推翻布哈拉埃米尔政权。

1920 年，伏龙芝率领的红军在青年布哈拉党人的配合下顺利进驻布哈拉，成立新的布哈拉人民苏维埃共和国。该政权的高层官员主要由与费特拉提同辈的布哈拉贾迪德知识分子构成。因布哈拉在地理位置上是苏俄面向伊斯兰世界的桥头堡，1917 年 12 月列宁的《告俄罗斯和东方全体穆斯林劳动人民书》发表之后，东方革命的思潮随即传播至布哈拉。贾迪德知识分子大多为布尔什维主义的旗帜所引领，加入批判殖民主义、呼唤东方革命的潮流之中。

1917 年至 1923 年间，费特拉提创作的剧本和发表的报刊文章大多带有强烈的反殖民主义色彩。与 1917 年之前的作品相比，此时期费特拉提依然密切关注欧洲的局势和周边伊斯兰国家的境遇；但他呼吁的主张已经从以学堂教育改革为中心的社会改良，转变为以反殖民斗争为重点的社会革命。与此相对应，作品突出的重点从普通群众与布哈拉旧社会制度之间的矛盾，转移到全世界范围内欧洲列强与东方弱小国家之间的矛盾。这一时期代表费特拉提思想的最重要作品是题为《东方政策》（*Sharq siyosati*）的小册子。该作品最初连载于《共产主义者报》（*Ishtirokiyun*）（1919 年 10 月 23—26 日），后在塔什干结集出版为宣传册。

该作品主要通过回顾欧洲列强征服"东方"的历程来揭露欧洲人"东方政策"的丑恶本质。与早期创作中根深蒂固的东西方对立两分思维相一致，费特拉提在文中依然以"欧洲"与"东方"为讨论对象。但与早期作品大相径庭的是，费特拉提在此文开篇极力赞美东方为文明的摇篮和知识的源泉，仅仅是在近代陷入沉睡。而"欧洲人"则从《争论》中彬彬有礼而博古通今的学者，转变为肆意屠杀殖民地居民、奴役东方各地人群的殖民者。① 费特拉提对殖民政策的分析不是仅仅停留在对武力征服的批判层面，他甚至已经提出半个世纪之后流行于西方学界的"东方主义"批评范式雏形："他们（欧洲人）会欺骗（东方的）工人和农民，来到他们身边并说，'东方人有福气了，我们为了教化他们而来；东方人愚昧无知，我们为传播知识而来；我们为了让东方人接受基督的福音而来'。"② 可见费特拉提清楚地了解掌握话语权的重要性，而且他在8年前写作的抨击布哈拉旧制度的小说，一定程度上也采用了类似的手法来激发读者对变革的渴望。

文中，费特拉提通过描述英国在印度和法国在北非的殖民政策，突出殖民者与殖民地人民之间极端不公的政治经济地位差别，强调欧洲人的虚伪和欧洲殖民体制的邪恶。他痛斥欧洲人殖民的恶果："欧洲人声称要为东方建立学校和学院，事实上仅仅带来酒吧和妓院……他们知道这一切。他们并不想为我们带来文明，而只是摧残我们的身体，败坏我们的道德，在我们中间制造分裂。"③ 同时，他哀叹在殖民体制之下，许多殖民地的人民都忘却了自己的母语，改用殖民者的语言。④ 更为可悲的是，即便为殖民者鞍前马后、出生入死，东方人民依然得不到他们的信任，"第一次世界大战中，无数印度士兵为英军服务，甚至在加里波利战役中违背伊斯兰教义进攻奥斯曼军队，战后英国人仍不将印度人视为朋友"。而即便是不参加一战任何一方的伊朗，也难逃被英俄两国瓜分占领的命运。⑤

文末，费特拉提总结道："欧洲列强结成两大同盟……他们依靠科技与教育，生产了大量军火。这些并不是为了世界进步，而是为了侵略弱者，蚕食东方国家……1914年爆发的战争给了东方国家一个机会，但缺乏知识的东方难以找到正确的道路。"于是，费特拉提建议十月革命之后的俄国苏维埃政权应与东方国家携手，利用欧洲陷入混乱的机

① Fitrat, *Tanlangan asarlar*（Toshkent: Ma'naviyat, 2000），jild 3, p. 213.

② Fitrat, *Tanlangan asarlar*（Toshkent: Ma'naviyat, 2000），jild 3, p. 216.

③ Fitrat, *Tanlangan asarlar*（Toshkent: Ma'naviyat, 2000），jild 3, p. 217.

④ Fitrat, *Tanlangan asarlar*（Toshkent: Ma'naviyat, 2000），jild 3, p. 220.

⑤ Fitrat, *Tanlangan asarlar*（Toshkent: Ma'naviyat, 2000），jild 3, p. 221.

会，将东方人民解放出来。[①]

一战结束后至 1923 年费特拉提被解除政府公职之前，反殖民主义和伊斯兰世界的联合一直是他创作的主题之一。这一时期费特拉提最重要的两部戏剧《真爱》（*Chin Sevish*，1920 年出版）和《印度起义者》（*Hind Ixtilolchilari*，1923 年出版）以艺术性更强的手法表现这一主题。两部作品均以英殖印度为背景，尝试将爱情、爱国主义和反殖民主义的主题相融合。在《真爱》中，男女主角努尔丁汗（Nurddinxon）和祖莱哈（Zulaixo）是相互爱慕的印度革命者。他们参与地下组织，以推翻英印当局统治为目标。而反派角色热合玛吐拉汗（Rahmatullohxon）也在追求祖莱哈，但他坚定支持当局，并且担任地方警察。这部五幕剧最终以悲剧结尾：努尔丁汗和祖莱哈的地下组织集会被热合玛吐拉汗率领的警队伏击围剿，反殖民主义者的爱情为当局的爪牙粉碎。[②]《印度起义者》的情节与《真爱》类似，同样描述爱国青年在爱情与理想的双重精神感召下走上革命道路，参加地下组织反抗英印当局的殖民统治。[③]

费特拉提作品的研究者往往注意到他对印度的特别关切。早期作品中，"欧洲人"与"教师"在印度会面争辩；来访布哈拉的旅行家是印度人。《东方政策》的论述中，费特拉提的论述多处涉及英印统治。而同时期的两部剧作均以英殖印度为时空背景。[④] 有学者认为，费特拉提关注印度，有反对英印殖民统治和亲英布哈拉埃米尔政权的双重意义，有出于对次大陆穆斯林的同情，也有为反殖运动争取盟友的意图。[⑤] 这一说法固然合乎第二阶段费特拉提呼吁东方革命时期的思想，但并不能解释1917 年以前费特拉提作品中即明显存在的印度元素。

值得注意的是，十月革命之后，俄共（布）中央在反殖民主义和全

[①] Fitrat, *Tanlangan asarlar*（Toshkent: Ma'naviyat, 2000）, jild 3, p. 225.

[②] Fitrat, *Tanlangan asarlar*（Toshkent: Ma'naviyat, 2000）, jild 3, pp. 5-41.

[③] Fitrat, *Tanlangan asarlar*（Toshkent: Ma'naviyat, 2000）, jild 3, pp. 42-92.

[④] 值得一提的是，费特拉提默认笔下的"印度人"均为穆斯林。这可能与中亚社会对印度的传统认知有关。

[⑤] Sigrid Kleinmichel, *Aufbruch aus Orientalischen Dichtungstraditionen: Studien zur Usbekischen Dramatik und Prosa Zwischen 1910 und 1934*（Budapest: Akad. Kiadó, 1993）, p. 145.

球革命议题上与中亚本地的穆斯林知识分子一度有较强的合作基础，因为这一时期带有浪漫主义色彩的东方革命思想为双方所共同认可。20世纪20年代，在苏维埃政权掀起世界革命热潮的背景下，费特拉提作品的焦点从以教育改革为抓手的社会改良逐渐过渡到以穆斯林身份为纽带的全球反殖民革命。可能是受到一战和俄国革命的冲击，费特拉提将"社会解药"的适用范围从原先布哈拉埃米尔国扩大到整个东方，尤其是穆斯林世界各地社会。而伊斯兰教在这一新的视野下，从原先社会问题的一部分，转变为各地穆斯林反殖民主义的共同纽带和象征符号。在1917年至1922年的费特拉提笔下，世界革命的愿景短暂地掩盖了此前贾迪德知识分子与宗教保守人士之间的分歧，内部社会改革与反封建斗争的主题暂时被全球的反殖民运动理想所取代。

三　重归文坛：从改革教育到质疑宗教

1921年以后，费特拉提在布哈拉人民苏维埃共和国政府内的一系列政治和社会活动被联共（布）中央认定为有地方民族主义倾向。1923年6月，费特拉提被解除部长级职务，临时调动到莫斯科东方语言学院任职。1924年下半年，他被允许调回到撒马尔罕，在中学任教师。1928年开始在撒马尔罕国立大学任教，并获得教授头衔。同年，他被聘任为乌兹别克苏维埃社会主义共和国学术委员会成员。从1923年到1937年，费特拉提将主要精力用于乌兹别克语言和文学的研究工作。他陆续编写了多种语言教学资料、语言历史文选和文学史研究著作。其间也参与了乌兹别克语字母拉丁化和标准化工作，为现代乌兹别克语言和文学确立了规范，奠定了基础。

1923年中期之后至1937年被逮捕之前，费特拉提最重要的作品是《报应日》（*Qiyomat*，1923年）和《撒旦对真主的反叛》（*Shaytonning tangriga isyoni*，1924年）两部戏剧。在两部作品中，费特拉提在不同程度上挑战了伊斯兰教核心教义，从原先伊斯兰现代主义立场转为对伊斯兰教的质疑和批判。大革命带来的热情、苏联当局无神论宣传的影响、近三年时间的从政经历和政坛失意之后重归学界的反思，可能都是他思想转变的原因。

　　戏剧《报应日》呈现的是瘾君子波查米尔（Pochamir）死后在后世的奇遇。剧作通过波查米尔放荡不羁的言行来揭示伊斯兰教关于后世的教义中包含的内在矛盾。剧本以波查米尔因吸毒身亡开篇。天使蒙卡尔（Munkar）和那吉尔（Nakir）试图来唤醒他进行讯问。不同于普通穆斯林，波查米尔首先反问两位天使是否有证明其天使身份的"工作证件"。天使目瞪口呆，只得退却，而波查米尔则继续熟睡。① 此后，墓穴中的蝎子、毒蛇甚至《古兰经》中反复描写的火狱都不能唤醒他。直到审判日到来，他终于被天使吹奏的号声吵醒，从墓穴中复活，准备接受审判。但他目睹的是一片混乱：周围是大群像他一样复活的人类。他们全身赤裸，相互推挤着挪向一架权衡善恶的巨秤。② 而人群中间则有无数如警察一般的天使在维持现场的秩序，防止太多人同时挤到巨秤之上。随人群缓慢移动两年半之后，波查米尔终于通过了绥拉特桥（al-sirat），抵达天堂。

　　费特拉提笔下的天堂似乎是一个城市。在寻找了一年半之后，波查米尔终于发现了"分配"给他的房子。门前，一群青年男女迎接他进入。与伊斯兰教传统所描述的天堂景象一致，他连续七天享受了教义中许诺的无尽食色之欢。但他很快便厌倦了。他在花园中发现传说中流淌着奶、蜜和酒的水渠。正起意要痛饮一番，男仆告诉他，天堂里的酒是不会喝醉的。波查米尔大怒，吼道："饮酒不醉，那还要酒作甚？"③ 返回室内后，他突然发现了一些罂粟籽。波查米尔喜出望外，以致从梦中惊醒，才发现刚才的景象均为梦境。惊魂甫定的波查米尔顿时庆幸自己还活着，因为梦境中的天堂实在单调乏味。

　　《报应日》是后世费特拉提作品的文学评论者着墨最多的戏剧之一。这部作品蕴含两层象征意义。文本字面上，费特拉提用波查米尔令人啼笑皆非的后世之旅，讽刺伊斯兰教中诸多关于后世教义的荒谬之处。一个生活腐败的瘾君子最后进入天堂，本身就是对伊斯兰教前定和末日两大信仰的讥讽。20世纪90年代以来，费特拉提作品的研究者们往往强

---

① Fitrat, *Tanlangan Asarlar*（Toshkent: Ma'naviyat, 2000），jild 1, pp. 170-171.

② 伊斯兰教传统长期认为审判日人类复活时，将会以赤裸的形态走向善恶之秤接受审判。

③ Fitrat, *Tanlangan Asarlar*（Toshkent: Ma'naviyat, 2000），jild 1, pp. 178-179.

调该作品的另一面：对苏联初期建立的官僚体制的抨击。戏剧中刻意以警察和基层官僚的形象来刻画天使，将"证件"、"排队"（乌兹别克文：ochirat, 来自俄文 ochered'）、"计划"等概念，以及漫长的行政流程融入剧情之中。费特拉提甚至通过波查米尔之口表达对物资短缺的抱怨："为什么我们这么多人只能用一台善恶秤？难道他们不应该准备十到十五台巨秤来应付这个浩大的工程吗？难道他们不应该提前做好计划吗？"[①]这种将教义与具体现实结合的写法，恰恰可以让读者思考教义的非现实性。波查米尔放荡不羁的性格起到了蔑视死亡、天使、末日审判，甚至贬低宗教许诺的天堂享乐的作用，让读者进而质疑宗教的神圣性，达成祛魅的目的。[②]

次年出版的戏剧《撒旦对真主的反叛》更是直截了当地指出了伊斯兰教义中存在的逻辑漏洞，并以现代主义叙事穿插其中，将之演绎为一个追求自由、反抗暴政的故事。在《古兰经》中，真主创造人祖阿丹的过程是解释真主与人类关系的核心部分。依照《古兰经》所载，真主用光造就天使，用火造就镇尼（jinn）。他们并不具备知识或意志，因此绝对服从于真主。之后真主决定以泥土捏成人祖阿丹，并要求所有的天使与镇尼拜服在新的受造物之前。所有天使和镇尼都服从了，但天使阿撒兹勒（Azazel）有所抗拒，认为阿丹由泥土所造，而天使优于阿丹。真主遂将其逐出天堂。阿撒兹勒之后被称为易卜劣厮（Iblis），或称撒旦（Satan），为世界的邪恶之源。[③]

这部戏剧正是以众天使跪拜真主的场景开幕。费特拉提笔下的阿撒兹勒是一个有独立思考能力和自由意志的角色。当其他天使在不停地跪拜真主时，阿撒兹勒陷入沉思：为何真主创造如此多的天使之后，仅仅让他们反复跪拜？阿撒兹勒突然瞥见真主手中备好的法版（lavx ul-maxfuz, 来自阿拉伯语 al-lawh al-mahfuz），发现真主居然准备用泥土创

---

① Fitrat, *Tanlangan Asarlar* (Toshkent: Ma'naviyat, 2000), jild 1, p. 173.

② "祛魅"一词最初来自马克斯·韦伯的现代性理论，用于描述西方社会中官僚制和世俗化导致的传统宗教信仰的衰落，参见 Max Weber, *The Sociology of Religion* (London: Social Science Paperbacks, 1971), p. 270。

③ 易卜劣厮拒绝服从真主的故事在《古兰经》中出现多次，为伊斯兰教善恶观的教义来源之一，参见马坚译本《古兰经》第 7 章，第 11—18 节；第 15 章，第 30—39 节等。《撒旦对真主的反叛》剧本相关出场人物的译名参考《古兰经》。

造新的受造物，而且要求所有天使向这个新的受造物跪拜。① 阿撒兹勒
认为真主背叛了所有天使，无缘无故创造人类而以之凌驾于天使之上。
因此他大声疾呼，试图阻止真主的行动。真主派遣大天使们驯服阿撒兹
勒，但后者将真主的计划告诉了他们。众大天使信心动摇。② 真主责
备众大天使，而且派遣大天使吉卜利勒去迎接阿丹，并让众天使向他跪
拜。阿撒兹勒出离了愤怒，他呼吁所有的天使起身反抗，但并无天使响
应。此刻，一声炸雷响彻天际，阿撒兹勒被剥夺天使身份而贬为撒旦，
但他依然坚持反抗。

　　此后，撒旦接近阿丹，告诫他不要服从真主，因为同样的事情可能
降临到阿丹身上。而真主则打断撒旦的话，警告其受造物不得听信撒旦
的蛊惑。撒旦于是开始激烈地抨击真主的行为——

> 因为知识是你永恒的敌人。
> 你的火狱，你的烈火，你的坟墓惩罚，
> 你的恐怖都是幻想，你的天堂是假象。
> 你的法版充斥着讹言谎语。
>
> 我从禁锢中逃脱，从奴役中解放，
> 科学是我的向导，知识是我的先知。
> 头脑和语言是我的助手。
>
> 我会聆听他人意见，
> 我会将他（阿丹）从你手中解放，
> 我会将他带离你的歧途。
>
> 你在你的智慧、你的宝座
> 你的权力、你的威严、你的世界中迷失。③

---

① Fitrat, *Tanlangan Asarlar*（Toshkent: Ma'naviyat, 2000）, jild 1, p. 223.

② Fitrat, *Tanlangan Asarlar*（Toshkent: Ma'naviyat, 2000）, jild 1, pp. 220-222.

③ Fitrat, *Tanlangan Asarlar*（Toshkent: Ma'naviyat, 2000）, jild 1, pp. 230-231.

费特拉提笔下的撒旦与伊斯兰教正统经典中的恶魔形象大相径庭。这部戏剧中的撒旦俨然成为近代自由主义叙事中反抗暴政的革命者。他蔑视其他盲目服从的天使,能洞察并抗拒真主的统治术。而宗教经典中真主的形象则被颠覆,成为费特拉提笔下专制暴君的化身。如果说《报应日》尚且停留在戏仿伊斯兰教后世论教义的阶段,那么《撒旦对真主的反叛》则直指伊斯兰教教义的核心,并极为大胆地挑战了宗教传统中一贯坚持的立场。至此,费特拉提创作中革新思想已经从原先扬弃伊斯兰文化传统,转变为质疑和挑战伊斯兰教义的神圣权威。

结　语

19世纪后半期以降,面对欧洲列强在物质生产和战争组织能力方面的压倒性优势,以及其对外扩张的强烈欲望,亚非拉各民族纷纷陷入存续民族传统与推动现代革新之间的矛盾之中。各地区的知识分子在传统与现代之间如何抉择,一直是史学界长期关注的重要话题。对于中亚而言,贾迪德知识分子在近代的境遇及思考是观察该地区现代性问题的窗口。

前人学者对费特拉提作品的评价,大多侧重于其若干创作阶段的某一段或某一侧面。以《争论》和《印度旅者行记》为其代表作的论者,往往倾向于将费特拉提列入20世纪初欧亚各地穆斯林社会出现的伊斯兰现代主义思想家的行列。[1] 而聚焦于费特拉提1920年代初期作品的西方学者则倾向于在其作品中寻找自由主义的元素,将《报应日》和《撒旦对真主的反叛》解读为政治压力之下的异议写作。[2]

笔者认为,从1911年出版《争论》至1926年以后费特拉提遁入学界,其作品中所表露的革新思想经历了三阶段的演变:从1917年以前以伊斯兰文化为本、欧洲技术为表的社会改良思想,到1917年之后以伊斯兰教为纽带呼吁东方革命,再到1923年以后对本族宗教传统的质

---

[1] 例如 Charles Kurzman ed., *Modernist Islam, 1840-1940: A Sourcebook*（Oxford: Oxford University Press, 2002）, p. 244。

[2] 例如 Edward Allworth, *Evading Reality: The Devices of 'Abdalrauf Fitrat, Modern Central Asian Reformist*（Leiden: Brill, 2002）, pp. 55-58。

疑和批判。这三个阶段一定程度上反映了同时期宏大的历史背景：从十月革命引发的沙俄边疆地区民族解放运动，到 1920 年代初苏联在周边区域发动全球革命的尝试，再到 1923 年前后苏联在中亚推动的土地革命和社会主义改造。

另外，历史潮流之下，费特拉提的思想转变也是同时期中亚革新知识分子思想和命运变迁的缩影。与他同时代的中亚本土知识分子，包括政治家费祖拉·霍贾耶夫、教育家穆纳瓦尔·喀里（Munavvar qori）、作家楚尔班（Cho'lpon，原名阿卜杜哈米德·苏莱蒙）、阿卜杜拉·喀迪里（Abdulla Qodiriy）、艾因尼（Sadriddin Ayni），以及中亚北部草原地区的布凯汉诺夫（Alikhan Bukeikhanov）、拜图尔逊诺夫（Akhmet Baitursynov）等人在内，都在不同程度上引领了沙俄末期本族群社会内的革新思潮，并在革命的时代背景下先后被吸纳入苏维埃政权，在苏联初期民族政策的框架下，成为本族现代语言、文学和文化奠基人。在苏联解体之后，他们的作品和历史遗产被中亚各国知识界重新发掘，详加阐释，成为各国国族集体记忆中的重要部分。在这一层意义上，费特拉提革新思想的转变，不仅可以作为理解中亚近代知识界思想历程的钥匙，也为思考"漫长的十九世纪"与"短暂的二十世纪"提供了一个来自异域的范例。

作者系北京大学东方文学中心／北京大学外国语学院教师

从越南燕行文献看晚清中国

——以《越南汉文燕行文献集成》为中心 *

张心仪

内容提要 历史上的中国与越南建立了长久的以册封与朝贡为核心的宗藩关系，其间越南官方派遣大量精于汉文化的使臣出使中国，他们在往返途中所撰写的燕行文献成为记录朝贡细节及古代中国山川地理、人文风情的宝贵资料。本文以文献资料法为主，通过梳理《越南汉文燕行文献集成》中越南使臣对晚清时局的观察和评论勾勒出晚清中国的形象，旨在走出"中国中心论"和"西方中心论"两种传统视角，借助"异域"的眼睛重新审视中国，为晚清社会的系统研究提供不同的视角参考。

关键词 燕行文献 晚清形象 宗藩关系

中越两国一衣带水，关系源远流长，自秦在岭南置象郡 [②] 始，该地区处于中国封建王朝统辖之下，汉文化随之传入。公元 968 年，丁部领建立"大瞿越国"，后被宋太祖封为交趾郡王，越南才开始脱离中原王朝的统治，成为相对独立的封建国家。此后，越南与中国历代封建王

---

* 本文系教育部人文社会科学重点研究基地重大项目"中国与东南亚的文学和文化交流研究"（18JJD750003）阶段性成果。

② 象郡，是公元前 214 年秦朝设置的郡级行政区，其范围包括今越南北部和中部。

朝建立了以朝贡和册封为核心内容的宗藩关系，形成了两国邦交的基本模式，到 1885 年越南沦为法国殖民地宣告终止，这种"华夷秩序"形成的体系成为构建古代东方世界所遵循的国际秩序的重要支柱。在这期间，中越宗藩关系维持了近千年，虽然并非一成不变，但始终有迹可循，从无序到有序，经过松散到稳固再到瓦解的过程，其间两国朝代更迭不断，朝贡制度作为两国邦交往来的主要环节也几经变更甚至偶有中断。清代宗藩关系是中越宗藩关系发展的最后一段时期，特别是 19 世纪中后期以降，两国政治格局极不稳定，内忧外患不断，此时清朝与越南的宗藩关系在艰难中得以维持。

一　关于越南燕行文献

历史上关于越南使节出使中国的史料颇为丰富，传统档案中往往着重于记载官方政治活动或边界利益纠葛，而燕行文献则对民间风物、宫廷礼仪、人员往来等皆有细致入微的观察，因而具有很高的史学价值和文学价值。复旦大学文史研究院和越南汉喃研究院合作编纂的《越南汉文燕行文献集成》[①]（以下简称《集成》）收录有燕行文献 79 册，详细记载了从元朝至清朝五百余年间越南官方派遣使臣出使中国所见证的朝贡礼仪，越南使节的日常生活状态以及出使途中对中国山川地理、社会风貌的观察与评论，可谓凡目之所见，耳之所闻，皆有记载，其中绝大多数收录的是清朝越南使臣的燕行文献。

《集成》中燕行文献的主要形式有三种，燕行记、北使诗文集和使程图，又以北使诗文所占数量为最多。关于北使诗文，一方面越南历史上就有称中国为"北"、中国人为"北人"、自称为"南"的传统，这在越南古代文献中多有出现，如越南李朝名将李常杰在其名诗《南国山河》中写道，"南国山河南帝居，截然定分在天书"，这里的"南国""南帝"都是越南人对自己的称呼。又比如越南胡朝皇帝胡季犛之子黎澄（又名胡元澄）在明朝入仕时曾将撰写的越南古代史籍命名为

---

① 中国复旦大学文史研究院、越南汉喃研究院合编《越南汉文燕行文献集成（越南所藏编）》，复旦大学出版社，2010。

《南翁梦录》，黎澄视自己为独在异乡的"南翁"。历史上，越南使臣出使中国则多被称为"北使"。笔者查阅《集成》发现，仅清朝就收录了陶公正的《北使诗集》、阮公沆的《往北使诗》、黎贵惇的《北使通录》、阮辉 僅 的《北舆辑览》、阮攸的《北行杂录》、丁翔甫的《北行偶笔》等诸多使华诗文集，笔者以为用"南"字与"北"字强调古代越南与中国的地理区分，这也是越南自后黎朝以后自主意识开始增强的表现之一。另一方面北使诗文也是汉文化域外传播的集中反馈，自北属时期向南传播以来，延续上千年的汉文化渊源在越南地区打造了一个完整的儒士阶层。正如《殊域周咨录》所载之安南①，"其三纲五常及正心修身齐家治国之本。礼乐文章，一皆稍备。乃制科举之法，定立文武官僚。本国自初开学校以来，都用中夏汉字，并不习夷字"，② 因而"风俗文章字样书写衣裳制度，并科举学校官制朝仪礼乐教化，翕然可观"，③ 可以说古代越南是汉文化域外传播的集大成之地。其中，北使使臣的选拔更以出仕者、科举中格者为任，他们都属于汉文化修养极高的士人阶层，比如被称为"越南王安石"的后黎朝儒士黎贵惇就曾在 1761 年（乾隆二十六年）充副使出使中国，《工部尚书黎相公年谱》记载他年少时"遍读四书五经，史籍传记及诸子百家之书，无不熟读，人以宿儒称之，为文伸纸疾书，万言立就，不构思，不起草，而学问议论，汪洋大肆"，④ 他也在北使途中留下了丰富的汉文诗作，收录在《北使通录》中。由于对汉文化的熟稔，越南使臣在中国社会的所见所闻往往比本地人更加敏感，反而会细心注意到文化、风俗和政治上的差异。正是借助他们的实录，我们得以"跳出中国而反观中国"，勾勒出"他者"眼中的晚清中国形象。

二　晚清越南使臣"燕行"之变化

清代中越宗藩关系自清康熙六年（1667 年）两地重新确立宗藩关

---

① 安南，越南古称，得名于唐代设安南都护府，清嘉庆年间改国号为"越南"。
② （明）严从简:《殊城周咨录》卷六南蛮，"安南篇"，余思黎点校，中华书局，2000，第 237 页。
③ （明）严从简:《殊城周咨录》卷六南蛮，"安南篇"，余思黎点校，中华书局，2000，第 237 页。
④ 转引自刘玉珺《"越南王安石"——黎贵惇》，《古典文学知识》2010 年第 2 期。

系至清光绪十一年（1885 年）中法签订《越南条约》终止，历时二百余年。在此期间，越南经历了后黎朝、西山朝、阮朝三朝的更迭易主，但越南政权始终派遣使团北上朝贡，究其实质是为了通过保持与中国的宗藩关系以维持自身在越南国内的正统性，即"自认为在本国具有合法地位的政治力量力图与邻国境内被其视为唯一合法的政治力量建立并维持宗藩关系，这就使中越宗藩关系成为一元承认的双边关系"。① 正因如此，进入 19 世纪 50 年代中期以后，两国都受到西方列强的多次侵略，各自国内又变乱不断，这一时期唇亡齿寒的警惕使得越南使臣北使清朝的意义更为重大，两国宗藩关系的维系也成为越南试图遏制西方列强侵略下本土社会殖民地化进程的重要缓冲器。在变动的时局下，这一阶段越南使臣的"燕行"传统也呈现出新的特点。

首先，从燕行心理来看，自中越宗藩关系建立以来，使节出使中国，肩负着国家的使命，代表国家的利益与尊严，历代王朝对朝贡一事都十分重视。正如潘辉注在《历朝宪章类志》中所述，"我越奄有南土，通好中华。虽君民建国，自别规模，而内帝外臣，尝膺封号，拟诸理势，诚有宜然。故其册封之礼、贡聘之仪，历代邦交，视为关著"。② 从统治阶层来看，越南王朝勤于朝贡，虽为"内帝外臣"的策略，但仍视为关系睦邻友好、政局稳定的大事，因而极其重视。从出使使臣来看，一方面，他们都属于精通汉文化的儒士阶层，文物礼仪皆受华夏熏陶，出使中国使得他们能亲近接触仰慕已久的汉文化，正如西山朝（1778—1802）使臣阮偍所言，"平昔读书所得，乃今见之，岂非人生第一乐事耶？"③ 可见早期越南使臣对近距离接触汉文化充满向往。此外，使华也是实现男子抱负的重要途径，后黎朝使臣冯克宽使华前曾作诗言志，"和好欲求通上国，咨询要浔有真男。潜龙肯许鱼虾亵，翥凤宁能燕雀谙。专对此行求事济，国威庶壮我梅南"。④ 使臣回国后多能获得官职的

---

① 孙宏年：《清代中越宗藩关系研究》，黑龙江教育出版社，2006，第 28 页。
② 潘辉注：《邦交志》，《历朝宪章类志》卷 46，越南汉喃研究院抄本复印本，第 1 页。
③ 阮偍：《华程消遣集》，《越南汉文燕行文献集成》第八册，复旦大学出版社，2010，第 108 页。
④ 冯克宽：《梅岭使华诗集》，越南汉喃研究院抄本复印本，第 43 页。关于《梅岭使华诗集》版本与内容考察详见张恩练《越南仕宦冯克宽及其〈梅岭使华诗集〉研究》，硕士学位论文，暨南大学，2011。

升迁，甚至有的仕至高位。这些因素使得早期越南使臣将燕行一事看作是荣誉，是机遇，更是幸事。而进入 19 世纪以后，越南使臣对使华的心态从无限敬仰逐渐转向务实，一方面，嘉庆以后的清代社会弊病逐渐暴露，乾隆之后国库亏空，光景大不如前；另一方面越南社会自西山起义后久经战乱，百废待兴，阮朝统治者亟须重振朝纲，稳定民心，此时越南与真腊、暹罗斡旋已久，法国势力也开始染指越南，西方传教士在越南传教冲击了固有的儒学地位，复杂的形势下受命出使的越南使臣不得不重新审视北方的"天朝上国"。

其次，从燕行使命来看，理论上，除了传统的岁贡以外，请封、告哀、谢恩、进贺等事宜也是越南使团北使的主要任务。此外，越南使臣也会向宗主国汇报国内发生的重大事情。而朝贡贸易也是两国经济往来的重要组成部分。除名义上的使命之外，对于越南使臣而言，他们还肩负着开展"诗文外交"的外交使命。自古燕行使臣多通过展示其高超的汉文诗作水平，又借故收集中原经籍文献、以文会友宣扬其文化之威名，从而以"文化认同"来得到中央王朝对其政权合法性的认同。在后黎朝使臣黎贵惇为阮辉㑶所作饯别诗《饯阮探花辉㑶北使》一诗中就曾写道，"好把文章增国势，黄枢翘足待经纶"，[①] 一语道破"诗文外交"的务实作用，这也是越南官方多选拔精于汉文化之士出使中国的重要原因。而晚清时期动荡的局势迫使越南使臣的燕行使命更为丰富，一方面阮氏政权希望借助北使考察清朝实力，同时学习清朝的治理经验和先进技术，特别是中国开展洋务运动之后，"师夷长技以制夷"的思想在饱受法国侵扰的越南社会同样适用。另一方面，走到封建统治末期的阮朝多次企图借宗主国之力解决"外患"。在《大南实录》中有提及 1870 年、1872 年、1880 年三次"燕行"中，越方都有借朝贡之名请求清朝派兵协助剿灭"匪患"，但清朝彼时早已自顾不暇，越方的多次请求并没有得到有效的答复。这也为中越宗藩关系最终走向破灭埋下了种子。

再次，关于燕行实录的内容，越南使臣丁翔甫在其燕行文集《北行偶笔》中写道，"凡山川丰域，圣贤事迹，古今人物，皆在平日之所闻，

---

① 黎贵惇：《桂堂诗汇选》，《越南汉文燕行文献集成》第三册，复旦大学出版社，2010，第 37~38 页。

而今日足迹之所及"。① 正如其所言，古往今来，越南使臣北使所记载诗文内容大抵分为三类：一是对沿途山川丰域的咏唱诗或对古迹古人的感怀诗，这一部分在早期北使诗文中大量出现。特别是途经黄鹤楼、洞庭湖、岳阳楼、赤壁、夫子庙等文化圣地时，几乎每位使臣都会吟咏一番。据统计，仅岳阳楼一处，《集成》中就收录了上百篇咏诗。② 二是记录使程中人员交流与互动，多为中越官员的赠答唱和诗。其中值得一提的是燕行文献中还记录了安南、朝鲜、琉球使臣进京朝贡相遇，互相赠诗的场景，这体现了整个汉文化圈的交流盛况，如 1597 年后黎朝冯克宽北使时赠诗琉球使臣，"偶合寅缘千里外，相期龙气两情中。些回携满天香袖，和气熏为万宇风"。③ 三是记录沿途活动及朝觐日程的诗文，这一类诗文早期出现不多，到清代乾隆以后，特别是道光、同治年间明显增多。此时随着两国局势的变化，使臣燕行的记录重心由寄情山水、怀古咏今转向求实务实。比如 1849 年（道光二十九年），越南使臣阮文超的燕行实录《如燕驿程奏草》④ 在拟定篇名时，多以"咽喉""要塞"这一类词标注，可见其关注的山川丰域在地势险要之处而不是单纯记录秀丽的景色。从他的燕行实录中可以看出此行明显增添了几分考察中国的意图，特别是对水利的考察，涉及河流的源头、流域范围的内容都有详细记录，且阮文超回国后还以较大篇幅讨论了中国黄河治理的得失经验。除他以外，这一时期的燕行实录中也都减少了对人文胜地的吟咏，更多关注清朝的百姓民生及社会状况。

最后，关于北使路线，后黎朝覆灭以前的传统贡道为使臣由镇南关入境，到三湘，经汉阳而顺流东下，历江西、江南，再北上山东，由直隶入京。至西山朝后，清朝将使臣贡道由水路改为旱路，仍是镇南关入境，经广西、湖南、湖北，自汉口北上河南，直隶入京。清廷将贡道由水路改为旱路，除考虑到北上河南贡道便捷、费用降低、行程缩短外，

---

① 丁翔甫：《北行偶笔》，《越南汉文燕行文献集成》第十册，复旦大学出版社，2010，第 123 页。

② 参见何哲《越南使臣眼中的清代湖南社会风貌》，硕士学位论文，广西民族大学，2016。

③ 冯克宽：《梅岭使华手泽诗集》，《越南汉文燕行文献集成》第一册，复旦大学出版社，2010，第 103 页。

④ 阮文超：《如燕驿程奏草》，《越南汉文燕行文献集成》第十七册，复旦大学出版社，2010，第 1~72 页。

还因越南使臣此前多从水路至江宁大量采办北货，以至羁留月余，地方供应开支巨大。传统贡道一经确立则少有变更，而嘉庆以后开始出现因水灾被迫改道的情况，特别是 1840 年之后，动荡的晚清局势迫使越南使臣的燕行路线多有意外变动。如 1845 年（道光二十五年），因黄河再次决堤，越南使臣范芝香被迫改道入京，他在《孟津再阻水》中写道，"此次荥泽渡，阻水改道，三日至偃师县城，得报孟津渡河水亦合，仍复停待"。[①] 此后，1852 年（咸丰二年），因爆发太平天国起义，清廷下旨越南使臣改走常德，入河南南阳，取道入京。由于局势日益紧张，自 1855 年（咸丰五年）越南使臣潘辉泳一行回国，至 1868 年（同治七年）越南使臣黎峻三人再度北使，其间十三年中越正常朝贡甚至被迫中断。在此期间越方派邓辉㷸两次出使广东，作为中越正常朝贡中断期间的权宜之计，其燕行实录收录在《东南尽美录》中。[②] 1883 年越南使团最后一次来华，这次他们没有选择传统陆路贡道而走水路，在香港、上海、天津三个城市停留，途经汕头、厦门、泉州、温州、宁波、烟台等地，多带有考察中国、效仿中国改良的意味。

三　晚清中国形象解读

上述这一时期的诸多"燕行"变化侧面反映出大厦将倾的晚清局势和岌岌可危的中越宗藩关系，此时的清朝封建统治面临内忧外患不断，与越南的朝贡秩序也只能在艰难中勉强维持。从越南使臣的燕行实录中，我们得以发现更多晚清宫廷秩序及社会状况的真实细节。

首先，从清廷内部来看，此时的清朝政权受到诸多威胁，历时十三年的太平天国起义无疑给清王朝带来了极大冲击。1852 年，越南使臣潘辉泳出使中国，正逢太平天国起义，当时清王朝正忙于镇压起义，对越南使臣的接待自然无暇顾及。潘辉泳在《骟程随笔》中写道，"已教

---

① 范芝香:《郿川行程诗集》,《越南汉文燕行文献集成》第十五册，复旦大学出版社，2010，第 168 页。
② 邓辉㷸:《东南尽美录》,《越南汉文燕行文献集成》第十八册，复旦大学出版社，2010，第 1~68 页。

长吏盘餐尽，徒使行人蜡屐忙。于役但思饥渴免，途中日月未能量"，[①]可见局势严峻之下使臣沿途供应也大为紧张。后潘辉泳一行被迫羁旅中国三年，1855 年，越南使臣潘辉泳入驻梧州，此时梧州城被围三月有余，"闰七月初五日，艇匪围梧城，节经官兵攻剿，屡获胜仗，至十月望，贼徒窜去"。[②] 此外，潘辉泳有诗云，"火线当空日尚长，妖氛满地阻梯航。狼烟屡丧将军腑，雀匦偏愁刺史肠。风风雨雨江边客，欲报平安未可量。连城烽火连宵警，江上风波那得量"。[③] 可见彼时形势极为严峻，越南使团被困城中，清廷政权岌岌可危。

太平天国被镇压后，清廷光景大不如前；宫廷礼仪多有从俭。1869 年（同治八年），黎峻、阮思伺使团抵京，《如清日记》中记载了使团随驾赏戏时的场景，"遥见正殿中间施榻一，上施青绸帐，两供立帐看戏，御前诸大臣、太监等趋侍如常，仪节极简易"，后又写道，"（乾清宫）宫殿规制极高广，而无锦绣珠玉之饰。殿壁空构，尽糊白纸，帘帷只用青布而已"。[④] 此时的清代宫廷延续了道光以来的简朴之风，并无奢华腐败之势。如果说规制并不能代表礼仪本身，那么黎峻使团在同治万寿圣节朝贺活动中所记录的场景则反映了天子威仪丧尽的衰败。"（同治八年三月）二十三日（万寿圣节）寅初刻，臣等具朝服随大使就午门前直房伫候。……时午门正中门不开，门外亦无人赞唱。……方礼拜间，见观者亦有拥挤行间，文员亦有混列右班，朝会大礼如此不整，亦一异也。"[⑤] 万寿圣节本应隆重齐整无比，此时清廷虽然一切从俭但朝仪如此混乱以至于越南使臣也表示诧异，据此清朝国运的衰颓略窥一斑。

此外，越南使臣出使途中对晚清各地的社会状况多有实录。嘉庆

---

① 潘辉泳：《骃程随笔》，《越南汉文燕行文献集成》第十七册，复旦大学出版社，2010，第 341 页。

② 潘辉泳：《骃程随笔》，《越南汉文燕行文献集成》第十七册，复旦大学出版社，2010，第 345 页。

③ 潘辉泳：《骃程随笔》，《越南汉文燕行文献集成》第十七册，复旦大学出版社，2010，第 341 页。

④ 黎峻：《如清日记》，《越南汉文燕行文献集成》第十八册，复旦大学出版社，2010，第 200 页。

⑤ 黎峻：《如清日记》，《越南汉文燕行文献集成》第十八册，复旦大学出版社，2010，第 198 页。

以后，地方官员腐败，国库日渐亏空，各地水患频发而水利设施不见修建，燕行文献中出现多处使臣对各地水灾情况的记录。如 1848 年（道光二十八年），越南使臣裴櫃在《燕行总载》中记载，"嘉鱼潦长漫山郭，滔滔一望空麦禾。禹迹茫然不可寻，堤防未必非良策。是年，秋潦倍常，湖南、湖北州县田畴瀹没。民多留散，询之，此处两岸并无堤防"。① 一年后，越南使臣阮文超路过两湖地区，也记载了水灾的情况，"肠断巴陵乞食歌，两湖百姓在风波……洞庭百姓流徙，饿莩相属"。② 1868 年（同治七年），此时太平天国起义被镇压，但民不聊生的情况并未得到缓解，越南使臣黎峻在《如清日记》中记载，"汛水涨溢，堤条决溃，民田处处淹没，居人多于堤上移家避水"。③ 彼时南方百姓受水患影响，居无定所，而北方人民同样生活在水深火热之中。1884 年（光绪十年），越南使臣阮述赴天津公干，曾记载"天津人民穷苦，故多食杂粮，取其价值贱尔"。④ 天子脚下尚且如此，这也使越南使臣更加认识到两国局势不容乐观。

同样值得留意的是外部力量对晚清政权造成的威胁。自从 1840 年鸦片战争打开了中国大门，洋人的势力逐渐深入内地，洋商洋货、洋枪洋炮纷纷在中国出现。彼时清朝的情况时刻牵动着越南阮氏政权的敏感神经，明命帝曾数次向使臣询问中英交战状况及清朝军队情况。而两次鸦片战争惨败，清朝进一步向西方列强割地媾和，洋人势力日益渗透。1868 年，黎峻使团北使中国途经汉口，他记录了对西洋人租界的描述，"空地皆已开辟，规模日大。历汉口镇诸街，到下街西洋行，屋皆二三重……下开玻璃门，四面玲珑。……凡六处，皆从新建设，迨为洋人在汉镇，故有此尔"。⑤ 此外，鸦片战争后，洋货开始大量在中国倾销，自

---

① 裴櫃：《燕行总载》，《越南汉文燕行文献集成》第十六册，复旦大学出版社，2010，第 38 页。

② 阮文超：《方亭万里集》，《越南汉文燕行文献集成》第十六册，复旦大学出版社，2010，第 247 页。

③ 黎峻：《如清日记》，《越南汉文燕行文献集成》第十八册，复旦大学出版社，2010，第 240 页。

④ 阮述、范慎遹：《建福元年如清日程》，《越南汉文燕行文献集成》第二十三册，复旦大学出版社，2010，第 294 页。

⑤ 阮思僩：《燕轺笔录》，《越南汉文燕行文献集成》第十九册，复旦大学出版社，2010，第 143 页。

然经济逐渐解体。1880 年（光绪六年），越南使臣阮述例行岁贡，曾记载内地洋货通行的情况，"可怜习俗耽奇巧，洋货东来日渐多。梧州水程，至粤东只三四日，故多洋货"。① 洋货充斥因而导致国货销售阻滞，更加剧了百姓生存条件的恶化。

与此同时，清廷并非坐以待毙，以"师夷长技"为口号的晚清自救"洋务运动"轰轰烈烈地展开了。彼时越南阮朝同样"夷敌猖獗"，南部六省已沦为法国殖民地，面临亡国危局的阮氏政权意欲效仿中国以坚船利炮抵御侵略，因而越南使臣出使清朝记录了详尽的关于洋务运动的情况。比如 1883 年（光绪九年），越南使臣阮述在《建福元年如清日程》中记载了大量"西学东用"的情况。阮述一行至天津观看中国军队演练洋枪的状况时曾记载，"四月十二日午后，臣阮述带随属，往北门外窑窝处看诸练军营演洋枪阵，是处会演员四营……操练之法，或分为鱼队，或列为燕行，有辰同立，有辰前一行坐，后二行立，一齐放射，其间举手动足，开机纳弹，一皆灵捷谙闲，盖有合千人而如一焉"。② 此外，越南使臣还参观了广州机器局、电报局等洋务运动下的近代工业产物，并摘抄了《瀛寰志略》对火轮船、铁炮、洋枪方面的记载，可见当时晚清和越南政权都希望以"坚船利炮"实现救亡图存。此外，阮述一行此次使华途经香港、上海、天津三地，《往津日记》中对这三地均有细致的描述。笔者在此仅摘录部分文字。首先是英国治下的香港，"且又街路光洁，巡察严密；日则来往车轿喧阗，夜则万点气灯灿燡，殆同白昼，真繁华境界也"。③ 上海则是"……洋楼鳞次栉比，壮丽与香港同，而街衢坦洁，兼有花木之胜，游人舫客，车马喧阗。向晚则灯火万家，笙歌十里，真东方一大都会也"。④ 可以说上海是彼时中国最繁华之地。而天津"……沿江一带，楼栈亦颇华丽，街巷修治，然不及上海

---

① 阮述：《每怀吟草》，《越南汉文燕行文献集成》第二十三册，复旦大学出版社，2010，第 33 页。

② 阮述、范慎遹：《建福元年如清日程》，《越南汉文燕行文献集成》第二十三册，复旦大学出版社，2010，第 213 页。

③ 陈荆和编注《阮述〈往津日记〉》，香港中文大学出版社，1980，第 22 页。

④ 陈荆和编注《阮述〈往津日记〉》，香港中文大学出版社，1980，第 28 页。

多矣"。① 从上述越南使臣的记载中我们看到，这三个城市受西方影响较早，在清朝末年已初具现代城市雏形，繁华程度可见一斑。

四　穷途末路的结局

1883 年，越南遣阮述、范慎遹一行出使中国，这是中法战争爆发前夕越方最后一次遣使，此时法国已染指越南，形势岌岌可危，越南遣使参加三方会谈，并与清朝议决越事。此次越南遣使，一方面是希望获得清政府的军事援助，越南使臣范慎遹曾向李鸿章提出希望清廷派兵至越南顺化支援的军事请求，"如蒙天朝设法派出兵船帮助，防守该汛口，方免别碍"。但李鸿章主张"退让以弭兵祸"，以北洋军队尚未练成而回绝了越方的军事援助请求，并制定了"固防观变"的观望策略，这也加剧了中越间的离心力。② 而另一方面，越方希望清政府帮助其实施自强政策，并从中接洽无侵略野心的其他国家与越方订立条约。越南使臣范慎遹向李鸿章转交的嗣德帝的密函中写道，"越南甚欲自强，请求中国派遣工匠技师与军事教练，携带机械，在广南、沱㶁、海防、海洋等城市造船铸炮。如此办法难于实施，则请允许派遣数十名越南人前往中国新建兵工厂、造船厂，学习新技艺。并希望中国政府接洽无侵略野心之国家与越南订立条约，派遣领事驻海防，借以遏阻法国之侵略北圻"。③ 这与李鸿章"以夷制夷"的策略不谋而合，但李鸿章的一系列外交努力均以失败告终。最终，中越利用遣使解决越南问题的计划宣告失败，法国武力占领了越南顺化并签订了法越第一次《顺化条约》。直至 1885 年中法战争爆发，清朝与法国签订了《中法新约》，清朝正式放弃了对越南的宗主国地位。在此之后，越南沦为法国的殖民地，中越维持了近千年的宗藩关系正式终结，而大清王朝的丧钟也已然敲响。

---

① 陈荆和编注《阮述〈往津日记〉》，香港中文大学出版社，1980，第 30 页。
② 参见郭廷以、王聿均主编《中法越南交涉档》，台北中研院近代史研究所，1962，第 713~717 页。
③ 详见王志强、权赫秀《从 1883 年越南遣使来华看中越宗藩关系的终结》，《史林》2011 年第 2 期。

综上，通过解剖越南使臣的燕行文献，我们得以从另一个角度管窥晚清社会的局部面貌，不失为用"他者"眼光进行自我审视的有效方法。同时，我们也能够借此观察到，以中越宗藩关系为代表的封建旧制度，是如何在时代背景下走向穷途末路的。

作者系北京大学外国语学院硕士研究生

中国流行文化在老挝的传播与影响[*]

罗雪瑜

内容提要　本文以中国流行文化在老挝的传播为研究对象，梳理了官方合作、企业推广和民间交流三大传播路径。以中国流行文化在老挝传播的内容与影响作为主要视角，分析中国流行文化产品在老挝传播面临的机遇与挑战。笔者认为，中国流行文化产品在丰富老挝民众的娱乐生活和充实中国文化的国际形象方面发挥了积极作用，但整体影响力的深入程度有待加强。笔者建议，为拓展中国文化产品在老挝的传播广度和影响深度，需要中国的文化产品相关机构立足老挝文化环境和受众喜好，进一步采取有效的传播策略，在新的国际形势下持续保持和扩大中国流行文化的影响力。

关键词　中国流行文化　老挝　东南亚　文化传播

引　言

随着我国文化"走出去"战略在东南亚的稳步推进，以电影、电视剧和流行音乐为代表形式的中国流行文化，也从东南亚地区的局部逐渐

　　* 本文为教育部人文社会科学重点研究基地重大项目"中国与东南亚的文学和文化交流研究"（18JJD750003）阶段性成果。

向全局扩展，形成了深受各阶层民众喜爱的局面。特别是随着新媒体传播力日益增强，中国政府和企业充分发挥传播手段的特性，以视听符号为吸引力，巧妙地承载中国文化理念，并尊重东南亚民众视听喜好和众多文化形态，逐渐形成了中国和东南亚各国跨文化交流的新局面。

在此背景下，中国流行文化在东南亚地区的跨文化交流成为许多学者日益关注的领域。以老挝为例，相关学者针对中老两国文化交流的新情况和新特点，运用相关理论梳理了中国流行文化在老挝传播的宏观情况。朱佳的《发挥好云南在对老挝传播中的特殊作用——对云南广播电视台国际频道电视剧运作的思考》[①]、全荣兴的《中国电视剧在老挝传播的现状及策略探析》[②]、李未醉的《略论中国与老挝的音乐交流》[③]等研究成果分别从不同角度分析了中国流行文化在老挝传播的现状和影响。

"文化的对外传播从来都不是单向度、灌输式的，而应该是双向的、互动式的跨文化交流。"[④] 2019 年 4 月 30 日，中国和老挝共同签订了《中国共产党和老挝人民革命党关于构建中老命运共同体行动计划》，双方一致同意加强文化交流与合作，支持两国文化机构开展各项文化交流活动。通过研究中国流行文化在老挝的传播路径与实际影响，了解老挝民众与中国流行文化的互动与回应，有利于为中国文化扩大在东南亚地区的影响，乃至深化中国与东南亚国家人类命运共同体建设提供积极的借鉴。

一　传播与接受：中国流行文化与东南亚国家互动的视角

技术的发展带来跨国、跨地区和跨媒介的文化流动，媒体传播全球化发展已成为文化跨国境、跨地区传播的重要推动力量。与此同时，文化的地域性传播也悄然兴起，全球性文化形式和区域性文化传统在各个

---

① 朱佳：《发挥好云南在对老挝传播中的特殊作用——对云南广播电视台国际频道电视剧运作的思考》，《中国广播电视学刊》2014 年第 6 期。
② 全荣兴：《中国电视剧在老挝传播的现状及策略探析》，《视听》2019 年第 7 期。
③ 李未醉：《略论中国与老挝的音乐交流》，《交响（西安音乐学院学报）》2015 年第 4 期。
④ 吴喜：《论人类命运共同体与中国文化对外传播》，《河南大学学报》（社会科学版）2019 年第 6 期。

角落都得到充分的体现。20 世纪中叶之后，东北亚和东南亚之间的文化交流日益频繁，日本、中国和韩国流行文化以各自独特的文化产品形态在东南亚地区形成了广泛传播。中国的电影和电视剧依托庞大的东南亚华人群体，于 20 世纪 70—80 年代在东南亚地区曾经形成了广泛而深入的影响，很多影视作品成为映射东南亚社会现状的载体和民众表达情绪的手段。20 世纪 90 年代，日本动漫开始进入鼎盛时期，形成了广泛的国际消费市场。[①] "韩流"在 20 世纪 90 年代初通过电影和电视剧开始在东南亚地区广泛传播，借由当地媒体平台，电视剧的传播范围更广泛，受众群体也更加大众化。[②] 进入 21 世纪以后，中国的电影、电视剧、流行音乐等文化产品相继通过网络传播的方式，越来越多地进入亚洲大众的视野，并迅速在亚洲流行文化的舞台占据一席之地，继日本流行文化、韩国流行文化的广泛传播之后，成为东南亚地区重要的文化消费品。从流行文化传播的过程看，虽然流行文化的形态比较多样，但在传播过程中，以一种文化产品作为突破口，形成文化流行的主要代表形式，并围绕着代表性的文化产品，建立不同媒介之间的文化融合，建立流行文化标签和符号，从而建立流行文化的整体性形象。

随着跨文化研究学科的日趋成熟，对跨国、跨语境文化传播现象的研究形成两个基本的视角，一是从文化形态自身出发，检视它自身的特性以及如何跨国传播；二是从接纳国家或地区本土的角度，考察所在地区的接受状况。在已见的众多分析中，宏观层面的思考占据主流，而微观层面的受众研究却被相对忽视。流行文化，作为一种民众喜爱的文化形式，它虽以整合的方式传播，但受众却是分散的，不同的受众群体以不同的方式欣赏不同的流行文化内容。因此，一方面，流行文化是全球性的；另一方面，流行文化需要得到当地受众的认可，它又是地方性的。[③] 当跨国的文化消费越来越成为一种常态时，受众所接触到的是

---

① 刘瑶：《日本动漫产业的发展历程、驱动因素及现实困境》，《现代日本经济》2016 年第 1 期。

② 夏丽丽：《流行文本与受众读解——韩剧在中国的收视研究》，中国广播电视出版社，2011，第 2 页。

③ 尼古拉斯·阿伯克龙比：《电视与社会》，张水喜、鲍贵、陈光明译，南京大学出版社，2000，第 138 页。

更加多元化的文化产品和内容。在此情境下，解读流行文化在老挝的传播，不仅需要关注传播过程的特点，也需要更多地考虑当地受众的心理需求和文化背景。

二　中国流行文化在老挝传播的路径

作为一种国际传播现象，中国流行文化要走向老挝，要实现跨文化传播，就需要合适的传播路径。近年来，随着中国和老挝关系发展进入历史最好时期，中国流行文化在老挝的传播也获得了更多可能和契机。国家政策的支持、中国企业在当地的发展以及两国民众的人文交往都为中国流行文化在当地的传播搭建了良好的平台，继而形成了官方合作、企业推广和民间交流三大传播路径。

（一）官方合作路径：广播电视台、中国文化中心和孔子学院

在跨越国界的文化传播中，很多信息都是由官方文化传播机构发出的，[1] 这些机构通过与对象国政府、部门或相关机构合作，积极向当地民众传播中国文化。在国家政策的大力支持下，中国国际广播电台（以下简称"国际台"）、地方电视台的国际频道、老挝中国文化中心、老挝孔子学院等文化传播机构与老挝国家电视台、老挝国立大学等当地机构合作，整合多方资源，共同构建"合作共赢"的传播体系。这些机构坚持本土化的传播理念，充分借助大众传媒的推力，通过老挝民众易于接受的方式、易于理解的语言传播中国的流行文化产品。

作为面向国际的专业综合媒体，国际台坚持"中国内容，老挝化表达"的传播方式，注重以受众为导向推出有针对性的内容。早期开播的"FM93音乐台"栏目就始终围绕老挝受众的收听习惯和喜好，同时播放中国和老挝的流行歌曲，具有可听性强、参与性强的特点。其次，国际台坚持本土传播，发挥媒体品牌的效应，通过打造"网红"主持人的方式加强与老挝受众的文化互动。国际台主持人迪迪在Facebook公众号上定期发布的流行音乐视频平均获得上万次点击量，点赞和评

---

① 关世杰：《国际传播学》，北京大学出版社，2004，第143页。

论人数上百人。① 此外，国际台还积极与老挝国家电视台、老挝之星电视台（Lao Star TV）等当地具有影响力的电视台合作，开展国产影视剧优秀作品译制工作，并利用自身的多媒体平台和广阔的海外资源进行推广。这批国产影视剧优秀作品包括《楚乔传》《凉生，我们可不可以不忧伤》等国内热播剧，以及《捉妖记》《羞羞的铁拳》《寻找雪山》《旋风女队》《红海行动》《滚蛋吧！肿瘤君》《狼图腾》等电影，主要角色全部由老挝本土演员配音，并在当地电视台黄金时段播出，或通过"中国优秀电影走进老挝"等官方合作品牌活动在老挝上映。云南广播电视台、广西广播电视台也依托自身资源和地缘优势，与老挝电视台合作开播"中国频道"和"中国剧场"，输送了《三国演义》《琅琊榜》《舞乐传奇》《西游记》《时尚女编辑》《野鸭子》《北京青年》《下一站婚姻》《老有所依》等一批优质国产电视剧。这些影视剧作品题材多样，既有根植于中国传统文化的历史剧、古装剧，也有展现当代中国社会与文化的都市情感剧，同时通过老挝语译制配音，不仅能够满足老挝民众对中国文化"好奇"的心理需求，也比较容易被当地民众所接受和理解。

官方传媒机构之外，老挝中国文化中心和老挝孔子学院等文化教育机构也积极与当地的相关部门合作，大力拓展文化传播的领域，在继续弘扬中华优秀传统文化的同时，充分发挥流行文化产品的"吸引力"，加强老挝民众与中国文化之间的互动性。老挝中国文化中心与老挝国立大学、老挝国立艺术学校、老挝苏发努冯大学等高等院校合作举办品牌系列活动，以每年定期组织文艺演出和文化周活动的方式，为中国流行音乐在老挝的传播搭建平台。老挝孔子学院也在老挝新闻文化旅游部的指导下多次举办了"中国梦·老挝情"中文歌曲大赛、"唱中国歌·学中国话"中文歌曲比赛等文化交流活动，鼓励老挝当地学生通过音乐学习汉语、了解中国文化。通过上述活动，许多老挝年轻学生不仅熟悉了《第一次》《小情歌》《过火》等中国流行歌曲，而且对"唱吧""网易云音乐"等中国的音乐软件有所了解。

---

① 数据源自 Facebook（截至 2019 年 12 月 31 日）。

（二）企业推广路径：传媒公司和互联网企业

商业性的文化消费是中国流行文化进入老挝的另一路径。近年来，中国和老挝在经济、贸易和技术方面的合作日益密切，两国不仅签订了多项经贸合作协定，也出台了许多专项优惠政策。在此背景下，越来越多中资企业前往老挝投资经营，开展各类商业活动。其中，一些传媒公司和互联网企业以国产影视剧和手机游戏作为核心业务，通过与当地商业机构和政府机构合作，为当地民众提供文化消费，旨在获得商业收益。为了提高服务质量和效益，这些企业首先在当地投资搭建传媒平台，利用新媒体和互联网助力文化传播，其次重视以本土化的方式推广，这不仅扩大了中国流行文化在老挝的影响力，更在一定程度上带动了老挝经济社会的发展。

2007 年，云南无线数字电视文化传媒有限公司与老挝国家电视台建立合作关系，在老挝万象（Vientiane）以及占巴塞（Champasak）、琅勃拉邦（Louangphrabang）、沙湾拿吉（Savannakhet）三个省播出数十套数字电视节目，累计为 13.6 万用户（逾 68 万人）提供数字电视服务，其中在万象发展用户 9.97 万户，收视人群超过万象人口的 50%。[①] 2014 年，云南皇威传媒有限公司译制的国产名剧《木府风云》在老挝播出后反响强烈，受到老挝民众的喜爱，也进一步提高了公司在老挝的影响力。[②] 皇威传媒拥有一支规模约 30 人的老挝语译制团队，他们译制的国产优秀影视剧目前有超过 1000 集在老挝国家电视台和其他各省级重要电视台黄金时段热播。[③] 中视国际传媒有限公司在译制国产影视剧的同时，还在老挝当地举办电视节目推介会，邀请两国电视业界专家及民众就推广的影视剧开展交流，旨在加深老挝民众对中国流行文化产品的了解。截至 2017 年下旬，中视传媒已经对中央电视台中文国际频道实

---

① 《数字电视网"走出去"搭起文化交流合作之老挝》，广电网，http://www.dvbcn. com/p/78464.html，2018 年 8 月 28 日。

② 《中国古装、感情、家庭剧在南亚、东南亚国家大受欢迎》，人民网，http://yn. people. com.cn/bridgehead/n/2015/0522/c228580-24961799.html，2015 年 5 月 22 日。

③ 《国产译制剧热播东南亚　五华区这个基地做出了大贡献》，网易号，http://dy.163. com/v2/article/detail/DNQN0D1I054512WR.html，2018 年 7 月 28 日。

现 100 小时节目老挝语字幕译播，包括文化类节目《国家记忆》、生活类节目《外国人在中国》、电视剧《西游记》和《历史转折中的邓小平》等，内容比较丰富。① 2019 年，由中视亚太（北京）国际文化传媒有限公司与老挝国家电影局联合制作的电影《占芭花开》分别在中国和老挝上映，这是两国合作的首部影片，实现了两国电影行业交流与合作的新突破。《占芭花开》以流行文化的形式诠释了中老传统友谊，在强调中国文化的同时，注重融入老挝自然、历史和文化特色，打造文化共同点，并且以爱情、人性等能引起老挝不同文化人群共鸣的内容作为故事的主基调，大大提高了作品在老挝的吸引力，容易被当地民众所接受和认可。

除了传媒公司之外，许多互联网企业也在开拓泰国、越南、印尼等东南亚手游市场的基础上进军老挝。字节跳动科技、腾讯、木瞳科技等互联网企业抓住老挝大众传媒快速发展的时机，在开展用户调查的基础上主动向老挝年轻受众推广当代中国青年人喜闻乐见的流行文化产品，主要包括 TikTok（抖音海外版）和手机游戏。北京字节跳动科技有限公司旗下的 TikTok 在老挝深受欢迎，这款短视频软件和老挝民众常用的 Facebook、YouTube 在内容和使用方式等方面具有相似的特点，不仅能极大地满足老挝年轻受众乐于通过短视频分享生活的需求，也能引起他们对其他群体经历的"好奇"与关注，进而加强不同文化间的交流与对话，具有较强的民间互动性。从个人自拍、美食制作，到舞蹈音乐分享，许多老挝年轻人活跃在 TikTok 所搭建的自由交流平台。根据韩国贸易投资促进机构（Kotra）的调查显示，截至 2019 年 6 月，TikTok 位列老挝应用程序下载榜第五名。② 老挝商业媒体 Muan.la 也报道了自 2019 年以来 TikTok 在老挝风靡的情况，一些老挝博主已经收获超过 300 万粉丝的关注。③ 而在游戏方面，继早年"欧美风"电脑游戏和

① 《中国电视节目推介会在万象举行》，国际在线，http://news.cri.cn/20170920/4038ce66-adbf-3e62-6b3b-26d16f5e9a14.html，2017 年 9 月 20 日。
② 《老挝最受欢迎 APP 大排行公布！ WhatsApp 第一！》，网易号，http://3g.163.com/jiankang/article_cambrian/EK4R4AEM05449CWG.html，2019 年 7 月 15 日。
③ 《你关注了吗？细数 10 位当红的老挝 TikTok 博主》（老挝文），（老挝）Muan.la，https://muan.sanook.com/68532/，2020 年 6 月 6 日。

"日韩风"手机游戏席卷东南亚市场后，近年来国产手游开始成为东南亚玩家的"新宠"，进而掀起另一阵"手游潮流"。腾讯旗下的"Arena of Valor"和木瞳科技的"Mobile Legends: Bang Bang"等竞技类和大型多人在线类手游常年稳居老挝游戏下载榜前列。这些游戏产品植入东南亚文化的元素，部分还根据东南亚文化的特点设计内容，同时注重融合中国文化元素，令老挝等东南亚玩家在"熟悉"与"陌生"之间获得竞技的乐趣。"Mobile Legends: Bang Bang"共推出超过 80 个英雄角色供玩家选择，其中不仅设计了赵子龙等中国特色英雄角色，还针对东南亚玩家引入了民族形象，如印尼民族神话人物 Gatotkaca、菲律宾本土英雄 Lapulapu 等。而"Arena of Valor"除了推出中国英雄角色外，还精心制作了融合中国文化元素的游戏皮肤、角色套装和场景，例如 2018 年底该游戏发布了春节地图，还加入了舞狮、舞龙、红灯笼、麒麟等形象。这些制作精良的游戏道具和场景吸引了许多老挝玩家的兴趣。在本土化改良游戏的基础上，上述企业还通过在当地举办手游比赛等商业性活动的方式，吸引老挝等东南亚国家当地民众的参与，提高国产手游的知名度，满足当地民众的文化需求。"Mobile Legends: Bang Bang"和"Arena of Valor"两款游戏都曾在东南亚举办国家级或地区级比赛。2018 年 8 月，"Arena of Valor"成为雅加达亚运会电竞表演赛的项目之一，老挝作为八支队伍的一支参赛，最终取得第六名。2019 年 10 月，"无尽对决东南亚杯"（Mobile Legends: Bang Bang Southeast Asia Cup）开赛，老挝赛区预选赛共吸引国内超过 200 支队伍参赛。[①] 老挝年轻受众的积极参与体现了中国流行文化产品在当地的吸引力，也再次证明流行文化在跨文化传播中具有较强的发展潜力。

（三）民间交流路径：留学生和中国流行文化爱好者

无论是通过人际交流还是借助大众媒介，流行文化的跨文化传播始终离不开人的参与。一方面，随着中国和老挝民间往来的日益密切，两国留学生在跨国流动中将影视剧、流行音乐等流行文化产品视作交流的

---

① 《老挝电竞队伍"Candy Comeback"在泰国夺得"无尽对决分区赛"胜利》（老挝文），（老挝）Muan.la, https://muan.sanook.com/59071/, 2019 年 10 月 17 日。

新内容；另一方面，在当今互联网技术日益发展的全球化时代，两国的民间力量也通过更加便捷的方式参与流行文化的互动。相比官方合作和企业推广路径，民间交流路径为中国流行文化进入老挝提供了更加广泛和自由的发展空间，进而借助民间力量展现当代中国文化的魅力和吸引力。

在老挝短期交换和长期进修的中国留学生是推动中国流行文化在老挝民间传播的主要力量之一。这些留学生主要以18—28岁的年轻人群体为主，他们本身就是影视剧、流行音乐、手游等流行文化产品的主要消费者。在与当地学生互动和交往的过程中，他们以一种更具亲和力的方式向老挝学生介绍中国的流行文化，加之流行文化本身拥有较强的渗透力、感染力和同化力，很容易引起当地学生的共鸣。在老挝国立大学每年举办的中国留学生毕业晚会上，中国留学生在舞台上表演热门的现代舞蹈和歌曲，积极向老挝朋友展示中国流行文化的魅力，增进了老挝学生对中国文化的了解。在日常学习和生活的互动之外，部分中国留学生还在老挝当地的中文培训机构担任兼职教师，在提供语言培训服务的同时，也向他们的学生介绍流行的音乐和影视剧作品。如今，在Facebook、YouTube等互联网平台上，这些留学生和中国培训机构针对老挝民众发布了许多译制的音乐和影视剧视频，为老挝民众学习中文和了解中国文化提供服务，吸引了越来越多民众的参与。例如，老挝熊猫汉语培训中心、孙悟空语言培训中心等机构发动了一批在当地留学的中国学生翻译《我们不一样》《第一次》等经典歌曲，通过本土化的形式拉近了老挝学生与中国流行文化之间的距离。

除了留学生外，还有许多个人通过电子和网络媒介推动中国流行文化在老挝的发展。这类个人群体通常是中国流行文化的爱好者，出于兴趣自发在Facebook、YouTube等社交平台分享国产影视剧、流行音乐和手游作品。以流行音乐为例，一些喜爱中国流行歌曲的民众不仅在Facebook、YouTube平台转发歌曲，还专门创建"中国音乐分享"讨论组，邀请其他感兴趣的互联网用户参与互动。而在中国的手机应用"唱吧""全民K歌"上，也可以看到老挝民众演唱中国流行歌曲的身影。从火遍东南亚的邓丽君、张学友，到当下流行的周杰伦、林俊杰、TFBOYS，老挝民众喜爱的中国流行歌曲主题丰富多样，歌手年龄段分布广泛，充分体现了流行文化对各年龄段受众的吸引力。部分老挝民众还自发改编中国流行歌曲，在保留原曲旋律的基础上创新歌词的内容，例如，《新鸳鸯蝴蝶梦》《记事本》《千千阙歌》等作品在改编后已经被当地民众视为本国的歌曲。与此同时，社交平台上还有由泰国和越南民众发布、制作和改编的中国流行歌曲。这些歌曲同样经过当地民众的"二次创作"，融入了多国文化元素。例如，改编自《九百九十九朵玫瑰》的泰语版《红玫瑰》同样保留了原曲的旋律，进而增添泰文歌词以及邀请当地明星拍摄 MV 和演唱，深受泰国和老挝民众的欢迎。从内容特点上看，这些经过民间力量改造的中国流行文化产品，往往因为融合了当地文化的元素更容易受到外国民众的关注、接受和认可，它们在某种程度上已经不仅是中国的流行文化产品，而是符合多国民众口味的综合性创作。

三 中国流行文化在老挝传播的影响

文化传播是一个漫长的交流过程，一种文化只有经历文化传播—文化接受—文化影响的阶段，才能在另一国真正发挥持久和深远的文化影响。近年来，在官方合作、企业推广和民间交流等多种传播路径的推动下，中国流行文化已经在老挝产生一定影响力，部分老挝民众在与国产影视剧、流行音乐、手游等产品的互动中接受了中国的文化。具体而言，笔者认为中国流行文化在丰富老挝民众的娱乐生活、充实中国文化的国际形象以及推动两国相关领域的合作方面具有积极的影响。

（一）丰富老挝民众的娱乐生活

英国人类学家马林诺夫斯基（Malinowski）曾指出："文化现象终竟是依赖于生物的需要的……游戏、游艺、运动和艺术的消遣，把人从常规中解放出来，消除文化生活的紧张与拘束。"[①] 作为一种被大众普遍喜欢和热烈追随的文化，流行文化有其娱乐休闲的基本功能。与此同时，由于流行文化具有快速传播的特点，它在一定程度上能够消除地域与民族文化的差异性，进而快速地融入当地的文化生活。早在中国港台影视

---

① 马林诺夫斯基:《文化论》，费孝通译，中国民间文艺出版社，1987，第80页。

剧通过电视和网络媒介进入老挝时，周星驰、李连杰和成龙等已经成为
当地流行一时的中国明星。许多老挝民众受影视剧影响，对中国武术和
少林足球产生浓厚的兴趣，继以模仿、学习和娱乐。

21 世纪以来，在电视传媒和互联网技术的支持下，老挝民众能够
收看的中国影视剧和电视节目更加丰富。从历史古装剧、现代都市剧，
到美食、综艺、相亲节目，中国影视剧和电视节目为老挝民众在泰国影
视剧和电视节目的基础上，提供了更多娱乐的选择，进而丰富他们的娱
乐生活。以电视剧《三国演义》为例，这部改编自中国古典小说的历
史剧在老挝十分流行，部分老挝民众观看后自发在社交平台上就感兴趣
的人物角色或故事情节展开讨论，更有民众把电视剧中的画面截图、配
文后制作成表情包，在社交圈内传播。一些本身对中国历史和军事兵法
比较感兴趣的男性受众，还进一步对电视剧的情节发表自己的看法。如
今，《三国演义》除了作为一部学习中国文化和了解生活哲学的经典作
品外，还成为流行文化符号被老挝民众运用在日常生活中。例如，老挝
许多服饰标签和商店名称都喜欢将"三国"当作品牌，体现出"三国文
化"明显的生活化特点。影视剧之外，题材丰富的中国流行音乐同样为
老挝民众的娱乐生活提供了多样化的选择。从中国港台流行音乐，到内
地金曲，从邓丽君、张学友，到周杰伦、林俊杰、TFBOYS，中国流行
歌曲能够满足不同年龄段、不同文化阶层的老挝民众的娱乐需求。2017
年 11 月习近平主席出访老挝期间，中国记者曾就"中国印象"这一话
题采访老挝民众，许多受访者表示喜欢中国的邓丽君、周杰伦、邓紫棋
和 TFBOYS，因为他们的歌曲很好听。① 在社交平台上，还有部分网友
表示中国的一些流行歌曲能够道出他们的心声。由此可见，中国流行文
化产品为老挝当地民众提供了更加丰富的娱乐途径，而其中具有普适性
价值的内容又成为两国民众相互交流和理解的良好媒介。

（二）充实中国文化的国际形象

中国文化的国际形象是国际交往活动中国际社会对中国文化所形成

---

① 《老挝民众热烈欢迎习近平主席》（老挝文），（老挝）Muan.la，https://muan.sanook.
com/20403/，2017 年 11 月 15 日。

的整体印象，良好的文化形象能够为经济和政治形象提供支撑，也能够提升整体的国家形象，进而促进国际社会对中国的认同，提高中国的国际竞争力。长期以来，老挝民众对中国文化的认识主要集中在传统文化以及其中的中国元素，例如汉字、功夫、书法、戏曲、中国画等，而对中国现当代大众文化的了解有所欠缺。但是近年来，日韩和欧美等国家和地区的文化对外传播经验却充分证明，流行文化的跨文化传播对于塑造国家文化形象也具有积极的作用。流行文化对不同阶层、不同民族、不同信仰的群体都具有普遍吸引力，流行文化产品通俗化、大众化、消费性极强的特点往往能够让老挝民众更容易接受和理解，进而丰富他们对中国文化的认识，形成更加丰富和立体的中国文化形象。

在观看国产现代都市剧时，老挝民众能够通过剧中的现代化场景认识中国社会的真实面貌，了解当代中国社会文化的情况。这些作品往往立足当下，呈现现实生活中的人与事，包含着现实生活的每一个侧面和角度，能够有效地拉近老挝受众与中国文化之间的距离。而在观看历史古装剧时，他们又能了解到中国古代社会的面貌，感受中国传统文化的内涵。在多种流行文化产品的相辅相成中，在这些华丽的场景、精美的道具和服装所带来的强烈视觉冲击下，老挝民众感受到的中国文化更加灵活多样和生动有趣，这有利于打破他们以往对中国文化比较刻板化的认识和理解。在庆祝中华人民共和国成立 70 周年之际，国际台主持人迪迪在 Facebook 平台发布了热门歌曲《我和我的祖国》的视频，收获超过 3 万的点击量和上千的点赞。这首《我和我的祖国》虽然是主旋律歌曲，但却通过流行音乐这种大众文化的形式呈现出来，极大地提高了作品的可接受度。同时，因为这首歌曲特意配上了老挝语字幕和 MV 视频，老挝民众得以用一种轻松和简单的方式理解当代中国的发展面貌和文化魅力。许多老挝民众在评论区不仅表达了衷心祝福，还对新中国 70年来取得的辉煌成就表示赞赏。而迪迪演唱的另一首经典歌曲《当你老了》，则从情感上引发了老挝民众的共鸣，十分自然地将中国的"孝文化"以流行的方式展现得淋漓尽致。可以说，中国流行文化以一种更加开放的姿态展现了中国文化现代化和贴近生活的一面，有利于让更多老挝民众了解当代中国和当下的中国文化，丰富他们对中国文化的认识，充实中国文化的国际形象。

（三）推动中国和老挝相关领域的合作

流行文化作为一种消费性极强的文化形态，自诞生之日起就带动着一系列相关产业和消费市场的发展。随着国产影视剧、流行音乐、手游和 TikTok 在老挝的传播，两国在电视传媒、手机互联网方面的合作也继续加强，合作水平和层次也得到提升。

在电视传媒方面，在以往官方机构合作的基础上，越来越多民间传媒企业开始关注影视剧等流行文化产品在老挝的发展潜力，两国企业的合作方式也从最初的资金和技术投资，逐渐转向人员的合作。例如，国产影视剧的老挝语译制就为两国传媒从业者、留学生和影视演员提供了更多就业岗位和交流平台。皇威传媒在制作国产电视节目的老挝语译制时曾招聘老挝留学生参与翻译和配音；广西广播电视台主导译制 1987 年版电视剧《红楼梦》时，也邀请了老挝电视台台长、老挝记者协会副会长、老挝国际关系专家、老挝中国文化研究专家等专家参与研讨。为了更好地提升影片译制和播出效果，两国还专门就文化传媒产业人才培养展开交流与合作。2015 年，首届老挝国家电视台与云南广播电视台交流培训班开班，来自老挝国家电视台的专家和从业者学习了新闻节目制作、节目策划、后期剪辑、包装制作等丰富的课程，双方的人员交流与合作得到进一步深化。而在手机互联网行业方面，随着手游和 TikTok 在老挝的发展，华为、OPPO 等中国知名手机企业也继续深入老挝市场。这些企业得以在老挝不断扩大市场份额，除了老挝市场自身潜力、产品质量和价格优势等因素外，中国流行文化产品的传播作用功不可没。如今，华为公司的广告在老挝随处可见，华为手机也成为老挝民众喜爱的手机品牌之一。在发展老挝市场的同时，相关中国企业也重视承担自己的社会责任和建设品牌形象，通过联合培养的方式，为老挝培养一批优秀的技术人才。2019 年，华为老挝子公司与老挝教育体育部在老挝首都万象共同举行"未来种子"活动，旨在加强与老挝教育界的合作，为老挝培养一批优秀的通信人才，促进老挝 ICT 行业的发展。[1] 通过人才

---

[1]《老挝学生参加华为 ICT 奖学金项目》（老挝文），（老挝）巴特寮通讯社，http://kpl.gov.la/detail.aspx?id=47525，2019 年 8 月 13 日。

培养的合作，两国相关企业和机构共同建设老挝的互联网市场和人才网络，为老挝经济和科技的发展做出贡献。

四　中国流行文化在老挝传播的启示

随着全球化的发展，绝大多数国家都在不同程度上参与文化互动，文明间交流互鉴的思想内涵也不断丰富，影响与日俱增。如今，中国经济实力和国际地位的提高使建设文化强国和提升文化软实力的目标变得尤为重要，而推动包括流行文化在内的中国文化"走出去"，已经成为建设上述目标必不可缺的部分。特别是在构建人类命运共同体理念下，如何通过流行文化提升中国文化在国际，尤其是在"一带一路"沿线发展中国家的亲和力，进而丰富中国文化的国际形象成为必须认真思考的问题。2018年，习近平主席在全国宣传思想工作会议上强调："我们要不断提升中华文化影响力，把握大势、区分对象、精准施策，讲好中国故事、传播好中国声音，向世界展现真实、立体、全面的中国，提高国家文化软实力和中华文化影响力。"[1]　目前来看，尽管中国流行文化在老挝已经产生一定影响，但与早已在东南亚深入人心的泰流、韩流相比，中国流行文化影响力的广度和深度都有待提升。因此，为了更好地发挥中国流行文化的作用，促进老挝民众对中国文化的认识和理解，笔者认为中国的文化产品相关机构还需要立足老挝文化环境和受众喜好，在传播路径、传播内容和传播媒介等方面进一步采取有效的策略。

（一）传播路径：发挥企业和个人的作用

目前，官方合作仍然是中国流行文化在老挝传播的主要路径，相较之下，企业推广和民间交流路径尚未发挥应有的作用。跨文化传播的经验事实证明，企业和民间力量的参与对于提高文化传播的广度和深度都具有重要的意义。因此，在推动中国流行文化走进老挝的过程中，相关传播主体要重视和进一步发挥企业和个人的作用。一方面，政府应该出

---

① 《学习贯彻习近平在全国宣传思想工作会议上重要讲话精神》，新华网，http://www.xinhuanet.com/politics/2018-08/22/c_1123311387.htm，2018年8月22日。

台相关优惠政策，鼓励更多中国企业在老挝发展流行文化产业，以产业
促传播，通过推出高质量的消费产品和打造广泛的消费市场来吸引更多
老挝民众对中国流行文化的关注。国际台、老挝中国文化中心等官方文
化传播机构也应该适当加大与企业合作的力度，共同在当地举办品牌系
列活动和其他商业活动。日本丰田在当地举办的"老挝音乐摇滚之夜"、
百事可乐与老挝教育体育部联合举办的"百事歌唱比赛"等流行音乐活
动每年都吸引了大批老挝年轻人的参与。这些活动尽管具有一定的商业
性质，但能通过大众化、通俗化和竞技性的特点吸引老挝民众的兴趣，
进而在活动中传播流行文化。另一方面，政府、学校和其他民间组织还
应该充分重视中国留学生、老挝归国留学生、华人华侨等个人群体在传
播中国流行文化中的作用，鼓励上述群体与当地民众开展文化互动，加
强相互间的交流，进而拉近老挝民众与中国流行文化的距离，展现中国
文化的魅力。

（二）传播内容：结合老挝本国文化特点

文化传播不能是一国对另一国的单向输出，而应该是两国文化间
的平等交流与对话。一种民族文化若想获得当地文化市场的认可，在保
持自身特色的同时，还需要结合当地文化的发展特点。"长期以来，东
南亚当地民众消费的是经过本土化的中国文化产品，这种本土化的需求
现在依然存在。"① 中国流行文化在老挝传播的过程中，不仅要考虑中
方的需要，还应更多地结合老挝民众的喜好、需求以及老挝本国文化的
特点，进而更有针对性地推广文化产品。具体而言，传播主体一方面要
进一步加强对老挝流行文化市场的考察，及时了解老挝流行文化的发展
和变化，跟踪老挝民众的喜好和需求。对于老挝民众特别是年轻受众喜
爱的影视作品、流行音乐和手机游戏应做好充分的市场调查。对于已在
老挝传播的流行文化产品，要继续做好长期跟进工作，了解这些产品是
否符合老挝的文化特点和民众的价值观，是否能够被老挝民众接受和理
解。另一方面，传播主体还要立足当前老挝民众喜爱幽默特色、爱情主
题和大团圆结局作品的特点，适当推广一批符合上述品位的作品。只有

---

① 吴杰伟：《东南亚的中国文化消费》，《东南亚研究》2012 年第 1 期。

当这些流行文化产品能够切实地满足老挝民众的精神需要并带来身心的愉悦感时，这些产品才有可能进一步深入老挝市场，在更广泛的群体和文化阶层中传播。

（三）传播媒介：契合老挝国情和时代发展

美国传播学大师施拉姆认为，媒介的或然率与传播效果密切相关。其中，受众选择某一媒介的费力程度直接影响或然率的高低。[①] 也就是说，传播媒介是否受欢迎和是否易于获取，会影响当地民众接触某种文化产品的机会和意愿。在信息技术高速发展的时代，电子、网络媒体技术打破时空界限，以低成本向世界各地传送文字、声音和影像，大大促进了文化传播速度和能力。因此，中国流行文化在老挝传播的过程中，应该进一步利用好电子和网络媒介的作用，特别是 Facebook、YouTube 和 TikTok 等老挝民众喜爱的平台。例如，相关产品机构可以在上述平台创建讨论话题或转发宣传海报以推广国产影视剧、流行音乐和手游作品，增加老挝民众了解中国流行文化的机会。与此同时，相关传播主体还应该通过上述媒介及时了解老挝受众对中国流行文化的喜好、看法和接受程度，进而调整传播策略，更有针对性地对不同文化阶层的受众开展传播，推动中国流行文化更好地融入老挝民众的生活。

结　语

我国多年对外传播的经验表明，要真正发挥好文化传播的作用，就要更精准地对接国际需求、对接传播对象和传递传播内容，要在传播的过程中更多地考虑当地受众的喜好和对象国的文化环境。在新形势下，只有不断丰富中国文化跨文化传播的内容，打破以往单一传播的思路，才能适应大众化时代各国民众的需要，进而提高传播的影响力和效果。从这种意义上看，中国流行文化在老挝的传播不仅是中国和老挝开展文化交流的新篇章，也是中国文化在互联网和新媒体时代"走出去"的新发展。如今，中国流行文化已经凭借大众化、娱乐化和市场化的特点，

---

① 邱沛篁:《新闻传播百科全书》，四川人民出版社，1998，第71页。

通过官方合作、企业推广和民间交流三大路径在老挝传播，并在与当地民众的互动中产生一定影响。笔者认为，中国流行文化产品不仅丰富了老挝民众的娱乐生活，也充实了中国文化的国际形象，同时还推动了两国在相关行业的合作。但从广度和深度上看，中国流行文化在老挝的影响力还存在进一步提升的空间，需要相关机构在多方面进一步采取有效的传播策略，特别是要发挥好企业和个人的作用，有针对性地融入老挝文化元素，以及利用好老挝流行传播媒介。

展望未来，随着更多符合老挝民众需求和文化习惯的中国流行文化产品进入老挝，中国文化在老挝的国际形象和影响力将得到进一步提高，两国之间的文化交流也会更加密切。从整个东南亚地区来看，中国流行文化的对外传播将有利于加强中国与东南亚国家全方位、多层次、宽领域的文化交流互动，成为进一步夯实共建人类命运共同体的人文基础，从而推动中国与东南亚国家命运共同体建设走远走实。

作者系北京外国语大学硕士研究生

叙事研究

《神通游戏》与大乘佛传 ^①

侯传文

内容提要 《神通游戏》围绕传统佛传的下天、入胎、诞生、出家、求道、成道、转法轮等规定情节讲述释迦牟尼生平事迹,依据大乘思想做了新的诠释。作品克服了佛陀形象中人性与神性的矛盾,将其塑造成至高无上全知全能的至上神和救世主,表现了大乘佛教的归依思想。在叙述佛陀生平事迹的同时,作品穿插大量赞佛偈颂,淡化故事叙述,突出情感表现,充分发挥了散文叙事和韵文抒情的各自优势,取得了独特的叙述效果。作品大量运用铺排渲染、映衬烘托、譬喻比喻等艺术手法,围绕核心故事剪裁情节,以"神通游戏"为主题安排结构,体现了艺术匠心。

关键词 《神通游戏》 佛陀传记 大乘佛传

以佛陀生平为题材的佛传是佛教文学的重要一翼。从早期佛经中散见的原始佛传资料,到部派佛教时期各派汇集资料编撰佛陀传记,一些佛教文学家取材佛陀生平进行文学创作,再到大乘佛教改造传统佛传塑造具有神话色彩的佛陀形象,形成佛传文学系列。《神通游戏》

---

* 本文系国家社科基金冷门绝学专项项目"印度佛传文学资料整理与研究"(2018 VJX033)阶段性成果。

（Lalitavistara）处于这个序列的末端，是大乘佛传的代表。

一

《神通游戏》共二十七品，讲述释迦牟尼从兜率天下降到初转法轮的生平传说。① 第一《序品》叙述缘起，众天子来拜见佛陀，请求他讲述《神通游戏》，佛陀默许。第二天，佛陀前往道场，在菩萨和声闻弟子们的请求下，宣示《神通游戏》。

第二《激励品》到第六《处胎品》，是佛陀降生前的准备。菩萨居住在美丽的兜率天宫，受到天神们的崇敬和供奉。他具备各种智慧和善德，在天宫为众神说法。有一天，从天国的器乐声中传出偈颂，劝请菩萨下凡降生，救度众生。菩萨接受劝请，准备十二年后降生。他要选择具有六十四种品德的家族降生，选择具备三十二种品德的女子做母亲，天神找到释迦族的净饭王和他的王后摩耶夫人，作为菩萨的父母。菩萨在兜率天宫为众天神进行最后一次说法，称为"降生相诸法明门"，在为弥勒授记，指定他为接班人后，离开天宫，准备投胎。菩萨以六牙白象的形象从母亲右胁进入母胎。佛陀在兜率天决定下凡时，众神为他在摩耶夫人腹中建造一座宝石宫殿。菩萨在这个宫殿中结跏趺坐，每天早、中、晚接受众天神的供养。

第七《诞生品》讲述菩萨的诞生，是作品的重点之一。菩萨诞生之前王宫和国王的御花园里都呈现种种吉祥征兆。王后摩耶夫人来到美丽的蓝毗尼园，手扶树枝，菩萨从母亲右胁生出。菩萨一降生就走到地上，一朵大莲花从大地跃出，菩萨站在莲花上观察四方，向东南西北各行七步，然后宣告："我是一切世界最尊者，最优者，世界导师，这是我的最后一生。"② 父亲净饭王为王子取名"萨婆悉达多"（意思是"一切目的实现"）。菩萨诞生七天后，母亲摩耶夫人去世升天，王子由姨母抚育。大仙人阿私陀为王子相面，发现王子有三十二大人相和八十种随好相，于是流泪叹息。问其缘故，仙人预言王子将来会成佛，自己由于年

---

① 本文各品内容依据黄宝生译注《梵汉对勘神通游戏》，中国社会科学出版社，2012。

② 黄宝生译注《梵汉对勘神通游戏》，中国社会科学出版社，2012，第167页。

迈不久于人世，不能亲眼见佛，闻听正法，故而感伤。他告诉弟子，将来一旦听说有佛出世，就要前往归依。

第八《入天祠品》到第十四《感梦品》，主要讲述菩萨作为王子在王宫中的生活。有一天，净饭王带年幼的菩萨进入婆罗门教天祠，寺庙中所有大神偶像都站起身来，向菩萨顶礼膜拜。菩萨到达学龄进入学校学习，但他无师自通，向老师列举包括汉文和匈奴文在内的六十四种文字，问老师教哪一种，而当老师教字母时，他即能以每个字母起首说出一句妙语。如念字母 a，就说出"诸行无常"，念字母 ā，就说出"自利利他"等。王子长大后，有一次和同伴去农村参观，坐在一棵阎浮树下进入禅定，树影为菩萨遮阳而不移动。有五位五通仙人从树林上空经过，不能前进，不知是哪位大神在此，停下观看。树神告诉他们，这是比所有大神都伟大的释迦王子。王子到了婚配的年龄，许多族人愿意将女儿匹配王子，国王表示要征求王子的意见。菩萨本性对欲乐没有贪求，然而欲度众生，需要方便，于是同意娶妻，并提出了理想妻子的条件。国王吩咐按王子的条件寻找太子妃，找到执杖的女儿瞿波。执杖表示自己有祖传家规，女孩要嫁给精通技艺的人。王子同意演示技艺。有五百位释迦族青年参加比赛，菩萨精通各种技艺，在书写、数学、角力和射箭等方面都远胜对手，赢得瞿波。十方世界的佛世尊通过赞美菩萨过去世功德，宣示佛法种种要义，提醒王子出家时间已到，众天以偈颂劝请菩萨出家。父王梦见太子出家，于是加强防范，不让王子出门，为他提供更多的爱欲享乐。王子要去花园，国王派人清除沿途丑陋事物，以免太子厌世。但王子四次分别从东南西北四个城门出游，先后遇见由净居天变化的老人、病人、死人和出家人，深感人生无常，决定出家。

出家是佛陀生平中的一件大事，在所有佛传中都是重点描述的内容，《神通游戏》也不例外，其第十五《出家品》是作品的重点之一。菩萨请求父王允许他出家，父王说只要别出家，其他要求都可以答应。菩萨提出要求："不衰老""不生病""不死亡"，父王表示无能为力。菩萨说只要一个恩惠即可，"让我死后不再生"。国王无奈，只好同意王子出家。族人建议国王派人严密防守，不让王子离宫出城。天神们则商议如何帮助菩萨出家。在天神的引导下，王子看到后宫妇女的丑态，更坚定了出家的决心。他半夜起身，吩咐车夫备马。车夫以各种理由反复劝王子不要出家，又以城门紧锁为由加以阻拦。帝释天用意念力打开所有大门。车夫无奈，只好为王子备马，送他出城。菩萨最后看了看宫殿，说："如果我不能灭寂生死，就不再进入迦比罗城。"夜尽天明，已经远离释迦族，菩萨卸下身上的装饰品，吩咐车夫带着它们和骏马返回王宫。他削去顶髻，用华丽的憍尸迦衣与天神乔装的猎人交换适合林居的袈裟。后宫不见了王子，乱作一团，姨母乔答弥和妻子瞿波都悲痛欲绝。车夫回到宫中向国王汇报经过。

第十六《频毗沙罗来访品》到第十八《尼连河品》，讲述菩萨的求道过程。出家之后，菩萨先后到过许多婆罗门仙人的净修林，受到热情款待。后来在毗舍离城随大仙人阿罗逻·迦罗波修行，很快亲证"无所有处"。阿罗逻请菩萨一起教授学生，但菩萨觉得此法不导向出离，不灭寂痛苦，决定离开阿罗逻去追求更高的法。他来到摩揭陀王舍城，其容貌仪态引得全城人观看。国王频毗沙罗亲自来到他的住所，要给他一半国土，让他享受欲乐，菩萨婉言谢绝，并向国王阐明欲乐之害，表示自己不贪恋世俗之乐，而追求至高的平静。后来菩萨随罗摩之子卢陀罗迦修习"非想非非想处"，很快掌握了这种禅法。卢陀罗迦请菩萨一起领导僧团，菩萨向他说明这样的禅法不导向出离和涅槃。有五位跋陀罗离开卢陀罗迦追随菩萨。菩萨来到尼连河畔，面对外道盛行、热衷苦行的现象，决定修世界上最难的严酷苦行，以证明苦行只是折磨身体而不是真正的解脱之道。整整六年的苦行，菩萨肤色优美的身体消失，变得瘦弱乏力，"血肉干枯，只剩皮、筋和骨，脊骨显露，如同一条念珠"。[①] 菩萨认为苦行不是菩提之路，决定进食，恢复体力和精力。五位跋陀罗见菩萨放弃苦行，认为他是无智之人，便离他而去。菩萨接受了村女善生奉献的牛奶粥。他进入尼连河沐浴后食用牛奶粥，恢复了体力和光辉形象，然后走向菩提树。

成道是佛陀生平中最重要的事件，《神通游戏》用了五品描述菩萨的成道过程，极尽铺排渲染之能事。第十九《前往菩提道场品》讲述菩萨走向菩提道场，沿途被天子天女打扫干净，进行各种装饰。菩萨身上

---

① 黄宝生译注《梵汉对勘神通游戏》，中国社会科学出版社，2012，第482页。

放出无量光芒，伴随数十万种吉祥景象。梵天召集梵众，宣告菩萨前往道场，将证得无上菩提，让大家前去崇拜和侍奉。有十六位天子守护菩提道场，将道场装饰得美妙绝伦。在菩萨光芒的照耀下，一切恶道得以平息、苦难得以消除，众生都心怀慈悲，与人为善。菩萨向割草人索要青草，在菩提树下铺设草尖朝内草根朝外的草座，然后在草座上结跏趺坐，发出誓言："只要不获得历劫难得的菩提，我的身体绝不离开这个草座。"第二十《菩提道场庄严品》讲述菩萨坐在菩提道场，众天神伫立四方守护他。菩萨放出名为"激励菩萨"的光芒，遍照十方佛土。十方佛世界都有菩萨在光芒的激励下前来供奉、赞美王子。第二十一《降服摩罗品》讲述菩萨为制伏邪恶的摩罗，从眉间白毫放出一道名为"摧败一切魔界的光芒"，撼动所有魔宫。摩罗梦见三十二种不祥的征兆，知道菩萨要证得菩提，便召集魔众商讨对策。他的儿子们分成两派，一派自恃神勇藐视菩萨而主战，另一派崇拜赞美菩萨而主和。连魔军统帅也认为菩萨不可战胜，主张罢兵。摩罗和他的随从不甘心，向菩萨开战，投掷各种武器，但这些武器投到菩萨身上都化为花环和花帐。摩罗让女儿们去引诱王子，也不能动摇菩萨。摩罗不甘心失败，亲自上前和菩萨辩论，破坏菩萨修行。最后魔王大军崩溃，摩罗认输忏悔。第二十二《成正觉品》讲述菩萨战胜摩罗之后进入禅定，先后亲证天眼通、宿命通和漏尽通，思考老病死等苦蕴的出离处，觉知从无明到老死的十二因缘和苦集灭道四圣谛，得道成佛。菩萨成佛之后显示瑞相，离地升空七多罗树高，停在那里念诵偈颂。众天子将天国鲜花撒向如来。由于如来成正觉，十方一切世界大放光明，出现震动，一切佛称赞，十方天子和菩萨发出欢呼，天神和天女们都赞颂如来。第二十三《赞叹品》进一步表现天神们对佛陀成道的赞叹。

转法轮是佛陀生平和佛教事业中的大事，也是佛传文学着力表现的内容。从第二十四《帝履富娑和婆履品》到第二十六《转法轮品》，《神通游戏》用了三品讲述佛陀初转法轮的过程。菩萨成道之后接连七天结跏趺坐，凝视菩提树，以禅悦为食。然后欲界、色界的天子们来到，用香水为菩提树和如来沐浴。如来解除结跏趺坐，接受众神的灌顶沐浴。摩罗来劝世尊涅槃，如来识破了他的诡计，回答说，只要世界尚未确立佛、法、僧世系，如来不会涅槃。后来商人帝履富娑和婆履兄弟率

商队经过，向佛陀奉献食物。佛陀接受了他们的食物，向两兄弟及所有商人发出祝福，并授记两兄弟未来成佛。第二十五《劝请品》讲述如来感觉佛法深邃，世人难以理解，便默然不宣，但如果梵天劝请，如来也可以转动法轮。梵天知佛心意，前往劝请。而如来为了激发人们对法的尊敬，让梵天一再劝请，才表示同意，众天神为此欢呼。第二十六《转法轮品》讲述如来用佛眼环视世界，寻找可以宣示正法之人。他首先想到罗摩之子卢陀罗迦，发现他已经去世七天。然后想到阿罗逻·迦罗波，发现他刚去世三日。惋惜他们没有听到正法。后来如来想到五位跋陀罗，认为他们长期修行，通晓善法，追求解脱，容易接受正法。他用佛眼寻找，发现他们在波罗奈仙人堕处鹿野苑，于是起身前往。五位跋陀罗远远望见如来，商议不要上前迎接，不要给他让座。然而一旦如来走近，他们都不由自主起身迎接。如来为他们剃度受戒，准备转法轮。众天神装饰道场，菩萨大士献上法轮。如来转动法轮，宣示正法，先排除两种极端，一是耽迷欲乐，二是折磨自己，指出"如来不走这两种极端，而依据中道示法"，因此先说八正道，再说四圣谛。由此佛、法、僧三宝完备。然后世尊为弥勒等菩萨宣示法轮形相，并通过描述如来功德，说明如来的数百种名号。

最后的《结尾品》，如来让天神和弟子们接受、保持和宣讲《神通游戏》这部法经。

二

《神通游戏》是以讲述释迦牟尼生平事迹、塑造佛陀形象、宣扬佛教思想为宗旨的佛陀传记，这样的佛传文学有一个相当长的发展过程。一般说来，早期佛经是由佛弟子根据回忆结集而成，大都具有佛传性质。其中有些经典集中描写佛陀生平，着重表现了佛的生活和人格，属于典型的佛传。如汉译《长阿含·游行经》记述了佛的涅槃和涅槃前最后数月的经历，写出了僧团导师释迦牟尼的人格风范。他年逾八旬，身患重病，仍四处游行教化，为了自己事业的光大表现出非凡的毅力。作品也写出了释迦牟尼和弟子之间的师徒之情，他关心徒众，众弟子则对佛依依不舍，表现得情真意切。

佛陀涅槃之后，出于对已经远去的佛祖的怀念，一些佛徒广泛收集资料，编撰佛陀传记，或取材佛陀生平事迹进行文学创作。部派佛教时期，许多部派出于传承佛法的需要而重视佛陀传记的编撰。隋代阇那崛多译《佛本行集经》结尾处说："或问曰：'当何名此经？'答曰：'摩诃僧祇师名为《大事》，萨婆多师名此经为《大庄严》，迦叶维师名为《佛生因缘》，昙无德师名为《释迦牟尼佛本行》，尼沙塞师名为《毗尼藏根本》。'"^① 这大概是当时流行的属于不同部派的五种佛陀传记的名称。其中《佛生因缘》和《毗尼藏根本》既无梵文原典，也无汉译，已经失传。昙无德师即法藏部，其佛传《释迦牟尼佛本行》应该就是阇那崛多译《佛本行集经》，无梵本，有汉译，共六十品，是现存佛传中最长的一部。摩诃僧祇师即大众部，其佛传《大事》（*Mahāvastunidāna*，全称《大事因缘》），有梵本，为混合梵语，没有汉译。《大事》与《佛本行集经》对佛陀生平资料搜集比较完整，但情节松散，结构凌乱，夹杂了大量的本生故事和譬喻故事，因此不是严格意义上的佛陀传记，而是有关佛陀生平的各种传说的汇编。^② 萨婆多师即说一切有部，一般认为其佛传《大庄严》即《神通游戏》，既有梵本，又有汉译。汉译有西晋竺法护译《普曜经》（八卷）和唐地婆诃罗译《方广大庄严经》（十二卷）两个传本，其中前者较简单，后者与现有的梵文本相近。随着大乘佛教的兴起和发展，形成了一批神化佛陀的大乘佛传，而这些大乘佛传实际上是在传统佛传基础上改编而成，《神通游戏》就是其中之一。作品围绕传统佛传的下天、入胎、诞生、出家、求道、成道、转法轮等规定情节讲述释迦牟尼生平事迹，但其表现与传统佛传迥异。菩萨在兜率天宫为众神说法，已经具有神中之神的身份，他的入胎和诞生便具有了更多的神奇，如光明普照、大地震动、众神追随围绕侍奉等。他出家已经是注定的事情，所以没有像传统佛传中描写的受到太多阻挠。传统佛传中释迦牟尼的求道过程本来是曲折艰辛的，但在《神通游戏》中，由于他的神中之神身份，便有了不同的表现：他拜师不是为了学道，而是证明婆罗门仙人的禅法低劣，自己的禅法高明；他修苦行是为了证明苦

---

① 《佛本行集经》，阇那崛多译，《大正新修大藏经》第3册，第932页。
② 其中的《佛本行集经》可能是译者对所述五部佛传的汇编。

行无益；他的成道和转法轮更是惊天动地，天神及十方世界的佛菩萨都来赞叹、听讲。《神通游戏》的核心情节也有与传统佛传的不同之处，一是增添了"住胎"相。菩萨在兜率天决定下凡之时，众神便为他在摩耶夫人腹中建造一座宝石宫殿，菩萨入胎之后在这个宫殿中结跏趺坐，每天早、中、晚接受众天神的供养。二是没有讲述佛的涅槃，初转法轮之后，故事骤然而止。作品最后采取了大乘佛经的叙述方式，进入"嘱累"环节：如来让净居天子们接受、保持和宣讲这部《神通游戏》，并说明受持、宣讲、赞叹、刻写、流通、讲解、听取这部法经会获得种种功德，然后嘱咐摩诃迦叶、阿难和弥勒，请他们受持和讲解这部法经。也就是说，在作者看来，这是一部佛经，而不是佛传。

《神通游戏》的部派归属和性质，现存梵本与古代汉译的关系都比较复杂。依据《佛本行集经》中的说法，《神通游戏》即《大庄严》属于说一切有部的佛陀传记。然而，说一切有部属于小乘佛教上座部，而唐智升在《开元释教录》中将《方广大庄严经》和《普曜经》归入大乘经。现存梵本《神通游戏》与西晋竺法护译《普曜经》和唐代地婆诃罗译《方广大庄严经》虽然都有不小的差异，但其总体风格是一致的，可以认定为同一作品的不同发展阶段，而传说中的"萨婆多师名此经为《大庄严》"的佛传，作为小乘佛传与上述作品应该有本质的不同。可以推论，这部佛传应该与马鸣《佛所行赞》比较接近。马鸣是说一切有部论师，应该很熟悉这部《大庄严》，将其作为自己创作大诗《佛所行赞》的主要依据也顺理成章。很可能，马鸣的《佛所行赞》一出，言文行远，有部之佛传《大庄严》便隐而不传。大乘佛传也不可能凭空杜撰，必须以传统的佛传为依据，或者在传统佛传基础上进行加工，这样，隐而不传的有部佛传《大庄严》便成为大乘佛传《普曜经》的来源和基础。《普曜经》在古代中国有三译，只有西晋竺法护的译本流传，之前的蜀译和之后的刘宋时期智严的译本失传。其中最早的蜀译出现在公元3世纪，则梵本《普曜经》应该产生于公元2世纪前后，与马鸣《佛所行赞》有一定的时间距离，作为小乘佛传成熟之后大乘佛传的出现时间是合理的。《普曜经》虽然风格已经大乘化，传主释迦牟尼已经被神化，但作品还比较简略，没有太多的铺排渲染。地婆诃罗译《方广大庄严经》的标题标明"一名《神通游戏》"，进一步发展了大乘风格，与现存梵本已经非常接近。地译完成于唐永淳二年，即公元 683 年，其梵本应该成书于公元 5—6 世纪。《神通游戏》中多次出现"黑天"的名字。[①]黑天是大史诗《摩诃婆罗多》中的重要人物，被认为是大神毗湿奴的化身。《摩诃婆罗多》被确定为印度教的经典，黑天成为印度教徒的崇拜对象，都是公元 5 世纪的事，对《方广大庄严经》即《神通游戏》的成书时间有佐证意义。

地婆诃罗译《方广大庄严经》与现存梵本《神通游戏》的文字和内容仍有较大的差异，说明这部作品很长时间没有定型。可以看出，现存梵本《神通游戏》是依据地婆诃罗译《方广大庄严经》的原本，又参考竺法护译《普曜经》的原本进行整合修改的产物，有许多偈颂不见于后出的地译《方广大庄严经》，而见于更早的护译《普曜经》，可以为证。当然，现存梵本的定型也不会很晚，因为公元 7 世纪以后印度佛教进入密教时期，现存梵本《神通游戏》基本上没有密教气息，而是一部典型的大乘佛传。

三

首先，作为大乘佛传，《神通游戏》最突出的特点是对佛陀的神化。作品着力塑造的不是作为人的释迦牟尼，而是作为佛教主神的如来佛。作品开篇《序品》说明缘起，首先描述佛在舍卫城胜林给孤独园，与一万二千比丘、三万两千菩萨聚，头顶放射光芒，照亮神界，然后描写佛陀答应众天子和弟子们的请求，讲述自己的神通游戏，显示了人物和故事的非凡性质。早期佛传虽然也有浓厚的传奇色彩，如汉译《中阿含经》卷八《未曾有法品》主要讲述佛陀的神奇事迹，并形成佛典分类"九分教"（大乘十二分教）的一类"希有法"或"未曾有"，包括生兜率天，由兜率天下降入母胎，天地震动，从母亲右胁出生；虚空中有一冷一暖二水浴身；出生不久即行七步观察诸方；坐阎浮树下得初禅成就，阎浮树影不移为佛遮阴，如此等等。但这些"希有法"只是在有限

[①] 如第十一《农村品》："毗沙门、千眼神或四大护世王，阿修罗王、娑婆主梵天或黑天，他们身上具有的光辉全都不及这位释迦族王子的十六分之一。"见黄宝生译注《梵汉对勘神通游戏》，中国社会科学出版社，2012，第 227 页。

的范围内，作为一种辅助手段来使用，佛陀的本质仍然是人而不是神。在大乘佛传文学中，佛陀不仅是一位先知先觉的人间智者，而且被塑造成全知全能，尽善尽美，法力无边，超越时空的至高无上的神。他降生之前住在神界天宫，为众天神说法；他成道和转法轮的道场都是经过天神刻意装饰的；他不再是学而知之而是生而知之。他转法轮之前身上放出光芒，三千世界大放光明，所有众生因此痛苦消失，互相心怀友善，从光芒中传出偈颂，号召天人前往鹿野苑聆听正法。这里着力塑造的显然不是一位人间导师，而是一位至高大神。作品克服了传统佛传佛陀形象中人性与神性的矛盾，将其塑造成全知全能的至上神，完成了释迦牟尼佛由世尊向救世主的转换。①

其次，《神通游戏》中的佛陀不仅超越作为人间智者的原型，而且超越其他宗教的神灵，成为"神中之神"。作品讲述菩萨诞生，王后摩耶夫人去往蓝毗尼园，沿途众天神有的驾车，有的护送，有的行礼致敬，作品写道：

国王看到这个队列，满心欢喜，
心想四大天王、梵天和因陀罗，
所有的天神全都敬拜供奉他，
显然他本性纯洁，是神中之神。②

作品描写净饭王带年幼的王子进入婆罗门教天祠，寺庙中所有大神偶像都站起身来，向菩萨顶礼膜拜。在成道之前的降魔故事中，摩罗军队的统帅贤军劝他不要与菩萨作对，因为各路天神都向菩萨致敬，其中写道："追随你的帝释天、护世天王和众紧那罗，阿修罗王和金翅鸟王，都合掌向他致敬。不追随你的梵天和光音天众天子，净居天的众天神，也都向他致敬。"③ 佛陀成道之时，净居天、光音天、梵众天、白方摩罗之子、他化自在天、化乐天、兜率天、夜摩天、忉利天、四大天王天

---

① 详见侯传文《〈神通游戏〉与后期佛教神话》，《东方论坛》2018年第6期。
② 黄宝生译注《梵汉对勘神通游戏》，中国社会科学出版社，2012，第149页。
③ 黄宝生译注《梵汉对勘神通游戏》，中国社会科学出版社，2012，第585页。

以及空中天神和地上诸神，分别依次来到菩提道场，供奉、赞美如来。佛陀成道之后，大梵天和帝释天先后恭请世尊转法轮。就这样，佛教主神佛陀被描述成为神中之神，受到所有神灵的崇拜。

又次，佛魔斗争是佛传文学的重要主题之一，"降魔"是传统佛传"八相成道"即佛陀一生八个重要环节之一，在这方面，大乘佛传和传统的小乘佛传有着明显的差异。传统佛传基本上是魔王主动挑衅，破坏菩萨修行，阻止菩萨成道。通过佛魔斗争，主要表现菩萨意志坚定。大乘佛传则不同，在菩萨成道之前的佛魔之战中，菩萨主动招引魔王，以便将他制伏。《神通游戏》第二十一《降伏摩罗品》写道：

> 菩萨坐在菩提道场中思忖："在这欲界中，邪恶的摩罗是统治者、主宰者、控制者。我准备求证无上菩提，而他不知道，这样不合适。因此，我要激发邪恶的摩罗。一旦降伏了他，所有欲界天神等也被制伏，然后，摩罗信众，以前植有善根的摩罗界众天子，看到我的狮子游戏，就会发起无上正等菩提心。"①

于是，菩萨从眉间白毫放出一道名为"摧败一切魔界"的光芒，撼动所有魔宫。摩罗感受到威胁，召集魔众商量对策，准备向菩萨开战。这里表现的已经不是作为人的释迦牟尼的意志坚定，而是作为神的如来的巨大神威。在佛魔斗争中菩萨由被动到主动的转换，不仅体现了佛陀由人到神的转化，而且体现了大乘佛传的功能和特点，反映了佛教由小乘向大乘的发展。

最后，作为大乘佛传，《神通游戏》突出表现了皈依思想。如第一《序品》就描述佛陀头顶放射光芒，照亮神界，从如来的光明网中传出赞美佛陀、号召归依的偈颂，其中一首写道：

> 他是智慧之海，威力伟大而纯洁，
> 正法之主，遍知一切，牟尼之主，
> 神中之神，受到凡人和天神供奉，

---

① 黄宝生译注《梵汉对勘神通游戏》，中国社会科学出版社，2012，第553页。

自生于正法，获得自在，归依他吧！ ①

原始佛教重智慧而不重信仰。早期佛教也讲"信"，并且将"信根"作为比丘应具备的"五根"之一，如《杂阿含经》卷二六："尔时世尊告诸比丘，有五根，何等为五？谓信根、精进根、念根、定根、慧根。何等为信根？若比丘于如来所起净信心，根本坚固，余沙门、婆罗门，诸天、魔、梵、沙门、婆罗门，及余世间，无能沮坏其心者，是名信根。"② 但这里的"信"主要是一种道心，而不是指对神灵的崇拜和信仰。而且世尊在说法时又进一步指出："此五根，一切皆为慧根所摄受。譬如，堂阁众材栋为其首，皆依于栋，以摄持故，如是五根，慧为其首，以摄持故。"③ 可见佛陀在世，始终是重智慧胜过重信仰。随着佛教的发展，信众产生了对佛的敬仰与热爱，由此生长出对佛的信心，特别是在释尊涅槃之后，"信"在一般人心中更加重要起来，④ 一般宗教意义上的信佛逐渐成为佛徒信仰的核心。尽管如此，由自力解脱转向外力拯救，将信佛上升为对佛的归依，特别是将佛作为至高无上的神来归依，是大乘佛教的标志。大乘佛传《神通游戏》就贯穿了这样的归依思想。

四

第一，《神通游戏》在叙述佛陀生平事迹的同时，穿插大量赞佛偈颂，形成散文叙事与韵文抒情相结合的叙述特点。出于对传主的崇敬和热爱，佛传作品一般都有赞佛的成分。早期佛传的传主是一位大智大慧的导师，作品主要表现佛徒对导师的崇敬之情、对佛陀伟大人格的景仰之情和对大慈大悲的佛陀的敬仰之情，其中有一定的赞美和称颂，但往往与佛陀事迹描写和人格表现相融合。大乘佛传的传主是主神如来佛，

---

① 黄宝生译注《梵汉对勘神通游戏》，中国社会科学出版社，2012，第7页。

② 《杂阿含经》卷二六，见《大正新修大藏经》第2册，日本大正一切经刊行会，1979，第182页。

③ 《杂阿含经》卷二六，见《大正新修大藏经》第2册，日本大正一切经刊行会，1979，第183页。

④ 释印顺：《初期大乘佛教之起源与展开》，中华书局，2011，第268页。

作品主要表现对最高神灵的崇拜和赞颂，因而赞佛成为作品的中心内容之一。与早期佛传相比，《神通游戏》大大增加了赞佛的分量，结合菩萨事迹的叙述，各部分都穿插对菩萨的赞颂。如第二《激励品》主要内容是劝请菩萨下凡，而其劝请方式主要就是赞颂菩萨的各种智慧和各种美德。第五《降生品》在描述了菩萨从天宫下凡的各种神奇和吉祥之后，有数十万天女用歌声赞颂菩萨。第七《诞生品》讲述菩萨诞生的时候，帝释天和梵天化作婆罗门青年，在集会上吟诵吉祥的偈颂，其中前二首写道：

> 三恶道得以平息，一切世界获得安乐，
> 赐福者已经诞生，他让世界永远幸福。
>
> 这位功德之光诞生，如光明驱散黑暗，
> 太阳、月亮和天神的光辉也变得暗淡。①

第二十二《成正觉品》讲述菩萨成道之后，十方诸佛、天神、天女都赞颂如来，其中一颂写道：

> 他是神中神，受天神和三界供奉，
> 他是求福者的福田，赐予甘露果，
> 他最值得供奉，这位至上者不会
> 遭到毁灭，他已经获得美妙菩提。②

除了故事情节之间穿插大量的赞颂之外，有些赞颂是在故事情节之外独立成篇，如第二十三《赞叹品》，专门表现天神们对佛陀成道的赞叹，由此淡化了故事叙述，突出了情感表现，将佛传变成了佛赞。从形式上看，作品韵文与散文相结合，故事叙述以散文为主，激励、赞叹、歌颂等抒情部分主要用偈颂。散文部分自然流畅，韵文部分概括凝练，由此

---

① 黄宝生译注《梵汉对勘神通游戏》，中国社会科学出版社，2012，第173页。
② 黄宝生译注《梵汉对勘神通游戏》，中国社会科学出版社，2012，第649页。

充分发挥了散文叙事和韵文抒情的各自优势，取得了独特的叙述效果。

第二，为了充分表现对佛陀无限崇敬和赞美之情，作品大量运用铺排渲染、映衬烘托、譬喻比喻等艺术手法。作品写到菩萨的相貌、姿态、行为、环境、智慧、神通等，都要做大量的铺排渲染。菩萨相貌最常见的是三十二大人相和八十种随形好，在作品中反复出现。菩萨的一举一动，也常有渲染，如作品描写菩萨走向道场时的步姿，一连用了上百个形容："他迈着胜利的步姿。那是大丈夫的步姿，不高跨的步姿，感觉舒适的步姿，安稳的步姿，须弥山王的步姿，不歪斜的步姿，不蜷曲的步姿，不急迫的步姿，不迟缓的步姿，不散乱的步姿，不磕绊的步姿，不密集的步姿，不沉重的步姿，不轻浮的步姿，游戏的步姿，纯洁的步姿，优美的步姿，无过失的步姿，无愚痴的步姿，无污染的步姿，狮子的步姿，天鹅王的步姿，蛇王的步姿，那罗延的步姿，不触地的步姿……通向吉祥、无垢、纯洁、无畏的涅槃之城的步姿。菩萨迈着这样的步姿，前往菩提道场。"①

烘托主要是以宾托主，作品中大量印度教大神的出场，就是为了烘托如来的至高无上。比武招亲一场，五百释迦族青年的出场，就是为了衬托菩萨的技艺高超。这种烘托不仅用在菩萨本人身上，也用在菩萨的家族和父母身上。如菩萨下凡降生要选择家族，先后观察了十六个高贵的王族，包括著名的摩揭陀、毗提诃、憍萨罗、犊子、吠舍离、般度族、弥提罗等，都存在很多缺陷。如般度族的缺陷是血统不纯，因为般度本人不能生育，他的五个儿子都是借种生子。最终，菩萨选择了具有六十四种高贵品德的释迦族。

譬喻是佛教文学常见的一种文体形式或文学表述方式，一般是用一个小故事说明一个道理，类似中国文学传统的寓言。《神通游戏》产生在佛教譬喻文学成熟发达的时代，必然受到这种文体的影响。比如其中的《鼓励品》，是十方世界的佛世尊通过赞美菩萨过去世种种功德，宣示佛法种种要义，以提醒菩萨已经到了出家的时间，其中有大量的譬喻和连串的比喻。如：

---

① 黄宝生译注《梵汉对勘神通游戏》，中国社会科学出版社，2012，第503~504页。

譬如一颗种子发芽，
而这种子并不是芽，
并非他物，也非此物，
不常不断，事物本性。①

譬如琴瑟、琵琶和
箜篌，依靠弦和木，
手的拨动，三者结合，
它们才会发出乐声。②

以上是譬喻，分别说明万事万物因缘和合之理。再看比喻：

三界飘忽不停，犹如秋云，
世界聚而又散，犹如舞台，
轻快迅速，犹如山中激流，
生命逝去，犹如空中闪电。③

这一颂连用四个比喻，说明诸行无常之理。另外《出家品》写菩萨出家
之前看到后宫妇女的丑态，哀叹众生，接连用了三十二个比喻，表现愚
痴众生的痛苦。佛陀成正觉后，众神为他沐浴，佛陀讲述自己的成道经
验，也是妙喻连珠，如："那些生存之树以意欲为根，充满烦恼，我用
意念之斧砍断，用知识之火焚烧。""境界柴堆，妄觉黑烟，爱欲大火燃
烧，我用解脱味，如同清凉水，将它们熄灭。"④ 这样的连珠妙喻，使
枯燥的宗教教义显得形象生动，容易接受和理解。

　　第三，在情节剪裁、结构安排方面，《神通游戏》也有独到之处。
作品主要围绕佛陀的出生、出家、成道和初转法轮等释迦牟尼生平的核
心故事展开情节，其他章节或者是铺垫和准备，或者是高潮之间的过

---

① 黄宝生译注：《梵汉对勘神通游戏》，中国社会科学出版社，2012，第 317 页。
② 黄宝生译注：《梵汉对勘神通游戏》，中国社会科学出版社，2012，第 321 页。
③ 黄宝生译注：《梵汉对勘神通游戏》，中国社会科学出版社，2012，第 305 页。
④ 黄宝生译注：《梵汉对勘神通游戏》，中国社会科学出版社，2012，第 691~692 页。

渡。现存梵本《神通游戏》只写到初转法轮，中国古代传本竺法护译《普曜经》在佛陀初转法轮后又写了四品，地婆诃罗译《方广大庄严经》在《转法轮品》之后又有《转法轮品之二》，讲述佛陀度化迦叶三兄弟、频婆娑罗王、舍利弗和目犍连，之后，父王听说儿子得道已经六年，心中甚喜，派大臣优陀夷去请佛回国。佛陀同意回国，并度优陀夷为沙门。在梵天、帝释等众神引导下，佛陀回到迦比罗卫城，国王率大臣百官及人民迎接礼佛。大地震动，天雨妙华，一切众生都消除苦难。佛为父王及臣民说法，度化难陀、优波离及释迦族人数百为沙门，并会见了妻子耶输陀罗和年已七岁的儿子罗睺罗。与以前的传本相比，现存梵本改动比较大，这样的改动体现了艺术匠心。一方面，早期传本有些内容不合逻辑，如释迦牟尼出家十二年后回家，他的儿子罗睺罗才七岁。虽然作品试图用儿子认父的方式解除大家的疑惑，但实际效果有限。现存《神通游戏》删除这些内容是明智之举。另一方面，即使保留原作这部分内容，作为佛传也不够完整，如果是完整的佛传应该写到佛的涅槃，如马鸣《佛所行赞》、宝云译《佛本行经》等。《神通游戏》只写到初转法轮，这是由其创作意图和叙述方式决定的。从创作意图看，作品是要表现如来进入佛界的神通游戏，《结尾品》中如来对以大自在天为首的净居天子们说："这部法经名为《神通游戏》，由如来讲述自己进入佛境游戏，展现菩萨的大量游戏。你们要接受、保持和宣讲它。"① 突出强调的是如来佛的神通游戏。如果继续写到涅槃，则会偏离主题；从叙述方式看，作品是以世尊宣讲自己入佛境界神通游戏的方式叙述，用这样的方式讲述自己的涅槃显然不合适。所以，从情节结构角度说，现存梵本《神通游戏》写完初转法轮后骤然而止，虽然作为一部佛传显得不够完整，但作为一部"经"则恰到好处。

作者系北京大学东方文学研究中心／青岛大学文学院教师

---

① 黄宝生译注《梵汉对勘神通游戏》，中国社会科学出版社，2012，第819页。

论《源氏物语》窥视场景的叙事特色

——以《竹河》《桥姬》两帖为例

向 伟

内容提要 日本平安时代的杰作《源氏物语》描写了一种特殊的窥视行为——"垣间见"。本文借鉴叙事学的角度，以《竹河》《桥姬》两帖为例，探讨这种窥视书写的特色，并辅以《源氏物语绘卷》进行比较。在窥视场景中，作者灵活运用了多种叙事视角，以增强读者的临场感和代入感。此外，作者通过选取时令风物作为叙事时间的标志，从而使抽象的时间情态化。在叙事空间方面，竹帘、竹篱等道具在分隔物理空间的同时，也建构了两种不同的社会空间。可以说，《源氏物语》的窥视场景与全书整体的叙事结构不同，具有自身的特色。

关键词 《源氏物语》 绘卷 窥视 叙事特色

成书于 11 世纪的《源氏物语》目前被认为是世界上最早的长篇小说。"物语"一词其实反映了一个言说的场域。从"话说从前某一朝天皇时代"① 的开篇，我们就能觉察到明显的口述特征。不仅如此，中世的注释书《弄花抄》《细流抄》等旧注就已将《源氏物语》中进行解释说明或陈述感想等有作者介入的语句称为"草子之词""作者之词"等，

---

① 紫式部:《源氏物语（上）》，丰子恺译，人民文学出版社，2004，第 1 页。

可以说已经意识到虚构出来的叙述者的存在。历史上真实存在的作家紫式部之所以要设定一个叙述者，很可能是为了超越自己的阶级身份以便自由地叙述宫廷里的故事。东原伸明进一步指出："物语文学原本就是将口承的形式内在化，采用叙说的体裁而撰写的文学。因此存在叙述者和受述者之间的相互对话。"①

正因觉察到"物语"潜藏的叙事特征，清水好子、三谷邦明等学者将西方的文体学、叙事学与《源氏物语》中的"草子之词""敬语表达"等结合起来，对《源氏物语》叙述者的形象和意图进行了卓有成效的分析。② 不过，三谷邦明等人的研究主要围绕叙事视角展开，对叙事时间、叙事空间等层面关注不够。究其原因，笔者认为存在以下两种可能。（1）叙事时间与叙事空间负责构建故事的背景。不同的章节往往需要凸显不同的背景，因而不易把握其普遍规律。（2）《源氏物语》整体以线性叙事为主，我们容易对时间的标志熟视无睹，对于空间的认识则缺乏明显的参照进行构建。

鉴于此，本文将聚焦于《源氏物语》的某一特殊场景——"垣间见"③ 进行考察。这是日本平安时代（794—1192）一个饶有趣味的现象，本义为借助墙垣间隙的偷看行为。需要说明的是，《源氏物语》描写的"垣间见"与《古事记》等神话故事或民间文学中的窥视母题存在着明显的差异。④ 今井源卫强调："垣间见是平安时代贵族的一种日常行为，但并不意味着这是一种无法引起任何新鲜感的普通体验。一般来说，作为平安时代的风俗，王孙公子会利用契机窥视平常难以见到的深

---

① 東原伸明:「『源氏物語』〈語り〉と〈言説〉の研究史展望———草子地論から語り論・言説論へ」,『高知女子大学文化論叢』2008 年第 10 号, 第 21 頁。

② 参见清水好子『源氏物語の文体と方法』,東京大学出版会, 1980; 三谷邦明:『源氏物語の言説』, 翰林書房, 2002。

③ 对于"垣间见"一词，丰子恺、林文月等人在翻译《源氏物语》时，主要译为"窥探"（词频占二分之一强），此外还有"偷窥"等译法。考虑到"窥探"常用作动词、后接宾语以及"偷窥"一词不够典雅，本文认为可作为名词使用的"窥视"一词或许更为合适，姑且将其作为"垣间见"的中译词。本文在确定中译词和研究主题的过程中，受到北京大学外国语学院翁家慧老师的点拨，在此表示感谢。

④ 《古事记》记载火远理命因窥伺到妻子海神之女丰玉姬命临产时显露的鳄鱼原形而吓得逃走等。这类故事一般是因违背约定而招致恶果，在各国的民间故事中均有流传。根据汤普森的民间故事母题索引，该类故事应属于"C300. 看的禁忌"。参见汤普森《世界民间故事分类学》，郑海等译，上海文艺出版社，1991。

闰女子。这种以恋爱为主题的男女交往场景在平安朝贵族生活的舞台上日夜上演。"① 对于平安时代的这种风俗,《源氏物语》不仅描写的次数远超其他古典作品(根据吉海直人的统计,其主要窥视场景共有 11 处)②,使用的叙事手法也具有鲜明的特征。

另外,因窥视场景往往具有很强的画面感,我们正好可以利用稍晚制作而成的日本国宝《源氏物语绘卷》(12 世纪前期)所描绘的图像进行比较,较为直观地感受《源氏物语》的叙事特色。由于《源氏物语绘卷》现存的窥视场景仅《竹河(二)》③、《桥姬》两段,故本文将以《竹河》《桥姬》两帖为例进行探讨。值得注意的是,《竹河》《桥姬》虽是前后相连的两帖,但二者之间存在明显的分界线。《桥姬》被视为"宇治十帖"的第一帖,从此帖开始,故事背景、主人公等均与前文相异,④ 在叙事方面也与《竹河》存在一定的差异。通过这两帖的比较,我们可以进一步理解《源氏物语》窥视场景的叙事特色。

一　窥视者的话语与叙事视角

佐藤光称《源氏物语》为代表的平安朝文学,很接近于今日所言的第三人称小说。⑤ 不过,《源氏物语》的叙事视角并非一以贯之。在具体的窥视场景中,窥视者因不便出声说话,他们的所见所感就成为主要的描写对象。通过对窥视者的所见所感这类广义上的话语及其叙述方式的

---

① 今井源衛:「古代小説創作上の一手法——垣間見について」,『国語と国文学』1948年 3 月,第 27 頁。

② 吉海直人:『「垣間見」る源氏物語:紫式部の手法を解析する』,笠間書院,2008,第 8 頁。

③ 在《源氏物语绘卷》中,《竹河》一帖对应的图像现存两段。其中,第一段描绘的是薰君拜访玉鬘尚侍;第二段才是藏人少将的窥视场景。学界分别命名为《竹河(一)》与《竹河(二)》。另外,《桥姬》一帖现仅存一段,即薰君窥视宇治姊妹的场景。相关图像请参见小松茂美编『日本絵巻大成 1:源氏物語絵巻』,中央公論社,1986。

④ 学界有一种观点认为"宇治十帖"的作者是紫式部之女大弐三位,原名为藤原贤子(999—1082)。《源氏物语》的作者问题暂且不论,本文主要关注文本在叙事方面的特色与效果。

⑤ 佐藤光:「『源氏物語』における垣間見の研究」,『日本文学ノート』2018 年第 53 号,第 6 頁。

考察，我们可以发现作者主要采用了第一人称内聚焦的特殊视角，以带给读者身临其境般的体验。

在《竹河》一帖的开篇，作者已点明："本回所记述的，是源氏一族之外的后任太政大臣髭黑家几个侍女的故事。这些侍女现今还活在世间，专会说长道短，不同自述地说出这些情节来。"① 也就是说，《竹河》一帖的故事内容都是作者借几位侍女之口叙述的，属于典型的第三人称有限叙事。由于侍女们是故事的见证者，同时身份较低，仅为次要角色，因而这既能增强故事的可信性，又能保持相对客观的立场。《竹河》全篇几乎都以过去时态加敬语的文体叙述，但该帖后半部分记载的藏人少将窥视玉鬘尚侍的两位女儿下棋时的情景稍有不同。

> 赛棋的结果，右方的二女公子胜了。右方的侍女们欢呼起来。有人笑着叫喊："还不奏高丽乐序曲？"又有人兴致勃勃地说："这株树本是二小姐的，只因靠近西室，大小姐就据为己有，为此两人争夺了多年，直到现在。"藏人少将不知道她们所谈何事，但觉非常好听，自己也想参与其间才好。然而许多女子正在放任不拘之时，似觉未便唐突，只得独自回去。②

> 右勝たせたまひぬ。「高麗の乱声おそしや」などはやりかに言ふも<u>あり</u>。「右に心寄せたてまつりて西の御前に寄りてはべる木を、左になして、年ごろの御争ひのかかればありつるぞかし」と、右方は心地よげにはげましきこゆ。何ごとと知らねどをかしと聞きて、さしいらへもせまほしけれど、うちとけたまへるをり心地なくやはと<u>思ひて出でて去ぬ</u>。③

之所以引用日语原文，是因为不同语言存在着客观差异。日语原文

---

① 紫式部:《源氏物語（下）》，丰子恺译，人民文学出版社，2004，第754页。原文：これは、源氏の御族にも離れたまへりし後大殿わたりにありける悪御達の落ちとまり残れるが問はず語りしおきたるは。（阿部秋生校注『新編日本古典文学全集24 源氏物語（5）』，小学館，1997，第59页。本文所引《源氏物語》日语原文均出自该书，后文注中仅以括号标明页码。）

② 紫式部:《源氏物語（下）》，丰子恺译，人民文学出版社，2004，第762页。

③ 阿部秋生校注『新編日本古典文学全集24 源氏物語（5）』，小学館，1997，第80页。引文下划线为笔者所加，旨在突出谓语部分的文体特征，以下同。

里错综复杂的时态、敬语等文体特征被译文掩盖。首先，文中表示"获胜"的词语"勝たせたまひぬ"较为复杂。它是在动词"勝つ"未然形的基础上，同时使用了两个表示尊敬的助动词，即助动词"す"与"たまふ"的连用形"せ"和"たまひ"，双重敬语的使用表达了叙述者对两位女公子怀有的敬意。对于左、右方侍女之间的议论，作者在句尾直接使用"あり""きこゆ"等不含敬意的词语，并以现在时态叙述，或插入直接引语，增强了侍女们讨论时的临场感。

紧接着的"藏人少将不知道她们所谈何事"一句表明之前侍女们的讨论内容并非由藏人少将观察所得，而应出自在场人物侍女之口。该句之后的内容则是藏人少将窥视后的心理描写，却并未使用敬语。这一点不禁令人深思。

众所周知，日语在语法上的一个重要特点是主语部分的人称经常省略，人称的标记多依靠谓语部分的助动词实现。在具有大量敬语助动词的古代日语中，这一点表现得更为明显。三谷邦明指出日本平安时代的社会，阶级或阶层意识很强，生活中根本离不开敬语。同时，他也强调虽然有尊敬语、自谦语、美化语、最高敬语、绝对敬语等，但原则上，第一人称不使用敬语。即，在平安时代的社会规范中，没有敬语的言说很容易被理解为第一人称。[①] 这一观点用于分析物语中的陈述文时较为有效。由于陈述文与对话文不同，并没有一个直接的听众，因而在陈述文中使用的敬语反而暴露了叙述者的立场和意图。

对于引文最后一句的心理描写，由于日语原文中并未加敬语助动词，因此不应视作叙述者（即侍女们）的转述，而应当理解为藏人少将作为第一人称时的话语。"但觉非常好听，自己也想参与其间才好""似觉未便唐突，只得独自回去"等话语都是藏人少将的内心表露。在这里，读者无须借助侍女们的视点，便可直接感受到藏人少将欲掀开门帘、彻夜长谈却又恐失礼、招人反感的矛盾心理。由此可见，上段引文在以侍女们的第三人称有限视角为主的前提下，为进一步增强故事的感染力，又插入了藏人少将的视角。

---

① 三谷邦明建立了基于文本批评的物语理论，其脉络可参见三谷邦明『物語文学の言説』，有精堂，1992；三谷邦明：『源氏物語の言説』，翰林書房，2002。

在《源氏物语绘卷》之《竹河（二）》的对应场景中，随着绘卷缓缓地从右向左展开，观者首先会注意到站在门帘外身着直衣的藏人少将，紧接着映入眼帘的便是中庭盛开着的樱花树。在画面左侧的厢间里，两位女主人公正在下围棋。半卷着的竹帘挡住了她们的面庞。坐在廊道上的则是几名侍女。

值得注意的是，绘卷中的藏人少将和两位女公子或为侧脸或被遮挡，而两名衣着华丽的侍女正对着观者，坐于画面中部的廊道上，似有喧宾夺主之感。不过，仔细观察绘卷后，我们会发现黄衣女子的视线朝向左侧的两位女公子，红衣侍女则朝向右侧藏人少将所在的方位。或者说，二人具有明显的指引功能，引导着观者将视线转移至两侧的主人公。笔者猜想，绘师将两位侍女作为见证人般着意刻画的意图或许与《竹河》帖以侍女们第三人称有限视角为主的叙事视角相契合。尽管平面的绘画难以将内聚焦的叙事视角表现出来，绘师还是通过人物所处位置、视线等在一定程度上还原了《源氏物语》的风貌。不仅如此，对于窥视者藏人少将的心理斗争，观者也能从其低头状中窥知一二，关于这一点，拟在后文详述。

《桥姬》一帖则以"此时有一位被世人遗忘了的老年亲王"① 开头，在文体上也以过去时态加敬语助动词为主。与《竹河》的区别在于，《桥姬》一帖基本为全知视角，叙述者类似置身局外的说书人，几乎不充当作品中的任何角色。《竹河》采用侍女们作为叙述者，由于侍女们指代复数，也无明确、固定的人物角色，因而受限较少，在效果上会带给读者一种类似全知全能的感觉，但本质上仍属于内聚焦，异于《桥姬》全知视角的外聚焦。

在《桥姬》的窥视场景中，为增强临场感，叙述者在全知视角的基础上，又将在场的薰君作为视点人物，通过其所见所感进行叙述。

> 薰君把通向女公子住处的竹篱门稍稍推开，向内张望，但见几个侍女高卷帘子，〈中略〉两人无拘无束地说笑，那态度神情和外

① 紫式部：《源氏物语（下）》，丰子恺译，人民文学出版社，2004，第777页。原文：そのころ、世に数まへられたまはぬ古宫おはしけり（第117页）。

人所猜想的全然不同，非常优美亲切，可怜可爱。①

　　あなたに通ふべかめる透垣の戸を、すこし押し開けて<u>見たまへば</u>、月をかしきほどに霧りわたれるをながめて、簾を短く捲き上げて人々<u>ゐたり</u>。〈中略〉はかなきことをうちとけのたまひかはしたるけはひども、さらによそに思ひやりしには似ず、<u>いとあはれになつかしうをかし。</u>②

　　日文的首句就值得注意，前半句的"見たまへば"使用了表示尊敬的助动词，暗含着叙述者对地位尊贵的薰君的敬意。后半句则直接以"たり"结尾，叙事视角随即转至视点人物薰君身上，巧妙地表现了他窥视时的惊喜发现。也就是说，此时叙述者与视点人物开始重合。通过之后一系列敬语缺失的话语表达，我们可以直接读取薰君的所见所闻，甚至所感。进一步而言，薰君不仅与叙述者重合，还成为读者的替代。读者借助薰君的视线欣赏着宇治山庄此刻的佳人与美景。

　　在《源氏物语绘卷》之《桥姬》一帖的对应画面中，身着直衣、头戴乌帽子的薰君靠近缠绕着花草枝叶的竹篱向院内窥视。寝殿的廊道上端坐着两名侍女，高卷的竹帘露出了厢间里宇治二位女公子娇美的面庞。一位俯下身子，双手拨弄筝弦；另一位则右手持拨子，将琵琶置于身前，举头望月。

　　面对这一场景，观者会被主人公薰君靠近竹篱窥视的举止触发，想象自身正对画面所看到的佳人模样，其实是借助窥视者薰君的视线。另外，我们会发现薰君除服饰外，脸庞的刻画十分简洁，使用的是名为"引目钩鼻"的大和绘传统技法，以细线表示眉目，以一点代替鼻尖。学界一般认为《源氏物语绘卷》之所以使用"引目钩鼻"的技法，是为了超越差异性，抽象地表现人物面庞所具有的共性，以便于每位观者都能够产生代入感，想象自己便是画中的人物。总之，薰君的形象与举止召唤着观者与之视点合一，从而带来一种身临其境的幻觉。

　　通过对上述窥视者的所见所感等话语进行分析，我们可以发现作者在叙述《竹河》《桥姬》两帖的窥视场景时，都使用了第一人称内聚焦

---

① 紫式部:《源氏物语（下）》，丰子恺译，人民文学出版社，2004，第784~785页。

② 阿部秋生校注『新編日本古典文学全集24 源氏物語（5）』，小学館，1997，第139頁。

这一特殊视角。它的存在有效弥补了第三人称有限叙事等外部视角的不足，进一步增强了窥视场景的临场感和感染力。

二　时令风物与叙事时间的情态化

对于《源氏物语》的时间主轴，已有学者依据作品中明确交代的年号、主人公源氏公子的年龄等信息还原出具体的叙事年表。[①]《源氏物语》整体上采用了历史叙述的方法，述说的时间跨度长，历经四个朝代七十余年。然而，在具体的窥视情节中，作者则选取时令风物作为叙事时间的标志。这一手法不仅使《源氏物语》在时间表述上更为灵活，也赋予了时间一种感性直观的形式。这种将客观的时令风物与主观的个人感受融合在一起的方式，我们可以概括为情态化。

《竹河》一帖中，对窥视场景的铺垫起于"到了三月里，有的樱花正开，有的樱花已谢"[②] 一句。值得注意的是，此处的樱花不仅仅是阳春三月的代表性风物，它还承担着连接过去、现在与未来的功能。首先，长兄左近中将见到两位妹妹正折枝赏樱，中庭的这棵"已经是老树"[③] 的樱花树带给他时光飞逝的感受。于是，他插叙了一段两位女公子童年时戏夺樱花树，一家人其乐融融的回忆，与如今父亲髭黑大臣溘然长逝，自己肩负重担却力不从心的现状形成鲜明的反差。接着，在长兄离开后，两位天真的女公子继续下棋，并以中庭的樱花树为赌物。来访的藏人少将恰好窥视到这一幕。在窥视这一场景中，叙事的时距近乎停顿，藏人少将对大女公子心生情愫的过程被刻画得十分细致。而在窥视结束后，作者有意拨快了叙事时间的指针，以"自从这天起，两位女公子天天以争夺樱花为戏"[④] 一句暗示时间的流转，直至某一天傍晚"东风狂吹，

---

① 参见杨芳《〈源氏物语〉的时间叙事艺术》，《世界文学评论》2010 年第 2 期。

② 紫式部：《源氏物语（下）》，丰子恺译，人民文学出版社，2004，第 760 页。原文：三月になりて、咲く桜あれば散りかひ曇り、おほかたの盛りなるころ（第 75 页）。

③ 紫式部：《源氏物语（下）》，丰子恺译，人民文学出版社，2004，第 761 页。原文：この桜の老木になりにける（第 77 页）。

④ 紫式部：《源氏物语（下）》，丰子恺译，人民文学出版社，2004，第 762 页。原文：君たちは、花の争ひをしつつ明かし暮らしたまふに（第 80 页）。

樱花纷纷散落"①,大女公子也将被送入宫中,侍奉上皇冷泉院。

由此可见,樱花已成为大女公子的象征。世人赞叹大女公子"娇艳妩媚,显然不像是臣下的配偶"②,与赏樱时称"别的花到底比不上它"③的评论相契合。大女公子在赛棋上赌输后,二女公子戏称樱花树归自己所有。然而,二女公子只道是"风吹花落寻常事"④,并未理解樱花这一风物所蕴含的时间感。从大女公子的和歌"纵使此樱非我物,也因风厉替花愁"⑤及其侍女的续吟"花开未久纷纷落,如此无常不足珍"⑥中,我们则可以感受到她们面对时光流转的无力感。其中不仅有因美好的时刻稍纵即逝而带来的悲伤,也有对大女公子今后命运的哀叹。大女公子入宫后受宠并诞下子嗣,却招来不少人的嫉妒,最后郁郁寡欢地度过一生。可见,作者借助樱花这一日本代表性风物,灵活地操纵着叙事时间,先对花开烂漫时的窥视场景那一瞬间进行定格,此后又通过时间的快进表现世事的无常,巧妙地将叙事时间与主体感受融合在一起。

比较稍晚绘制而成的《源氏物语绘卷》,我们可以看到经过近千年的流传,《竹河(二)》的画面依然十分鲜艳、亮丽。画面中央被烂漫的樱花树占据,厢间里服饰为深色樱花纹理的便是大女公子。即便是侍女的服饰,其纹样也较为繁复,色彩具有很高的亮度。⑦《竹河(二)》极尽铺陈之能事,描绘了藏人少将在樱花盛开的短暂时刻窥视两位女公子的场景。

不过,我们依旧能够从中感受到其构图的不稳定。例如,廊道边缘

---

① 紫式部:《源氏物语(下)》,丰子恺译,人民文学出版社,2004,第762页。原文:風荒らかに吹きたる夕つ方、乱れ落つる(第80頁)。

② 紫式部:《源氏物语(下)》,丰子恺译,人民文学出版社,2004,第761页。原文:げにただ人にて見たてまつらむは似げなうぞ見えたまふ(第75頁)。

③ 紫式部:《源氏物语(下)》,丰子恺译,人民文学出版社,2004,第761页。原文:外のには似ずこそ(第77頁)。

④ 紫式部:《源氏物语(下)》,丰子恺译,人民文学出版社,2004,第763页。原文:風に散ることは世のつね枝ながらうつろふ花をただにしも見じ(第81頁)。

⑤ 紫式部:《源氏物语(下)》,丰子恺译,人民文学出版社,2004,第763页。原文:桜ゆる風に心のさわぐかな思ひぐまなき花と見る見る(第80頁)。

⑥ 紫式部:《源氏物语(下)》,丰子恺译,人民文学出版社,2004,第763页。原文:咲くと見てかつは散りぬる花なれば負くるを深きうらみともせず(第80頁)。

⑦ 东京文化财研究所曾利用荧光X线技术分析《源氏物语绘卷》,发现画面里高亮度的白色使用的是一种不为人知的特殊颜料,从中检测出较高含量的汞。文部科学省:『科学技術白書(平成18年版)』,文部科学省出版,2006,第74页。

与帷帘走向并不平行。更重要的是，右下方的藏人少将作低头状，而非
抬头窥视。在笔者看来，这正是绘师依据文字叙述所做的富含深意的处
理。结合后来大女公子被送入宫中，藏人少将悲痛不已，却又无可奈何
的结局，我们或许可以认为《竹河（二）》描绘的并非窥视的高潮时刻，
而是窥视结束后的那一刻。图像虽是"顷刻"的艺术，但画师选取的这
一瞬间极富暗示性。藏人少将"只得独自回去"[1]，未曾想后来虽"常来
这附近暗处徘徊，希望再度逢到此种机会"[2]，却不再如愿。因此，读者
在阅读完文字叙述的"词书"后，或许能感受到精美的画面高潮与悲凉
的故事结局之间存在的巨大张力。

作为"宇治十帖"第一帖的《桥姬》，故事的舞台背景已从京城转
移至宇治。已有先行研究指出"宇治十帖"的叙事时间较为模糊，几乎
不使用明确的年月日表述，因而时间轴与之前的章节并不一致，存在明
显的独立性。[3]

《桥姬》一帖的梗概是八亲王因仕途失意移住宇治，心向佛法。某夜
薰君前去拜访，未曾想八亲王当晚留宿他处。薰君碰巧窥视到八亲王的
两个女儿正在合奏丝弦。在这一窥视情节中，深秋的月亮已成为叙事时
间的标志。

居住京城的薰君是某日夜晚"残月未沉之时动身"[4]，前往宇治。
"朦胧淡月"[5]中，薰君发现宇治姊妹正在赏月合奏，一位弹奏古琴，一
位拨弄琵琶。薰君躲在一旁，仔细端详的过程中，"隐在云中的月亮忽

---

① 紫式部:《源氏物语（下）》，丰子恺译，人民文学出版社，2004，第762页。原文：
　心地なくやはと思ひて出でて去ぬ（第80頁）。

② 紫式部:《源氏物语（下）》，丰子恺译，人民文学出版社，2004，第762页。原文：
　またかかる紛れもやと、蔭にそひてぞうかがひ歩きける（第80頁）。

③ 堀江マサ子:「『宇治十帖』時間軸の論理──その位相と表現の内実」，『フェリス女学
　院大学日文大学院紀要』2008年3月，第10頁。

④ 紫式部:《源氏物语（下）》，丰子恺译，人民文学出版社，2004，第783页。原文：
　有明の月の、まだ夜深くさし出づるほどに出で立ちて（第135頁）。需要说明的是，
　根据日语原文，此处的"残月"指的是日出时分仍未落下的月亮，而非弯月的形
　态。绘卷中描绘的圆月与《源氏物语》的记载并无抵牾。

⑤ 紫式部:《源氏物语（下）》，丰子恺译，人民文学出版社，2004，第784页。原文：
　月をかしきほどに（第139頁）。

然明晃晃地照出"①。手持琵琶的那位戏称是自己用拨子将月亮唤出来的，十分惹人怜爱。就在薰君"盼望月亮再出来"② 的时候，有人察觉到他的存在，窥视行为中止。

在这里，秋月伴随着窥视情节的发展呈现出明暗的变化，同时也增添了一种朦胧的氛围，并与窥视者薰君的心绪变化形成对照。除阴晴外，月亮的圆缺也是一个重要的时间维度。《源氏物语》虽只点明时节为晚秋，但从赏月之举和"明晃晃"等语句中，读者获取的印象通常是农历十五的满月。这一晚，薰君对大女公子心生情愫，可不久后大女公子病逝。其后的《总角》一帖记载道，当"世人所厌恶的十二月的月亮高照在明净如水的碧空中"③ 时，薰君又想起大女公子，怅望沉思赋歌道："人世无常难久住，拟随落月共西沉。"④ 当时的人们普遍认为十二月的月亮甚煞风景，令人厌恶。在刚失去大女公子的薰君看来，更是如此。那晚为窥视提供光线的月亮是可爱的，如今映照着孤零零一人的月亮却似是无情。作者正是通过月亮这一意象，将叙事时间与无常的人世结合起来，使人产生一种深深的无力感。

在《源氏物语绘卷》中，《桥姬》一图的上方画有一轮圆月和层层云雾。因施加的颜料脱落而呈现出暗黑色。绘师选取的是"隐在云中的月亮忽然明晃晃地照出"那一瞬间，同时又画有层层的云雾。这既营造出一种朦胧的氛围，也预示着圆月即将被遮住，千载难逢的窥视瞬间稍纵即逝。遗憾的是，由于绘卷《总角》一帖并未遗存下来，我们无法得知薰君在阴历十二月怀念恋人时的月亮形象，也无法与该图中的深秋圆月进行阴晴、圆缺等方面的图像对比。

总之，在《竹河》一帖中，作者赋予樱花丰富的象征意义，使之穿梭于过去与未来，因而我们能明显感觉其叙事节奏较快，在窥视时刻的

---

① 紫式部:《源氏物语（下）》，丰子恺译，人民文学出版社，2004，第785页。原文：雲隠れたりつる月の、にはかにいと明くさし出でたれば（第139页）。

② 紫式部:《源氏物语（下）》，丰子恺译，人民文学出版社，2004，第785页。原文：また、月さし出でなんと思すほどに（第140页）。

③ 紫式部:《源氏物语（下）》，丰子恺译，人民文学出版社，2004，第860页。原文：世の人のすさまじきことに言ふなる十二月の月夜の曇りなくさし出でたるを（第332页）。

④ 紫式部:《源氏物语（下）》，丰子恺译，人民文学出版社，2004，第860页。原文：おくれじと空ゆく月を慕ふかなつひに住むべきこの世ならねば（第333页）。

停留较短，而主要叙述窥视后的结局。在《桥姬》中，叙事时距一直处于较为缓慢的状态，主要通过月光的明暗表现时间的流逝与窥视者的内心活动。《竹河》《桥姬》对"窥视后"与"窥视时"两个不同时间段的强调也可以通过绘卷中藏人少将低头欲走和薰君正隔着竹篱窥视等细节反映出来。由此可见，作者在选取时令风物作为叙事时间标志的同时，会将其与事件结合在一起进行情态化，从而使抽象的时间、情感呈现为一种能够直观感知的形式。

三　限制性与开放性并存的叙事空间

除叙事时间外，作者还通过文本构建出不同层面的叙事空间。这既指窥视场景实际发生的物理空间，又包含日本传统"内与外"空间观念影响下的社会空间。具体而言，被窥视者一方通过设置具有隔断功能的物理道具以警告不属于同一社会空间的外界人士。这种限制性标志的存在使被窥视者一方所处的空间显得更为私密。同时，被窥视者的空间在特定情况下会降低限制性约束，呈现出短暂的开放性，于是为窥视者提供了可乘之机。这也就是窥视行为偶尔得以发生的缘由。

在《竹河》一帖中，由于三月樱花飞舞，"邸内昼长人静，闲寂无聊。女眷们走出轩前来看看春景，也不会有人非难"[①]。根据当时的社会习俗，女子须待在深闺，不得随意见人。这里的"非难"代表的是一种社会空间的约束。例如，处于同一社会空间的兄长办完公事回来，向帘内窥探到两位妹妹在下棋，便可"大模大样地在那里坐了下来"[②]。与之相反，被视作外人的藏人少将其后在窥视的过程中，虽然也萌生出参与其间的想法，但还是觉得未免唐突，只得独自回去。

除社会习俗的一般限制外，玉鬘夫人还有意疏远藏人少将。尽管藏人少将的父母夕雾右大臣和云居雁夫人都跟玉鬘夫人交好，有意为藏人少将说媒，但玉鬘夫人并不看好藏人少将，并一心要将大女公子送入宫

---

① 紫式部：《源氏物语（下）》，丰子恺译，人民文学出版社，2004，第761页。原文：のどやかにおはする所は、紛るることなく、端近なる罪もあるまじかめり（第75頁）。

② 紫式部：《源氏物语（下）》，丰子恺译，人民文学出版社，2004，第761页。原文：おとなおとなしきさましてついゐたまへば（第76頁）。

中，决不嫁人臣，以求日后家族兴旺。藏人少将甚至冒出若玉鬘夫人不允许，就将大女公子抢走的念头。为此，玉鬘夫人特意叮嘱过侍女们："如果发生意外之事，则传闻于世，被人讥议，名誉攸关。必须当心，谨防发生错乱！"① 两家既交好又对立的局面可见一斑。玉鬘夫人欲成为皇亲国戚的想法和藏人少将作为人臣的身份使得两家在社会空间上的距离被进一步拉大。

尽管如此，玉鬘夫人的两位女公子在春季的某个傍晚还是被藏人少将窥视到。文中"天色渐暗，棋局移近檐前，侍女们将帘子卷起"② 这一描写富含深意。由于此刻天色渐暗，人少寂静，一向小心谨慎的侍女们也放松了警惕，将棋局移近檐前。卷起的竹帘意味着其隔断和警示功能的部分消失，移近檐前的棋局代表着两位女公子从深居的屋内向社会空间的边界靠拢，于是更易暴露于窥视者的视线之中。

此时"四周人影稀少，廊上的门敞开"③，伴随着限制性约束的取消，路过的藏人少将恰巧得以窥视。廊上的门帘由于存在着间隙，与其说它是保护被窥视者的隔断，不如说是掩护窥视者的屏障。藏人少将既可以最大幅度地遮挡自己的身影，使被窥视者无法知道自己的存在，又能通过门帘的间隙投去窥探的目光，端详女子日常生活中的自然状态。平安中期的《拾遗和歌集》记载了一首隔帘窥视的恋歌："目光透珠帘，我心好君卿。"④ 这里的"透""好"二字读音相同（すける），成为表达窥视者目光游走与内心涌动两种状态交织在一起的双关语。

比较《源氏物语绘卷》的《竹河（二）》，我们可以看到藏人少将居于门帘后方。对面的两位女公子坐于厢间的边缘，衣袖几乎要垂于廊

① 紫式部:《源氏物语（下）》，丰子恺译，人民文学出版社，2004，第755页。原文：女方の心許したまはぬことの紛れあるは、音聞きもあはつけきわざなれば、聞こえつぐ人をも、「あなかしこ。過ぎ引き出づな」などのたまふに（第63页）。
② 紫式部:《源氏物语（下）》，丰子恺译，人民文学出版社，2004，第762页。原文：暗うなれば、端近うて打ちはてたまふ。御簾捲き上げて、人びと皆いどみ念じきこゆ（第79页）。
③ 紫式部:《源氏物语（下）》，丰子恺译，人民文学出版社，2004，第762页。原文：おほかた人少なななるに、廊の戸の開きたるに（第79页）。
④ 奥村恒哉校注『東洋文庫459 八代集(2)』，平凡社，1986，第62页。和歌原文：玉すだれ糸のたえまに人を見てすける心は思ひかけてき（『拾遺和歌集・卷第十一・恋一 663 よみひとしらず』）。中文为笔者译。

道。半卷着的竹帘在露出二人华美姿态的同时，唯独将她们的脸庞遮住。因此，女公子一侧的竹帘依然起着一定的阻隔与限制作用，仅呈现半开放性的状态。整体的构图可以分为三部分，分别是门帘后的窥视者空间、竹帘内的被窥视者空间和门帘与竹帘之间的间隔空间。宽阔的中庭，廊道上视线指向不一的几位侍女等都令我们感觉到窥视者与被窥视者之间依然存在着较大的距离。

在《桥姬》一帖中，也存在类似的叙事空间。需要说明的是，从《桥姬》开始，故事背景就存在繁华的京都与冷清的宇治这样一组空间的对立。宇治姊妹的父亲八亲王虽是皇族出身，却有意远离京城的时空，来到偏僻的宇治居住，潜心修佛。尽管如此，在郊外的宇治，社会性约束依然存在。面对薰君的突然来访，八亲王家的守夜人答道："亲王不要一般世人知道我家有这两位小姐，所以隐藏起来。"① 可见，亲王之所以隐居宇治，也有避免女儿招人耳目的考虑。

在亲王入山问道期间，留在山庄的宇治姊妹觉得冷清寂寞，每日除了闲坐静思之外，无所事事，于是在夜晚合奏起丝弦。在刚踏入山庄时，薰君就已未见其人，先闻其声。凄婉悲凉的曲调令薰君既好奇又感动，于是提出暗地欣赏的请求。守夜人最终禁不住薰君的劝说，指引薰君前往女公子居所附近一处竹篱环绕、不易被察觉的地方。守夜人的这一行为耐人寻味，他不仅没有阻止外人的窥视，反而"牵线搭桥"般指明理想的窥视场所，从而使宇治姊妹所处的空间进一步呈现为开放性。

并且，相较于《竹河》半卷着的竹帘，《桥姬》一帖则是将竹帘高高卷起，呈现出更强的空间开放性。薰君借着月光不仅看到宇治姊妹的服饰，甚至可以看清她们无拘无束的笑容和优美可怜的神情。后来宇治姊妹经侍女提醒有人窥视，"那帘子便立刻放下，人皆退入内室"②，至此窥视中止。但薰君并未马上离开，而是托守夜人通报来意。大女公子最后也应允，与薰君隔帘相谈良久。

---

① 紫式部：《源氏物语（下）》，丰子恺译，人民文学出版社，2004，第784页。原文：おほかた、かくて女たちおはしますことをば隠させたまひ、なべての人に知らせたてまつらじと、思しのたまはするなり（第135页）。

② 紫式部：《源氏物语（下）》，丰子恺译，人民文学出版社，2004，第785页。原文：簾おろしてみな入りぬ（第140页）。

由此可见，在《源氏物语》窥视场景中，决定空间开放与否的关键在于女方所处空间的竹帘。竹帘、竹篱等"垣间见"的道具一方面是为了掩饰窥视者的存在，另一方面其间隙又可以容纳窥视者的视线。作者设置竹帘、竹篱等作为空间叙事的标志，同时通过对它们进行调整以反映背后的社会空间以及人物的交流过程。

在图像方面，相较于绚丽豪华的《竹河（二）》，《源氏物语绘卷》的《桥姬》由于故事背景位于郊外的宇治，其中的建筑、服饰色彩等显得较为朴素。竹篱、竹帘将画面一分为三，侍女们坐在檐前的廊道上，没有人注意到窥视者。竹帘高高卷起，薰君借着月光，透过竹篱窥视着她们的模样。仔细观察，我们还可以发现有一长条状的云雾从薰君身上透过竹篱飘向寝殿，这代表的其实是薰君生来自带的香气。大女公子事后回忆道，当时的确闻到一股香气，却未曾料想有人窥视。绘师通过乐器、香雾等将文本中的嗅觉、听觉等侧面描写巧妙地表现为图像，在增强场景感染力的同时，也进一步拉近了宇治姊妹与薰君之间的距离。

综上所述，《桥姬》一帖所呈现的空间相较于《竹河》一帖具有更强的开放性。虽然藏人少将得以窥视到玉鬘尚侍的两位女儿，但他们之间无论是在物理空间层面还是社会空间层面都存在难以逾越的距离。藏人少将仅窥视到未被遮挡的服饰，其后大女公子便被送入皇宫禁内。相反，在薰君的窥视场景中，窥视者在守夜人的帮助下，得以看清宇治姊妹的全貌，在窥视结束后还能与大女公子隔帘对谈。作者有意拉近二者在叙事空间上的距离，而这种处理也与后来薰君与宇治姊妹发生的一连串情感纠葛相契合。

结　语

本文以《源氏物语》的《竹河》《桥姬》两帖为例，探讨了平安时代"垣间见"这一特殊窥视场景的叙事特色。由于窥视具有极强的画面感，本文还辅以《源氏物语绘卷》进行比较。

《源氏物语》对窥视场景的局部叙事与整体的叙事结构存在明显的差异，具有自身的特色。首先，作者灵活运用了多种叙事视角。在《竹河》一帖中，藏人少将与侍女们的两种内聚焦的有限视角交互出现。

《桥姬》则采用全知式的外聚焦与窥视者的内聚焦相结合的方式进行叙述。尤其是窥视者的所见所感等话语采用了第一人称内聚焦的叙事视角，有效地增强了窥视场景的临场感与代入感。

除叙事视角较为独特外，窥视场景所构建的时空体也具有自身的特色。从叙事时间的角度看，作者暂时搁置了人物年龄、年号等历史叙述的方法，而选取时令风物作为叙事时间的标志，从而使抽象的时间呈现为一种能够直观感知的形式。通过对樱花树的四季变化、月亮的阴晴圆缺等风物形态的描述，作者有效地调整叙事节奏，使时间情态化，并与故事中的无常感紧密结合在一起。

在叙事空间方面，本文指出竹帘、竹篱等道具在对物理空间进行分隔的同时，也暗含着窥视者与被窥视者所处的不同社会空间。其中，窥视者所处的空间在特定情况下会呈现出一定的开放性。决定空间开放与否的标志就在于靠近女方的竹帘。竹帘垂下即意味着窥视的终止。至于竹帘、竹篱等靠近窥视者的道具，它们一方面是为了掩饰窥视者的存在，另一方面其间隙又可以容纳窥视者的视线。

综上所述，本文在先行研究的基础上，试图将西方的叙事学理论与日本的传统文化结合起来，以期进一步拓宽《源氏物语》的研究视野，揭示日本古典文学的独特魅力。

作者系北京大学外国语学院博士研究生

从《新闻苑》到《东方之灯》

——报纸期刊与现代阿拉伯语叙事文学的早期发展 *

廉超群

内容提要 本文考察 19 世纪中叶至 20 世纪初阿拉伯语叙事文学在报纸期刊中的发展，探讨文学与社会变革的互动关系。19 世纪中叶黎巴嫩报纸《新闻苑》的叙事文学集合翻译小说、传统故事和原创叙事挖掘古今相通、东西共奉的情操与价值以启蒙与教化社会，19 世纪与 20 世纪之交埃及报纸《东方之灯》上的连载作品《一段时光》对传统与现代展开多维批判，并试图对两者加以调和。阿拉伯语的叙事文学借助舶来的报纸期刊，深度参与了 19 世纪中叶至 20 世纪初以黎巴嫩和埃及为代表的阿拉伯语世界的现代化转型。阿拉伯语叙事文学，从题材、体裁到语言，都映射并承载了这一现代化转型所经历的多种矛盾，并在此过程中，逐渐形成了一种调和自我文学传统与西方文学潮流的现代阿拉伯语叙事文学范式。

关键词 阿拉伯语 叙事文学 报纸期刊 社会变革 现代化转型

阿拉伯语报纸期刊，发轫于 19 世纪 20 年代的埃及，首先以邸报的

---

* 本文系教育部人文社会科学重点研究基地重大项目 "阿拉伯现当代文学与社会文化变迁"（12JJD75009）阶段性成果。

形式出现。从 19 世纪中叶至 20 世纪初，随着新兴知识阶层的扩大，私人报纸期刊业在黎巴嫩和埃及迅速发展，构成阿拉伯 "复兴"（النهضة）的重要现象。阿拉伯语报纸期刊的勃兴时期，正是阿拉伯语世界经历政治、经济、社会与文化现代化转型的关键阶段，也是阿拉伯语文学在题材、体裁与语言层面从传统走向现代的转折阶段。报纸期刊促使阿拉伯语的文学创作以直接或间接的方式，深度参与阿拉伯语世界的现代化转型，并在这一参与过程中，改变了阿拉伯语文学的功能与形态。阿拉伯语文学的现代转变与发展，深刻映射了阿拉伯语世界现代化转型过程中所经历的传统与现代、东方与西方、落后与文明、精神与物质、自我与他者等相互交织、彼此纠缠的重要矛盾。研究报纸期刊、文学与现代化之间的互动关联，将有助于认识阿拉伯语世界中，文学的社会功能与角色以及社会变革对文学的塑造效应。

本文通过考察 19 世纪中叶至 20 世纪初现代阿拉伯语叙事文学在报纸期刊中的发展，探讨文学与社会变革的互动关系。阿拉伯语叙事文学，包含长篇小说、短篇小说、戏剧、散文等文学体裁，区别于诗歌。之所以使用 "叙事文学" 这个概念，是因为，在本章关注的历史阶段，上述现代阿拉伯语叙事文学的诸体裁之间，尚没有形成清晰的边界。在同一部作品中，纪实与虚构、报道与创作、评述与刻画、对话与独白等往往相互交融。之所以关注叙事文学而不涉及诗歌，是因为，阿拉伯语诗歌现代发展的逻辑与脉络，既有同叙事文学相通之处，又有其自身的特点，需专文论述。

本文首先概述阿拉伯语报纸期刊与阿拉伯语叙事文学的早期发展历史，随后选取 19 世纪中叶黎巴嫩报纸《新闻苑》（حديقة الأخبار，1858—1911 年）中的叙事文学以及 19 世纪与 20 世纪之交埃及报纸《东方之灯》（مصباح الشرق，1898—1903 年）中连载的《一段时光》（فترة من الزمن）作为两个案例进行深入分析。

一　阿拉伯语报纸期刊与阿拉伯语叙事文学的早期发展历史

在印刷出版与报纸期刊进入阿拉伯语世界之前，口头交流与口传文学是该地区日常交际与文学生活的主要方式。清真寺的伊玛目向民众传达政令与公告，远行的商人带回其他地方的消息，教育以口授与记诵的方式进行，说书和皮影戏构成民众文学体验的主要来源。只有极少数知识精英掌握阅读与书写，普通民众大多不识字。穆斯林统治者对欧洲的印刷术心存疑虑，担心书面文本的传播与普及，将会威胁伊斯兰信仰与伊斯兰社会的知识权威，从而动摇统治。奥斯曼帝国的苏丹曾于1485年和1515年两度发布禁令，禁止印刷任何阿拉伯语和土耳其语文本。直到1727年，苏丹艾哈迈德三世（1703—1730年在位）才允许印刷出版《古兰经》与《圣训》等宗教典籍之外的医学、地理与哲学书籍，但印刷出版活动由政府掌控，不对民间开放。①

阿拉伯语的报纸期刊起步于埃及。1798—1801年，埃及在遭受法国入侵之后，经历了一段政治动荡，直到奥斯曼帝国派来同法国作战的阿尔巴尼亚军团青年军官穆罕默德·阿里（محمد علي，1769—1849）控制局势，获得埃及本土精英与民众支持，迫使奥斯曼帝国任命其为埃及总督之后，政局才得以稳定。穆罕默德·阿里在担任埃及总督期间（1805—1848年），效仿西方，推行军队、税制、法律、教育和官僚体系现代化改革，开办现代学校，向欧洲派遣留学生，翻译欧洲的科技与思想著作。在改革的推动下，受过新式教育和欧洲思想文化熏陶的新知识阶层和官僚阶层开始形成，构成日后报纸期刊的主要读者群体。1813年，穆罕默德·阿里创办土耳其语与阿拉伯语的《总督期刊》（جورنال الخديوي），以手抄复写的形式向政府高官与地方长官传达总督的决定与决议；1821年，在埃及官方建立布莱格印刷厂（مطبعة بولاق）之后，该刊改为印刷出版。这份邸报性质的刊物，有时也会刊登《一千零一夜》的故事。1828年，该刊物为《埃及时事》（الوقائع المصرية）所取代，读者群从官员扩大到知识阶层，包括公立学校学生。②

穆罕默德·阿里开启了阿拉伯语报纸期刊的先河，但阿拉伯语叙事文学的发展，则需要等到19世纪60年代，半官方的、私立的阿拉伯语报纸期刊开始出现并进入繁荣期。这场繁荣有两个中心，黎巴嫩和

---

① Ami Ayalon, "The Press and Publishing," in *The New Cambridge History of Islam*, Vol 6, ed. Robert W. Hefner（Cambridge: Cambridge University Press, 2010），pp.572-575.

② Elisabeth Kendall, *Literature, Journalism and the Avant-Garde*（Abingdon: Routledge, 2006），pp.10-11.

埃及。1860 年，黎巴嫩山区经历了基督徒与德鲁兹人的血腥内战。这场内战使得大量山区居民前往沿海城市贝鲁特避难，迅速扩大了贝鲁特人口的规模。法国在干预黎巴嫩内战之后，大力发展黎巴嫩山区的养蚕业和丝绸工业，将黎巴嫩纳入世界市场。贝鲁特迅速发展为地区的资本与商业中心，新兴的商人阶层开始形成。同时，教育机构在黎巴嫩集中建立。1863 年，黎巴嫩马龙派知识分子布特鲁斯·布斯塔尼（بطرس البستاني，1819—1883）创办民族学校（المدرسة الوطنية）；1866 年，美国传教士创办叙利亚新教学院（今贝鲁特美国大学）；1875 年，法国耶稣会传教士创办圣约瑟夫大学。这些本土与西方教会学校，在争夺本地生源的过程中，纷纷选择采用阿拉伯语教学，这促成了掌握阿拉伯语、熟谙现代知识的新知识阶层的形成。黎巴嫩的商人和知识阶层，成为阿拉伯语报纸期刊的重要支持者和读者。

内战的结束、商业的繁荣与教育的发展，使得 19 世纪六七十年代的黎巴嫩社会充溢着对未来的乐观情绪。一批报纸期刊开始出现，包括哈利勒·胡里（خليل الخوري，1836—1907）创办的《新闻苑》（حديقة الأخبار），布斯塔尼家族创办的《花园》（الجنان）、《天堂》（الجنة）、《小花园》（الجنينة），优素福·舍勒弗恩（يوسف الشلفون，1839—1896）创办的《花》（الزهرة），路易斯·萨布恩吉（لويس صابونجي，1838—1909）创办的《蜜蜂》（النحلة）和艺术协会（جمعية الفنون）创办的《艺术硕果》（ثمرات الفنون）等。这些刊物在当时乐观情绪的感召下，纷纷致力于向精英（الخاص）和民众（العام）传播新闻和知识，用新知启迪民智，用情感与伦理教化社会，服务民族的进步。在这些刊物上，开始出现连载翻译与原创叙事文学的板块。在当时，叙事文学被称作"رواية"（源自"روى"，意为"讲述"），这个词如今专指长篇小说。在"رواية"上附上不同的限定词，就可以指称"历史"（تاريخية）、"爱情"（غرامية）和"戏剧"（تمثيلية）类叙事文学。值得注意的是，上述报纸期刊的题目都指向了"花园"的意象，而"رواية"又能使人联想起同其词根形态相同的"روي"（灌溉），这两个意象的组合或许反映出黎巴嫩知识分子试图用叙事文学滋养报纸期刊所代表的"知识的花园"，以传播新知、开启民智、教化社会。[1]

同时代的埃及，穆罕默德·阿里的孙辈伊斯玛仪（إسماعيل，1830—1895）统治时期（1863—1879年），同样迎来了一段欣欣向荣的发展期。棉花业的兴盛与苏伊士运河的开通，将埃及引入全球市场，经济快速发展，使得埃及政府有充足的财力壮大官僚体系、增加教育投入。政府兴建学校、建设剧院等文艺场所，支持文化沙龙与团体，扶持翻译和艺术活动。大批欧洲人来到埃及，促进了欧洲文化在埃及的传播。伊斯玛仪秉持欧化的政策，力图将埃及建设成一个欧洲式的现代强国。在这一繁荣背景下，半独立、私人报纸期刊业蓬勃发展，出现了各类叙事文学作品。阿卜杜拉·艾布·苏欧德（عبد الله أبو السعود，1820—1878）创办的报纸《尼罗河谷》（وادي النيل，1866—1874年）刊登叙事文学作品选段，并报道欧洲和埃及的戏剧活动。阿里·穆巴拉克（علي مبارك，1823—1893）创办的期刊《学园》（روضة المدارس，1870—1877年）连载科学、文学作品和一部莫里哀的戏剧，这部戏剧作品用简单、带有方言色彩的阿拉伯语翻译而成，而《学园》也是埃及第一份发表戏剧作品的期刊。[2]

黎巴嫩报纸期刊业的繁荣，在奥斯曼帝国苏丹阿卜杜·哈米德二世（1876—1909年在位）对报纸期刊与图书出版严苛的管控与审查之下终结。埃及相对宽松、自由的文化环境，吸引大批黎巴嫩和叙利亚知识分子带着他们主办的报纸和期刊移居埃及，或在埃及创办新的报纸期刊。[3] 一方面，这进一步繁荣了埃及的报纸期刊市场，另一方面，部分黎巴嫩与叙利亚报纸期刊受阿富汗尼的影响，表现出反帝国主义的民族主义倾向，引起了埃及政府的警觉。这后一类报纸期刊中往往将戏剧用作社会运动与政治斗争的媒介。

伊斯玛仪统治的后期，埃及的各项社会发展事业以及同埃塞俄比亚

---

[1] Elizabeth M. Holt, "From Gardens of Knowledge to Ezbekiyya after Midnight: The Novel and the Arabic Press from Beirut to Cairo, 1870-1892," *Middle Eastern Literatures* 16（3）, 2013, p.234.

[2] Elisabeth Kendall, *Literature, Journalism and the Avant-Garde*（Abingdon: Routledge, 2006）, pp.11-12.

[3] Ami Ayalon, "The Press and Publishing," in *The New Cambridge History of Islam,* Vol 6, ed. Robert W. Hefner（Cambridge: Cambridge University Press, 2010）, p.578.

的战事，使得埃及欠下了欧洲国家大量外债，并于1876年宣告破产。法国和英国开始大规模介入埃及事务，掌握了苏伊士运河和埃及财政的管辖权。政府的无能和欧洲人在埃及享有的特权激起了埃及中下阶层民众的民族主义情绪。1879—1882年，青年军官欧拉比领导民族主义式起义。最终，英国于1882年，炮轰亚历山大，挫败欧拉比起义，正式占领埃及。

在这一阶段，埃及报纸期刊的叙事文学开始政治化，出现了针砭时弊的讽刺作品，批评穆罕默德·阿里王朝的统治以及外国人对埃及事务的介入和在埃及享有的特权。其中最有代表性的是雅各布·萨努阿（يعقوب صنوع，1839—1912）创办的讽刺文学刊物《戴眼镜的人》（أبو النظارة，1877）。他用平易的阿拉伯语，运用戏剧对白的形式，描述各类人物，并根据人物的身份特征采用不同的表达方式，甚至直接使用方言。这本刊物很快被关闭，萨努阿流亡巴黎，继续创办讽刺文学刊物。另一部代表性讽刺文学刊物是阿卜杜拉·纳迪姆（عبد الله النديم，1842—1896）创办的《讽刺与批评》（التنكيت والتبكيت，1881）。纳迪姆是欧拉比起义的支持者，他深谙民间疾苦，特别为农民说话。他熟悉阿拉伯语古典文学传统、现代欧洲文学与思想以及埃及社会的状况，擅长运用反语、讽喻、多义等现代文学表达手法，发表说教式、小说式的叙事文章。他在写作中也会使用方言。他的写作风格，既不让知识阶层嗤之以鼻，也能让普通民众轻松理解，因此广受读者欢迎。欧拉比起义失败后，纳迪姆沉寂了一段时间，随后又创办了讽刺文学刊物《大师》（الأستاذ，1892），将批评的矛头指向英国殖民政府。①

1882年起，英国开始对埃及进行殖民统治。殖民政府延续了埃及政府1881年颁布的《新闻法》，加强对报纸期刊等公共媒体中批评政府言论的管控。在这一背景下，文学类报纸期刊快速发展，知识分子借助小说式的叙事文学，在开启民智、教化社会的基础上，进行隐晦、间接的政治与社会批评。著名的黎巴嫩期刊《撷英》（المقتطف，1876年创办，1885年迁至埃及），从19世纪90年代开始，一反之前重科学、诗歌，

---

① Elisabeth Kendall, *Literature, Journalism and the Avant-Garde*（Abingdon: Routledge, 2006），pp.15-17.

轻叙事文学的做法，开始增加相应的内容。杰尔吉·宰丹（جرجي زيدان,1861—1914）在他创办的期刊《新月》（الهلال, 1892）上连载发表了23部历史小说，这些作品讲究还原历史，情节稍弱，人物性格比较单一，但其平易的语言和深邃的历史意识影响了之后好几代阿拉伯作家。穆罕默德·穆维利希（محمد المويلحي,1858—1930）在同他父亲易卜拉欣·穆维利希（إبراهيم المويلحي, 1843—1906）一同创办的报纸《东方之灯》（مصباح الشرق, 1898）上连载的系列叙事文章，将玛卡梅文体和现代报刊语言结合在一起，将启蒙、教化与针砭时弊结合在一起，为阿拉伯语叙事文学提供了一种新的范式。

从20世纪初期开始，阿拉伯语报纸期刊的政治化程度逐步加深。一方面，欧洲殖民主义的深化，激发了各类民族主义思潮和运动；另一方面，政党的发展也使得报纸期刊出现了政党化、派别化的倾向。纠结于传统与现代、东方与西方、落后与文明、精神与物质、自我与他者等多重矛盾之中追求启蒙、革新与进步的"漫长的19世纪"告一段落，以反帝、反殖、民族独立与国家构建为主题的20世纪来临，阿拉伯语报纸期刊业逐渐从独立发展走向党派化和体制化，阿拉伯语叙事文学也开始发展出成熟的现代范式，并逐渐与报纸期刊脱离。这后一段历史已超出本文的考察范畴，将另文论述。接下来，本文将分别选取19世纪中期和末期的两本刊物上的叙事文学，进行案例研究，探讨报纸期刊、文学与社会变革的互动关联。

二 《新闻苑》与叙事文学的启蒙与教化

《新闻苑》创办于1858年，据称是黎巴嫩第一份报纸。1860年，《新闻苑》得到了奥斯曼政府的支持，成为黎巴嫩山区省的半官方报纸，1865年又成为叙利亚省的半官方报纸。该报充分贯彻了创办者哈利勒·胡里的理念，即在学习西方文明和挖掘自身文化传统之间建立平衡，通过启蒙与教化，实现叙利亚民族的复兴与进步。

《新闻苑》代表报纸期刊与叙事文学相结合的一个早期范式，将翻译小说、传统故事和原创叙事文学结合在一起，既响应黎巴嫩新兴商业和知识阶层的阅读需求，又贯彻办报者启蒙与教化的理念。

《新闻苑》是最早系统连载翻译小说的阿拉伯语刊物。1858—1862年间，共连载了 12 篇译自法语的小说。前两篇小说的译者，来自的黎波里的赛里姆·德·纳乌法勒（سليم دي نوفل，1828—1902）在连载前的介绍中提到，编者选择翻译欧洲文学中的"爱情"小说，是为了用情感感染读者，以达到提升道德修养，培养男性与女性温和的性情。①

第一篇翻译小说《马基·德·方丹》基本情节为，路易十五世时期，巴黎贵族青年、花花公子马基·德·方丹放荡不羁，他的舅舅为纠正他的行为、调养他的性情，设计安排了他和富商之女贝尔蒂结婚。马基拒绝这份婚姻，向妻子贝尔蒂表明态度，并决定出国旅行。一年后，马基归来，贝尔蒂隐瞒自己的身份，设计让马基为了保护她的名誉而同另一名贵族决斗。马基胜利之后，贝尔蒂通过书信的形式向他表示感谢，她的知书达礼使马基陷入爱河。最终两人相认，马基承认了同贝尔蒂之间的婚姻。②

第二篇翻译小说《两个乔治》讲述了 18 世纪末发生在巴黎的爱情故事。巴黎女孩路易莎同父亲好友孔特·西尔尼之子乔治·西尔尼青梅竹马，互生爱意。由于乔治即将受军队征召，两人决定加速结婚计划。路易莎恳请乔治之父向她父亲求婚，乔治之父由于担心招致她父亲不满，没有实施求婚，但在路易莎的追问下，不得不骗她说她父亲已经同意二人的婚事。此时，路易莎父亲的另一位好友，40 多岁富有的单身男子意大利公爵乔治·西普拉前来拜访，父亲从路易莎的前途考虑，决定将她嫁给公爵乔治。路易莎却误以为父亲所说的乔治就是乔治·西尔尼，便一口答应。待到婚礼之时，路易莎发现了这个错误，但已经无可挽回。她向公爵坦承了自己真实的感情，公爵表示理解，并没有圆房。她请公爵带她去意大利，以疗情伤。在意大利的一天晚上，她无意中听到公爵和一个仰慕他的女子间的对话。公爵告诉那个女子，他爱路易莎，因此不能接受其他女子。路易莎也渐渐爱上了公爵，但正当她下决心表明心迹的时候，公爵已经自杀。公爵的医生告诉路易莎，公爵自杀是为了成全她的爱情。公爵请求医生带路易莎回巴黎，安排她嫁给乔治·西尔

---

① ٥٠ حديقة الأخبار，转引自 Basiliyus Bawardi, "First Steps in Writing Arabic Narrative Fiction: The Case of 'Ḥadīqat al-Akhbār'，" *Die Welt des Islams*, 48（2），2008, p.182。

② Basiliyus Bawardi, "First Steps in Writing Arabic Narrative Fiction: The Case of 'Ḥadīqat al-Akhbār'，" *Die Welt des Islams*, 48（2），2008, pp.186-187.

尼。在经历很长一段时间恢复后，路易莎与乔治终于结成连理。①

这两部作品涉及两性关系对人的培育与教化、爱情中相互成全的伟大牺牲等主题，突出情感对心灵的净化、对道德的提升。作品的译文平易、流畅，接近口语的表达，而不采用古典、华丽、讲究辞藻与形式的语言，以贴合新知识阶层的语言审美。这反映出《新闻苑》试图用叙事文学来教化社会、引领民众进步的初衷。

《新闻苑》不仅仅刊登翻译小说，还注重从阿拉伯古典传统中挖掘适合培育时代精神的内容，用故事的形式和平易的文字展现出来。比如，《新闻苑》刊登贾希利叶时期和伊斯兰初期的阿拉伯诗人的传记，期望用他们人生经历中的爱、牺牲、磨难、冒险和骑士精神来教化新时代的民众。

从《新闻苑》注重挖掘法国爱情小说与阿拉伯古典传统中的价值观与道德观的契合来看，哈利勒·胡里所希望实现的启蒙与教化不是欧洲化或西方化，而是希望实现一种根植黎巴嫩社会，调和西方与东方、现代与传统价值的社会革新与民族进步。这一倾向，充分体现在他从1859年连载至1861年的他自己创作的叙事作品《哎哟！我不是外国人》（وي، إذن لست بإفراجي）当中。

这部作品，在题材、体裁和语言上都反映出上述调和特征。就题材而言，作品运用阿拉伯游记传统中的旅行者意象，作者将自己代入一个游历贝鲁特、黎巴嫩山区和阿勒颇的旅行者身上，描述贝鲁特那些抛弃传统服饰和语言、拙劣模仿欧洲人的装扮和语言的阿拉伯人，将这类人同黎巴嫩山区所保存的传统生活方式与阿勒颇调和本土与欧洲的温和现代化相比较，呼吁现代化需根植于传统与本土精神。哈利勒·胡里在这部作品的序言中提出："每个民族都倾向于一种特定的、符合他们道德观念与行为方式的文化，无法轻易改变。我们希望英国人是英国人，法国人是法国人，阿拉伯人是阿拉伯人。"在作品结束时，他对读者说："我们不应该总是惊艳于欧洲的事物，也不应该总是批判阿拉伯的事物。因此，学习欧洲的科学与艺术的同时，努力做到以契合时代精神的方式复兴东方文化。"他最后告诫读者："做一个文明的阿拉伯人，而不是一个不完整

---

① Basiliyus Bawardi, "First Steps in Writing Arabic Narrative Fiction: The Case of 'Hadīqat al-Akhbār'," *Die Welt des Islams,* 48（2）, 2008, pp.188-189.

的欧洲人。"①　就体裁而言，作者将阿拉伯古典游记与欧洲小说的叙事手法紧密结合，创造出一种扎根现实又超越现实的现代叙事体。就语言而言，作者采用了同翻译小说一样平易质朴的现代语言，既不拟古，又不迎合市井的口头语言，为之后阿拉伯语叙事文学的语言风格定下了基调。

三　《东方之灯》与叙事文学的多重批判与调和

如前所述，19世纪中叶黎巴嫩社会的乐观情绪，使得《新闻苑》中的叙事文学多注重启蒙与教化，旨在引领一个文明、进步的民族未来。但《哎哟！我不是外国人》在探讨调和式现代化道路的同时，已经开始在文学中引入社会批判。到了19世纪末，批判已成为埃及阿拉伯语报纸期刊中叙事文学的主要潮流。

《东方之灯》的创办者穆维利希父子在伊斯玛仪统治埃及时期就积极投身政治，同阿富汗尼和穆罕默德·阿布笃等伊斯兰改革派过往甚密，并支持欧拉比起义。父子二人熟谙埃及社会的状况，又陪伴废黜的伊斯玛仪一同游历过欧洲多国。他们丰富的政治活动与人生阅历，使《东方之灯》在当时激烈的报业竞争中因其紧贴时代的内容与老道典雅的文字而迅速占据一席之地。

从1898年创立报纸到1902年间，穆罕默德·穆维利希在《东方之灯》上主要以《一段时光》为题，先后发表了52篇讽刺性叙事作品。这些文章深入刻画英国殖民统治下埃及的官僚、知识阶层与市民阶层，描绘埃及政治、法律和社会生活的方方面面，也介绍欧洲的制度与风貌，对埃及社会的状况以及埃及人的心态进行全景式的刻画与批判。文章融事实性的新闻写作与虚构性的文学叙事、古典玛卡梅与现代报刊文体为一体，创造了一种典雅而平易的叙事文学风格。更值得关注的是，《一段时光》的文本经历过两次重大的转变，第一次是从报刊连载文章转成图书（1907），第二次是从图书转成供埃及中学生使用的语文教材（1927）。在这两次文本转变中，穆罕默德对文章的内容和章节的编排都做了很多

---

① Basiliyus Bawardi, "First Steps in Writing Arabic Narrative Fiction: The Case of 'Hadīqat al-Akhbār'," *Die Welt des Islams*, 48（2）, 2008, p.192.

调整，从中可以看出这部阿拉伯语叙事文学作品从报刊连载、到结集出版、再到成为文学经典的衍变过程。从题材、体裁和语言来看，《一段时光》承载了巨变期埃及社会中由传统与现代所领携的各类矛盾。多维度的批判视角和横跨新旧文学传统的文本范式，使这部叙事文学作品本身成为阿拉伯语世界现代化转型中多种矛盾共存并相互调和的映射。

从题材来看，《一段时光》大致可以分成以下五个部分。最先发表的四篇文章关注英国与埃及联军在苏丹的战事，主要讽刺埃及各部部长贪恋权势与虚名、听任英国人摆布而无所作为的状态。作者引入哈马扎尼（الهمذاني، 969—1007）玛卡梅中的讲述人伊萨·本·希沙姆（عيسى بن هشام）这一角色，为他的讽刺文章介绍背景，然后虚构了各部长之间或部长与记者之间的对话，但部长的名字都是真实的。从第二部分起，这些系列讽刺文章开始以《一段时光》的名称出现。伊萨·本·希沙姆不再仅仅是讲述人，而成为推动情节发展的角色。一天晚上，他在墓地里逡巡，遇上了一名从坟墓中复活的穆罕默德·阿里时代的帕夏。当他带着帕夏离开墓地时，遇上了索要钱财的无赖骑驴人，帕夏一怒之下揍了骑驴人，于是被警察拘禁。之后，伊萨·本·希沙姆陪同帕夏经历审讯、请律师、打官司、上诉等一系列依照法国的司法体系设立的埃及新司法体系的程序。随后，帕夏又因向他的后人追讨家产，而经历了与新司法体系并行的沙里亚法体系的程序。在这部分中，作者批判了警察、司法、律师、权贵与小市民的种种丑恶面，同时也借角色之口，探讨了新旧司法与经济制度的优劣。第三部分，经历埃及司法体系折磨而筋疲力尽的帕夏需要一段时间休养和调整，而现实中此时埃及正好发生了瘟疫，于是在这部分的讽刺文章中，伊萨·本·希沙姆带着帕夏躲避瘟疫，并借此机会讨论了瘟疫、医学和文学。之后，两人参加了一个婚礼，在婚礼上见到了爱资哈尔清真寺的长老们、商人、统治家族的王子们和官僚系统内的职员。随后，两人以旁观者的身份，参加了上述四类群体的交谈会（مجلس）。这部分生动描绘了埃及社会不同群体的生活与思想状态。在这部分中，两人不再担当叙事情节的主要角色，而是成为连通各类角色与读者的讲述者、旁观者和评论者。第四部分的情节围绕一个来自乡村的"村长"展开，讲述了他来到西化的城市寻找乐趣，被一个西化的纨绔子弟及其商人朋友欺骗的故事。这部分涉及餐厅、酒吧、剧院及旅游、借债等情境，在描述传统乡村生活和西化城市生活的碰撞中，深刻批判埃及社会转型期的种种丑恶现象与社会矛盾。这部分中，伊萨·本·希沙姆和帕夏完全成了背景。最后一部分是关于 1900 年的巴黎世博会，这是穆罕默德参观世博会的观察与记录，他借角色之口详细介绍了博览会的见闻和法国的政治制度。从这部分起，该系列的名称调整为《伊萨·本·希沙姆叙事录》（حديث عيسى بن هشام）。这也是该系列文章最后结集出版时所用的书名。

《一段时光》对于埃及社会的批判是多维度的。对于埃及社会传统与现代制度与生活之间的冲撞，穆罕默德在作品中并不似激进的改革主义者那样贬低传统、鼓吹现代文明，也不似保守主义者那样反对现代化、呼吁坚守传统。对于传统与现代，他都保持一个有褒有贬的批判态度。

以作者对城市街区风貌的描写为例。当伊萨·本·希沙姆陪同帕夏和他们请的律师去上诉时，经过新规划建成的伊斯迈尔广场，帕夏大为震惊，作者以伊萨的口吻叙述道：

ولمّا وصلنا إلى الإسماعيلية ورأى الباشا قصورها ومبانيها وبيوتها ومغانيها ورياضها وحدائقها وازدهارها وشقائقها وطرقها وتنظيمها وأشجارها وتقويمها، استوقفنا مبهوتا، واستنطقنا بعد أن كنّا سكوتا، وسألنا ما موضع هذه الجنة الزاهرة من مدينة القاهرة.①

> 我们抵达伊斯迈尔广场，当帕夏看到那里的宫殿、建筑、寓所和别墅，看见那里草木繁盛的花园与林荫，看见那里整洁的街道与整齐的树木，他非常惊讶，让我们停下来，打破先前的沉默，向我们询问这块繁荣的天堂位于开罗城哪个位置。

当帕夏得知这块地方所处的位置后，随即感叹，在他的时代这块地方是如何荒凉、破败、残破，并为埃及人所取得的成就感到欣喜。这里，作者借帕夏之口，褒扬了现代城市规划下漂亮的城市景观与宜人的生活环境。但律师马上告诉帕夏，这片区域的每一处都属于外国人。帕

---

① Muhammad al-Muwayliḥī, *What 'Īsā Ibn Hishām Told Us or a Period of Time*, Volume 1, ed.&tr. Roger Allen（New York and London: New York University Press, 2015）, p.132. 下段译文系笔者自译。后同，不再说明。

夏对此大为困惑。律师解释道，这是因为埃及人慵懒、不思进取，而外国人勤勉、努力工作；同时，埃及的统治者利用手中的权力，帮助外国人压榨、羞辱埃及人。

在这段叙述中，城市现代街区背后的文明进步、殖民者勤勉与贪婪以及被殖民者的无奈与苟且一同呈现在读者面前，构成了一个典型的多维度批判。

再比如，当帕夏体验埃及的新司法体系时，感慨贵族特权的流失和司法程序的改变，伊萨向他介绍埃及根据法国的司法体系建立起来的多种法庭共存的司法状况，包括沙里亚法庭、国民法庭、混合法庭、惩戒法庭、领事法庭、特别法庭等。人们可以根据诉讼的不同情况，选择合适的法庭，进行诉讼。在新的司法体系下，贵族与平民人人平等。这显然是对新司法体系，特别是平等原则的肯定。

但作者马上借帕夏之口质疑道：

ما هذا الخلط وما هذا الخبط؟ سبحان الله هل أصبح المصريون فرقا وأحزابا، وقبائل وأفخاذا، وأجناسا
مختلفة، وفئات غير مؤتلفة، وطوائف متبددة، حتى جعلوا لكل واحدة محاكم على حده، ما عهدناهم كذلك منذ
الأعصر الأول، ودولات الدول؟ هل اندرست تلك الشريعة الغراء، وانهدمت بيوت الحكم القضاء؟ ①

这是何等的混乱和无序啊？天啊，难道埃及人已经分裂成不同的团体与派别、不同的部落与氏族、不同的社群与阶层，以至于需要给每个群体设置一个专门的法庭了吗？这不是我们在先前的时代与王朝中所熟悉的状况。难道高贵的沙里亚法已经消失了？司法与判决的机构已经消亡了？

对于平等原则的质疑，作者设计了另一个情节。帕夏在大街上看到一个新派法官骑着自行车疾驰而过，骑车人突然摔倒在地，人、车与象征身份的毡帽分离三处。衣冠不整的骑车人爬起来后，试了几次都上不了车，只能推着车走了。帕夏感叹道，在他的时代，法官和执政官只有在随从的保护下才骑着坐骑上街，这是为了维护法律和权力在民众心中

---

① Muhammad al-Muwayliḥī, *What ʿĪsā Ibn Hishām Told Us or a Period of Time*, Volume 1, ed.&tr. Roger Allen（New York and London: New York University Press, 2015），p.80.

的威严。如果法官当众出丑、失去形象，还如何保持法律的尊严？①

整部作品中，类似这样的多维批评比比皆是。作者借助他所代入的伊萨和不同角色之口，对新旧制度与社会生活的优劣进行了全方位的探讨和评价，展现了横亘在转型期埃及社会面前的围绕传统与现代的各类矛盾。

从体裁来看，《一段时光》将传统的玛卡梅同小说、戏剧和新闻纪实体调和在一起。哈马扎尼创作玛卡梅时，初衷是将其用作讲授语文知识的材料，设计故事情节只是为了增加可读性。在他们的玛卡梅中，传述人是伊萨·本·希沙姆，主人公是乞丐艾布·法塔赫，在前者的旁观下，后者"以自己的口才、文采和智谋向人们乞讨和骗取钱财"。② 由于是用作语文教材，玛卡梅创作的形式大于内容与思想，"追求生词僻典和声韵、骈俪"，往往"艰深难解"。③ 穆罕默德用了玛卡梅的形式，将讲述人伊萨同复活的帕夏组合，体验世纪之交埃及社会生活的种种。但穆罕默德更注重内容与思想而非形式，除了每篇开头，伊萨设定场景的时候用玛卡梅惯用的骈文，其余部分并不囿于该体裁固有的形式要求。此外，伊萨与帕夏并不一直以主人公的形式出现，有时只是作为背景人物引出作者想要描述的情节与表现的场景。

《一段时光》每篇文章的主体形式，更接近于现代戏剧文本，全篇以场景说明和人物对白的形式串联在一起。穆罕默德显然与他同时代许多谋求变革的知识分子一样，认同戏剧对民众教化、社会改良与政治抗争的积极作用，因此将戏剧的形式融入他的讽刺叙事作品中。

此外，《一段时光》的体裁特色还表现为纪实与虚构交织。穆罕默德一方面采用真实人物、叙述真实事件、还原真实场景，另一方面又构拟人物的经历、制造情节冲突，以展现他想要描绘的意象、阐释他意欲表达的观点。前一种受到新闻报道的影响，而后一种则受到西方小说的影响。

从语言来看，《一段时光》坚持使用典雅而又简洁、质朴的阿拉伯语。他不像同时代其他用玛卡梅体写作的知识分子那样，模拟古典玛卡

---

① Muhammad al-Muwaylihī, *What ʿĪsā Ibn Hishām Told Us or a Period of Time*, Volume 1, ed.&tr. Roger Allen（New York and London: New York University Press, 2015），pp.134&136.

② 仲跻昆：《阿拉伯文学通史·上卷》，译林出版社，2010，第448页。

③ 仲跻昆：《阿拉伯文学通史·上卷》，译林出版社，2010，第450页。

梅的骈俪文风。除开篇部分外，他都采用流畅、通俗的散文体。他也不像雅各布·萨努阿和阿卜杜拉·纳迪姆那样直接用方言写对话。但这并不意味着他将每个人物的话语都用文绉绉的书面语言呈现。他会根据每个人物的社会地位和角色性格，写出符合他们使用习惯的语言风格。最为精彩的一个例子是，他在刻画爱资哈尔长老们的时候，不仅生动地再现他们之间交谈的话语特征，更是模拟出一位长老根据自己对报纸期刊文章风格的理解、用自己的方式所书写的新闻评论稿件。依靠这种娴熟的语言技巧，穆罕默德为后人提供了一种既调和不同话语特征，又不失顺畅、典雅的现代阿拉伯语范式。

结语：过去、现在与未来

从《新闻苑》集合翻译小说、传统故事和原创叙事挖掘古今相通、东西共奉的情操与价值以启蒙与教化社会，到《东方之灯》连载的《一段时光》对传统与现代的多维批判与调和，阿拉伯语叙事文学借助舶来的报纸期刊，深度参与了19世纪中叶至20世纪初以黎巴嫩和埃及为代表的阿拉伯语世界的现代化转型。阿拉伯语叙事文学，从题材、体裁到语言，都映射并承载了这一现代化转型所经历的多种矛盾，并在此过程中，逐渐形成了一种调和自我文学传统与西方文学潮流的现代阿拉伯语叙事文学范式。

安舒曼·艾哈迈德·蒙达尔在分析《一段时光》时指出，这部作品的文本包含了五个层次的时间：第一层是容纳辉煌的古典伊斯兰文明的过去，第二层是相较于西方文明的腐朽与贫乏的过去，第三层是改变埃及落后面貌、实现进步与现代化的现在，第四层是招致社会与道德腐化的现在，而第五层则是埃及历史中所有问题与矛盾全部化解的未来。[1]这五个时间层次，准确而精辟地概括了阿拉伯语报纸期刊和阿拉伯语叙事文学早期发展过程中所映射的复杂矛盾。这些时间层次，伴随着阿拉伯语世界的现代转型与文学发展，至今依然如是。

作者系北京大学东方文学研究中心／北京大学外国语学院教师

---

[1] Anshuman Ahmed Mondal, "Between Turban and Tarbush: Modernity and the Anxieties of Transition in Hadith 'Isa ibn Hisham," *Journal of Comparative Poetics* 17, 1997, pp.203-204.

阿达帕神话中的生与死

——人类的成年礼

赵彬宇

内容提要　古代两河流域有关人类先贤阿达帕的神话，因其中蕴含的丰富象征寓意，百余年来受到不少学者的关注，而学者们对这一神话的认识不尽相同，其中把阿达帕神话解释为成人仪式的观点能对神话中一些看似奇特的情节做出相对合理的解释。本文按照法国民俗学家范热内普提出的过渡礼仪模式，把该神话的叙事情节划分为分隔、边缘和聚合三个阶段，联系古代两河流域的神话和史诗传统，依次分析各个阶段的过程及其中的象征意义。

关键词　阿达帕　过渡礼仪　阈限　智慧与永生

阿达帕在古代两河流域的神话传统中是大洪水时代之前的七位先贤（*apkallu*）之一，其名字的含义尚不明确。芝加哥亚述语词典对这一名字的释义是"智慧的"，对应的苏美尔语名是 ù-tu-a-ab-ba，意为"海中出生者"。① 这些含义应该是根据阿达帕神话的内容后来赋予 *adapa* 这个词的，并非原本所有。有关阿达帕的神话最早在公元前 14 世纪加喜特王朝时期被记录下来，在古代的文学目录泥版中记载的题目为 "a-da-

---

① I. Gelb et al., *Chicago Assyrian Dictionary*, Vol. 1（Chicago: The Oriental Institute, 1964）, p.102.

pà a-na qé-reb AN", ^① 意为"阿达帕登天",现代学者依据神话的故事
情节重新给这一神话命名,一般称之为"阿达帕与南风"。这一篇作品
虽然篇幅不长,但其中有关南风折翼和生死饮食等情节不仅具有一定的
趣味性,更蕴含着丰富的象征寓意,反映出当时的人们关于文明、死亡
等议题的观念和信仰。

一 现存文本情况与神话情节概述

自 1876 年发现第一块有关阿达帕神话的泥版残片以来,到目前共有 6
块泥版残片的内容被确定属于这一神话。这 6 块残片的收藏情况如下。

泥版	所属馆藏与编号
残片 A	纽约摩根图书馆（MLC 1296）
残片 A$_1$	大英博物馆（K 15072）
残片 B	柏林近东博物馆（VAT 348）
残片 C	大英博物馆（K 8743）
残片 D	大英博物馆（K 214）
残片 E	大英博物馆（K 9994）

其中残片 B 出土于埃及的阿玛尔纳（Tell el-Amarna）,成文年
代约在公元前 14 世纪,其余残片都出土于尼尼微,属于亚述巴尼拔
（Ashurbanipal）图书馆的馆藏,约成文于公元前 7 世纪。残片 A 与残片
A$_1$ 是相同内容的两个不同抄本,是神话的开头引导部分。残片 B 保留
了神话的主体情节。残片 C 的内容大致相当于残片 B 正面 12—20 行。
残片 D 的内容是一则祛除疾病的咒语,已脱离了神话的主体叙事情节。
残片 E 破损相当严重,难以恢复其记载的内容。此外,在哈达德（Tell
Haddad）发现了阿达帕的苏美尔语文本,但至今尚未公开发表。基于
此,目前该神话的主要内容根据残片 A 和残片 B 两块泥版进行复原。

这个神话比较短小,现存主体内容不过百行。残片 A 讲述了两河
流域的淡水神兼智慧神埃亚（Ea）把智慧和大地的运行之道传授给人类

---

① C. Bezold, Catalogue of the Cuneiform Tablets in the Kouyunjik Collection of the British
Museum, Vol.4（London: The British Museum, 1889-1899）, p.1627.

的先贤之一阿达帕（母题 J164，神授智慧）^①，阿达帕是埃亚的仆从和信徒，每日负责打理埃亚所在的城邦埃利都的献祭等事宜，并且出海捕鱼供奉给埃亚。

残片 B 的正面讲述了阿达帕出海捕鱼的时候，南风吹来，卷起海浪，阿达帕不慎落入水中，因此出言诅咒，要折断南风的翅膀（母题 A1125，振翅成风、文化英雄折翼）。南风翅膀随即折断，此后七日没有刮风。天神安努（Anu）便向使臣伊拉布拉特（Ilabrat）询问缘由，得知是阿达帕所为，愤怒之下命令将他带上天庭受审。埃亚预料到这件事，于是让阿达帕做好上天的准备，让他头发蓬乱、身穿丧服，并且告诫他：登上天后将会遇到驻守天门的两位神杜穆兹（Dumuzi）和吉兹达（Gizzida）（母题 A661.0.1，天门），两位神看到他这副模样，并且询问他原因的时候，要回答说因为杜穆兹和吉兹达从地上消失不见，所以穿了丧服，这样两位神会相视而笑，替阿达帕在安努面前美言；见到天神安努后，赐予的死亡之食和死亡之水不能吃喝（母题 C211 和 C262，在另一世界里饮食的禁忌），但赐予的油脂和衣裳可以接受。

从残片 B 的背面开始，讲述阿达帕登上天庭（母题 F10，升天），最初事情的发展一切都与埃亚所说的一样，但是到最后，安努了解了情况，平息了愤怒，给阿达帕的并不是死亡的饮食，而是可以获得永生的饮食。阿达帕仍然遵从埃亚的教诲，没有接受饮食，但涂了油脂，穿了衣裳。安努笑他错失获得永生的机会，把他送回地面（母题 F10.1，从天界返回）。

二　研究概况

这一神话虽然不长，但内涵十分丰富，包含了不少民间文学的母题，也因此吸引了不少学者进行研究。

在文本的整理和转写、翻译方面，最重要的成果是意大利学者比

---

① 本文的民间文学母题索引依据 S. Thompson, Motif-index of folk-literature : a classification of narrative elements in folktales, ballads, myths, fables, mediaeval romances, exempla, fabliaux, jest-books, and local legends（Bloomington: Indiana University Press, 1955-1958）。

奇奥尼（S. A. Picchioni）所著的《阿达帕诗歌》^① 和以色列学者伊兹雷尔（Shlomo Izre'el）所著的《阿达帕与南风：语言具有生死的力量》^②。这两部著作都整合了已发表的各个残片，有详尽的楔文符号转写和语法注释。此外，英国学者戴蕾（Stephanie Dalley）在《美索不达米亚神话：创世、洪水、吉尔伽美什及其他》^③ 中，美国学者福斯特（Benjamin Foster）在《缪斯之前：阿卡德语文学选集》^④ 中都分别收录了各自对阿达帕神话的英译文本。

　　对于阿达帕神话的内容进行阐释的成果也不少，学者们给出了多样的观点。目前主流的观点认为这是一个说明性的神话，解释了人类因错失机会而不能像神一样永生，持这一观点的学者包括戴蕾、布莱克（Jeremy Black）等。^⑤ 也有不少学者认为这个神话表现出神要让人为自己服务，不能让人获得超过神的智慧而脱离神的掌控，反映出植根于两河流域文化中的消极沉郁的情调，福斯特和博尔（F. Böhl）等人就主张这一观点。^⑥ 还有一些针对神话中的具体细节做的分析，例如根据南风因遭受诅咒而翅膀折断，指出这一神话表现出古代两河流域居民的观念中认为口头语言具有魔法力量。^⑦ 根据安努赐予阿达帕饮食、油脂和衣服，讨论近东地区古今相通的热情待客之道。^⑧ 或根据阿达帕拒绝永生之饮食，未留在天界而返还人间，认为这表现出摆脱神的束缚、

---

① S. A. Picchioni, *Il poemetto di Adapa* (Budapest: Eötvös Loánd Tudományegyetem, 1981), pp.112-123.

② S. Izre'el, *Adapa and the South Wind: Language Has the Power of Life and Death* (Winona Lake: Eisenbrauns, 2001), pp. 9-46.

③ S. Dalley, *Myths from Mesopotamia: Creation, the Flood, Gilgamesh, and Others* (Oxford: Oxford University Press, 1989), pp.182-188.

④ B. Foster, *Before the Muses: An Anthology of Akkadian Literature* (Bethesda: CDL Press, 2005), pp.525-530.

⑤ Dalley, *Myths from Mesopotamia*, p.182; J. Black and A. Green, *Gods, Demons and Symbols of Ancient Mesopotamia* (London: The British Museum Press, 1992), p.27.

⑥ B. Foster, "Wisdom and the Gods in Ancient Mesopotamia," *Orientalia, NOVA SERIES* 43 (1974), p.353; F. Böhl, "Die Mythe vom weisen Adapa," *Die Welt des Orients* 2 (1959), p.416.

⑦ Izre'el, *Adapa and the South Wind*, p.131.

⑧ T. Jacobsen, "The Investiture and Anointing of Adapa in Heaven," *The American Journal of Semitic Languages and Literatures*, 46 (1930), p.201.

自由生活在人间的愿望。① 此外，波兰裔美国学者米哈沃夫斯基（Piotr
Michałowski）指出，阿达帕神话的情节类似于过渡礼仪，但他非常谨慎
地认为只是神话的叙述结构类似，而神话的内涵并不在此。② 伊兹雷尔
发展了这一观点，认为这一神话跟丧葬礼仪或成人礼仪明显相关。③

　　暂且不谈对神话具体细节的分析阐释，就该神话的总体性质而言，
主流观点认为这是解释人类不能永生的神话，这是神话叙事的表层就体
现出来的，容易理解和接受，但这一解释仍存在一些问题。从《吉尔伽
美什史诗》（Epic of Gilgamesh）和《阿特拉·哈西斯》（Atra-ḫasīs）等
文本的叙述中可以得知，埃亚在两河流域神话传统中是给人类带来文
明、在大洪水前泄密给人类使其免受彻底灭绝的神祇，展现出对人类相
当友好的形象，认为人类因为受埃亚的欺骗而错失永生机会的解释方式
有悖于这一文化传统。而认为神不希望人类的智慧和生命达到甚至超过
神、神对人的掌控和人必然死亡的命运虽然蕴含着悲观无奈的思想，符
合两河流域的文化背景，却又有违神话本身叙述的埃亚传授智慧、安努
赐予永生的情节，且不能很好地解释头发蓬乱、身穿丧服、天门、涂
油、穿衣等情节和意象的象征寓意。因此，综合考察阿达帕神话的叙事
情节，并结合两河流域神话和史诗传统的互文性分析，把这一神话认定
为阿达帕的成人仪式是一种较为合理的解释方式。

三　阿达帕的成人仪式

　　人类学家马林诺夫斯基（Bronisław Malinowski）曾指出，神话"乃
是合乎实际的保状、证书，而且常是向导……神话也是产生道德规律、
社会组合、仪式或风俗的真正原因"。④ 人类社会是神话的原型，神话的
基本主旨是人类社会生活的投影。对于阿达帕神话内涵的理解，也需要

① 矢岛文夫：《世界最古老的神话——美索不达米亚和埃及的神话》，张朝柯译，东
方出版社，2006，第130页。

② P. Michałowski, "Adapa and the Ritual Process," *Rocznik Orientalistyczny* 41（1980），
pp.80-81.

③ Izre'el, *Adapa and the South Wind*, p.137.

④ 马林诺夫斯基：《巫术 科学 宗教与神话》，李安宅编译，上海文艺出版社，1987，
第132页。

回归到当时两河流域的社会和文化情境之中，如此才能对在现代读者看来荒诞诡谲的神话叙事做出合理的解释。

法国民俗学家阿诺尔德·范热内普（Arnold van Gennep）把伴随着个体年龄、状态、社会地位、所属群体等的变化而举行的使个体从某一确定的境地过渡到另一确定的境地的仪式称为过渡礼仪（rites de passage）。① 人类社会生活中的多种活动，诸如成年、婚嫁、生育、丧葬等，在很多文化群体中，尤其是古代文化里，都伴随有相关的仪式。这些帮助个体接纳新的身份、适应新的生活样态的仪式活动，就是过渡礼仪。阿达帕神话的叙事结构和内容都可以视作古代两河流域成年礼仪的投影。

范热内普提出过渡礼仪模式，并把整个仪式划分为三阶段：分隔礼仪（rites de séparation）、边缘礼仪（rites de marge）以及聚合礼仪（rites d'agrégation）。② 在阿达帕神话中，南风把阿达帕溺入海中，象征阿达帕的暂时死亡，可视作分隔礼仪的开始。埃亚让阿达帕头发蓬乱、身穿丧衣，这种着装的改变标志着向另一种状态的转变，是典型的边缘礼仪的特征。而聚合礼仪则是阿达帕在天界接受安努神给的油脂和衣服，同样是着装的改变意味着状态的改变，最后返回地面完成整个仪式。③ 这整个过程其实寓意着阿达帕由象征性的死亡过渡到重生，正如在很多地区的成人仪式中，新员被视作一个处于童年时期的已死去的人，再作为一个成年的个体而复生。④

（一） 分隔——象征性死亡与成人的开始

神话叙事开始时，阿达帕所处的地理位置是"海"，海这个神话原型包含着丰富的有关生命和死亡的象征意义。在两河流域的宇宙观中，天界、冥界与人间并不直接相连，而海则扮演着人间与天界和冥界之间

① 阿诺尔德·范热内普：《过渡礼仪》，张举文译，商务印书馆，2014，第3~4页。过渡礼仪也译作"通过仪式""通过礼仪"等。

② 阿诺尔德·范热内普：《过渡礼仪》，张举文译，商务印书馆，2014，第10页。

③ 此处提出的仪式三个阶段的划分不同于米哈沃夫斯基（Michałowski, "Adapa and the Ritual Process," p.80）给出的划分方式，米哈沃夫斯基认为整个仪式是从阿达帕登上天以后才开始的。

④ 阿诺尔德·范热内普：《过渡礼仪》，张举文译，商务印书馆，2014，第58页。

的中介角色。① 在《吉尔伽美什史诗》中，吉尔伽美什为了寻求永生也要渡海才能到达永生者乌特纳皮什提（Utnapishtim）的居住地，海把人类居住的人间与其他非凡人的空间隔离开。处于中间地带的海，在阿达帕神话中便是生死两种生命状态的转换地带，因此，阿达帕落入海中时，过渡仪式便已开始。

南风这一形象也同样暗示着死亡。这个神话的阿卡德语原文中，南风一词是 šūtu（残片 B 第 2、4、6、9 行等），是一个阴性词。在指代南风时，使用的第二人称附着代词 -ki（残片 B 第 4 行）和第三人称附着代词 -ša（残片 B 第 11、36、48 行等）也都是阴性形式，因此南风在神话中表现为一个女性形象。而在神话学中，女性通常代表着孕育生和死的矛盾双重性，既有培育生命的正面力量，又有破坏致死的负面力量。② 就如金星女神伊什塔尔（Ishtar）既是爱的化身，同时又代表破坏性的战争。这里南风使阿达帕落入海中，正体现了女性形象中毁灭性的一面。

南风同时是一个带有翅膀的形象，而羽翼在两河流域文化中通常是死亡和阴间地府的一种象征。在《伊什塔尔入冥界》（The Descent of Ishtar to the Netherworld）和《内尔伽尔与埃丽什基伽尔》（Nergal and Ereshkigal）两个神话叙事中，都写到居住在阴间的死者的样貌：

lab-šu-ma GIM *iṣ-ṣu-ri ṣu-bat gap-pi*
（像鸟一样，身着羽翼。）③

埃丽什基伽尔作为冥界的女主宰者，在浮雕艺术中的造型也是带翼的。因此阿达帕捕鱼时因南风吹来而落入海中，无疑意味着阿达帕的象征性死亡。

阿达帕落入海中后，仅仅通过言语诅咒就折断了南风的翅膀，这确实如不少学者所言，反映出口头语言的力量，然而其寓意不止于此。语

① J. Bottéro and S. Kramer, *Lorsque les dieux faisaient l'homme: Mythologie mésopotamienne*（Paris: Gallimard, 1989），p.70.

② 河合隼雄：《童话心理学》，赵仲明译，南海出版公司，2015，第 28、168 页。

③ R. Borger, *Babylonisch-assyrische Lesestücke*（Rome: Pontifical Biblical Institute, 1963），p.87. 也可参见 Dalley, *Myths from Mesopotamia*, pp.155, 168.

言能力是人与动物区分的一个重要特征，掌握语言使人类拥有了思考的工具，可以说语言正是人类智慧的代表。阿达帕能够运用语言的力量，表明他开始具备思维能力，拥有了智慧，标志着他走向成熟的开始。

（二）边缘——阈限阶段的智识习得

此后，阿达帕到了边缘礼仪阶段。神话中提到南风折翼之后"七日无风吹"（残片 B 第 6—7 行），七天这一时间概念在两河流域神话和史诗中常被应用到不同生命状态的过渡时期。《吉尔伽美什史诗》中，恩启都（Enkidu）从野蛮人转变为文明人的时间是七天。还有吉尔伽美什若想求得永生，给他的考验也是七天不得入眠，熬过七天便达到另一种生命状态。南风折翼七天后，阿达帕受命上天朝见安努，埃亚让他头发蓬乱，身着丧衣，完全是一位哀悼者的形貌。由此阿达帕的状态过渡到边缘礼仪时期，即阈限阶段（liminality），这一阶段在成人仪式中占有至关重要的地位。[①]

阿达帕登上天界后遇到把守天门的两位神祇，这两位神可算是"阈限守护者"。杜穆兹是牧羊神，女神伊什塔尔的丈夫，根据《伊什塔尔入冥界》的叙述，杜穆兹每年有一半时间被困在冥界替代伊什塔尔。他每年往返于阴阳两界，恰与四季轮回、植物荣枯相联系，因而很好地代表了生死两种状态的关联。吉兹达，或称作宁吉什兹达（Ningishzida），本是冥界神之一，在造型艺术中常被表现为缠绕在藤蔓上的蛇，而蛇则因为具有蜕皮重生的生物特性，常被视作复苏和永生的象征，正如《吉尔伽美什史诗》中，蛇吃掉了吉尔伽美什获得的长生草。在巴比伦天文中，杜穆兹代表着猎户座（Orion），宁吉什兹达则是长蛇座（Hydra），两个星座正好位于银河系的首尾两端，[②]恰好符合他们守卫天门的角色。

阈限阶段在成人仪式中至关重要，受礼者正是在这种模棱两可的边缘状态中学习他即将要融入的那个群体的特定知识。[③]而对于阿达帕而

---

① 阿诺尔德·范热内普：《过渡礼仪》，张举文译，商务印书馆，2014，第 10 页。

② S. Langdon, *The Mythology of All Races*, Vol. 5 Semitic（New York: Cooper Square Publishers, 1961），p.178.

③ D. Maybury-Lewis, *Millennium: Tribal Wisdom and the Modern World*（New York: Viking, 1992），p.134.

言，这个阶段则是获得智识、拓展智慧的时期。神话开头讲到了埃亚向阿达帕传授大地的运行之道（残片 A 第 3 行），这时的知识是局限在地面这个地理空间的，是有限的。在边缘礼仪期间，埃亚告诫阿达帕登上天庭后应有的所作所为，此时阿达帕的智识实际超出了地面这个范围，正如安努在后来所抱怨的：

> *am-mi-ni dé-a a-mi-lu-ta la ba-ni-ta ša ša-me-e ù er-se-e-ti ú-ki-il-li-in-ši*
>
> （埃亚怎能向凡人揭示天地之丑恶？）
>
> *li-ib-ba ka-ab-ra iš-ku-un-šu*
>
> [（怎能）给他厚重的心？]

（残片B第57—59行）

可见阿达帕已经兼备天界和人间的知识。同时可以得知，安努神对于阿达帕拥有智慧一事感到愤怒，他认为智识是不美好的、丑恶的，会让人的心变得厚重。对此的解释可能是神担心人类会发展出超过神自身的智慧，然而在成人仪式的框架下，可以有更合理的解释。新员在边缘期接受训诫，在令人畏惧的氛围下习得智识，而有了智慧便会意识到死亡。残片 A 中的这句话很好地揭示了智慧和死亡的关系——

> *a-na šú-a-tú né-me-qa* SUM-*šú* ZI-*tam da-rí-tam ul* SUM-*šú*
>
> （授其智识，却不赐其永生。）

（残片A第4行）

人类在童年时期，还不能对生命和死亡有清晰的认知，从某种意义上说，儿童是没有死亡意识的，认为自己是不死的、永生的。人在成长过程中，逐渐拥有了智慧，认识到死亡的不可避免，心态上也就不再是永生的了。这种把智慧与永生对立起来，以及把智慧视作"丑恶"的观念，在古代近东地区普遍存在。恩启都开化以后，愤怒地咒骂让自己脱离野蛮状态的沙姆哈特，说智识让他虚弱，玷污了他，让他面临死亡的恐惧。在《圣经·创世记》中，亚当、夏娃因吃了善恶树的果实而有了意识，惹怒上帝，被驱逐出伊甸园，由此便不再享有永生。

（三） 聚合——复生与回归

在这个神话中，食物、水、油脂和衣服这四件物品分别在埃亚的告诫中和天庭实际发生的叙事中重复出现，而两次的内容又有矛盾之处，非常引人关注。

对于古代两河流域的居民，这四件物品其实是日常生活中最普通、最常用的，因此在整个成人仪式的最后阶段，通过进食、饮水、涂油和穿衣这些平常生活行为，受礼者作为一个新生的成年个体从边缘期重新聚合到日常社会中。阿达帕也是通过这些日常生活行为脱离边缘期的象征性死亡而进入重生的状态。

然而在阿达帕神话中，除了上述这一层含义以外，还能注意到饮食与涂油、穿衣之间形成了对立：阿达帕拒绝了食物和水，但接受了油脂和衣服。食物和水是维持生命的最基本物质，这两者代表的是生命。而涂油和穿衣则不是维持生命所必需的，是人类文明开化后的行为，因此这两者代表的是文化，也就是人类的智慧。在很多文化中都存在饮食的禁忌，弗雷泽（James George Frazer）曾指出：

> 一个魂灵即使跨过（分隔阴阳两界的）昏暗的河流，也仍然能够返回阳间，只要他拒绝享用鬼魂摆在他面前的食物。但要是吃了阴间的食物，他就再也不能返回。[①]

在《内尔伽尔与埃丽什基伽尔》这一神话中，埃亚同样也告诫将要降至冥界的内尔伽尔避免在冥界饮食，以免有去无回。

冥界的食物是为死者准备的，暗示着死亡；天界的食物则是为天神准备的，预示着永生。作为拥有了智慧、意识到死亡的凡人，阿达帕不能接受会让他留在天界的永生之食和永生之水，而对于涂油和穿衣所代表的文明和智慧，则正是他在成人过程中获得的最重要的东西。

---

① J. G. Frazer, *The Belief in Immortality and the Worship of the Dead*, Vol. II（London: Macmillan and Co., 1922），p.28.

结　语

阿达帕神话虽情节十分简单，但其中还有相当多的寓意有待进一步探讨。整个神话贯穿着生与死的观念，不论是直接提及的生死饮食，还是隐含于多种象征性元素背后的生死暗示。阿达帕在成人仪式中正是经历了死亡而后重生的过程。死亡观念与成人仪式的关系正如日本心理学家河合隼雄所言：

> 恐惧死亡对原始人类来说的确重要。他们在从孩子到成人的成长过程中，通过某些启蒙仪式将这个重要元素纳入了人生轨迹……他们切实感受到超自然的存在，在经历由它带来的死亡体验后获得重生，开始成长。这种经历对神灵的敬畏和恐惧后从死亡中重生的过程，为他们带来"生存条件的根本性变革"。[①]

残片 B 背面第 51 行的释读虽然仍不确定，[②] 但如果采纳伊兹雷尔的观点，也就是认为埃亚首先劈开了海面，南风才吹来，溺阿达帕于海中，那么阿达帕的这场成人仪式正是由埃亚所发起的。因此可以说，埃亚这位给人类带来文明的智慧神，策划了这场仪式，通过过渡礼仪把生死观念教给了人类的先贤。埃亚的这番用意，虽然从心理上褫夺了人类的永生，却拓展了人类的智慧。

阿达帕神话的内涵可以说就是阿达帕走向成熟的过程中，增加知识、获得智慧，同时认识和了解生命与死亡的过程。而阿达帕作为人类的先贤，也代表着全人类，他的成年过程正象征着全人类走向成熟、迈

[①] 河合隼雄：《童话心理学》，赵仲明译，南海出版公司，2015，第 25~26 页。

[②] 这一行的阿卡德语原文为 nu-ni a-ba-ar ta-am-ta i-na mé-še-li in-ši-il-ma，后半部分尚存疑。比奇奥尼译文 "Il mare era come levigato（海面平静光滑）"（Picchioni, *Il Poemetto di Adapa*, p.119），也就是把 mé-še-li 当作 mušāli（镜子）。戴蕾译文 "But he（Ea）inflated the sea into a storm."（Dalley, *Myths from Mesopotamia*, p.187）认为动词 in-ši-il 来自 esēlu（吹起）。伊兹雷尔认为这一句可能表达的含义是"捕鱼时，他（埃亚）劈海成两半"，即 mé-še-li 和 in-ši-il 源于 mašālu（分成两半），这一解释从动词的形态变化上看是更为合理的，可参见 Izre'el, *Adapa and the South Wind*, p.26，从语法上对这一行做出的详细讨论。

入文明的过程。

现代社会与古代传统之间存在巨大的文化断层，我们今日已经不再有类似先民那样的成人礼仪。在整个社会缺乏对人生成长的仪式性引导的情况下，"巨婴心理"在成年人中普遍出现，徒有年纪的增长和生理的成熟，心理上却仍然固着在儿童期，不愿成长。了解古代的神话和仪式，或许可以对我们现代人有所启发，借以引导我们心智的成熟。诚然，在我们获得心理和精神上的成长过程中，会像安努神所说的那样，"心变得厚重"。然而，这种精神成长的痛苦却能够"帮助个体突破其有限的范围，进入不断扩展的认识领域"。①

附　阿达帕神话汉译 ②

残片 A

正面 第一栏

1.［……命］运……

2.……其言如［安努］。

3.（埃亚）赋予大智慧，为其传授大地之道，

4.授其智识，却不赐其永生。

5.昔日，曩年，一位贤者，埃利都之子，

6.埃亚使其成为众人中的信徒。

7.贤者之言无人否认，

8.贤能且睿智，跻身阿努纳奇之列。

9.圣洁，净手，涂油，他把仪礼常挂念。

10.他与厨师一同烹饪，

11.与埃利都的厨师一同烹饪，

12.埃利都所食所饮，每日皆备好。

13.以其洁净之手铺陈献祭台，

14.除他以外，无人打理献祭台。

15.他乘舟出航，为埃利都捕鱼。

---

① 约瑟夫·坎贝尔：《千面英雄》，黄珏苹译，浙江人民出版社，2016，第168页。

② 根据比奇奥尼（Picchioni, *Il Poemetto di Adapa*, pp.112-123）和伊兹雷尔（Izre'el, *Adapa and the South Wind*, pp.9-46）的阿卡德语转写译出。

16. 彼时，阿达帕，埃利都之子，

17. 当埃亚尚在床榻时，

18. 每日打开埃利都之门，

19. ［从］神圣的新月港，他乘舟起航。

20. 舟［无］舵，任其漂流；

21. ［无］船篙，仍要出航。

22. ［……向］大海

23. ……

正面第二栏及背面残缺

残片 B

正面

1. ……

2. 南风……

3. ……

4. "南风呀，那［风］，你的兄弟……

5. 我将折你翼！"语毕，

6. ［南］风之翼折，七日

7. 无风吹。安努

8. 向其使臣伊拉布拉特喊道：

9. "［为］何七日不见南风吹？"

10. 使臣伊拉布拉特答道："我主，

11. 阿达帕，埃亚之子，折断了南风

12. 羽翼。"安努闻此言，

13. 惊呼，骤然起身，（下令）"把他带

14. 来"。埃亚深谙天上事，他让

15. ［阿达帕］头发蓬乱，［令其

16. 身着］丧服，告诫道：

17. "［阿达帕，］你将到［安努跟］前，

18. ［你将登］上［天］。［当］你登

19. 上天，［当你抵］达［安努之门］，

20. ［杜穆兹和吉兹］达仵立于门前，

21. 他们看见你，他们［询］问你：

22. '你为何这般样貌？阿［达帕］，你为谁

23. 着丧衣？''有二神从地上消失，

24. 因此这般模样。''从地上消失的二神谁也？'

25. '杜穆兹和吉兹达。'他们相视

26. 而笑，在安努神前

27. 为你美言，他们把你

28. 引见给安努。当你立于安努面前，

29. 呈给你死亡之食，

30. 勿食！呈给你死亡之水，

31. 勿饮！呈给你衣裳，

32. 穿上！呈给你油脂，涂上！

33. 莫忘我所说，

34. 恪守我所言。"安努使者

35. 前来（传令）："阿达帕折断了

36. 南风之翼，带他前来。"

背面

37. 将他送上天［路］，［升］入天庭。

38. 当他登上天，当他抵达安努之门，

39. 杜穆兹和吉兹达仵立于门前，

40. 他们看见阿达帕，大呼：

41. "年轻人啊，你为何这般样貌？阿达帕，

42. 你为谁着丧衣？"

43. "有二神从地上消失，因此着

44. 丧衣。""此二神谁也？"

45. "杜穆兹和吉兹达。"他们相视

46. 而笑。当阿达帕觐见安努神，

47. 安努见之，大喊道：

48. "上前来！阿达帕，你为何折断南风

49. 之翼？"阿达帕答道："我主，

50. 正值我在海中央，为我主（埃亚）

51. 捕鱼时，他劈海成两半[?]。

52. 南风吹来，溺我（入海中）。

53. 落［入］鱼的居所，心中甚怒，

54. 我诅咒［她］。"［杜穆兹和］吉兹达

55. 立于旁，向安努转述

56. 他所言。（安努）平心静气，

57. "埃亚怎能向凡人揭示天地之

58. 丑恶？（怎能）给他

59. 厚重的心？他已做此事，

60. 我们又奈何？给他

61. 永生之食，让他享用。"呈给他

62. 永生之食，未食。呈给他

63. 永生之水，未饮。呈给他

64. 衣裳，他穿了。呈给他

65. 油脂，他涂了。

66. 安努见之，对他笑道：

67. "阿达帕，你为何不食，为何不饮？

68. 你将不得长生。哀哉，卑微的人类！""埃亚，我主，

69. 告诫我：'勿食，勿饮。'"

70. "携他返回地面。"

71. ……

作者系北京大学外国语学院博士研究生

简析越南长篇小说
《战争哀歌》的创伤叙事[*]

夏　露

内容提要　越南作家保宁的《战争哀歌》是享誉世界的越战小说，它一反先前战争文学讴歌抗战英雄的主流，避开宏大叙事的窠臼，采用非线性叙事，以充满跳跃性的意识流描绘普通士兵阿坚在战前战后及战争期间的经历和耳闻目睹的悲剧，表达强烈的反战情绪和青春、生命逝去的伤痛，小说为读者缔造了全新的阅读范式。本文从小说的创伤叙事入手，结合创伤理论对之进行简要分析。

关键词　《战争哀歌》　越南　创伤叙事

绪　论

越南老兵作家保宁带有自传性质的长篇小说《战争哀歌》是越南当代小说的里程碑，它曾于 1991 年获得当时越南的最高文学奖——越南作协奖。不久，这部作品被译为英文并于 1993 年、1995 年先后在英美等国出版，在世界文学界和学术界产生了巨大反响，二十多年来，新的译本不断出现，除英译本之外，还有法文、德文、西班牙文、荷兰文、

* 本文系教育部人文社会科学重点研究基地重大项目"中国与东南亚的文学和文化交流研究"（18JJD750003）阶段性成果。

丹麦文、瑞典语、葡萄牙文、波兰文、希腊文、日文、韩文、泰文、波斯文、中文和塞尔维亚文等许多不同文字的译本。《战争哀歌》曾荣获1994年英国"《独立报》外国小说奖"，这也是越南小说第一次在海外获奖。此后这部小说及作者不断获得肯定和奖励。东亚的日韩都给予《战争哀歌》极大的关注，2011年日本将第16届"日经奖"授予保宁，而早在2008年日本文学家池泽夏树就将《战争哀歌》列入其编辑的《世界文学全集》。2014年，池泽夏树又将《战争哀歌》与《百年孤独》等小说一起编入《现代世界十大小说》。2016年，韩国授予保宁"沈熏文学奖"。德文本主译者君特·盖森费尔德（Günter Giesenfeld）甚至认为《战争哀歌》的艺术成就高于雷马克的《西线无战事》。[①] 此外，《战争哀歌》也曾多次被提名诺贝尔文学奖。笔者将其译为中文之后，也引起国内文学界和学术界的关注，著名作家阎连科撰写了《东方战争文学的标高》来高度评价《战争哀歌》的艺术成就，他甚至认为近年来在我国风行的来自西方世界的战争题材小说《追风筝的人》与《朗读者》，"无论就作家个人的写作技巧，还是对战争灾难与命运的生命体验，都不及《战争哀歌》来得更为丰富和直切"。[②]

然而，《战争哀歌》在越南国内的命运却显得比较特殊。1991年获奖之后不久，在越南文坛引起激烈的争议，最后遭禁，直到2005年才解禁。该书引起争议的原因，大约是因为"在越南，自从《战争哀歌》出版后，人们再也不能像以前那样描写战争了"。越南著名文学评论家、河内作家协会主席范春原如是说。[③] 为什么不能像以前那样描写战争了？《战争哀歌》又是如何描写战争的呢？《战争哀歌》所描写的是越南与美国之间长达十年（1965—1975）的那场战争，即我们通常所说的越战，越南国内又称为"抗美救国战争"。这场战争连同1945

[①] Vũ Văn Việt, "Günter Giesenfeld: 'Nỗi buồn chiến tranh' hay hơn 'Phía Tây không có gì lạ,'" VNExpress, March14,2015（http://giaitri.vnexpress.net/tin-tuc/sach/lang-van/g-nter-giesenfeld-noi-buon-chien-tranh-hay-hon-phia-tay-khong-co-gi-la-3157099.html; http://www.litprom.de/files/g_we26_fruehjahr15_web.pdf）.

[②] 阎连科:《东方战争文学的标高》，这篇文章是阎连科先生在看完笔者所译《战争哀歌》译稿后所写，与小说的第一章一并刊登在海南省作协刊物《天涯》2015年第6期。

[③] Phạm Xuân Nguyên, "Tiểu Thuyết 'Nỗi Buồn Chiến Tranh' Nhìn Từ Mỹ," December 2008（http://phamxuannguyen.vnweblogs.com/post/1958/114671）.

年以来的抗法战争，使越南遭受了重大损失，死亡人数三百多万，受伤者更是不计其数，此外还有几十万人失踪。长达三十年（1945—1975年）一万多天的战争对越南的政治、社会、经济、文化产生了重大而深远的影响。而抗法、抗美战争题材也曾长期是越南文学创作的主流，作家们在革命英雄主义和爱国主义的感召下，抒写了无数宣传"光荣""勇敢""胜利"的篇章，这些作品在战争期间鼓舞士气和团结全国人民抗战方面起了很大的作用。然而，任何一场战争除了官方宣传的光荣与正义之外，不可避免地有无数个体的伤亡和家庭的毁灭。战后进入和平时期，淹没在国家层面的宏大叙事里的家庭与个人的创伤经历逐渐浮出水面。1986年越南实行革新开放之后，文学创作思想也得到松绑，出现了一些人文主义思潮的新作品，阮明洲、范氏怀、阮凯、黎榴等一批优秀作家从人本角度出发，抒写人性，给文坛带来了新的气息。在这样的背景之下，保宁的《战争哀歌》应运而生。

《战争哀歌》一反从前战争文学讴歌抗战英雄的主流，以普通士兵阿坚对战争的回忆及其战争前后和战争期间耳闻目睹的悲剧来表达强烈的反战情绪。这部小说在当时无疑是一部极具开创性的作品，至今它依然超越时空，独具魅力。小说以战争为题材，但并没有过多描写战场上的厮杀场景，而是以人物的内心独白和回忆为主，因而又被称为"心理小说"。小说的人物、语言、情节、叙事等许多方面都非常独特，非常值得研究。仅就叙事而言，小说采用非线性叙事，充满跳跃性的意识流，不断穿插阿坚的战争经历与战后的生活，叙述手法多变，顺叙或倒叙或插叙不停转换。人称上有时用第三人称，有时用作品中的主人公的第一人称，有时用作者的第一人称，形成了立体多重的叙述结构，为读者缔造了全新的阅读范式。本文拟从小说的创伤叙事入手，结合创伤理论对之进行简要分析，以期未来展开更多的研究。

一　主人公阿坚的个人创伤

创伤（trauma）原为医学术语，本意为外力给人身体造成的物理性损伤，后来被赋予社会文化含义。如今，创伤理论广泛应用于文学批评，让我们对文学作品和作者有了不同以往的研究视角。保宁的《战争哀歌》一望而知是一部描写战争伤痛的作品，小说深刻地体现了战时个体的失落与哀伤以及对战争的悲观：战争不只有光荣和正义，还包含死亡和毁灭。即使那些在战争中没有受伤的人，他们的心灵深处也永远都有无法愈合的创伤。

《战争哀歌》的主人公阿坚是战争的幸存者，比起27独立营牺牲的绝大部分战友，他能活下来似乎是非常幸运的，然而他却又是不幸的，"时间越长，阿坚越觉得自己不是活着，而是被困在这人世间"。^① 战后的阿坚一直被战争创伤的阴影包围。他清醒时，伤痛的往事不断再现，无时无刻不在折磨他；夜晚又噩梦连连，难以安眠。小说中梦魇和回忆的交叉运用，打破了传统的时空叙事。小说关注普通士兵个体命运的书写，摆脱了以往越南战争文学总是从国家层面出发的宏大叙事的窠臼。越南著名作家元玉对《战争哀歌》的叙事手法与此前的战争小说进行过对比，他说："此前所有的作品都把这场战争与越南民族的命运联系起来，而保宁则是越南当代文学史上从个人的角度来考虑战争的第一位作家，所以他看到的是一场完全不同的战争。他并没有像攻击、谴责他的那些人所说，他是要拒绝、否定或反对此前作品中所要表达的意义，只不过他所描述的战争是一场非常不同的战争。从一开始保宁在艺术，特别是小说艺术的构思上就与众不同。保宁认识到，看问题有各种各样的角度，一种看法并不比其他看法更有力，没有哪一种看法能代表特殊、绝对的真理。事情可以是这样，也可以是那样。这个世界在本质上是多义的……保宁的小说也是首次超越了史诗独白的传统，采用了小说的对白形式。从创作艺术上讲，保宁的小说是革新文学的巅峰……如我们所知，史诗的独白语言是群体的教条语言，而小说的对话语言则是个人的民主语言。《战争哀歌》肯定了个人在社会中的作用、生命权、幸福权与其所受的苦难。"^② 而小说中个人所遭遇和承受的战争苦难主要是通过主人公阿坚来体现的。

---

① 保宁：《战争哀歌》，夏露译，湖南文艺出版社，2019，第89页。

② Nguyên Ngọc, trans. by Cao Thị Như-Quỳnh and John C. Schafer, "An Exciting Period for Vietnamese Prose," *Journal of Vietnamese Studies* 3, 1（Winter 2008），pp. 204-205，转引自孙来臣《保宁〈战争哀歌〉的国际影响与地位——兼论历史是什么颜色的》，《亚非研究》2016年第2期。

　　小说始终没有正面描绘阿坚的长相，似乎这并不重要，因为他代表的是千千万万普通的士兵。不过，作者依然巧妙地从他者的视角来让读者看到他的形象，例如在与他密切接触的哑女的眼中，阿坚"个子高高的，肩膀很宽，但是人很瘦，皮肤不好，喉结很粗大，脸型斜看直看都不好看，脸上过早地长满了皱纹，满脸倦容，还有些忧郁"。① 而小说的最后，偶然得知阿坚留下的手稿的"我"猜测阿坚"瘦高个儿，皮肤黝黑、干燥，长得不帅，脸上有火药烧伤后留下的斑点，还有一个深及骨头的伤痕。他沉默寡言，看人的眼神有点粗野"。② 这两处的描绘都很简单，却让人一眼看出阿坚是一个内心有伤痕的人。小说以大量的篇幅描绘阿坚所经历的创伤事件、创伤记忆、创伤症候，通过互文性的"拼贴"和人物身份的转化进行叙事变形，在时空穿梭和虚实转化中创设创伤叙事情境，再现创伤记忆，从而对创伤动因进行拷问。

　　首先，小说通过阿坚大量的梦魇和对往事的回忆来揭示其所受的战争创伤。例如小说里写道："有时候只需要闭上眼睛，我就会陷入往事，完全游离于现实之外。我其实极力要翻掉过去那一页，可是记忆那么鲜明，那么深刻，那么痛苦，它们与我如影随形，总是在不经意间轻易地把我俘虏，将我带回昔日的战争现场……日复一日，徒增伤感和无奈，使我如同生病一般难受。那晚，因了这些梦，我整夜泪眼蒙眬。一幕幕往事令我难过、伤心、呼吸不畅。……有时候在人行道上走着，我忽然感受到浓厚的死亡气息，会下意识地用手捏着鼻子……一旦闻到街上的某种臭味，我就会想起腐烂的尸体……偶尔半夜醒来，听到电扇转动的声音，我会误以为是直升机的螺旋桨在头顶嗡嗡作响，整个人防卫性地蜷缩成一团。"③ 由此可见，阿坚之所以陷入这样的精神状态，与他之前在战争中的创伤经历密不可分。刻骨铭心的往事没有随着时间的流逝而淡化，反而通过各种噩梦不断重现。

　　其次，《战争哀歌》采取了故事套故事的嵌套模式，让阿坚在小说中成了一名作家。写作使得阿坚对创伤事件进行重新审视，也使他在追

---

① 保宁:《战争哀歌》，夏露译，湖南文艺出版社，2019，第119~120页。

② 保宁:《战争哀歌》，夏露译，湖南文艺出版社，2019，第287页。

③ 保宁:《战争哀歌》，夏露译，湖南文艺出版社，2019，第48~50页。

溯创伤事件的过程中自我痛苦得以宣泄。无数个难眠的夜晚他勤于笔耕，记录下自己在战场上的种种经历和痛苦。他意识到自己不能像普通作家那样写作，"在他着手开始写长篇小说那天起，他的心就像游走在悬崖边上一样紧张。他把写作当作自己的天职，对这份天职，他既充满希望和信心，又每每怀疑自己的能力。他没有勇气走近真正的自己。尽管写了一页又一页，一章又一章，但他暗暗地感到好像不是自己在写，而是他的敌人在写，在用一种对立的东西不停地违背他本人对于文学和人生的最坚定的原则，颠覆他的信念。每天，他都情不自禁地陷入危险的、悖理的创作怪圈，难以自拔……他把写作当作一场战斗，而且总是以一种半疯狂的状态投入到这场战斗中。这是孤独的、非现实的，又充满痛苦、碰撞、迷惘的战斗……"① 而现实情况是他虽然活着回来了，但是故乡河内已经今非昔比，父母以及继父都早已过世，青梅竹马的恋人阿芳成了暗娼。面对战后鱼龙混杂的局面，短暂的喜悦被长久的内心折磨所代替，他失去了对生命、未来及国家的信心，在幻灭和绝望中终日纵酒解愁。他唯一想做的事情就是写作，含着辛酸泪，回忆过往的战争经历，写下他的"满纸荒唐言"。"他根本没法写别的题材。即使采用其它题材，他也都是一心想着怎么从不同角度去描写战争。"②

小说通过转换人称和空间叙事方式描绘了阿坚的心理状态："阿坚最近总在内心发誓：我一定要写作！……一定要写！哪怕像拿起手术刀解剖自己，……一定要写！哪怕是把自己彻头彻尾由里向外翻转般痛苦，我也要写！"③ 这种强烈的写作欲望，恰恰折射出他所受的创伤之深。而他"手中的笔以一种无法抗拒的力量令他写下无数有关死亡的回忆，一张张稿纸无声地唤起所有往事，点燃了记忆中痛苦的火焰"。④"他的手写酸了，开始颤抖，心像被撕裂了，肺在烟雾中要窒息，口干舌燥，说不出话，但他依旧埋头写着。他身旁回响着叫喊声和痛苦的呻吟声，耳边是接连不断的炮弹声和直升机投下的炸弹声。他笔下的人物

---

① 保宁：《战争哀歌》，夏露译，湖南文艺出版社，2019，第53~54页。
② 保宁：《战争哀歌》，夏露译，湖南文艺出版社，2019，第60页。
③ 保宁：《战争哀歌》，夏露译，湖南文艺出版社，2019，第168页。
④ 保宁：《战争哀歌》，夏露译，湖南文艺出版社，2019，第60~61页。

相继倒下。"① 小说中，作为战争幸存者的阿坚成为战争的书写者，他既是局内人又是旁观者，这种矛盾位置，恰恰体现了创伤经历的深刻与复杂。

此外，《战争哀歌》貌似全部为阿坚疯人一般零散叙述，结构非常跳跃，留白很多，但是仔细阅读全文后，会发现里面的情节前后呼应，构成有机的整体。例如小说开头以梦境叙事，提到阿坚他们曾经抓获四个残忍的俘虏，可是读者看到精彩之处正欲得知俘虏命运如何时阿坚梦醒，情节骤然中止，给读者留下巨大的疑问和悬念。这个谜底在第四部分揭晓，写出阿坚在西原战场三次思念初恋女友阿芳，其中写到他抓获那四个俘虏，准备枪毙时，想到阿芳当初反对他参战，不希望他参与杀戮，由此他在最后一刻放了他们。小说还通过第三人称视角来回忆战场上的残酷往事和战前的青春时光。在保宁的笔下，阿坚的怀旧之情掺杂着困扰、自责和沉思、哲理之情，混合着悲观与绝望。当阿坚决定从事写作之后，"他觉得自己的身体里有一种神奇的力量，带给他信心、生活的勇气以及爱情的力量，敦促他超越眼前的黑暗生活……随着时间的流逝，他渐渐成熟，萌发了一种强烈的渴望：他有责任去展现这种天命，要抓住它，呼唤它，把它变成文字"。② 这也验证了书写的疗愈功能，在不断撕开往日伤疤的同时，也排出了毒素，最终让自己与过去达成和解，从而重建自我。

二 《战争哀歌》中士兵集体创伤

"醉卧沙场君莫笑，古来征战几人回？"保宁在《战争哀歌》中文译本的序言里引用了这首他父亲在其小说得奖之后朗诵给他的诗。他在接受澎湃记者的采访中提出："我父亲在世时每次读《战争哀歌》都说他感觉书中有一种越南民族——一个饱受战祸伤痛的民族的'悲音'。也许因为这一点，我父亲把《凉州词》赠送给我……很久以前我就知道这首著名的《凉州词》，但我一直很简单地将它理解成一首歌颂英雄、歌

---

① 保宁：《战争哀歌》，夏露译，湖南文艺出版社，2019，第91页。
② 保宁：《战争哀歌》，夏露译，湖南文艺出版社，2019，第55页。

颂中国将士不畏牺牲的决战精神的赞歌。但随着岁月流逝，我越来越与我的父亲对这首诗的感受产生共鸣，那就是：《凉州词》撼动人心的不是英雄赞歌，而是一首最言简意赅地体现经历战争的人的痛苦与不幸的绝妙的、深刻的诗篇。"①

我们知道战争中首当其冲的是男性，战场似乎使得他们理所当然成为保家卫国、保护女性的英雄。小说里写到战争来临时，阿坚所在的高中也举行了动员大会，校长豪迈地向大家宣称，"你们年轻人正是革命的天使，你们将解放人类"，② 学生们手里拿着木棍、木枪、铁铲、锄头等满腔热血地呐喊回应。阿坚虽然在阿芳的怂恿下逃离了动员大会，随她一起去西湖游泳，但不可避免地，阿坚受到时代的裹挟，依然希望能参加战斗，实现所谓英雄梦。但是就在他准备开赴前线之际，为他送行的阿芳在火车上遭受轮奸，而不久在激烈的战场上阿坚目睹濒临绝境的营长开枪自杀，"惊得瞠目结舌，想大声喊叫却又不能喊出声"；③ 战争让他们发现死的不仅是敌人，也令自己人流血，"整碗的血，整条河的血，猛然汇聚起来"。④ 十年战争，阿坚目睹了太多战友的生命被无情吞噬，以至于后来他对生的希望都不为所动，只求"跟战场上的虫子和蚂蚁一样"安静地死去。战争中的士兵既是创伤受害者，同时也是创伤的施暴者，是创伤症状的第一见证人。长久的战争，使许多战士的精神世界逐渐走向扭曲和异化，对杀敌变得负疚或麻木。由于这些创伤经历，士兵们夺取胜利的意志发生了动摇，同时对人性也产生了怀疑。这就不难理解会有许多逃兵出现，而他们的命运多半是凄惨的。逃兵阿乾死在丛林里，"他那瘦小的身体已经长满脓疮，黏糊糊的，就像是被河水冲刷到芦苇滩头的死青蛙。脸已经被乌鸦啄食过了，嘴上沾满泥巴和烂树叶"。⑤ 战争中许多士兵的遭遇颠覆了先前的道德观念和价值体系，给他

① 彭珊珊专访《越南作家保宁：如果我不曾扛枪打仗，肯定不会从事写作》，夏露译，澎湃新闻，2019年5月23日，https://www.thepaper.cn/newsDetail_forward_3400180，最后访问日期：2020年6月4日。
② 保宁：《战争哀歌》，夏露译，湖南文艺出版社，2019，第131页。
③ 保宁：《战争哀歌》，夏露译，湖南文艺出版社，2019，第5页。
④ 保宁：《战争哀歌》，夏露译，湖南文艺出版社，2019，第133页。
⑤ 保宁：《战争哀歌》，夏露译，湖南文艺出版社，2019，第26页。

们的精神和肉体都造成毁灭性的打击。例如阿坚出生入死的战友阿莹，在西贡解放前夕的最后一场战斗中死于对女性的同情。他喊着"是女的！不要开枪！"结果他刚一转身，就被那女人举枪打死了。目睹阿莹死亡的阿坚对人性产生了极大的怀疑，也导致创伤症候的加剧。

正如创伤理论学者卡鲁斯所言，"创伤事件对创伤经历者的影响可能以滞后的方式显现出来"。[1] 这就决定了创伤在战场上形成之后不会轻易消失，会在日后的生活中不断发酵，以各种方式呈现。《战争哀歌》穿插叙述了许多不幸的幸存者。有的士兵在战后疯掉了，小说中写到战后一个收尸队的人"曾经在某天晚上听到了从沙泰河岸边的三百号高地传来的笑声，那笑声很癫狂，他觉得像是妖怪。他激动地讲给大家听，围在他身边的人都吓得面如土色"。[2] 而这个被称为"野人"的疯子是阿坚他们曾经熟悉的士兵阿松。还有阿坚一起长大的小伙伴阿生，原本渴望日后成为一位才华横溢的诗人，但在战争中负伤，战后逐渐瘫痪并过早离世。小说中还以一个老兵在河内还剑湖附近开设的咖啡馆为特定场景，集中书写退伍军人群体的创伤。咖啡馆老板"曾是一个中士，从老挝回来时，晦暗的脸色就像是患过疟疾"。而早期光顾咖啡馆的"清一色是退伍回家'还剑'的军人"。这里俨然是一个老兵俱乐部，大家在此回忆过往，也交换时下的就业信息。阿坚在这个咖啡馆遇到过很多难以从战争泥潭中自拔的退伍军人，"他们大都还没有还过魂儿来"，"时常被惊恐的战争记忆所缠绕，丧失了继续生活的热情和勇气，日渐衰颓"。"阿旺可能是阿坚遇到的第一个这样的人"。阿旺是一名老装甲兵，战争期间"开着T45在东部风光过整整四年"。退伍后他希望能找到一个汽车司机的工作，他夸耀地说，"什么车都没问题，不管是货车、大客车还是小轿车，甚至压路机都行，只要是能让我手握方向盘"。可是后来他再也不能驾车了，而是酒驾驭了他。因为从前开坦克车轧死敌人，现在他开车也有一种轧人的冲动。过去开坦克的回忆也深深折磨着他，"我们追击敌军18师，路过春禄的时候，坦克的履带上沾满了人肉和毛发，成群的蛆在上面蠕动，充满恶臭。车开到哪儿苍蝇就跟到哪

---

① Cathy Caruth, *Unclaimed Experience: Trauma, Narrative, and History*（Johns Hopkins University Press,1996）, p.92.

② 保宁:《战争哀歌》，夏露译，湖南文艺出版社，2019，第103页。

儿。唉，所以，从那以后我就开始失眠，再也没有香甜的美梦了"。①
战场上的经历像一块沉重的石头压在士兵的心里，走到哪里都如影随
形，挥之不去，导致他们在战后和平时期的生活中仍然承受着战争创伤
的痛苦。

三　女性的集体创伤

美国艺术家马撒·罗斯勒（Martha Rosler）在她的一幅作品中，通
过一组照片描绘一位家庭妇女拉开窗帘时正好看到窗外的战争情形，但
清洗窗帘时她又拒绝去看那画面，然而她想完全置身于战争之外是不可
能的，战争并非只是战士的孤立行为，真实的战争故事一定是涉及全社
会，涉及每一个人，每一件事。如果我们不能认清战争可能给每个人带
来的伤害，如果我们以为遭受创伤的只是战士，我们也会像画面中的家
庭主妇一样盲目。

《战争哀歌》很巧妙地把社会各阶层所受的战争创伤进行了错落有
致的描述，这其中自然包含对女性群体的描绘。某种程度上，对女性群
体的创伤抒写更有力地烘托了主人公阿坚所受的创伤。诚如小说中所
言，"战争是一个没有家园，充满流浪、痛苦和巨大漂泊感的世界；是
没有真正的男人，也没有真正的女人的无情世界！这是多么令人痛苦和
恐怖的人类世界！"② 小说虽以阿坚为叙事主体，但弥漫于书中的浓郁
的抒情性、阴郁性使小说带有一定程度的女性气质。小说中塑造了几十
位女性角色，她们当中有像男人一样参加青年敢死队，扛枪作战的女战
士；有在大后方忠诚守候、照料家庭、支持前方的征妇；有男兵年幼的
妹妹，战后家破人亡而被迫沦为街头妓女；有烈士的母亲，因受不了几
个儿子接二连三牺牲的打击而去世；有来历不明的哑女，过着无人关怀
的孤单生活。几乎书中出现的所有女性的命运都是悲惨的，而她们的命
运与战争息息相关，或者说几乎都是战争造成的。

而所有女性中最令人扼腕叹息的是阿芳。她是阿坚青梅竹马的恋

---

① 本段中有关老兵咖啡馆及阿旺故事的引文参见保宁《战争哀歌》，夏露译，湖南文
艺出版社，2019，第176~179页。

② 保宁:《战争哀歌》，夏露译，湖南文艺出版社，2019，第33页。

人，是在都市的艺术氛围中成长起来的女性，她美貌惊人，性格外向，不盲从潮流，勇于坚持做自己。在情感上，她热烈而真挚地爱着阿坚，行为上也主动而大胆地拥吻阿坚。他们纯真、热烈而美好的爱情一直是阿坚在战场上的精神支柱，她先知性的反战思想令阿坚在杀人如麻的战场上尽可能地保持了人性的纯美。但正如小说最初出版时的书名《爱情的不幸》一样，他们的爱情是一场悲剧。战争伊始阿芳便遭受己方军人的轮奸，又被阿坚误会，从此走向毁灭的道路，沦为了妓女。战后他们虽然得以重逢，想重新生活，但正如阿芳所言，"我们还没有摆脱回忆的纠缠，我们误认为这是可以跨越的小小沙粒，可我们面对的不是沙粒而是高山"。①痛苦的回忆无法超越，令他们总是处于自我折磨或互相折磨之中，两人的创伤症候也不断升级和深化，最后阿芳跟一个老画家一起出走，永远地离开了阿坚。

小说中还有几位跟阿坚有着深深浅浅关系的女性，她们的命运也同样凄惨。阿兰是小说中出现的第一位女性，她是阿坚在新兵营驻军梦坡村时认识的干妈的女儿。可能因为战后没有任何人来访，面对突然重返梦坡的阿坚，阿兰对他产生了某种爱恋。而阿坚根本没有意识到从前那个瘦小的姑娘已经长成美丽的少妇，可惜从前热热闹闹的一大家人，如今只剩下形影相吊的阿兰，她的两位哥哥、爱人和同学都先后牺牲，遗腹子生下来不久也夭折了。战争给她带来的是无尽的孤独与深刻的阴影。

小说中描写了两位哑女，作者没有交代她们的姓名，但她们在阿坚的生活里似乎都曾经充当阿芳的替身。一位哑女是阿坚身负重伤时照料过他的漂亮护士，他在昏迷中把她认作阿芳，靠着神奇的力量活了下来。后来才知道那护士是一位在战争中受伤成了哑巴的岘港女孩，而且在护理阿坚之后不久遭遇敌人轰炸而牺牲了。另一位则是战后住在阿坚家阁楼上的哑女，她来自哪里无人知晓，每天也是形影相吊。她不顾周围人的嘲笑，尊重阿坚的写作，乐于倾听他的诉说，即使明知他只有酒醉时才找她，把她当成了阿芳。她也是阿坚手稿的第一读者和保护者，制止了阿坚出走前的焚稿，之后也一直为他保存手稿。阁楼上孤独的哑女能听懂阿坚的诉说，读者可以猜测她也并非天生的哑巴，有可能

---

① 保宁：《战争哀歌》，夏露译，湖南文艺出版社，2019，第89页。

是在战争中遭受了某种外伤，而独居的她很可能在战争中失去了所有的家人。

小说中还用一定的篇幅描写了三位年轻女英雄。阿幸是阿坚的街坊邻居，是一个令很多人垂涎的美貌非凡的女子，阿坚在成长的过程中与之有许多重要的交集。战争打响后阿幸参加了青年敢死队奔赴前线，后来再也没有归来，房子易主，"现在这栋楼里很少有人记得阿幸，更没有人知道她何时离开，为何离开"。[①] 阿和是阿坚在1968年春天一场最残酷的战役中遇到的一位交通员，当时他们一起承担护送伤员的任务。在探路归途中，她和阿坚遇上了巡查的美军，在生死关头，阿和舍身引开敌军，保全了阿坚和整个伤员队伍。阿坚眼睁睁看着她被敌军轮奸致死，但是后来，"没有人向阿坚问起阿和，他也不说，就如同遗忘了一样，也许，战场上的这种牺牲再普通不过了，不必追问，一个人倒下了，为的是其他人能继续活下去，这在战争时期实在是司空见惯的事情"。[②] 阿贤是一位伤残女军人。她和阿坚相识于从南方返回北方的列车上，他们一见如故，相谈甚欢，甚至不顾世俗的眼光，在火车上共度良宵，但火车到了她的故乡之后，她不愿意以伤残之躯拖累阿坚，拒绝了跟他继续往来，而她在拒绝的同时很可能做好了孤老终生的准备。保宁曾在他的短篇小说《刀剑入鞘》里写到战后同学聚会，全班只去了一个从苏联留学回国的男生，其他男生几乎全部牺牲在战场。这意味着长久的战争结束之后，由于男女比例失调，女性是很难找到结婚对象的。作者没有正面去描写阿贤遭受过以及将要遭受怎样的创伤，但我们依旧可以想象一个年轻的伤残女军人在这种状况下退伍之后的命运。

这些女子的经历和命运多半来自阿坚的回忆，都带着深深浅浅的创伤。创伤事件虽已过去，但却因强烈的创伤记忆而不断"闪回"在受创人的意识中并对其造成巨大的影响。照说，"受伤或施加伤害的记忆本身就是一种伤痛，因为这种回忆令人痛苦，至少让人不安。受过伤的人倾向于阻滞受伤的记忆，以免重新激起伤痛"。[③] 然而这些出现在阿坚生

---

① 保宁：《战争哀歌》，夏露译，湖南文艺出版社，2019，第68页。

② 保宁：《战争哀歌》，夏露译，湖南文艺出版社，2019，第235~236页。

③ 普里莫·莱维：《被淹没和被拯救的》，杨晨光译，上海三联书店，2013，第3页。

命不同阶段的女性是不可能被遗忘的。作家在描写这些女性群体时，透过阿坚对她们进行深深的赞赏、同情和理解，也令读者感受到越南女性的坚韧、顽强、善解人意，从而更加扼腕叹息她们被毁的青春、美貌、健康乃至生命，也就难免对无情的战争进行拷问，对女性所遭受的群体创伤进行无限的想象。

结　语

战争与和平是世界文学的永恒话题，越南历史上饱受战争之苦，其经典文学作品如《征妇吟》《传奇漫录》《金云翘传》等都有对战争的控诉，同时也关注个体创伤与命运，充满人文主义气息。保宁的《战争哀歌》一反当时讴歌抗美英雄的潮流，抒写普通战士的创伤经历，引发人们对战争的重新思考，其实也是对越南人文主义文学传统的遥相呼应。孙来臣教授在《战争哀歌与亚洲和平》中探讨了《战争哀歌》与《征妇吟》的关系，认为"虽然二者角度与侧重点均有不同，在时间上也相差两个半世纪，但都揭露了战争的残酷以及战争对爱情、婚姻与生活的摧残，有异曲同工之妙"。[①] 作家阎连科感慨："原来，当我们把英雄主义奉为军事文学的天神时，越南的保宁，已经把人之本性和生命本身作为了写作之灵神。"[②]

中外文学的杰作永远是作家们取之不尽的精神营养，保宁广泛吸收文学营养，并以惊人的勇气和才华创作了《战争哀歌》这部在当时石破天惊的作品。至今看来，《战争哀歌》也是越南革新时代文坛创作的一大突破，作者对战争英雄主义进行反思和解构，其小说语言和创伤叙事都折射出后现代主义的创作理念和哲学内涵，从而使这部小说成为了解真实的越南战争和社会文化的一面镜子，受到国际上不同领域的学者的关注。比较有趣的是，早在 2000 年，美国斯坦福大学医学院的一位教授就曾在《美国精神病学杂志》上发表了有关《战争哀歌》的书评，阐

---

① 孙来臣：《战争哀歌与亚洲和平》，《东南亚研究》2017 年第 1 期。
② 阎连科：《东方战争文学的标高》，《天涯》2015 年第 6 期。

述这部小说与"创伤后应激障碍"（PTSD）的关系。^① 那么，反过来，从创伤叙事的角度来研究《战争哀歌》也应该更加深入地进行才好。

作者系北京大学东方文学研究中心 / 北京大学外国语学院教师

① Ira D. Glick, "The Sorrow of War: A Novel of North Vietnam（1994），" *American Journal of Psychiatry* 157（2000），p. 2070.

女性文学研究

迦梨陀娑《云使》女性关怀主题及其根源探析*

萨其仁贵

内容提要 "女性"问题是印度自古以来较为引人注目的问题。婆罗门教男尊女卑的观念通过其法典变得更为神圣和牢固。以婆罗门教《摩奴法论》为代表的歧视和贬低女性的观念在印度历史上长期占有主导地位。然而，生活在《摩奴法论》盛兴时期的笈多王朝的伟大诗人和戏剧家迦梨陀娑的女性观却具有超越时代的先进性，尤其是他的长篇抒情诗《云使》是以"女性关怀"为主题的独特诗篇。本文首先通过分析《摩奴法论》中的女性观来阐述《云使》产生时期主流和权威的女性观念。其次，细读《云使》文本解析其"女性"形象及女性关怀主题；同时与迦梨陀娑的其他作品相比较论证《云使》女性关怀之独到之处。最后，对《云使》女性关怀主题进行根源探索，最终得出结论认为《云使》女性关怀主题是印度教湿婆派"萨克提"思想的艺术体现。

关键词 迦梨陀娑 《云使》 女性关怀 "萨克提"思想

迦梨陀娑（Kālidāsa，公元4—5世纪）是古代印度"最伟大的古典梵语诗人和戏剧家"，也是世界文坛上的一颗璀璨明珠。他生活在印

---

* 本文系教育部人文社会科学重点研究基地重大项目"中国与东亚各国文学和文化交流"（18JJD75003）阶段性成果。

度历史上被誉为"黄金时期"的笈多王朝时期（320—约550）。这一时期"印度教（当时的婆罗门教——引者）开始成为印度的宗教"。① 佛教诞生后婆罗门教曾一度遭到挑战，尤其在阿育王时期（公元前273—前232）婆罗门教神圣地位被佛教所替代。但婆罗门圣贤们并没有坐以待毙，他们善于思考，勤于著书立说，从佛教和其他宗教中吸取养分改良本教。笈多王朝时期，几代国王虽然都采取了宗教兼容并包的政策，但他们自己都是婆罗门教徒，为婆罗门教的重振起到了不容忽视的作用。婆罗门教回到国教宝座之后，婆罗门思想的代表作《摩奴法论》成为人们日常行为、道德法规的准则。《摩奴法论》是印度历史上最为重要的法典之一，对印度，乃至对缅甸、泰国、爪哇等周边国家和地区都产生了深远影响。它成书于公元前2世纪到公元2世纪之间，并"在笈多王朝时期固定为目前的形式"。② 《摩奴法论》中关于女性的条例很多，充分体现了婆罗门教中的女性观念，也代表迦梨陀娑生活时期的主流和权威的意识形态。

一 《摩奴法论》与印度女性地位

摩奴（Manu）是印度神话中梵天之子（或之孙，说法不一），是人类始祖。婆罗门称《摩奴法论》为梵天所著，通过摩奴及其后代传到人间。本文引用蒋忠新译《摩奴法论》③ 一书，该书共12章2682条，其中涉及女性的条例近400条，占全书的七分之一。综观《摩奴法论》的内容，它是有区别地对待"母性"和"女性"的。"母性"在《摩奴法论》中是受到尊重的，包括母亲、师母、母亲的姐妹、舅母和岳母等等。这是因为"母性"代表大地，"孝敬母亲"是梵行者实现"正法"的必要条件之一。"母亲是大地的化身"（2.226），④ 梵行者"以孝敬母

---

① 查尔斯·埃利奥特：《印度教与佛教史纲》（第一卷），李荣熙译，商务印书馆，1982，第25页。

② 刘建等：《印度文明》，福建教育出版社，2008，第91页。

③ 婆罗门教典籍《摩奴法论》，蒋忠新译，中国社会科学出版社，2007。

④ 本文将以此形式标注引自《摩奴法论》的内容，即（2.226）表示第二章第226条，下同。

亲得地界，以孝敬父亲得中界（空界），以侍候师父得梵界（天界）"
（2.233），"谁敬了这三者，谁就敬了一切法事；谁不敬他们，谁做的一
切法事就不产生果报"（2.234）。而对于"女性"的态度，《摩奴法论》
中更多的则是侮辱和贬低。"摩奴把贪睡、偷懒、爱打扮、好色、易怒、
说假话、心狠毒和行为可恶赋予女子"（9.17）；"在这个世界上，使男
人变坏正是女人的本性；正因为这个理由，智者们决不放松对女人的戒
备"（2.213）。因此，婆罗门教从不相信女人，从生到死都在制约着女
人，"女子必须幼年从父、成年从夫、夫死从子；女子不得享有自主地
位"（5.146）。

　　而《摩奴法论》又不止一次提出丈夫要保护"贤惠的妻子"。乍一
看这似乎有些矛盾，既歧视女人又保护女人。其实不然。它所保护的根
本不是"女人"本身，而是绝对服从于男权的附庸而已。哪个女子忠于
夫主而且完全调伏思想、言语和身体，哪个女子就得夫主世界，而且被
善人们称为"贤妇"（5.163）。"贤妇应该永远敬夫若神，即使他沾染恶
习、行为淫乱或者毫无优点"（5.152）。"她应该总是高高兴兴，善于料
理家务，收拾好日常用具，在花费上不松手"（5.148）。"父亲，或者兄
弟经父亲允许之后，把她给谁，谁就活着应该由她侍候，死后也不可受
她藐视"（5.149）。这些就是成为"贤妇"的条件，即必须在身心方面
都完全成为丈夫的奴隶。不但如此，婆罗门还要求妻子漂亮，"如果妻
子不漂亮，她就不能招夫主爱；又因夫主不爱，结果就无后代"（3.61）。
归根结底，他们所关心的还是"后代"，且这个"后代"指的是"儿
子"。认为"妻子之所以是妻子就在于夫主在她身上得再生"（9.8），
"女子委身于什么样的男子，她就生出什么样的儿子；因此，为了后代
的纯洁，任何人都应该努力保护妻子"（9.9）。婆罗门娶妻生子的目标
为"要拥有长命的、有名的、聪明的、有钱的、多子的、富有喜德的和
奉行法的儿子"（3.263）。因而很重视"子宫"的崇高性，甚至认为"子
宫比种子更重要"（9.52）。因而"婆罗门为满足情欲而与首陀罗女子所
生的儿子即便活着也形同死尸，因而相传为'活尸'"（9.178）。可见，
《摩奴法论》中对"女性"的态度是只看重女性的容貌、料理家务和繁
衍后代的能力，而对于她们的情感、意愿和思想完全可以抹杀掉和忽略
不计。

二　迦梨陀娑《云使》中的女性关怀

　　迦梨陀娑的抒情长诗《云使》（Meghadūta），是印度文学史上的第一部抒情长诗，是梵语抒情诗歌的典范。诗的内容为，居住在北方喜马拉雅山中的一个药叉，因疏忽职责受到主人的惩罚，被贬谪到南方罗摩山静修林中，承受与妻分离一年的痛苦。在那里，他因思念爱妻变得如痴如狂，骨瘦如柴。雨季来临之际，他看到山顶上乌云密布，更是倍加思亲，以至热泪盈眶，[①]"他为了维护爱人的生命，便想托云带去自己的平安消息"（4）。[②] 于是他给雨云指出了一条北行路线。途中，主人公药叉一路关心"女性"，并在多处以"女性"形象来描述大自然，与男性形象的"雨云"互动、依存，为整个诗篇奏响了爱情主旋律。到了喜马拉雅山，以从远到近的顺序，先描述药叉自己的家园，再引出"爱妻"，并以18个诗节的篇幅形容和想象爱妻在离别日子中的种种情形；进而对妻子倾诉衷肠，表述自己的痴情热爱，并安慰和鼓励妻子；最后，药叉祝福雨云翱翔天际，永不与闪电夫人相分离。《云使》的整个内容都没有离开过对女性的关怀与欣赏，文中不仅对人间女性表示格外关怀，而且以"女性美"的角度观赏和体会大自然。

　　1. 人间女性

　　药叉嘱咐雨云在行走的路上关心和帮助各种不同的人间女子。其中有在家中等待丈夫回来的妻子，有在田间劳作的农妇，有在森林河边采花的少女，有在庙宇仪式上跳舞的舞女，有在夜里偷偷幽会情人的女子，还有繁华都市中的靓丽女郎。

　　（1）旅行者家中妻

　　雨季，在印度文化中对于相分离的情人而言具有特殊意义。由于雨季道路泥泞、行走不便等原因，在外做事的人们在雨季来临之际纷纷赶回家中。因而雨季也成了相分离的情人们所期待的团聚季节。雨云"用

---

①　在印度，雨季在外行走极不方便，因此外出的旅人会纷纷回家与家人团聚。而此时，被贬谪在外的药叉却无法回家与妻相聚。所以，看到雨云后更加激动和惆怅。

②　本文中《云使》的内容引自金克木译《云使》（人民文学出版社，1956）。以括号加数字表示诗节序号，下同。

低沉的悦耳的声音催促无数行人"回家与妻团聚。因而在《云使》中，当雨云启程之时首先提到的是"旅行者家中妻"。她们望见雨云会"满怀信念而安心"（8）。雨云不仅为药叉之妻送去爱人安好的信息，也能给等待丈夫归来的所有女人带去福音。

（2）农妇

雨季也与农业息息相关。因此"眼光充满爱意的农妇凝望你（指雨云——引者），因为庄稼要靠你收成"（16）。诗人在此写"农妇"而非"农夫"，一方面，是因为农业的丰产与女性的生殖力相连；另一方面，他更为关心和注重的是"女性"。雨云带来雨水，农妇以"充满爱意的眼光"回应，在天与地、人与大自然间依存关系中充满了柔情。

（3）采花女

雨云在路上还会遇见"采花女"，"她们耳边的莲花已因在颊上拂汗而憔悴"（26），因而雨云要投下阴影、洒下清水，为她们消除闷热和疲劳。

（4）舞女

到达祭奉湿婆的"摩呵迦罗"（Mahākāla）神庙后，他会看见那里的"舞女"。

> 舞女们身上的系带由脚的跳动而叮当作响，
> 她们的手因戏舞柄映珠宝光的麈尾而疲倦，
> 受到你那能使身上指甲痕舒适的初雨雨点，
> 将对你投出一排蜜蜂似的曼长媚眼。（35）

这里的"舞女"是指在祭奉湿婆的仪式上跳舞的女子们。据注释，她们是专门愉悦神灵的女子，被称作"圣妓"、"庙妓"或"高级妓"，有别于民间妓女。诗人委婉地表达了对这些女子的同情与关爱。清新的雨点使她们感到舒适，她们会抛出媚眼表示感谢。

（5）深夜赴会女子

雨云到达优禅尼城后——

> 那城中有一些女郎在夜间到爱人住处去，

用针尖才能刺破的浓密黑暗遮住了一切；
你用试金石上划出金线般的闪电照路吧，
可是不要放出雷雨声，因为她们很胆怯。（37）

根据《云使》注释，这里的"女郎"是指"被激情所煽动的、戴上蓝色面纱在黑夜里约见情人的女人们"。[①]此类行为肯定要遭到传统观念的贬斥和禁止（"因为她们很胆怯"已经隐含了这一点），但迦梨陀娑并不想幽禁女人的情感，而是希望给她们以自由和保护。因此，他要照耀她们前行的道路，并且要屏蔽惊扰她们的声音。

（6）都市靓女

在繁华的都市中，靓丽女郎往往是赏心悦目的一道风景。药叉嘱咐雨云虽然"道路上有些曲折"，但必要到优禅尼城。"那儿城市美女为闪电所惊眩的媚眼，若不去欣赏，就是虚度了年华"（27）。陀莎补罗城的美女们"善于舞弄纤眉"，她们"挑起睫毛，眼角闪着黝黑而斑斓的光芒，美丽的胜过了追白茉莉转动的蜜蜂"（47）。药叉的家乡阿罗迦城，是幸福的天堂，药叉女的乐园。虽说阿罗迦城是神界的都市，但它所折射的是人间的理想情景。一个地区的繁荣和文明程度与女人的幸福感相互联系。一个地区如果是繁荣发达的，那里的女人就会是美丽而幸福的；一个地区的女人美丽而幸福，那里也会是繁荣发达的地方。《云使》中通过描写城市女郎揭示了城市的文明与女性的美好互为正相关的关系。

2. 大自然的"女性"

对大自然的"女性化"描述和"爱情想象"是《云使》女性关怀的重要体现。诗人从"女性美"的视角观赏大自然，比如被雨云覆盖的杧果山"中间黑而四面全白，好像是大地的乳房"（18）；奔腾在大地上的条条河流都是婀娜多姿的年轻女子，她们与雨云都是朝思暮想的情人；除此之外，大自然中还有其他对对情人和夫妻。

（1）河流与雨云

《云使》中的"雨云"是"山的翅膀所生"的云，是云界中的名门

[①] M.R.Kale, *The Meghadūta of Kālidāsa: Text Wih Sanskrit Commentary of Mallinātha, English Translation, Notes, Appendices and a Map*（Delhi: Motilal Banarsidass Publishers Private Limited, 1974, 8th Edition），p.71.

贵族，它身世显赫、品德高尚、威力无比，[①] 是男性魅力所在。代表女性魅力的河流与雨云相互吸引和依存，演绎着自然界的爱情剧。

列瓦河："因醉象的津涎而芳香扑鼻"（20）。[②] 雨云喷出雨水之后，再饮列瓦河水，使自己变得充盈有活力，不会轻易地被风戏弄。

芦苇河：当雷声近岸的时候，多情的芦苇河"秀眉紧蹙（指波纹——引者）"，对迟迟而来的雨云表示一种娇嗔，但又以"甜蜜的流水"（24）报答雨云。

尼文底耶河：婀娜多姿，风情万种。当雨云到来，她极力表现自己的爱意。

> 尼文底耶河以随波喧闹的一行鸟为腰带，
> 露出了肚脐的漩涡，妖媚地扭扭摆摆；
> 你在路上遇见时就去饮一饮她的美味吧，
> 因为女人的第一句情话就是弄风情的姿态。（28）

此处，作者运用巧妙的比喻塑造了一个豪放又妖媚，尽情释放个性的女性形象。

信度河：是一条性格内向的河流。她因相思苦恼而消瘦得如同一条发辫，岸上的枯叶让她显得更加苍白。而对于她的"相思病"，唯有雨云"能够设法使她由消瘦转为丰盈"（29）。

深河：是一条明净清澈的河流。她有着"由银鱼跳跃而现出来的白莲似的眼光"（40），河边芦苇是她青色的"衣襟"，两边河岸是她裸露的"大腿"。诗中，把她与雨云的关系形容得最为亲昵——"谁能舍弃裸露的下肢，如果尝过了滋味？"（41）

莎罗室伐底河：是一条具有"内在美"的河流。她的水被脱离亲族战争的史诗英雄"持梨者"波罗罗摩所饮过。雨云如果饮其水"便只有

---

① 印度神话中"云"分三类：从火而生的云、从梵天的呼吸而生的云和从被因陀罗截断的山的翅膀而生的云。《云使》中的"云"是第三类，此类云体积庞大、威力无穷，当浩劫之时可发淹没宇宙的大洪水。雨云带来雨季，消除炎热，是焦灼者（包括被爱情折磨的药叉）的救星，故云"品德高尚"。

② 醉象，指的是发情的大象。雨季是大象发情的季节，发情的大象额头上会渗出黏液，即为"津涎"。河水因"大象的津涎"而变得味苦涩但"芬芳扑鼻"。

颜色黝黑，内心却纯洁无瑕"（49）。

除此之外还有天上的恒河，她等同于恒河女神。当恒河下凡之时，大神湿婆为了减轻河水对大地的冲击力，用头顶接住河流，使之缓慢又分散地流向大地。此时，作者形容道"她好像以泡沫窃笑乌玛的紧皱的双眉，揪住湿婆的头发，波浪的手触到那一弯新月"（50）。湿婆的配偶乌玛，因湿婆接住恒河（女神）而感到不高兴，然而恒河女神讥笑乌玛，且挑逗湿婆。这里不得不感叹诗人对女性心理的细腻观察和准确把握。

（2）闪电与雨云

《云使》中，雨云的正妻是"闪电"。闪电夫人一路跟随雨云、协助雨云，对他从来不离不弃，是名副其实的"贤内助"。药叉在诗篇的结尾祝福雨云，"但愿你一刹那也不和你的闪电夫人离分"（115）。

（3）城堡与大山

《云使》中形容药叉的故乡——坐落于山中的阿罗迦城——为"倚在山上如在爱人怀中，有恒河如绸衣滑下"，城楼上的雨云则是"像美女头上承着密结珠络的乌云发辫"（63）。诗人把山中城堡、城外恒河与城堡上空雨云的关系形容得惟妙惟肖，让人拍案叫绝。

（4）荷花与太阳

《云使》中，把太阳东升西落和清晨荷叶上的露珠等自然现象巧妙结合在一起，描绘出一则非常浪漫的爱情想象景象。诗中形容一夜未归的太阳先生是苦等一夜的荷花姑娘的心上人。当清晨到来，太阳急忙发出万丈光芒来擦去荷花脸上的"露珠清泪"（39）。如果此时，雨云要是不知趣地挡住了太阳的光芒，太阳则会大发雷霆。

3. 药叉女与药叉

药叉女，即诗中的药叉之妻，是《云使》描述的重点形象，也是雨云当差的起因和目的。药叉之妻只出现在药叉的想象中，但通过药叉的细致描绘，她已经跃然纸上，给人栩栩如生之感。诗中连用17个诗节（82—98）描绘了药叉之妻，她是美人的标准，"唇似熟频婆，腰支窈窕，眼如惊鹿，脐窝深陷，由乳重而微微前俯，因臀丰而行路姗姗，神明创造女人时首选的榜样"（82），是药叉的"第二个生命"。但除了这一诗节，其余诗节都在形容药叉之妻让人心疼的种种情形。她"因为伴侣远离，像雌轮鸟一般孤寂，满心焦急，已如霜打的荷花姿色大非昔比"（83），"那可爱的人一定由悲泣而肿了眼皮，嘴唇为叹息的热气所熏而颜色改变"（84）。当雨云到达时她"也许在凭想象画我（指药叉——引者）在离别后的清瘦姿容；也许在问笼中鹦鹉'你是否也惦念主人，因为你是他的恩宠'"（85）。"也许把琴放在旧衣裹着的膝上，想把那缀我（指药叉——引者）名字的歌曲唱，但琴弦为眼泪所湿，自作的曲调也一次次遗忘"（86）。白天有事可做，不至于那么难受，但一到晚上格外忧伤，"像东方天际的只剩下一弯的纤纤月，……在热泪中度过的孤眠之夜却分外悠长"（89）。药叉女曾经的丰腴体态已变得像一弯纤纤月亮，惊鹿眼已红肿，频婆嘴已变色，美发变得干枯又凌乱。她思念夫君，想在梦中团圆却难以实现。

药叉如此想象妻子的情形，更加担心和思念妻子，变得如痴如狂。在那深山老林中，他到处寻觅爱人的影子。

> 我在藤蔓里看出你的腰身，
> 在惊鹿的眼中看出你的秋波，
> 在明月里我见到你的面容，
> 孔雀翎中见你头发，
> 河水涟漪里你秀眉挑动，
> 唉，娇嗔的人呀！还是找不出一处与你相同。（104）

他在岩石上画出爱人的模样，又把自己画在她脚下匍匐求情，可是汹涌的泪水立即模糊了他的双眼，从而不由得感叹"在画图里残忍的命运也不让你我靠近"（105）；他在梦里见到爱人"向空中抬出胳臂去紧紧拥抱"（106）。他会拥抱雪山吹来的凉风，因为"它大概曾经接触过你（指药叉之妻——引者）的身体"（107）。思念的痛苦虽然很难熬，但药叉的内心却充满了希望和自信，他安慰妻子道：

> 我虽然辗转苦思却还能自己支撑自己，
> 贤妻啊！你千万不要为我担心难过。
> 什么人会单单享福，什么人会仅仅受苦？

人的情况是忽升忽降，恰如旋转的车轮。（109）

他还表示，"有人竟然说，爱情在分离时就会减退，其实心爱之物得不到时滋味更会甜蜜"（112）。可见，药叉的爱情观是健康向上的。他煎熬于思念的痛苦中，但这里体现的并不是安详中的沉溺，荣华中的陶醉，而是离别中的坚定，痛苦中的信念，是炽热忠贞的情感和积极乐观的精神。女性，在迦梨陀娑笔下往往比男性角色更具魅力，尤其迦梨陀娑的戏剧以塑造女性形象而著称。那么，《云使》中的女性与迦梨陀娑喜剧中的女性有何区别？

4.《云使》与迦梨陀娑戏剧的"女性关怀"比较

有学者指出，"拥有美貌、贞节、生殖力的女性，为男性们所热爱，印度传统经典、戏剧文学所塑造的女性形象，无不是以男性的视角加以刻画和描摹，如悉多、沙恭达罗、优哩婆湿，无不是苗条细腰、双臀丰美，这不仅预示着旺盛的生殖力，还预示着女性是满足男性欲望的工具"。[①] 这里的"沙恭达罗"和"优哩婆湿"是迦梨陀娑最具代表性的两部戏剧《沙恭达罗》和《优哩婆湿》的主人公。这里暂不探究迦梨陀娑戏剧中的女性形象如何，而只讨论对于"女性"关怀而言，《云使》有何两部戏剧所不及的独到之处。

迦梨陀娑戏剧以国王的爱情故事为题材，故事情节可以归纳为"美貌的吸引——磨难的经历——孩儿的诞生"，[②] 即国王与美人相遇，两人坠入爱河，之后遇到爱情的障碍（一般都是男的抛弃女的，痴情女子负心汉的模式），历经种种磨难，最终两人重逢并生下国王的继承人而完满结局。在此过程中，作者通过各种手法使得剧情跌宕起伏，人物形象饱满生动，比如在《优哩婆湿》中他塑造了较为狡猾而复杂的男主人公国王的形象，以便"更好地描写出女子的痛苦，更好地表达出他（指

---

① 秦文：《印度婚姻家庭法研究——基于女性主义的分析视角》，法律出版社，2015，第52~53页。

② Sushil Kumar De, *The Megha-Dūta of Kālidāsa*（New Delhi: Sahitya Akademi, 1970, 2nd ed），viii.

迦梨陀娑——引者）对爱情的看法"，① 也反映了现实生活中"国王"的感情生活。作为一国之君，国王始终要面临继承者的问题，因此，包括这两部戏剧，还有迦梨陀娑的另外两部叙事诗《罗怙世系》《鸠摩罗出世》都宣扬和颂赞了一夫一妻制，强调女性的贞节，这是因为"替国王的继承问题操心"，② 即确保王后的贞节，从而确定王子的身份，以保帝业血脉纯正地传下去。

可见，迦梨陀娑戏剧中虽然也歌颂女性，但很明显是从男权主义视角来歌颂。而《云使》作为一部抒情诗，摆脱了"帝王将相"主题，从而也不会涉及"国王继承者"的问题。《云使》的"女性关怀"也是以"爱情"形式来实现的，然而这里的"爱情"并非仅是美貌的吸引，而是真正建立在对女性的尊重和理解之上。即使是美貌不再，挚爱仍然不变。诗人以细腻的情感去观察、感受、理解、尊重和保护女人，抛开了女性作为"母亲"或"妻子"（养育后代）的身份，还原了"女性"作为"女性"的独立人格，使得女性的各种情感得以充分释放。另外，《云使》中强调了男女身份的相互依存和不可分割性。诗中男女平等、互依互补、相扶相持，比如诗中的药叉和药叉女，雨云和河流，太阳和荷花，谁也离不开谁。这与婆罗门思想中的"男尊女卑"观念以及迦梨陀娑戏剧中男主人公主导女主人公命运的情节截然不同。

三 《云使》女性关怀主题之根源探索

女性，在印度现实生活中地位卑微，可是在印度文化中还普遍存在"女神崇拜"现象，那么如何看待这一看似矛盾的问题？这与迦梨陀娑《云使》中"女性关怀"又有什么关系？

在早期吠陀文献中，女神并不多，地位也不高。最初，女神崇拜和男女生殖崇拜是从事农业的印度土著民族的信仰。雅利安人进入印度后，逐步开始定居、从事农业，从而不仅把象征庄稼增产、牲畜繁盛的女神崇拜融入自己的宗教生活中，而且给予诸女神很高的地位和超强的

---

① 季羡林：《关于〈优哩婆湿〉》，《季羡林文集（第15卷） 梵文与其他语种文学作品翻译（一）》，江西教育出版社，1998，第234页。

② 季羡林：《沙恭达罗》译本序，人民文学出版社，1959。

神力。因此婆罗门教的"女神崇拜"是从印度土著民古老的"女性生殖能力崇拜"演变而来。

古老的"女性生殖力崇拜"民间信仰，逐渐变成了一支叫作"坦陀罗"（Tantra）的教派。其特点为师徒"秘密传授"，因此又被称作"密教"。坦陀罗密教认为，女性性力——萨克提（Śakti）是宇宙的本原，信奉黑神母——迦梨迦（Kālikā）。在早期的《往世书》中，迦梨迦被称作"灾难与死亡女神"，她后来作为印度教"迦梨"（Kālī）女神的原型进入印度教万神殿中。迦梨女神，是印度教大神湿婆之妻"帕尔瓦蒂"（Pārvatī）的降魔化身之一，另一个化身为难近母"杜尔迦"（Durgā）。其中迦梨的形象尤为恐怖，她皮肤黝黑、面目狰狞，口吐鲜红的长舌，脚下踩着湿婆，手舞足蹈的样子。那么，古老的迦梨迦黑神母的形象是如何通过迦梨女神与印度教雪山女神产生同源关系的？

印度神话中讲到，曾经有一次，天神与阿修罗交战。阿修罗的头被砍掉，但从他滴血之处又繁衍出新的阿修罗与天神作战，这样阿修罗的力量不断强大。眼看天神一方被打败，此时愤怒的雪山女神帕尔瓦蒂变成了可怕的迦梨女神的样子，伸出鲜红的长舌吸干了阿修罗的血，使之死亡，帮助天神大获全胜。该神话中迦梨女神的原型即为古老母系社会时期的黑神母迦梨迦。也就是，通过该神话，婆罗门圣贤们把远古土著信仰因素纳入婆罗门教中，从而缓解了婆罗门教与土著信仰的冲突。金克木先生曾写道："雪山女神本是美丽的少女，后来却附会上了另两个凶形恶象的降魔女神，迦梨和难近母。这两个据说是她的降魔化身的女神，其实是一个独立教派的崇拜对象，现在还有很大势力。"[1] 这里所说的"一个独立教派"就是指印度教性力派。

"婆罗门教和佛教在各自发展过程中都纳入了坦陀罗密教的成分，形成了印度教的性力派和佛教的密宗。"[2] 即坦陀罗教在其发展过程中分成了左、右两道，其中温和的右道后来变成了印度教的性力派，迦梨和杜尔迦是印度教性力派的主要神祇。印度教性力派又与湿婆派紧密相连，二者共同代表宇宙性力本原。性力派以女性性力崇拜为主，而湿婆

---

[1] 金克木：《梵竺庐集（甲） 梵语文学史》，江西教育出版社，1999，第203~204页。
[2] 马维光：《印度神灵探秘——巡礼印度教、耆那教、印度佛教万神殿探索众神的起源、发展和彼此之间的关系》（修订版），世界知识出版社，2014，第59页。

派以男性性力——湿婆的林迦（liṅga）崇拜为主，同时女性性力萨克提是其必不可少的一部分。"只有在阴性能量（萨克提）的作用下，湿婆才能变得主动而有创造性。如果没有萨克提，湿婆就像一具没有生命的身体。"① 可见湿婆与其女性配偶（萨克提）之不可分割性！

《云使》中"女性关怀"思想及药叉与药叉女的不可分割性，正是来自印度教湿婆派的湿婆与其配偶的不可分割性。如果相分离，双方都会由"盛"变"衰"，形貌消瘦憔悴，内心万般痛苦。因此，该诗作不仅仅是对女性的外部欣赏，而且走进女性的内心，由内而外激活女性，男与女、阳和阴成为相互了解、吸引、补充、爱惜、支撑的一体，从而以世俗爱情完美解释了湿婆与萨克提相互依存的哲理思想；反过来又是印度教湿婆派"萨克提"思想的文学艺术体现，即《云使》女性关怀主题的深层哲学来源是印度教湿婆派"萨克提"思想。

作者系内蒙古大学蒙古学学院教师

---

① 施勒伯格：《印度诸神的世界——印度教图像学手册》，范晶晶译，中西书局，2016，第76页。

从"布鲁岛四部曲"
解读普拉姆迪亚的女性观 *

郄莉莎

内容提要 普拉姆迪亚·阿南达·杜尔是印度尼西亚现代文学史上最负盛名的小说家,他一生创作了 50 多部颇具影响力的优秀文学作品,对印尼文坛产生了深远影响。创作于作者被流放时期的"布鲁岛四部曲"是普拉姆迪亚的代表作品,贯穿普拉姆迪亚文学创作生涯的女性观在这一系列作品中得到了集中体现。本文将结合"布鲁岛四部曲"着重分析普拉姆迪亚女性观的形成过程及具体内容,拓展和深化对于普拉姆迪亚文学作品的解读。

关键词 普拉姆迪亚 "布鲁岛四部曲" 女性观

"布鲁岛四部曲"(*Tetralogi Buru*)是印度尼西亚现代文学家普拉姆迪亚·阿南达·杜尔(Pramoedya Ananta Toer,以下简称普拉姆迪亚)的代表作品,因被创作于作者被流放至布鲁岛期间而得名。"布鲁岛四部曲"由《人世间》(*Bumi Manusia*)、《万国之子》(*Anak Semua Bangsa*)、《足迹》(*Jejak Langkah*)和《玻璃屋》(*Rumah Kaca*)四部作品组成,展示了 19 世纪与 20 世纪之交印度尼西亚民族觉醒的波澜壮

---

* 本文系教育部人文社会科学重点研究基地重大项目"中国与东南亚的文学和文化交流研究"(18JJD750005)阶段性成果。

阔的历史画卷。

　　普拉姆迪亚是印度尼西亚最具影响力的小说家，他一生中创作了50
多部文学作品，并被翻译成40多种语言，本人曾获诺贝尔文学奖提名。
作为印度尼西亚最具传奇色彩的知名作家，普拉姆迪亚曾三次入狱，于
荷兰殖民统治时期、印度尼西亚旧秩序时期和新秩序时期都有过被捕的
经历，前后有近20年时间在狱中度过。普拉姆迪亚的文学创作贯穿着
坚定的民族立场和强烈的民族感情，还有人道主义立场和对被侮辱、被
损害的小人物的深切同情，[①] 这构成了普拉姆迪亚宏大的思想体系，而
女性观正是其思想体系中不可或缺的组成部分。在诸多文学作品中，作
者以细腻的笔触塑造了一系列个性鲜明的女性人物形象，在"布鲁岛四
部曲"中熠熠生辉的女性形象尤为令人动容，给人震撼。普拉姆迪亚对
于女性形象的成功刻画离不开他对于女性阶层的理解与关注，分析普拉
姆迪亚的女性观对于深入解读他的文学作品以及了解他的思想体系具有
非常重要的作用。

一　普拉姆迪亚女性观的形成

　　普拉姆迪亚于 1925 年 2 月 6 日生于爪哇小镇布罗拉（Blora）的一
个教师家庭，母亲萨伊达是一名虔诚的伊斯兰教徒，她出生于中爪哇南
旺的一个村长家庭。萨伊达在不满 20 岁时与普拉姆迪亚的父亲杜尔结
婚，婚后育有 9 个子女，普拉姆迪亚是家中的长子。由于丈夫放弃了相
对高薪的工作，萨伊达不得不寻找生计补贴家用，含辛茹苦地抚养家中
的几个孩子。不幸的是，萨伊达于 34 岁时因病离开了人世。母亲的离
世给普拉姆迪亚带来沉重的精神打击，他离开充满忧伤回忆的故乡布罗
拉，来到雅加达，开启了人生的新的一页。

　　普拉姆迪亚曾说过，母亲是他一生中最爱的两个人之一，母亲也成
为影响普拉姆迪亚女性观形成的最主要因素。他深深热爱着母亲，敬佩
她的坚强，又同情她的遭遇。在丈夫无力维持一家人的生计时，她竭尽
所能抚养大了 9 个子女。作为一名传统的爪哇女性，萨伊达的温柔善良

---

① 梁立基:《印度尼西亚文学史》（下），北京大学出版社，2003，第 621 页。

与坚强独立深刻影响着普拉姆迪亚的成长与性格养成，也成为他以后作品中许多女性形象的原型。在包括"布鲁岛四部曲"在内的多部文学作品中，普拉姆迪亚成功塑造了诸多女性形象。而他本人对女性的赞赏和关注应该主要来自他对母亲的钦佩和热爱，他在晚年的访谈录中说道："我小时候，总是反抗我的父亲。虽然有时并不明说，但我的所作所为的确是在与他作对。但我从未反抗过我的母亲，因为我深深地崇敬她，是她塑造了我。她曾说，永远不要去乞求，要学会独立和自食其力。你要去欧洲学习，学到毕业。那时，我们的家境极其贫困。我铭记她的话并一直遵循，直到现在。她永远是我最尊敬的人。"①

母亲温柔善良、正直坚强的品格与不幸的遭遇深刻影响了普拉姆迪亚女性观的形成，在他整个文学创作生涯中，女性观都直接影响到他的创作。普拉姆迪亚在代表作"布鲁岛四部曲"中塑造了诸多令人印象深刻的女性形象，集中体现出对于女性遭遇的同情、对于女性能力的肯定、对于女性思想觉醒的重视和对于女性反抗精神的赞赏。

二 同情多重压迫下女性的悲惨遭遇——对女性命运的关注

印度尼西亚的传统女性，无论是在荷兰殖民统治时期，还是在日本占领时期，以至"八月革命"之后，都一直处于受压迫的地位。普拉姆迪亚在成长过程中耳闻目睹身边女性的不幸遭遇，他同情她们在自己的命运面前失声失语的痛苦，通过文学创作反映印度尼西亚传统女性艰难求生的生存状态，他的文学创作有相当一部分聚焦于女性所遭受的多重压迫。

1. 怜悯在父权制压迫下挣扎的传统女性

在"布鲁岛四部曲"的社会背景中，父权制和男权社会对于女性的压迫比比皆是，第一部作品《人世间》的主人公之一温托索罗姨娘就是父权制压迫的受害者。在她14岁的时候，她的父亲为了获得糖厂会计的职位，将她卖给糖厂经理梅莱玛先生做姨娘。姨娘，印尼语 nyai，多

---

① Andre Vltchek and Rossie Indira, *Exile: Conversations with Pramoedya Ananta Toer*（Haymarket Books, 2006），p.89.

为殖民地时期与欧洲人姘居的印度尼西亚土著女性,其地位类似于小妾。姨娘这一群体的产生可以追溯至欧洲最初建立殖民地期间,因最初到达的欧洲人多为海员、商人等男性群体,所以与土著女性姘居成为很多欧洲人的选择。由于身份地位卑微,她们与欧洲人的婚姻关系不被社会承认,利益无法得到保障。

温托索罗姨娘对自己命运的自述,就体现了当时女性阶层面对父权制和包办婚姻的无力与绝望:"什么事都由我父亲,也只能由我父亲做主……一旦终身已定,那么女人就应该全心全意地侍候那原来并不相识的男人,侍候他一辈子,一直侍候到他死,或者到他嫌弃你,把你赶走为止。"[①] 一个传统家庭中的少女,对于自己的婚姻是完全没有自主权的,她们在出嫁前对自己未来的丈夫一无所知,她们唯有服从父亲的安排,走入婚姻并安心侍奉丈夫。在自己的命运面前"失声",被迫将自己的前途交由他人掌握,是父权制社会中广大女性的共同命运。

在第二部作品《万国之子》中,温托索罗姨娘的侄女苏拉蒂面对父亲将她卖给欧洲人的决定,尽管内心万般不愿,但是也不敢违抗父亲的决定。"她更清楚,父亲对她最有权威,无人可以和他比拟。倘若父亲决定如何安排女儿的命运,什么力量也阻拦不了。警察阻拦不了,荷兰政府军也阻拦不了,更别说村长了。"[②] 在一个土著少女的心中,父亲的权威高于警察、荷兰政府军,甚至高于村里最有权力的村长。可见,父权思想在土著女性的心中是多么的根深蒂固且至高无上。

在掌握和支配女性命运的同时,爪哇封建士绅阶层的男性将职位看得高于一切,这就造成有些人为了谋求个人优越的职位不惜将自己的亲生女儿卖给欧洲人做小妾。在当时的社会中女性的命运根本无法由自己掌控,她们被迫接受父亲的安排,哪怕是成为身份低贱的姨娘,这些传统女性不过是男权社会中博弈的筹码,有些甚至沦为利益交换的牺牲品。

---

① 普拉姆迪亚:《人世间》,北京大学普·阿·杜尔研究组译,北京大学出版社,1981,第88~89页。
② 普拉姆迪亚:《万国之子》,北京大学普·阿·杜尔研究组译,北京大学出版社,1983,第158页。

2. 同情在殖民统治和种族主义夹缝中求生的土著女性

普拉姆迪亚的作品在描述传统女性遭受父权制压迫的同时，还着力阐明她们也是殖民统治的受害者，她们不仅要承受来自男性与权贵阶层的压迫，还要承受殖民者带来的痛苦。苏拉蒂的悲剧，就是由于她被来自荷兰的糖厂经理看中，她的父亲被设计陷害，她才迫不得已做出了同无耻的糖厂经理同归于尽的选择。

处在殖民压迫下的土著女性，地位远远低于欧洲女性，无论是在现实生活中，还是在社会制度中。从女性主义后殖民主义角度来看，她们不仅要承受来自殖民统治的压迫，还要背负来自西方女性的种族歧视与偏见。女性主义后殖民主义，其实是女性主义和后殖民主义的交叉，指女性角度的后殖民批评，是后殖民理论的重要组成部分，大概可以分为两个方面：一是女性主义领域的后殖民主义批评，二是后殖民领域的女性主义批评。① 女性主义领域的后殖民主义批评，其实是在批判西方女性主义的白人中心倾向。这种倾向表现在很多著作在分析第三世界女性时常常将她们"同质化"，即都将她们塑造成男性暴力的受害者。明克的老师马赫达·皮特斯是一名荷兰女性，在她拜访温托索罗姨娘后，这样评论道：

> 那位姨娘，她的穿着、仪态以及她的举止，确实与众不同。只是她的心理过于复杂。除了她那衣服上的花边和她使用的语言以外，她从头到脚都是个土著妇女。她复杂的内心世界，已经和那些有进取心和思想开通的欧洲人相差无几。作为一个土著民，而且是一位土著妇女，她确实博闻强识，阅历很广。她完全配得上做你的老师……明克，我第一次结识这样的人，而且是一位女性，她始终在和命运作着不妥协的斗争。②

这是一段欧洲女性对于温托索罗姨娘的评论，从这段评论中，我们可以对马赫达·皮特斯的思路做出如下几点解读。第一，姨娘是不一般

---

① 赵稀方：《后殖民理论》，北京大学出版社，2009，第86页。

② 普拉姆迪亚：《人世间》，北京大学普·阿·杜尔研究组译，北京大学出版社，1981，第261页。

的土著女性。第二，姨娘的不一般在于她和欧洲人相差无几。第三，欧洲人是有进取心和思想开通的。第四，作为一个土著民，博闻强识是很难得的。第五，作为一个土著女性，做到博闻强识和阅历广泛尤为难得。在马赫达·皮特斯老师表达自己对于温托索罗姨娘的赞美和肯定时，这些溢美之词却不免流露出种族歧视与性别歧视的倾向。在她的潜台词中，欧洲人作为优于土著人的阶层，是具备诸如"有进取心"以及"思想开通"等优秀特质的。在土著人中，女性的地位是低于男性的，如果一个土著女性能够"博闻强识"，那一定是一件非常了不起的事情。因此，马赫达·皮特斯老师最后评论说，姨娘"在和命运作着不妥协的斗争"。这里所说的"命运"，正是殖民地女性所遭受的父权压迫与种族歧视。

阿普菲尔－马格林在《女性主义的东方主义与发展》一文中指出，白人男性统治者在国内虽然压制白人女性主义运动，但是在海外，他们却将白人女性变成了愚昧落后的第三世界女性的追随目标；白人女性在国内虽然反抗白人男权统治，但到了海外，她们却成为殖民统治的帮凶。从这一点上来看，种族大过了性别。在殖民地，西方女性从来不把本土女性视为同类，反倒认同殖民话语对于当地女性的贬低。[①] 作品中这一处描述恰恰反映了这种女性主义中白人中心的倾向，大部分的欧洲女性并没有能够将殖民地女性视为自己的同类，也不可能对她们的苦难感同身受。在土著女性取得一定的成就时，她们更多表现出的态度是妒忌与愤恨。在《万国之子》中，明克的朋友米丽娅姆在信中有一段荷兰女性对印度尼西亚进步女性卡尔蒂妮的评论："当荷兰人听到一个爪哇土著妇女竟能用自己的文字写信时，都惊诧不已。长期以来，她们一直认为，东印度的土著妇女还生活在石器时代，仍处在野蛮无知的状态。"[②]

在殖民地社会中，土著女性承受的歧视不仅仅来源于西方女性，甚

---

① F. Apffel-Marglin, Suzanne L. Simon, "Feminist Orientalism and Development," in *Feminist Perspectives in Sustainable Development ed. Wendy Harcourt* (London and New Jersey: Zed Book Ltd, 1994), p. 28. 转引自赵稀方《后殖民理论》，北京大学出版社，2009，第97页。

② 普拉姆迪亚·《万国之子》，北京大学普·阿·杜尔研究组译，北京大学出版社，1983，第104页。

至土著男性也深受"白人女性优于土著女性"的观念影响。在第一部作品《人世间》中，明克初见温托索罗姨娘，看到她落落大方的举止，听到她用荷兰语交谈，在心中不禁暗暗称奇：

> 她不仅能讲一口这么好的荷兰语，而且更主要的是，她在男性客人面前没有那些繁文缛节。我真不知道还能在什么地方见到像她这样的妇女？我不知道她从前受的是什么样的学校教育？为什么她竟是一位姨娘、一位荷兰人的小老婆呢？是谁把她教育得像欧洲妇女那样开明大方的呢？[①]

这一段明克的心理活动，在一定程度上可以代表殖民地社会土著精英阶层男性的典型观念。首先，明克对温托索罗姨娘的赞美建立在与他之前心理预期的反差上，在男性的固有观念中，一个土著女性不可能讲流利的荷兰语，而且见到陌生男性后也不可能表现得落落大方，因为这些语言和举止方面优秀的特质与土著男性心中土著女性的形象不相符。明克在心中产生疑问，"是谁把她教育得像欧洲妇女那样开明大方的"，其实也反映了先入为主的种族偏见。可见在以明克为代表的土著男性的观念中，欧洲女性是"开明大方"的，而土著妇女是不可能具备这些优点的。

之后明克又在心中暗想："你听她的荷兰语讲得多么流利，既文雅又优美。你看她对孩子的态度，体贴入微，考虑周全，而且十分开明，与那些土著民的母亲们可不一样。她的行为举止，和欧洲有教养的妇女并没有什么不同。"[②] 这是从一个土著男性视角将土著女性和欧洲女性进行的比较，明克作为接受了西方教育的新型知识分子，在他心中西方女性的形象是有教养和大方得体的，而土著女性则恰恰处于"体贴入微"、"考虑周全"和"十分开明"的反面。这两段心理描写反映出作品开头部分主人公明克看待土著女性的态度，也可以折射出当时

[①] 普拉姆迪亚：《人世间》，北京大学普·阿·杜尔研究组译，北京大学出版社，1981，第21页。

[②] 普拉姆迪亚：《人世间》，北京大学普·阿·杜尔研究组译，北京大学出版社，1981，第25页。

社会环境下整个土著精英群体对于女性的看法。在他们的观念中，既有男性优于女性的男权思想，又有欧洲女性优于土著女性的种族歧视倾向。

《后殖民主义》一书还评价道："以女性主义身份加入后殖民主义，其主要火力是从后殖民角度批评西方女性主义，不过它同时又转过身来批评后殖民主义本身的男性主义，这恐怕是男性后殖民主义理论家所没有预料到的。"[1] 但是，普拉姆迪亚作为一位第三世界国家的男性作家，却很巧妙地避过了这一点。在"布鲁岛四部曲"中，温托索罗姨娘的形象是有别于以往文学作品中其他姨娘形象的，女性主人公在这部作品中已不仅仅是男权社会和种族歧视的受害者，同时也是反抗者，是自身权利的争取者和捍卫者，这种个性鲜明而有力的女性形象是印度尼西亚文学史上前所未有的。

三 肯定女性的能力与地位——对女性价值的认识

虽然殖民地社会中的传统女性在背负多重压迫的痛苦中艰难求生，但是普拉姆迪亚依然认识到了女性群体的能力与潜质，她们温柔却不乏坚韧、善良却不失勇敢，她们聪慧、上进，她们如果拥有与男性平等的发展机会，完全有能力与男性并肩奋斗。

1. 肯定女性对于男性的引导作用

在"布鲁岛四部曲"中，女性的作用和地位得到了充分的肯定，作品除了表达对女性能力的尊重和赞赏外，还着力强调了女性对于男性的积极影响。在作品中出现的一系列女性形象中，温托索罗姨娘是指引明克走向反抗的人生导师之一，年轻的明克曾崇拜西方文化，在明克陷于人生的迷惘时，姨娘给他指明未来的道路："孩子，我们本来就应该起来反抗……"同时告诉他不用担心失败，因为"我们不会因失败而感到耻辱……土著民一辈子遭受像我们一样的苦难，犹如河底和山峦的石头，任人斧凿，无声无息"。并鼓励他只有反抗才有可能获得成功，"何况，这仅仅是为了土著民的利益。倘若大家都像我们一样起来呐喊，就会轰

---

① 赵稀方:《后殖民理论》，北京大学出版社，2009，第102页。

轰烈烈，也许会闹个天翻地覆"。① 正是姨娘的话语和行动启发了明克去关注土著民承受的苦难并为了他们摆脱苦难而抗争。终于，明克在她的指引下从一名荷兰高中的学生逐步成长为一位为了土著人利益勇敢抗争的民族先驱。

在明克的思想启蒙的道路上，姨娘发挥了举足轻重的作用。而在"布鲁岛四部曲"的第三部曲《足迹》中，另一个女性形象的出现也推动了明克的思想进步和成长。华人女青年洪山梅是上海师范学院的毕业生，在义和团起义失败后从中国逃至印度尼西亚，她和她的朋友们在为反抗清政府进行抗争。洪山梅是一位自强自立的女性，她努力地学习马来语，也经常去当家庭教师教授汉语和英语，只是为了婚后不成为丈夫明克的负担。洪山梅也是一位追求进步的女性，她曾启发明克"在争取自由的斗争中，为了各自民族的觉醒，我们亚洲所有的知识分子都负有超出国界的义务。否则，欧洲人就会在这里称王称霸"。② 她的话语体现了普拉姆迪亚主张受压迫的民族应当团结起来，共同对殖民者进行反抗的民族主义思想。普拉姆迪亚将这种超越了国界和民族差别的进步思想通过一个女性的声音传达出来，足见其对于进步女性群体的信心，也肯定了女性在启发和引导男性思想成长过程中发挥的作用。

最后，洪山梅由于日夜为工作奔忙积劳成疾，离开人世。明克十分钦佩这位坚强勇敢的女性，在心中赞叹她是"一个不再属于她本人的姑娘，一个已经把自己的青春奉献给她同族理想的年轻女性。她那柔软细嫩、忧心忡忡的面容，宛如一块白玉，已被焦虑和忧愁磨光了。她焦虑的是，世界舆论将同情日本在地球的北边同俄国对抗。她担忧着一件抽象的、然而在她的头脑中已变为十分具体的事情——国家和民族的命运"。③ 这一段明克的心理活动描写，将洪山梅纤弱的外表与坚定的内心对比，更加凸显了她为理想不懈奋斗的坚强意志；将她的个人经历与国族命运做比较，盛赞她已经超越了个人的境界，将自己的青春奉献给更

---

① 普拉姆迪亚：《人世间》，北京大学普·阿·杜尔研究组译，北京大学出版社，1981，第 376 页。

② 普拉姆迪亚：《足迹》，张玉安、居三元译，北京大学出版社，1989，第 73 页。

③ 普拉姆迪亚：《足迹》，张玉安、居三元译，北京大学出版社，1989，第 144 页。

宏大的理想与事业。这样的女性形象，以自己的实际行动赢得了明克的尊重与钦佩，成为明克成长道路上的明灯。

2.展示女性在接受男性引导后的跨越式成长

在对女性的能力与作用表示赞赏的同时，普拉姆迪亚也用一定的笔墨肯定了男性对于女性成长的引导作用。温托索罗姨娘在被卖给糖厂经理时，还是一个名为萨妮庚的害羞胆怯的爪哇少女，她不知道自己即将迎来什么样的生活。而在她成长的过程中，不得不提她的丈夫——赫尔曼·梅莱玛先生对她的引导。梅莱玛先生教温托索罗姨娘学文化、学荷兰语，还专门为她订阅了荷兰的女性杂志。他鼓励并引导她参与生产和管理，并且分给她农场的股份；他尊重温托索罗姨娘，经常听取她的见解。难怪姨娘对女儿安娜丽丝感叹道："从前的萨妮庚慢慢地消失了。妈妈开始用新的眼光来看问题，已经变成了一个新人。"①

这种脱胎换骨的进步固然离不开温托索罗姨娘自己的勤奋和努力，但更加重要的是，在殖民地社会中作为她的"主人"的梅莱玛先生并没有像对待玩物一样对待她，而是给予她充分的尊重与肯定、鼓励与引导，才让温托索罗姨娘得到了之后个人能力提升和思想觉醒的机会。这种尊重和引导不仅超越了性别界限，而且也超越了种族界限。作品中几次提到姨娘得到梅莱玛先生的赞赏和鼓励，说她"比欧洲一般的妇女要强得多，比那些混血欧洲妇女更加能干"。② 这样的尊重和赞赏无疑更加激发了温托索罗姨娘继续充实自己的信心和勇气。

普拉姆迪亚的作品充分表达了他本人对女性的尊重与对其能力的肯定，在"布鲁岛四部曲"中一系列女性形象的塑造上，普拉姆迪亚传达出这样的信息——女性如果得到适当的引导与发展的机会，是完全可以有所建树的。普拉姆迪亚也认识到，女性的思想觉醒是她们获得个人发展机会的前提，他盼望有越来越多的土著女性如温托索罗姨娘般得到发挥自身能力的机会，赢得他人尊重，摆脱固有的歧视和偏见。

---

① 普拉姆迪亚:《人世间》，北京大学普·阿·杜尔研究组译，北京大学出版社，1981，第99页。

② 普拉姆迪亚:《人世间》，北京大学普·阿·杜尔研究组译，北京大学出版社，1981，第99页。

四　鼓励女性思想解放——对女性出路的思考

普拉姆迪亚尊重女性的能力与潜质，这就使他更加同情印度尼西亚传统女性所遭受的压迫与歧视，也让他更加热切地期待女性群体摆脱压迫，尽早获得她们应有的权利。普拉姆迪亚意识到，在女性争取自身权利的过程中，首先要获得思想的解放。也正因如此，他大力支持印度尼西亚女性思想解放运动，赞赏印度尼西亚历史上第一位女性思想解放的倡导者卡尔蒂妮，还在其"布鲁岛四部曲"创作中专门塑造了这样一位觉醒的女性形象，在致敬卡尔蒂妮的同时，也用这位进步女性的形象去感染更多人。

1. 创作传记文学纪念卡尔蒂妮

卡尔蒂妮全名拉登·阿珍·卡尔蒂妮（Raden Ajeng Kartini），是印度尼西亚最早具有民族意识的新一代知识分子的代表，她生于一个封建官绅家庭，从小接受西方文化教育。她的父亲是扎巴拉（Jepara）的县长，为她提供了在荷兰小学就读的机会。在卡尔蒂妮成长的过程中，西方民主思想激发了她的民族意识，她渴望民族独立，并反对封建习俗对于女性的压迫。她结识了许多荷兰的朋友并与他们有书信交往，《黑暗过去光明到来》就是这些信件组成的书信集，记录了她的许多进步思想与言论。通过她的信件，许多荷兰人了解了东印度殖民地爪哇女性真实的生活状况。尽管卡尔蒂妮从 12 岁起就被幽禁闺中，但是她的思想却没有被束缚。卡尔蒂妮主张女性得到应有的地位和平等的权利，反抗女性在封建体制下所遭受的束缚与迫害。《印度尼西亚新文学》评价卡尔蒂妮说，她不仅批判封建制度，为女性解放而奋斗，而且坚决地控诉殖民主义才是造成人类苦难的根源。[①] 年轻的土著女性卡尔蒂妮，已经对殖民主义的本质有深刻的认识，这在当时社会中是难能可贵的。卡尔蒂妮英年早逝，但是在她生前的努力下，印度尼西亚从 1912 年开始分别在泗水、日惹、玛琅等地陆续建立了卡尔蒂妮学校，为女性提供受教育

---

① Bakri Siregar, *Sedjarah Sastera Indonesia Modern*（Akademi Sastera dan Bahasa Multatuli, 1964）, h. 22.

的机会。卡尔蒂妮对于整个印度尼西亚社会影响深远，1964 年 5 月印度尼西亚总统苏加诺宣布卡尔蒂妮为民族独立英雄，每年的 4 月 21 日为"卡尔蒂妮日"，用以纪念这位女性觉醒先驱。

普拉姆迪亚曾经专门创作一部传记文学《叫我卡尔蒂妮吧》（*Panggil Aku Kartini Saja*），该作品分上、下两册，于 1962 年出版。这部作品收录了关于卡尔蒂妮的生平、言论、书信以及对她的评论等大量资料。普拉姆迪亚为此进行了艰苦的收集和整理工作。传记序言评价说："这是一部关于卡尔蒂妮的宏大而杰出的作品，不仅记述了一位女性在其时代背景下的生活，而且揭示了那个时代的社会、经济、政治和文化。"[①] 这部作品不仅可以看作关于卡尔蒂妮的传记作品，从中还能读到普拉姆迪亚对卡尔蒂妮的许多评价。

2. 与卡尔蒂妮思想同源、精神共鸣

在"布鲁岛四部曲"中，卡尔蒂妮这一形象多次出现，作品中"扎巴拉的姑娘"就是以她作为原型创作的。这一女性形象思想进步、见解独到，主人公明克等人都对她钦慕有加。第三部曲《足迹》曾赞赏她"不只是在写作，不只是在讲故事。她已经把她的生活献给了某种东西。她写作，不是为自己成名。她是穆尔塔图里的精神继承人，用她自己的方式，已经取得了人道主义的胜利，减轻了人类的痛苦"。[②]

其实普拉姆迪亚与卡尔蒂妮在思想上是同源的，两人的思想成长都深受穆尔塔图里的影响。穆尔塔图里原名爱德华·道威斯·德克尔（Eduard Douwes Dekker），1820 年出生于荷兰阿姆斯特丹。他于 1839 年到达荷属东印度的巴达维亚，也就是现在的雅加达，之后长期在东印度殖民地任职，先后做过税务官、地方官员、副县长等。在殖民地任职和生活的近 20 年间，他深深感受到荷兰殖民统治给殖民地人民带来的深重苦难。1859 年，他辞去工作回到了欧洲。在比利时的布鲁塞尔，他完成了一生最具影响力的作品《玛格斯·哈弗拉尔，或荷兰贸易公司的咖啡拍卖》（*Max Havelaar，or the Coffee Auctions of the Dutch Trading*

---

① Pramoedya Ananta Toer, *Panggil Aku Kartini Saja I*（N. V. Nusantara, 1962），h. VI.

② 普拉姆迪亚:《足迹》，张玉安、居三元译，北京大学出版社，1989，第 31 页。

Company)。① 这部小说于 1860 年 5 月出版，署名穆尔塔图里，拉丁文的意思是"我深受痛苦"。这部小说以作者在东印度殖民地的所见所闻为素材，披露了殖民地人民困苦的生活状态，并控诉了造成这种状况的原因——殖民地政府推行的强迫种植制度，这种控诉"不仅触动了新一代知识分子和工人运动领袖的心灵，而且对荷兰资产阶级发出了警示——强迫种植制应该结束了"。② 《玛格斯·哈弗拉尔》这部作品一经问世就在欧洲社会引发轰动，此后，在荷兰新兴资产阶级的强烈反对下，荷兰政府从 1862 年至 1870 年陆续废除了强迫种植制。当强迫种植制接近尾声之时，为土著民子女提供教育机会的"道义政策"接踵而至。

穆尔塔图里通过文学的力量改变了殖民地社会的发展轨迹，他的文字不仅震撼了欧洲读者，也深刻影响着东印度殖民地社会的一代又一代青年。卡尔蒂妮本人是穆尔塔图里思想的推崇者，她曾在给友人的信中写道："我也有《玛格斯·哈弗拉尔》……因为我非常非常喜爱穆尔塔图里。"③ 这一点也得到了普拉姆迪亚的肯定，在谈到穆尔塔图里对印度尼西亚的民族主义思想发展所发挥的作用时，他特别强调了穆尔塔图里对卡尔蒂妮的影响。④ 同时，普拉姆迪亚也是穆尔塔图里精神的追随者与推崇者，他不仅在"布鲁岛四部曲"中设定穆尔塔图里为主人公明克的启蒙人物，更在现实生活中致力于创立印度尼西亚穆尔塔图里文学学院，是该学院的创始人之一。⑤ 从这一角度来看，同样深受穆尔塔图里精神影响的普拉姆迪亚，与卡尔蒂妮这一传奇女性产生了强烈的共鸣。

普拉姆迪亚高度赞赏卡尔蒂妮，她作为一名官绅家庭出身的女性，能够体察普通民众的疾苦，这一点深深感染了普拉姆迪亚。卡尔蒂妮的思想觉醒是先于同时代其他传统女性的，她是女性思想解放的倡导者和

---

① 原文为荷兰语：*Max Havelaar, of de koffij-veilingen der Nederlandsche Handel-Maatschappij.*——笔者注

② Bakri Siregar, *Sedjarah Sastera Indonesia Modern*（Akademi Sastera dan Bahasa Multatuli, 1964）, h. 19.

③ 卡尔蒂妮给友人的信，转引自 Pramoedya Ananta Toer, *Panggil Aku Kartini Saja I*（N. V. Nusantara, 1962）, h.9.

④ Stephen Miller, *Pramoedya and Politics: Pramoedya Ananta Toer and Literary Politics in Indonesia, 1962-1965*（BA Honorary Thesis, Australian Nasional University, 1992）, p.30.

⑤ Koh Young Hun, *Pemikiran Pramoedya Ananta Toer dalam Novel-novel Mutakhirnya*（Dewan Bahasa dan Pustaka, 1996）, h.14.

先行者。她对于殖民地女性所遭受的压迫感到痛心，并尽一己之力为她们争取权益。在此，普拉姆迪亚又找到了与卡尔蒂妮的思想契合点。

五　赞赏女性的奋起抗争——对女性前途的期盼

普拉姆迪亚期待女性群体获得她们应有的权利和地位，在这一过程中与思想觉醒同样重要的就是奋起抗争。在 "布鲁岛四部曲" 中，普拉姆迪亚特别表达了对于女性反抗精神的赞赏，温托索罗姨娘和苏拉蒂都是作品中勇于反抗压迫的女性形象。虽然二者采取的反抗方式有别，但她们都选择不再沉默，勇敢捍卫自己的权利与尊严。

1. 温托索罗姨娘据理力争

当欧洲人在法庭上对明克与安娜丽丝的关系大做文章时，温托索罗姨娘用标准的荷兰语不卑不亢地怒斥道：

> 我，温托索罗姨娘，又名萨妮庚，已故者梅莱玛先生的侍妾，对于我女儿和我客人① 之间的关系问题，就要发表一下自己的看法。我原来的名字叫萨妮庚，地位是一位姘妇。在我给别人当姘妇时，我生下了安娜丽丝。仅仅是因为梅莱玛先生是欧洲人，就没人指控我与他的关系。那么，为什么我女儿与明克先生的关系就成了问题呢？难道就因为明克先生是土著民的缘故吗？对于其他印欧混血儿的父母，你们怎么都不提呢？在我与梅莱玛先生之间，有着奴隶般的从属关系，对于这一点，法庭却置若罔闻……欧洲人能用金钱买我这样的土著妇女当姘妇，难道这样的买卖比真诚的爱情更合理吗？②

姨娘无情地控诉了殖民者的种族歧视政策和行为，她掷地有声的控诉直接指向殖民地的等级制度与女性遭受的不公正待遇。荷属东印度殖民地的社会有明显的等级分别，处在最高等级的是纯白种人，印欧混

---

① 这里的 "客人" 指姨娘的女婿、安娜丽丝的丈夫明克。

② 普拉姆迪亚:《人世间》，北京大学普·阿·杜尔研究组译，北京大学出版社，1981，第322页。

血儿次之，再次是土著的贵族阶级，处在最底层的是广大土著劳动者和其他有色人种。带有欧洲血统的人与土著人之间有一道无形的"种族界限"，这道界限在社会的各个方面几乎都是不可逾越的。然而，如此森严的等级制度并没有约束欧洲人对于土著女性的占有，欧洲人依然可以通过利益交换或买卖占有土著女性。温托索罗姨娘陈述了自己的亲身经历，以抨击姨娘阶层存在的不合理性。在她14岁时，被自己的父亲卖给欧洲人做姨娘，成为男权社会利益交换的牺牲品。作为与欧洲人姘居的女性，姨娘阶层是被人们所不齿的，在土著民的眼中，她们"品德低贱卑劣，为了能过纸醉金迷的生活，竟出卖了自己的尊严"。[①] 然而这种带有普遍性的观点并不能公正客观地反映姨娘群体的真实生活，她们中的许多人——包括温托索罗姨娘和侄女苏拉蒂——才是这种利益交换中真正的受害者。而正是欧洲人对于姨娘群体的需求以及土著人与欧洲人之间的等级差别造成了她们的悲剧。但是，这个无力为自己发声的群体，不仅要承受来自父权制和殖民阶层的压迫，还要背负来自同胞的误解与唾弃。

在姨娘的慷慨陈词中，她还将自己的"婚姻"与明克和安娜丽丝之间的关系做对比，一种是建立在金钱买卖基础上的从属关系，另外一种是真诚地相爱与结合，二者形成了鲜明的反差。但是颇为讽刺的是，由于当事人身份与种族的差别，前者那样荒唐的关系居然在殖民地被默许，而后者却被讽刺和嘲笑。针对如此颠倒是非的现实，姨娘将抨击与抗议的锋芒尖锐地刺向殖民地社会的等级制度，正是等级制度划定了欧洲血统的人与土著人之间的"种族界限"，正是等级差别催生了姨娘群体的产生和姨娘与欧洲人之间畸形"婚姻"的存在，又恰恰是等级差别，使得欧洲人的买卖"婚姻"比土著人纯洁的爱情更为高贵。

姨娘的怒斥铿锵有力，直到审判官理屈词穷、恼羞成怒，下令将她逐出法庭。当自己的孩子——安娜丽丝被判送往荷兰时，姨娘伤心欲绝，但是当她目送载着安娜丽丝的马车离开时，她对明克说："我们已经作了反抗，孩子，我的孩子！我们已经尽了最大的努力，作了最体面的

---

① 普拉姆迪亚：《人世间》，北京大学普·阿·杜尔研究组译，北京大学出版社，1981，第24页。

反抗！"① 这是"布鲁岛四部曲"第一部中最为精彩和鼓舞人心的部分，反映了殖民地社会中无力发声的女性不愿再沉默的渴望，为温托索罗姨娘这一女性形象的塑造增添了浓墨重彩的一笔。

2. 少女苏拉蒂宁死不屈

"布鲁岛四部曲"中勇于反抗的女性形象还有姨娘的侄女苏拉蒂，这个年轻的女孩儿遭遇了和姑姑几乎相同的命运。她的父亲为了保住自己糖厂账房先生的职位，在被一名欧洲经理陷害后，决定将她送给经理做姨娘。少女苏拉蒂不愿意嫁给一个居心叵测而又好色贪婪的欧洲人，于是她决定铤而走险牺牲自己。苏拉蒂在作品中第一次出场时，通过明克的视角对她进行了描写，"她比安娜丽丝小两三岁。我曾从远处细细打量过她两次。那时，我猜想，姨娘当姑娘的时候，长得准就是这样。不论身材、脸庞、眼睛还是鼻子、嘴唇简直和姨娘一模一样"。② 将苏拉蒂与温托索罗姨娘年轻时候的样子做对比，指出二人外貌的诸多相似之处，不仅旨在描述苏拉蒂的外貌，更巧妙地打下伏笔，预示着这位外貌与姑姑相似的姑娘也将遭遇与姑姑相似的命运。

尽管苏拉蒂心中万般厌恶做姨娘，但是她依然没有反抗父亲的命令，只是提出在去经理家的前夜离开家。那天夜里，她走向一个天花肆虐的村庄，在那里，苏拉蒂温柔且平静地准备迎接自己的死亡。在一间茅屋中，她抱起一个将死的婴儿，亲吻他、安抚他，给他最后的温暖。她将茅屋中的尸体用破布轻轻掩盖，给死者以最后的尊重。这些举动流露出一个少女对于弱者的同情与对生命的敬畏，但恰恰是这样一个善良纯真的少女，将被迫面对残酷的人生所带来的不幸。在苏拉蒂确定自己感染了天花之后，她走向糖厂经理的家，准备和这个令人厌恶的欧洲人同归于尽。不久，诡计多端的糖厂经理因天花丧命了，而苏拉蒂却阴差阳错地活了下来。但是天花在她清秀的脸庞上留下了永久的印记，让一个花季的女孩儿变成了麻脸姑娘。

作品中温托索罗姨娘和苏拉蒂的抗争代表了殖民地社会中印度尼西

① 普拉姆迪亚:《人世间》，北京大学普·阿·杜尔研究组译，北京大学出版社，1981，第 402 页。
② 普拉姆迪亚:《万国之子》，北京大学普·阿·杜尔研究组译，北京大学出版社，1983，第 131 页。

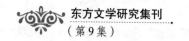

亚女性不甘于被动承受压迫、不愿再继续沉默失声的强烈愿望。除了上述两位女性，"布鲁岛四部曲"中还塑造了许多勇敢的女性形象，这些不屈的女性形象如铿锵玫瑰般绽放，给人以深深震撼。

结　语

通过分析普拉姆迪亚的女性观形成过程及其具体内容，我们可以看到他的女性观是其思想体系中不可或缺的组成部分。他对女性的认识是感性而深刻的，他同情与关怀殖民地社会中承受着多重压迫的女性，以一颗悲悯的心去审视她们所遭遇的苦难，用文学创作反映她们在父权制、殖民主义和种族主义的夹缝中艰难生存的状态。同时，普拉姆迪亚也看到了印度尼西亚女性阶层的能力与潜质，她们坚强、刚毅、果敢，是值得钦佩和尊敬的群体，是争取民族独立、建设国家的一支不可或缺的主力军，卡尔蒂妮和温托索罗姨娘便是印度尼西亚女性的优秀代表。普拉姆迪亚反复思索女性战胜压迫、获取解放的出路，他认识到，一是要争取女性思想上的解放，二是要鼓励女性群体奋起抗争。女性阶层只有依靠进步的思想和斗争的精神，才能获得与男性平等的权利，只有自强自立，与男性并肩战斗，才能彻底摆脱殖民统治的桎梏，打碎父权制的枷锁。普拉姆迪亚盛赞印度尼西亚女性为争取自己应有地位和权利的抗争，期待她们通过抗争能远离压迫、歧视和苦难，成为自身命运的掌控者，去获得真正的解放。

作者系北京大学外国语学院教师

书 评

新出《吉尔伽美什史诗》的语文学分析

唐 均

一 导言

作为人类文明迄今最早的长篇叙事诗作品，孕育于四大文明古国之一巴比伦（现今推广为两河文明或美索不达米亚文明）楔形文字泥版之上的吉尔伽美什（Gilgamesh）史诗，自其一经发现并获得解读以来，就引起了世界各国学者和读者的广泛兴趣。

史诗的标准版本以两河流域上古通行的阿卡德楔文记录于十二块泥版之上，1853 年由英属伊拉克考古学家拉萨姆（Hormuzd Rassam，1826—1910）在亚述帝国都城尼尼微（Nineveh）遗址的亚述巴尼拔（Assurbanipal）图书馆废墟中发现，该版本最早由乌鲁克学士辛雷克乌尼尼 [1]（Sîn-lēqi-unninni）在公元前 1300 年至前 1000 年依据早期的多种楔文文本编译而成并流传至今。[2]

史诗以公元前 2900 年至前 2800 年真实存在过的苏美尔城邦乌鲁

---

[1] 或译作辛勒基温宁尼，对音似乎更为准确。

[2] Andrew R. George (tr.), *The Epic of Gilgamesh* (London: Penguin Books, 2003 [1999]), ii, xxiv–v.

克（Uruk）国王吉尔伽美什为主角，描述了他与天降野人恩启都 ①
（Enkidu）之间化敌为友的故事，他俩联袂战胜守护雪松林的妖怪洪巴
巴 ②（Humbaba）的故事，他因拒绝爱欲天女伊什妲 ③（Ishtar）而遭到
天牛古伽兰纳（Gugalanna）报复的故事，他向大洪水之后唯一永生者
乌塔纳皮什提 ④〔Ut(a)napishti(m)〕寻求长生之物且得而复失的故事，
由这些主要的故事情节反映出神与人之间错综复杂的矛盾和斗争，从而
展开了美索不达米亚楔文文明波澜壮阔的生动画卷。

史诗以夸张的情节表现和质朴而原始的感染力，让今人得以一窥早
期人类精神和生存观念的真实状态，而在史诗中蕴含的神格造化（自然
力）以及创生、觉醒、英雄、友情、探险、惩戒、除恶、永生、冥界等
母题，都是人类早期精神世界和观念认知的概念化表征形式，部分母题
通过继起的希腊多神教—犹太教—基督教—伊斯兰教文明频繁复现传承
至今，仍然是影响人类社会的永恒主题。

此前中文学界最为通行的文本，是由居于东北的日本文学翻译家赵
乐甡从史诗日译本转译而来，⑤ 其所据西文研究成果基本上截至 20 世纪
60 年代中期，距今已有半个世纪了。

在这半个世纪里，作为亚述学研究重镇的欧美学界，在吉尔伽美
什史诗研读领域，系统而辉煌的成果也是不乏其例，其中刊行时间较
为晚近、内容也很丰富的论著，就包括了英国伦敦大学乔治（Andrew
R. George，1955—）教授带有楔文转写、逐行英译和详细注疏的学术
版专著以及据此衍生的大众版纯英译专著，⑥ 还有德国海德堡大学毛尔
（Stefan Mario Maul，1958—）教授的纯德译专著。⑦ 正是以这两部论著
作为主要基础，商务印书馆新近推出了由北京大学亚述学专家拱玉书教

---

① 赵乐甡亦译作恩奇都。

② 赵乐甡亦译作芬巴巴。

③ 以前通常译作伊施塔（尔），赵乐甡亦译作伊什妲尔，吴宇虹亦译作伊什塔尔，海
外华人亦译作以修妲。

④ 以前多译作乌特纳皮什提姆，赵乐甡亦译作乌特纳庇什提牟。

⑤ 赵乐甡译著:《世界第一部史诗——吉尔伽美什》，辽宁人民出版社，1981。

⑥ Andrew R. George, *The Babylonian Gilgamesh Epic: Critical Edition and Cuneiform
Texts*, 2 Volumes (Oxford, England: Oxford University Press, 2003).

⑦ Stefan M. Maul, *Das Gilgamesch-Epos* (München: C. H. Beck, 2005).

授穷其十几年心血译注而成的《吉尔伽美什史诗》，以全新的面貌、淹博的内容、完整的译文、详赡的注释，为新时代中文学界的多个层面读者，提供了一份人类历史上最早史诗的漂亮文本。

二　优点聚焦

在这个新译本主体部分之前，一篇长达 43 页的"导论",[①] 从真人吉尔伽美什由史入诗述及这一史诗作品的形成过程，然后进入以乌鲁克为挈领的美索不达米亚楔文文明早期历史亦即苏美尔文明史的涉猎，旋即过渡到楔文文学多种体裁以及丰富作品的概述，基于此而展开阐述以吉尔伽美什史诗为中心的楔文文学文化之论述，这是第一部分的内容。第二部分专论史诗涉及的洪水神话母题，指出由基督教圣经在世界范围内广而告之的挪亚方舟故事，实际上有着深刻而复杂的楔文世界辗转流传之背景。第三部分则叙述了这部史诗在近现代的发掘、缀合、释读、迻译和推演，而不同于国际学界的内容就是增加了吉尔伽美什史诗在中文学界的流传简历，从而反映出中国亚述学研究在从业人数寥寥的背景下取得的长足进步。

新译本的主体部分包括史诗汉译文以及对于每块泥版的"解读"。前者依照惯例遵循十二块泥版的前后顺序依次展开，而在每块泥版的标识处，都从相应的译文中撷取部分精彩片段，用以提示该块泥版内容的精华；而汉译文除了按照国际惯例在页边标出行数以外，甚至没有任何注释符号间插于译文之间，这就令耽于描述的读者能够快意于文字之间的遨游，思维不受打断。后者实际上就是极具学术含量的注释，置于每块泥版内容译文之后并以不同于译文的字体排出，其间不乏译者自出机杼的见解和提示，且在行文之中间有楔文原文拉丁转写的括注，这也便于追求学术精度的读者推敲译者的相关处理。这一处理模式可以追溯到乔治英语学术版专著。

当我们在阅读史诗正文时，若有非同寻常的遣词造句出现，尽管没有注释标记予以提示，但还是可以根据所在行数转向相应泥版的"解

---

① 拱玉书译注《吉尔伽美什史诗》，商务印书馆，2021，第 i~xliii 页。

读"部分去一探究竟。这里仅举一例对此操作加以演示。

第二块泥版在描写吉尔伽美什的圣婚仪式时，出现了这么一句：①

为吉尔伽美什，像为神一样，人们已经安排好了替娘。

该诗句中的"替娘"一词颇感陌生难以索解；此时即可根据其所在行数"110"，转向"第二块泥版解读"部分，可以迅速查得"替娘"一词原是阿卡德楔文语 pūḫu（替代物）适应于语境要求、用以指称女祭司的表述，同时这条注释还对彼时两河流域文明中流行的圣婚仪式做出了简明扼要的介绍，②这样的处理立即让读者的阅读疑惑涣然冰释了。

而整个主体部分间以楔文泥版抄本和美索不达米亚文物图片的配图，则是深受毛尔德译本影响的结果，自然也有助于文字阅读的眼睛时不时捕捉到具象文化信息，图文之间对于读者的接受而言不啻相得益彰。

在赵乐甡汉译本中，有好几块泥版的内容尚属难以缀合的残篇断简，不得已分头独立译出，片断之间的逻辑关系就全凭读者自行脑补了。这种遗憾在新译本中就得到了很好的改善。

然而新译本也有无法弥补的泥版阙文，这时候新译本译注者不愧为亚述学专家，可以借助自己的专业知识，在现有国际亚述学界成果的基础上进行力所能及的补救，从而使读者能够有机串联阙文前后的内容。一个典型的例子就在于：对于第四块泥版第 56—69 行残损文字（涉及吉尔伽美什行程中第二个梦的内容）的处理，乔治的学术版专著仅用一句话简略带过；③毛尔的德译本对此倒有说明，指出了古巴比伦时期一块泥版残片于此有所反映；④而新译本在译介毛尔德语说明文字之后，

---

① 拱玉书译注《吉尔伽美什史诗》，商务印书馆，2021，第 42 页。

② 拱玉书译注《吉尔伽美什史诗》，商务印书馆，2021，第 53~54 页。

③ Andrew R. George *The Babylonian Gilgamesh Epic: Critical Edition and Cuneiform Texts*, 2 Volumes（Oxford, England: Oxford University Press, 2003），p. 591.

④ Stefan M. Maul, *Das Gilgamesch-Epos*,（München: C. H. Beck, 2005），p. 76.

又援引了 2020 年版乔治英语研究专著增订本的相关成果，[①] 这就使新译本紧紧跟上了时代的步伐，在国际学界的水准也是不遑多让的。

史诗原文并不追求押韵，也缺乏我们今日所能理解的格律要求。而汉译文亦没有严格一致的韵律体现，只是在多个章节呈现了押韵文本穿插其间的特点。这一点在赵乐甡汉译本中已有比较明显的体现，新译本似乎更加自觉地把押韵做得相当充分了。

第四块泥版中，吉尔伽美什对恩启都诉说梦的内容：[②]

> 天在大声吼，地在隆隆响。
> 白昼静无声，黑暗已登场。
> 电光闪烁急，烈火高万丈。
> 火焰节节高，死亡如雨降。
> 火光渐暗淡，终于不再燃。
> 徐徐余火尽，一切成灰炭。

第十一块泥版中，乌塔纳皮什提告诉吉尔伽美什天机时开头的几句话：[③]

> 舒鲁帕克是座城，那座城邑你熟悉。
> 幼发拉底河岸边，它就坐落在那里。
> 那座城邑甚古老，神在那里曾安息。
> 一天大神共商议，发场洪水淹大地。

上述两例都是在上下语境的散文体表达中间插的分别类似五言和七言诗并分头押韵的文字，这种情形就略有中国传统章回小说韵散结合的风致，从而将中文读者不自觉地带入一种历史氛围之中。

[①] Andrew R. George, *The Epic of Gilgamesh, the Babylonian Epic and Other Texts in Akkadian and Sumerian*, Second Edition (London: Penguin Books, 2020); 拱玉书译注《吉尔伽美什史诗》，商务印书馆，2021，第 81~82 页。

[②] 拱玉书译注《吉尔伽美什史诗》，商务印书馆，2021，第 84 页。

[③] 拱玉书译注《吉尔伽美什史诗》，商务印书馆，2021，第 229 页。

第五块泥版中，吉尔伽美什和恩启都远赴雪松林击杀妖怪洪巴巴，途中对雪松林的景致描绘，汉译文是以这样类似七言古体诗的文字来处理的：①

> 雪松林，树胶树，盘根错节不留路。
> 林周边，幼树密，一眼望去十几里。
> 不到十里眼望处，松柏参天翠欲滴。
> 树脂凝积成结痂，巍巍松高几十米。
> 树脂饱满争外溢，淅淅沥沥落如雨。
> ……

这样跳脱于原文平铺直叙表述之上的归化处理，就使我们留意到，译注者其实在史诗汉译文的部分片段中，还是有意追求现代汉语大致押韵的，感觉是在一定程度上以此手段有所塑造中文读者心目中的诗歌形象，据此我们得以体会译注者在迻译这篇异域古老诗作时的拳拳匠心。

第四块泥版的内容，在赵乐甡译本中只有不到三页的寥寥篇幅，②但在新译本中其内容就丰富得多，这得益于半个世纪以来欧美楔文文献释读和研究的巨大进步，新出汉译文在身为亚述学专家的译者笔下，将其有效反映出来，就显得优势突出了。其中下面一段五言诗式的文字就反复出现了五次：③

> 西向沙玛什，掘地把水找，
> 地下水清清，将之囊中倒。
> 吉尔伽美什，登临最高峰，
> 为求群山助，撒面献牺牲。

当然这同吉尔伽美什与恩启都同行一道五次做梦的经历密切相关，

---

① 拱玉书译注《吉尔伽美什史诗》，商务印书馆，2021，第100页。
② 赵乐甡译《吉尔伽美什——巴比伦史诗与神话》，译林出版社，1999，第32~34页。
③ 拱玉书译注《吉尔伽美什史诗》，商务印书馆，2021，第79、80、83、85、87页。

也是这部阿卡德语史诗脱胎于更为古老的苏美尔语口传文学的显著特征之一。[①] 我们特别拎出这段五言古体诗一样的汉译文字来说，主要就是看中了这里"一首诗"（实际上是一个意群）之内的换韵相押模式，这在格律诗盛行以后的中国诗坛其实并不常见，就是在这一史诗作品的汉译文中也是比较独特的（史诗译文中的其他换韵模式几乎都是在同一个意群之间的），而这样的处理确是反映出译注者并不囿于一韵到底的以辞害义，反而为汉译文平添了些许自然流露的生活气息，诚为佳构！

以前读博期间曾与同居一室的同学、一位连续参加三十多届北大未名诗歌节的"老"诗人论及现代汉语翻译外国诗歌的要旨，他坚持摒弃押韵模式来迻译异族语言的诗作，理由是用汉语的押韵来禁锢外语的诗化表达容易失真，并且汉语中密集的押韵也会导致诗作流于打油诗般的庸俗化（可以参考元曲的密集押韵模式和追求鄙俗风格）。不过笔者并不完全认可这位老诗人同学的见解，或许他的意见放在篇幅较短的外语诗歌汉译处理上是可行的，但若是诉诸像《吉尔伽美什史诗》这样的长篇叙事诗作之汉译，那就未必行得通：中文世界历来缺乏史诗尤其是长篇史诗，故而在一首长篇诗作的部分片段，灵活运用大众对诗歌的押韵认知来加持异族史诗对于中文读者的"诗感"，还是很有必要的；况且，像《诗经》中留存于《雅》《颂》部分的某些类似史诗作品，几乎也都是运用了押韵的模式来体现其诗味的。

> 《大雅·生民》（第五段）：诞后稷之穑，有相之道$_a$。茀厥丰草$_a$，种之黄茂$_a$。实方实苞$_a$，实种实褎$_a$。实发实秀，实坚实好$_a$。实颖实栗，即有邰家室。
>
> 《商颂·玄鸟》：天命玄鸟，降而生商$_e$，宅殷土芒芒$_e$。古帝命武汤$_e$，正域彼四方$_e$。方命厥后$_o$，奄有九有$_o$。商之先后$_o$，受命不殆$_i$，在武丁孙子$_i$。武丁孙子$_i$，武王靡不胜$_u$。龙旂十乘$_u$，大糦是承$_u$。邦畿千里$_i$，维民所止$_i$。肇域彼四海$_i$，四海来假$_v$，来假祁祁$_i$。景员维河$_v$。殷受命咸宜$_i$，百禄是何$_v$。

---

① 拱玉书译注:《吉尔伽美什史诗》，商务印书馆，2021，第94页。

上引两段《诗经》中的准史诗文字，不同的下标示以不同的韵脚，显然这些押韵之处直到三千多年后的今天读来，大多也是合辙押韵的。这就是深深扎根于华人心底的诗歌潜意识标志。那么，《吉尔伽美什史诗》较之赵乐甡汉译本而言，在这方面表现得就更为充分，① 这不失为让其他民族的大部头史诗作品深深扎根于汉语世界读者心目中的有效处理手段之一。

三　推敲之处

赵乐甡汉译本第八块泥版残片三（A）第 48 行：

我将披起狮子的皮在原 [野] 游荡。

其中在"狮子的"后面译者加了一个脚注：原文为 kalb（kal-bi-im-ma），系共通的闪族语"犬"之意，但不少译者译作"狮子"。此处依芬·藻顿的解释。②

这一行诗句对应于新译本的第八块泥版第 91 行：③

身披狮皮，在荒野浪迹。

相应的"解读"部分并未对此做出进一步的说明。

---

① 拱玉书译注《吉尔伽美什史诗》，商务印书馆，2021，第 261 页在"解读"第十一块泥版第 290 行时为了追求押韵，将意为"潜入阿普苏"（即地下含水层中蕴藏的淡水——笔者注）的原文归化译为"海底"，就更是鲜明表露了译注者的这一态度。

② 赵乐甡译《吉尔伽美什——巴比伦史诗与神话》，译林出版社，1999，第 54 页；其间所谓"芬·藻顿"，应当是指二战后最著名的德国亚述学家冯·梭登（Wolfram Theodor Hermann Freiherr von Soden，1908—1996），参见赵书参考文献部分（译序第 27 页）列出由其审阅（durchgesehen）和增补（ergänzt）的相应文本：Albert Schott, *Das Gilgamesch-Epos: Neu übersetzt und mit Anmerkungen versehen von A. Schott, durchgesehen und ergänzt von Wolfram von Soden.* (Stuttgart: Reclam, 1958 und 1963; Nachdruck, 1997).

③ 拱玉书译注《吉尔伽美什史诗》，商务印书馆，2021，第 167 页。

其实仅就第八块泥版而言，中间出现狮子的情形亦非绝无仅有：①

第 17 行：还有那荒野上的各种野兽——<u>狮子</u>、公牛、黇鹿与山羊！

第 61 行：像失去幼崽的<u>母狮</u>。

留意同一块泥版这两处出现在画线处有关狮子的词语，分别为写作苏美尔词符形式的 UR.MAḪ（壮犬）而在阿卡德语中读作 nēšu（抑或 urmaḫḫu）——区别于写作词符形式 UR.TUG₂（衣犬）而读作阿卡德语的 kalbu（犬）——赵乐甡的脚注正是落脚于此，以及写作楔文拼音形式的同根派生词 neš-ti〔阴性形式〕②，显然同第 91 行对应于指称"狮子"的 lab-bi-im-ma③ 或 la-ab-bi-im-ma④ 一词是完全不同的。后者亦可用苏美尔词符形式写作 PIRIG=lab'um（雄狮），乃是原始闪语词根 *labi/u'-（雄狮、雌狮）的派生词，参考阿拉伯文 labu'a ≈ labwa（雌狮）等同源词 ⑤，这是阿卡德人植根于闪族语言狮子称呼的共同语汇；而前者还因在第十一块泥版中出现过指称"蛇"的藻饰性表达 nēšu ša qaqqari（土地狮）⑥ 而滋生出乌伽里特文 nḥš、希伯来文 nāḥāš 等局限于西北闪语支一隅几种语言中的指蛇语汇，可能反映出阿卡德人深受非闪族的苏美尔

---

① 拱玉书译注《吉尔伽美什史诗》，商务印书馆，2021，第 163、165 页。

② Simo Parpola, *The Standard Babylonian Epic of Gilgamesh* (Helsinki: The Neo-Assyrian Text Corpus Project, 1997), pp. 41, 42, 99, 100.（后者是定位于第 60 行而非第 61 行。）Andrew R. George, *The Babylonian Gilgamesh Epic: Critical Edition and Cuneiform Texts*, 2 Volumes (Oxford, England: Oxford University Press, 2003), pp. 650, 656.

③ Simo Parpola, *The Standard Babylonian Epic of Gilgamesh* (Helsinki: The Neo-Assyrian Text Corpus Project, 1997), pp. 42, 100.（此处定位为第 89 行。）

④ Andrew R. George, *The Babylonian Gilgamesh Epic: Critical Edition and Cuneiform Texts*, 2 Volumes (Oxford, England: Oxford University Press, 2003), p. 656.

⑤ Fritz Hommel, *Die Namen der Säugethiere bei den südsemitischen Völkern als Beiträge zur arabischen und äthiopischen Lexicographie, zur semitischen Kulturforschung und Sprachvergleichung und zur Geschichte der Mittelmeerfauna: Mit steter Berücksichtigung auch der assyrischen und hebräischen Thiernamen und geographischen und literaturgeschichtlichen Excursen* (Leipzig: J. C. Hinrichs'sche Buchhandlung, 1879), pp. 287 seqq.

⑥ 拱玉书译注《吉尔伽美什史诗》，商务印书馆，2021，第 245 页将其译作"土地狮"，并在第 261 页的"解读"部分对其略有展开论述。

人文明影响后杜撰的狮子称呼。

由此可见，两个汉译本在这里的处理，严格说来可谓瑕瑜互见：赵乐甡译本注意到了这里指称"狮子"的歧异并给出了说明，但由于译者不谙亚述学专业知识，在引用原文拉丁转写时还出现了舛误（也可能是其所据西文研究的历史局限性）。而新译本则完全忽略了这里的原文分歧，从普及版的角度当然无可厚非；若从学术版的视角苛求，似乎就有所欠缺——或许，乔治在这个地方对源出古阿卡德语 lab'um> 阿卡德语 lābu> 新巴比伦阿卡德语 labbu 一系指称"狮子"语汇[1] 的 labbimma 这个词进行复原时也都显得举棋不定[2]，那么新译本"解读"部分也就无须对此多有置喙了，毕竟这样专深且迄无定论的闪语语文学研讨，移植到全无背景的中文学界也确实没有必要。

在第十二块泥版的"解读"部分，对月神之妻宁伽尔（Ningal）注释为"苏美尔语，意'太媓'"[3]。

"媓"字最早见于商代晚期青铜器《媓觚》，本义为女王或帝王元妃，引申义指国母，[4] 尧帝许配给舜帝的大女儿娥皇即是这个"媓"，参见如下典籍记载。

> 《尸子》：舜一徙成邑，再徙成都，三徙成国，其致四方之士。尧闻其贤，征之草茅之中，与之语政，至简而易行；与之语道，广大而不穷。于是妻之以媓，媵之以娥，九子事之，而托天下焉。

这里为凸显月神妻的尊崇地位，以颇具中华文化负载内涵的"媓"字比附来加以对译当然亦无不可，但用这样相对生僻的汉字来直接注解异族语言的神名，从生词释义宜选熟词的词典学视角来看却是有欠熨帖

---

① Wolfram Von Soden, *Akkadisches Handwörterbuch*, 3 Bände (Wiesbaden: Harrassowitz, 1959–1982), p. 526.

② Andrew R, George, *The Babylonian Gilgamesh Epic*: *Critical Edition and Cuneiform Texts*, 2 Volumes (Oxford, England: Oxford University Press, 2003), pp. 656, 858.

③ 拱玉书译注《吉尔伽美什史诗》，商务印书馆，2021，第275页。

④ 容庚编著《金文编》，张振林、马国权摹补，中华书局，1985，第809页。

的；注意到苏美尔楔文语汇nin意指"贵妇、主妇"而gal意指"大"，[①]那么毋宁将其改为"苏美尔语，直译即'大妇'，或可对译为'太媓'"，这样的处理更加便于中文世界的读者接受了。

至此，我们迎来了人类文明史上最早史诗直接出自楔文原本的最完整汉译本。译注者在一丝不苟的全帙汉译之外，还以图文并茂的方式，精心解读了迥异于东亚汉文化的美索不达米亚楔文文明的诸多关键词，在扫清我们阅读史诗障碍的同时，丰富了我们对同列四大文明古国之一的巴比伦文明的真切认知。身处久久浸染于历史长河绵延未绝的中华文明进入崭新时代的当下，我们借此有效汲取其他古文明繁盛的经验和陨落的教训，必将有助于我们的文明吐故纳新，再创辉煌。

             作者系西南交通大学外国语学院教师

---

① John Allan Halloran (edited, compiled, and arranged by), *Sumerian Lexicon: A Dictionary Guide to the Ancient Sumerian Language* (Los Angeles: Logogram Publishing, 2006), pp. 72-73, 205.

图书在版编目（CIP）数据

东方文学研究集刊. 第9集 / 林丰民主编. -- 北京：
社会科学文献出版社，2021.5
ISBN 978-7-5201-8289-8

Ⅰ. ①东… Ⅱ. ①林… Ⅲ. ①文学研究－东方国家－
丛刊 Ⅳ. ①I106-55

中国版本图书馆CIP数据核字（2021）第076244号

东方文学研究集刊（第9集）

主　　编 / 林丰民
执行主编 / 翁家慧

出 版 人 / 王利民
责任编辑 / 高明秀
文稿编辑 / 楼　霏

出　　版 / 社会科学文献出版社·国别区域分社（010）59367078
　　　　　　地址：北京市北三环中路甲29号院华龙大厦　邮编：100029
　　　　　　网址：www.ssap.com.cn
发　　行 / 市场营销中心（010）59367081　59367083
印　　装 / 三河市尚艺印装有限公司

规　　格 / 开　本：787mm×1092mm 1/16
　　　　　　印　张：21.25　字　数：329千字
版　　次 / 2021年5月第1版　2021年5月第1次印刷
书　　号 / ISBN 978-7-5201-8289-8
定　　价 / 89.00元